각인

온우주
단편선
0 1 0

각인

박 애 진 작 품 집

온우주

각인

© 박애진, 2014.

이 도서의 국립중앙도서관 출판시도서목록(CIP)은
서지정보유통지원시스템 홈페이지(http://seoji.nl.go.kr)와
국가자료공동목록시스템(http://www.nl.go.kr/kolisnet)에서 이용하실 수 있습니다.
(CIP제어번호: CIP2014002436)

차 례

온우주
단편선

횡 단 보 도

횡 단 보 도

"옛날에, 옛날에……."

엄마가 무언가 생각하면서 말했다. '옛날에, 옛날에……'라고 시작했지만 정말 옛날이야기는 아니다. 또한 날 위해서 옛날이야기처럼 말하는 게 아니라는 점도 어렵지 않게 감 잡았다. 단지 엄마가 말하기 편한 방식일 뿐이다.

"음……. 그러니까……."

엄마는 내 겨드랑이에 손을 넣더니 날 번쩍 들어 공원 의자에 앉혔다. 나는 엄마 손을 잡고 계속 걷고 싶었다. 보통 아줌마 손은 마디가 굵고 잡으면 까칠까칠하다. 손톱 끝은 닳아서 뭉뚝하고 매니큐어는 늘 군데군데 벗겨져 있다. 엄마는 절대 손톱 끝을 바짝 깎지 않았다. 닿기 부담스러울 만큼 기르지도 않았다. 언제나 적정한 길이를 유지했고 늘 윤이 났다. 가끔 그 위에 옅은 분홍색이나 밝은 오렌지색 매니큐어를 발랐다. 엄마와 아빠가 나란히 서서 걸을 때면 난 재희 손을 잡고 따라가곤 했다. 재희 손은 너무 말랑말랑했고 몇 분 지나지 않아 땀으로 축축해졌다. 엄마 손은 갓 구운 빵처럼 늘 완벽했다. 언제 잡아도 마치 손을 잡기 위해 준비한 양 부드럽고 따뜻했다.

"음……. 그래, 어려울 것 없는 집에서 외동딸로 사랑받으며 곱게 자란 여자애가 있었어."

하지만 엄마는 그 가는 손으로 날 안아 올릴 수 있다. 아빠 못지않았다. 나는 옆에 앉아 엄마가 하는 말을 들었다.

"그 애는 자라서 대학에 들어가서 한 친구를 만났어. 그 친구랑은 자라온 환경이 많이 달랐는데, 그런 게 뭐가 중요하겠어? 둘은 친구가 된 거야. 그 친구는……."

엄마는 가방을 뒤졌다.

"그 친구는 형편이 어려웠어. 아버지는 사고로 돌아가셨고 친척도 몇 안 되고, 뭐 그닥 연락도 안 하고. 뭔가 좀 복잡했는데……. 그 친구 할머니가 첩인가 그랬어."

"첩이 뭐야?"

"둘째 부인."

둘째 부인은 뭔지 묻고 싶었다. 하지만 엄마는 더 묻지 말라는 듯 '인'에서 단호하게 말을 끊었다.

엄마는 마침내 담배를 꺼내더니 이번엔 라이터를 찾았다. 가방을 다시 훑고, 주머니마다 손을 넣다가 담뱃갑 안에서 립스틱처럼 생긴 라이터를 꺼냈다. 작은 불꽃이 일었다. 엄마는 아저씨들처럼 불 가운데로 담배를 들이미는 법이 없었다. 불 끝에 아슬아슬하게 담배를 걸친다. 그럼 불꽃이 일면서 담배 끝을 감쌌다. 엄마 입술이 필터에 닿자, 담배에서 나오는 연기가 줄었다. 사라졌던 연기는 엄마 입에서, 담배 끝에서 피어오를 때보다 훨씬 많이 나와 흐리고 길게 퍼졌다. 담배가 탈 때는 파르스름한 연기가 섞여 꿈틀거리며 위로 올라간다. 입에서 나올 때는 평범한 회색이 되어 힘없이 흩어진다. 어릴 때는 어른들이 바로 그 보일 듯 말 듯 차갑고 파리한 빛을 먹으려 담배를 피운다고 생각했다.

"뭐, 암튼 이리저리 집안이 복잡하고 그래서, 엄마랑 둘이 어릴 때부터 힘들게 살았어. 중학교 때부터 신문을 돌렸고, 고등학교 때는 편의점이나 패스트푸드점에서 일했고, 대학교도 장학금을 받아서야 올 수 있었어. 우리 학교보다 더 좋은 학교에 갈 수도 있었는데, 여긴 졸업 때까지 전액 장학금을 주겠다고 했거든."

엄마는 싱긋 웃었다.

"난 대기 번호 받아 조마조마하다가 겨우 들어왔는데 말이야."

"대기 번호가 뭐야?"

"합격도 불합격도 아닌 거지. 내 앞에 합격한 애들이 그 학교에 안 들어가면 내가 들어갈 수 있는 거야."

나는 무슨 말인지 이해하지 못했다. 이번에는 엄마 말투가 그렇게 단호하지 않았다. 물어보면 대답해줄까? 엄마는 날 흘낏 보더니 말했다.

"있어, 그런 거. 별로 중요한 거 아니야."

자라서야 엄마를 이해했다. 엄마는 귀찮아서 대답하지 않고 넘어간 게 아니었다. 그저 다른 사람에게 차근차근 가르칠 줄 몰랐다. 나이가 든다고, 그만큼 언어를 써왔다고 누구나 자기가 아는 개념을 알아듣기 쉽게 설명하는 건 아니다.

"그 친구는 유명했어."

나는 엄마 옆모습을 물끄러미 바라보았다. 갑자기 들떠 보였다.

"전체 수석을 해서 졸업까지 전액 장학금을 받은 애가 우리 과에 있다는 소문은 이미 진즉에 났고, 누가 어떻게 알아냈는지 모르지만, 그 친구라는 걸 다들 알게 된 거야. 여자애들 사이에 난리가 났어."

엄마는 내가 '왜요?'라고 물어주길 바라는 눈을 했다.

"왜요?"

"왜긴! 키도 크고, 준수한 외모에, 무엇보다 목소리가 너무 좋았거든. 너도 아빠 닮아서 잘생겼어. 이다음에 크면 여자애들이 졸졸 붙을 거야."

부모님은 내가 중학교 2학년 때 이혼했다. 그러니까 이때는 분명 부모님이 이혼하기 전이다. 나는 엄마가 날 안아 공원 벤치에 앉힌 일, 엄마 턱을 올려다보며 이야기를 듣던 날을 기억한다. 고등학교에 들어갈 무렵 이미 내 키는 엄마를 훌쩍 넘었으니 분명 내가 어릴 때다. 그런데 왜 엄마는 그때 이미 헤어진 사이처럼 말하는 걸까? 옛 추억을 곱씹듯 말이다. 너무 어릴 때 일이라 어쩌면 내 기억이 틀렸을 수도 있다. 하지만 엄마는 분명……

얼굴에 그늘이 졌다. 재희가 내 앞에 서서 창문을 가렸다.

"무슨 생각을 그렇게 해?"

"아무 생각 안 했어."

재희는 믿지 않는 눈치였지만 캐묻지 않았다.

"6시 반이야, 가자."

어딜 가자는지 잠시 생각하다가 아버지를 만나기로 한 날이라는 걸 기억하고 일어섰다. 바지를 입고 셔츠와 재킷을 걸쳤다. 머리를 손질하고 목걸이를 걸었다. 재희는 위아래로 훑어보더니 배시시 웃으며 팔짱을 꼈다.

횟집에서 저녁을 시켰다. 재희는 아버지한테 와이셔츠와 넥타이를 건넸다. 나는 봉투를 내밀었다. 재희 전화를 받고서야 겨우 오늘 약속이 기억났는데, 그나마도 만나기로 한 사람이 아버지였던가, 어머니였던가 가물가물했다. 부모님은 생일이 같았다. 재희는 어처구니없어 웃더니 아버지라고 말했다. 미처 선물을 마련하지 못해 돈을 준비했다.

"이게 뭐냐."

아버지의 입가에 흐뭇하면서 어색한 웃음이 떠올랐다. 선뜻 챙기지도 못하고 그저 바닥에 내려놓았다가, 다시 집어 올리며 허허 웃었다.

"이걸 어디다 쓸까."

회가 나왔다. 아버지 잔에 소주를 채웠다. 아버지와 함께 있을 때면, 우리는 어머니란 존재는 세상에 존재하지 않는 듯이 행동한다. 요새 하는 일, 텔레비전과 신문에서 본 것들을 이야기하고 서로 안부를 묻는다. 어머니에 대한 이야기를 빼면 모든 이야기를 한다.

어머니가 말하지는 않았지만, 우린 어머니에게 애인이 생겼음을 어렴풋이 눈치챘다. 지금쯤 같이 생일을 축하하고 있을 거다. 하지만 아버지는? 잘 모른다. 식사를 마치자 재희가 잽싸게 계산서를 집었다. 아버지는 내가 한다 하다가 못 이기는 척 신발장으로 갔다. 아버지는 신발을 찾지 못했다. 종업원이 신발장에 올려뒀는데 비슷한 까만 구두들이 많아 금방 눈에 띄지 않았다. 아버지 구두는 아버지 시선보다 위칸에 있었다.

"한 칸 위요."

내가 말했다. 아버지는 듣지 못했다. 헛기침을 하고 다시 말해도 마찬가지였다. 문에서 가까운 자리에서 단체손님이 떠들고 있는 탓이다. 계산을 마치고 재희가 왔다.

"아빠, 거기 바로 위에 있네."

재희가 신발을 꺼내 아버지 발치에 놓았다. 아버지는 신발을 신더니 멋쩍게 인사하고 돌아섰다. 재희가 팔짱을 끼며 몸을 기댔다.

"기분 이상하더라."

"응?"

"아빠가 오빠가 준 돈을 선선히 받은 거나, 내가 오늘 계산할 때 말리다 만 거. 진짜 상투적인 표현인데, 흰머리가 늘어난 거."

우린 몇 미터 걷지 않아 헤어졌다. 재희는 버스정류장으로 갔고, 나는 지하철을 타러 내려갔다.

컵을 떨어뜨렸다. 언젠가 재희에게 받은 컵이다. 겉보기에는 도자기처럼 생겼지만 깨지지 않는다고 했다. 과연, 깨지지 않았다. 하지만 커피는 엎어져 발등을 적셨다. 나는 깽깽이 발로 욕실로 가 찬물을 틀었다. 얼얼했다. 수건에 찬물을 적셔 나와서 보니 욕실까지 커피 자국이 드문드문 이어졌다. 걸레를 가져다 닦았다. 자주 있는 일이다. 나는 선천적으로 손의 악력이 약하다. 무언가를 단단히 쥐지 못한다. 어릴 때부터 그랬다. 툭하면 물건을 떨어뜨려 발등을 찧거나, 깨뜨린 걸 치우다가 손을 베기 일쑤였다. 대부분 내가 겉보기와 달리 덤벙거린다고 했다.

하루는 재희가 다짜고짜 끌어 병원에 갔다. 검사 결과가 나오자 그럴 줄 알았다는 얼굴을 했다.

신경과 근육, 양쪽 다 문제가 있었다. 의사는 인조신경 이야기를 했다. 더 나아질 가능성이 없다고는 할 수 없지만 수술비도 만만치 않은 데다가 수술 과정도 어렵다며, 그런 일은 거의 없지만 혹시라도 수술이 잘못되면 더 안 좋은 결과가 나올 수도 있다고 했다. 일상생활에 지장을 줄 정도는 아니니 손힘을 기르는 운동을 하고 조심하며 잘 지내보라고 했다.

"내참, 오빠는 늘 얌전하잖아. 그런데도……."

재희는 한 번도 날 데리고 병원에 갈 생각을 하지 않은 엄마를 탓하는 말은 속으로 삼켰다. 불현듯 잊고 있던 기억이 떠올랐다. 어릴 때 갓 끓인 라면냄비를 떨어뜨리는 바람에 크게 데어 아빠 등에 업혀 병원에 간 적이 있었다. 상처가 아물 무렵 엄마가 불쑥 외출을 하자며 좋은 옷을 꺼내 입혔다. 그리고 병원에 갔다.

이것저것 잔뜩 검사를 마치고, 마치 내가 옆에 없는 양 의사랑 한참 이야기하더니 내 머리를 쓰다듬으며 앞으로 물건을 줄 때는 조심하라고 했다. 그리고 내가 무얼 떨어뜨리든, 깨든 한 번도 화내지 않았다.

"엄마도 알았어."

"정말?"

재희가 의심스러운 투로 물었다. 나는 고개를 끄덕였다.

"그런데 오빠는 몰랐어?"

"음……."

나는 어깨를 으쓱했다.

"딱히 생각해본 적이 없나봐."

재희가 손바닥으로 등을 때렸다.

"뭐 먹고 싶어? 내가 살게."

재희의 어깨에 손을 얹으며 말했다. 재희는 어깨를 딱딱하게 굳히고 평소처럼 살갑게 기대지 않았다. 기껏 병원까지 왔는데도 뾰족한 해결책이 없다는 말에 속이 상했다. 그해, 재희는 깨지지 않는 그릇과 컵을 선물했다.

동화책에서 내 또래 아이가 엄마에게 "아기는 어떻게 생겨?"라는 질문을 했다. 나는 막연하게 엄마와 아빠 사이에서 내가 태어났다는 정도는 알았다. 동화 속 아이는 정말로 아무것도 모르는 얼굴로 물었다. 나도 엄마에게 같은 질문을 하고 싶어졌다. 동화 속 엄마는 아이에게 굉장히 다정하게 대답해주었고, 그래서 나도 물어볼 생각을 했던 것 같다. 그때 동화 속 아이 엄마가 뭐라고 대답했는지는 잊었지만 엄마가 한 말은 생생하게 기억한다. 엄마는 볼펜 끝을 자근자근 물어뜯었다.

"아이가 필요했어."

엄마는 학이 물어 온다거나 다리 밑에서 주워 왔다는 말로 돌리거나, 어린아이 눈높이에 맞춘 성교육을 하는 대신 솔직한 엄마 이야기를 했다.

"있잖아, 옛날에 옛날에……."

엄마는 다시 옛날이야기를 꺼냈다. 엄마가 이야기하는 방식이었다.

"큰 어려움 없이 곱게 자란 여자애가 있었어. 그 여자애는 대학에 가서 자기랑 완전히 다른 세계에서 자라온 남자애를 알게 되었어. 성격도, 좋아하는 것도 다른데도, 두 사람은 정말 좋은 친구가 되었어. 나는 그 애가 고른 영화를 보는 내내 졸려 죽을 뻔했어. 도대체 뭔 소린지 하나도 모르겠는 거야. 그런데 영화를 보고 나서 걔 이야기를 듣고 나면 아, 내가 그 지점을 읽지 못해 그렇지, 정말 멋진 영화였구나, 하는 생각이 드는 거야. 신기하지? 그렇게 주워들은 이야기를 그 영화 뭐냐고 투덜대는 친구 앞에서 어깨를 으쓱거리며 이야기한 적도 있고 말이야."

엄마는 늘 그렇듯 다른 사람 이야기처럼 말하려던 걸 잊었다. 엄마는 본격적으로 이야기를 하려고 쓰던 노트를 덮었다. 엄마는 예쁜 노트를 즐겨 모았다. 일기도 쓰고, 그림도 그리고, 책을 읽다 마음에 드는 구절을 발견하면 적기도 했다.

"그리고 그 친구도…… 자기가 좋아하지 않는 영화라도 날 위해서 봐줬어. 근데 하도 억지로 본 티가 나서, 영화관을 나와서 그 영화가 왜 재밌는지 한참 이야기를 했거든. 사실 별 이야기 아니었어. 근데 걔는 늘 영화를 보고 나면 뭔가 멋진 말을 하곤 했는데, 나는 그냥 재밌을 거 같고 남자 배우가 잘생겨서 보러 왔다고 말할 수는 없잖아. 한참을 떠들다보니 내가 무슨 이야기를 하는지 나도 모르겠더라고. 근데 걔가…… 고개를 끄덕이더니 그러는 거야."

엄마는 나와 눈을 마주쳤다. 나는 아빠가 '걔'라고 불릴 수도 있다는 사실을 막 소화한 참이었다.

"아, 그럴 수도 있겠구나, 라고. 그러네, 라고 말이야."

엄마는 창문을 열고 담배를 꺼냈다. 나는 그래서 결혼했느냐고 물었다. 엄마는 연기를 삼키는 중이라 고개만 저었다.

"우린 그냥 친구였어, 정말 좋은 친구."

이 부분에서 다시 기억이 섞인다. 분명 내가 엄마에게 저 질문을 했을 때는 아주 어릴 때였다. 지금도 동화책에서 본 천진한 아이 얼굴을 생생하게 떠올릴 수 있다. 하지만 이 대화를 나눌 때는 고등학생 무렵이다. 나는 엄마를 위해 재떨이를 가져다주며 엄마를 내려다봤다. 하긴, 엄마는 비슷한 이야기를 자주 했다.

"향미라고 엄마 친구가 있었거든."

나는 듣고 있다는 뜻으로 고개를 끄덕였다.

"걔가 그러는 거야. 우리가 결국은 사귈 것 같다고. 그래서 내가 웃으면서, 아냐, 우린 친구야, 그랬거든? 그랬더니 걔가 그러는 거야. 하긴, 걔 만날 바쁘지, 알바하느라. 집도 어렵고. 사귀면 힘들 거야."

엄마는 말을 할 때 손을 많이 움직였다. 재가 바닥으로 떨어졌다. 하지만 엄마는 보지 못했다. 엄마는 담배를 빨려다가 심지에 가깝게 타 있는 걸 보고 끄더니 새 담배를 꺼냈다.

"자기 힘으로 돈 벌어서 학교 다니고, 난 굉장하다고 생각해. 내가 그랬거든? 그러니까 향미가 글쎄, 네 말도 맞는데, 그래도 걔랑 사귈 애는 되게 힘들 거야, 그러는 거야. 어이가 없더라? 언제는 잘생겼네 어쩌네 난리 치더니……. 한 번은 둘이 술을 마시다가 그 이야기가 나왔어. 근데 걔도 그런 이야기를 몇 번 들었던 거야. 나랑 사귀냐, 그래서 안 사귄다 그러면, 하긴 걔 엄청 철없고 고생 모르고 예쁨만 받으며 자라서 사귀면 피곤할 거야, 그런 말을 들었다는 거야."

엄마가 말하는 '걔'는 엄마 친구 향미와 아빠 사이를 오갔다. 엄마 말을 들을 때는 이야기가 어디로 흐르는지 알아서 파악해야 했다.

"둘 다 미친 듯이 웃었어. 어쩌나 웃기던지. 우린 영원히 친구다? 하면서 술을 마시다가 글쎄, 내가 차가 끊긴 거야. 걔가 요즘 같은 세상에 술 취한 여자애를 어떻게 혼자 보내느냐고 바래다줬다? 그때 둘 다 엄청 취했거든. 그래서 서로 누가 누굴 부축한다고 할 것도 없이, 손잡고, 어깨에 팔 올리고, 무슨 이야긴지 하면서 막 깔깔거리고 웃는데, 우리 집 문 앞에서, 나 걱정되서 기다리던 아빠랑 딱 마주쳤어. 술이 단번에 깨더라고. 혁이는 술 아무리 마셔도 얼굴 안 변하거든? 근데 얼굴이 벌게져서 구십 도로 인사하고 갔고, 나는 새벽까지 시달렸어. 남자 친구냐, 언제부터 사귀었냐. 아무리 친구라고 말해도 안 믿더라고."

아빠는 '개'에서 '혁이'가 되었다. 그리고 나는 이야기가 어쩌다가 여기까지 왔는지 되짚다가 포기했다.

"나 맥주 마시고 싶다."

엄마가 말했다. 냉장고를 여니 소시지가 보였다. 소시지를 굽고, 케첩도 뿌려서 맥주와 함께 가져왔다. 예전에 아빠가 하던 일이다. 엄마가 그릇을 보더니 활짝 웃었다. 눈가에 있는 주름이 두세 개가 도드라졌다. 나이가 들었음을 나타내기보다는 매력적으로 보이는 주름이었다. 엄마는 맥주 캔을 두 손으로 잡고 한 모금 넘겼다. 귀여운 척하는 스무 살 여자애들에게나 어울릴 법한 몸짓이었다. 하지만 그게 어울리지 않거나, 나이에 걸맞지 않은 행동으로 보이지 않았다. 자연스러웠다. 문득, 아빠 친구들이 엄마랑 사귀는 걸 왜 만류했는지 알 것 같았다.

"부모님은 뭐 하시냐, 형제는 몇이냐, 꼬치꼬치 묻기에 술김에 아는 대로 다 말해버렸어. 그랬더니 엄마랑 아빠가 무슨 큰일이라도 난 모양 펄펄 뛰는 거야. 삼류 드라마 같았다니까? 왜, 부모가 결혼 반대하고 어쩌고저쩌고……. 갑자기 울컥, 성질이 나는 거야. 개 공부 잘해, 우리 학교 전체 수석으로 들어와서 전액 장학금 받아! 고래고래 소리를 질렀어."

엄마는 말을 마치고 발작적으로 웃었다.

"나 그때, 아빠한테 맞는 줄 알았어. 아빠가 그런 눈으로 나 보는 거 처음이었어. 우리 아빠가 왜, 얌전한 사람이 한 번 화나면 무섭다는 그런 사람이잖아."

"근데 어쩌다가 결혼했어?"

이야기가 밑도 끝도 없이 샐 것 같아 물었다. 엄마는 아, 하더니 소시지를 입에 넣고 한참 우물거렸다.

"미안하다."

엄마가 갑자기 턱을 앞으로 약간 내밀고, 날 빤히 쳐다보며 진지하게 말했다. 괜히 가슴이 덜컹 했다.

"걔가 그러더라고."

엄마가 천연덕스럽게 말을 이었다.

"다음 날 내가 울다 자서 퉁퉁 부은 얼굴로 학교에 가니까, 걔가 강의 끝나자마자 내 손 잡고 나가서 어제 어떻게 됐느냐고 물었거든. 대충 넘어가려고 했는데, 걔 눈빛이…… 도저히 거짓말을 못하겠는 거야. 그래서 사실대로 다 말할 수밖에 없었어. 내가 말하는 내내 잠자코 듣고만 있더니 불쑥 그러는 거야, 미안하다고. 네가 미안하긴 뭐가 미안해, 내가 미안하지. 그렇게 말하고 나니까 갑자기 눈물이 쏟아지더라. 또 한참 펑펑 울었어. 근데 그거 알아? 진짜 웃기는 게, 나중에 알았는데 걔도 나랑 비슷한 일이 있었지 뭐야. 걔네 어머니가 작은 가게에서 닭 튀겨 파는데, 왜, 탁자는 두어 개만 있고 주로 포장해 가는…… 거기에 걔가 창민이 데려간 적이 있나봐."

말을 끊지 않기 위해 나는 창민이가 누군지 묻지 않았다. 아빠도 알고 엄마도 아는 친구이리라.

"근데 창민이가 걔네 어머니한테, 그러니까 네 할머니한테 혁이 여자 친구 있다고 한 거야. 혁이는 여자 친구 아니라고 했지. 근데 걔네 어머니, 아니, 네 할머니도 울 엄마아빠처럼 나에 대해 꼬치꼬치 묻더니 혀를 끌끌 차며 그런 애면 안 되겠다, 그렇게 고생 모르고 자란 애면 너 힘들다, 그러더래. 혁이가 자기도 그 말 듣고 화났다고. 그래서 나 그렇게 생각 없는 애 아니라고 그랬다가 벌써 여자 친구 편을 드네 마네로 엄마랑 안 좋았던 적이 있나 봐. 웃기지?"

엄마는 날 빤히 보았다. 어쩔 수 없이 고개를 끄덕였다.

"그날 오후가 하필 전공수업이었어. 수업 직전까지 이야기하다가 같이 교실에 들어가니까 애들이 다 우리만 쳐다보는 거야. 나는 울어서 얼굴이 엉망이지, 혁이는 뭔가 비장해 보이지. 수업 끝나고 혁이가 눈인사만 하더니 먼저 나갔어. 안 그래도 심상치 않은 분위기를 풀풀 풍기며 들어왔는데 같이 나가면 애들이 또 엉뚱한 소리 해댈 테니……. 근데 여자애들이 혁이 나가기 무섭게 내 주위에 들러붙어서 무슨 일인지 막 캐묻는 거야. 하도 물어봐대서 어제 혁이가 바래다줬는데 부모님이 오해했어, 그러니까 향미가 기다렸다는 듯이 그러는 거야. 거봐, 부모님이 싫어하지?"

엄마는 쓰게 웃었다. 엄마에게서 좀처럼 보기 힘든 표정이었다. 맥주 캔을 뒤집어 탈탈 털자 마지막 남은 한 방울이 떨어졌다. 한 캔 더 가져다주려고 일어서자 엄마가 부엌으로 따라왔다.

"나 계란말이 먹고 싶다."

계란말이를 만드는 동안 엄마는 서서 이야기했다.

"버럭 소리를 질렀어. 재혁이가 어디가 어때서 그래? 근데 내가 그 이야기를 하는 바로 그때 혁이가 도로 온 거야. 핸드폰을 놓고 갔나 그랬어. 진짜, 그런 말 있잖아, 왜. 바늘 떨어지는 소리도 들릴 것 같다는 말. 그때가 딱 그랬어. 시간이 멈춘 것 같더라고. 숨도 쉴 수가 없었어. 한참을 그러고 있었나봐. 갑자기 재혁이가 와서 손을 잡아당겼어. 그리고 내 어깨에 손을 얹더니 데리고 나갔지. 가슴이 두근거리더라. 그때부터 사귄 거야."

계란을 말아 케첩을 뿌렸다.

"아빠 소금 간을 더 좋아하는데. 알아?"

나는 고개를 저었다.

"아빠 늘 내 입맛에 맞춰줬어. 근데 아빠 케첩 싫어해."

아빠는 '혁이'가 되었다가 '개'가 되었다가 '아빠'가 되었다.

"가슴이 두근거린 건, 그때가 처음이고 마지막이었어."

엄마는 쓸쓸하게 웃었다.

"그럼 왜 결혼했어?"

"글쎄……. 막상 사귀니 후련하더라고. 6년이었어. 사귀는 거냐 는 소리를 들은 게 6년이란 말이야. 대학 4년에 군대까지. 게다가 개가 군대 갔던 동안 나는 어학연수를 갔거든. 응, 좀 길게 갔지. 일부러 시기를 맞춘 건 아닌데, 애들은 다 그런 거라고 생각한 거 야. 6년을 너네 사귀는 거 아냐? 소리를 들어왔다고 생각해봐."

엄마는 담배를 꺼냈다. 그리고 몇 모금 연기를 마시고 내뱉었다.

"게다가 우린 생일까지 같잖니."

엄마는 웃었지만 진짜 웃음은 아니었다. 담배가 세 번째와 네 번째 손가락 사이 끝에서 당장이라도 떨어질 듯 아슬아슬하게 흔들렸다.

"상관없다고 생각했지 싶어. 사랑이라는 거, 유효기간 어차피 3년이다, 그 후에는 우정 비슷한 감정으로 가는 거고, 같이 살아온 정으로 산다더라. 미운 정, 고운 정 들어서 같이 늙고…… 그런 게 사는 거라더라. 그럴 줄 알았어. 사랑이 아니라는 건 알았지만 상관없을 줄 알았어. 정말이야. 아무 문제 없이 잘 살 수 있을 줄 알았어. 세상에서 날 가장 잘 아는 애니까, 나도 마찬가지고, 그러니까……."

엄마가 맥주를 마시는 속도가 빨라졌다. 냉장고에는 더 이상 맥주가 없었다. 이러다 내가 태어난 이야기를 듣기 전에 슈퍼에 다녀와야 할 것 같았다.

"애가 있다면 뭔가 달라질지도 몰라. 아니, 그때도 아니라는 건 알았어. 그 문제가 아니라는 걸. 그래도 우리는 할 수 있는 건 다 해봐야 했어. 헤어지면 다시는 못 보리라는 걸 알았으니까."

엄마는 맥주를 비웠다. 그리고 컴퓨터 앞에 앉았다. 그런 이야기를 한 걸 후회하는 것 같았다. 아니면 그저 말을 많이 한 후 가끔 찾아오는 허탈이었을지도 모른다. 대화가 끝났다는 노골적인 신호였지만 궁금한 게 있었다.

"헤어지니까 이번엔 친구들이 뭐래?"

"그래서 내가 친구들이랑 연락 안 하고 살잖니."

나는 잠시 엄마 뒷모습을 바라보다가, 슈퍼를 다녀올 필요가 없겠다 여겨 방으로 돌아갔다. 몇 분 지나지 않아 엄마가 나가는 소리가 들렸다. 엄마는 일단 술이 한 모금이라도 들어가면 손가락 하나 까딱하기 싫어한다. 그런 엄마가 스스로 맥주를 사러 나갔다. 날 부르고 싶지 않았기 때문이다.

한창 작업을 하는데 상냥하고 특색 없는 목소리가 울렸다.

— 이영애 씨가 전화하셨습니다. 받으시겠습니까?

나는 전화를 소리로만 돌렸다.

"왜?"

— 작업 중이야?

"응."

— 같이 저녁 먹자. 뭐 먹고 싶은 거 없어?

"별로."

— 삼겹살이랑 아이스크림 사 갈까?

"그러든지."

영애는 잠깐 입을 다물었다. 입을 삐죽 내밀고 있는 모습이 눈에 선했다. 영애는 토라지려다 참기로 한 듯 말했다.

— 집에 솥뚜껑 있어?

"없지."

— 삼겹살 구워 먹으려면 솥뚜껑이 최곤데. 정말 없어?

"없어."

대답하는 내내 내 손은 바쁘게 움직였다.

— 사 갈까? 근처에 솥뚜껑 파는 데 없어?

"몰라."

— 큰 마트 같은 데서 파는데, 정말 없어?

"없어."

— 회사 앞에 백화점이 있긴 한데, 들고 가려면 너무 무거운
데…… 어디 파는 데 없을까?

"몰라."

— 어휴, 정말……. 알았어, 내가 알아서 할게.

영애는 두 시간 후에 양손 가득 짐을 들고 왔다. 나는 영애가
들어오도록 옆으로 몸을 비켰다.

"브루스타 가져와."

"없는데?"

"브루스타도 없어?"

영애는 세상에 브루스타 없는 집이 있다는 말은 태어나서 처
음 듣는다는 듯한 태도로 말했다.

"응."

"아니, 어떻게 집에 브루스타도 없어? 없으면 아까 전화할 때
없다 그러지."

영애는 짜증을 내더니 사 오라고 말했다.

"뭐하러."

"바로바로 구워 먹어야 맛있지!"

"다른 거 먹자."

"어휴, 정말."

영애는 입술을 내밀었다. 이 여자는 지금 모습이 귀엽다고 군

게 믿는다.

"그럼 할 수 없지. 솥뚜껑도 사 왔는데, 왜 브루스타가 없담. 오빠, 이것 좀 씻어서 가스 위에 올려라."

영애가 솥뚜껑을 힘겹게 내밀었다. 잡을 엄두가 나지 않았다.

"프라이팬에 굽자."

"아유, 정말, 하여간, 솥뚜껑에 구워야 맛있다니까! 내가 할게."

영애는 과장되게 낑낑거리며 솥뚜껑을 개수대에 올려 씻은 후 밥통을 열었다.

"밥이 오래됐네. 버리고 새로 하자."

대답할 새도 없이 남은 밥이 음식물 쓰레기통에 들어갔다. 못 먹을 정도는 아니었는데. 만사 귀찮아졌다. 내가 원한 건 그냥 섹스였다. 영애의 피부는 아이처럼 부드러웠고 살집이 있어 안으면 품에 가득 차 기분이 좋았다. 영애는 부엌에서 찬장 문을 하나씩 열어보며 뭐가 있네 없네, 혼자 종알거렸다. 내버려두고 입체 안경을 착용했다. 지금 하는 작업은 아이들을 위한 민속 박물관이었다. 초안을 보낸 후 "정말 잘 만드셨는데"로 시작하는 긴 메일이 왔다. 요약하자면 아이들이 좋아할 만한 분위기를 더 내달라는 말이었다. 이렇게 막연한 요구가 제일 싫다. 작업물을 둘러보며 잠시 고민했다. 벽지를 한 단계 밝은 색으로 해볼까? 커다란 그림도 몇 개 넣고? 그럼 전시물이 죽을 텐데……. 몇 가지 수정안을 제안하면서 아이들이 좋아할 만한 분위기는 뭔지 자세히 물어봐야겠다고 메모했다.

"오빠, 밥 먹자!"

영애가 뒤에서 매달렸다. 은색 받침대 위에 놓인 도자기가, 연하늘색 벽이, 천장이 지진이라도 난 것처럼 흔들렸다. 눈을 감고 손을 뿌리쳤다. 눈을 뜨고 창을 모두 닫은 후 입체 안경을 벗었다. 옅은 베이지 색 벽이 눈에 들어왔다.

"근데 오빠 너무하다."

영애가 밥을 먹으며 말했다.

"나는 오빠가 내 짐 받아줄 줄 알았어. 어떻게 멀거니 보고만 있어?"

"무거운 거 잘 못 들어."

"남자잖아."

"아무튼 못 들어."

"왜?"

"손힘이 약해."

"병원엔 가봤어?"

"응."

"뭐래?"

영애가 상추쌈을 만들어 건네며 물었다. 손으로 받으려 하자 어깨를 흔들며 입 앞으로 가져왔다. 쌈 크기는 한 입에 넣기 적당했다.

"응? 의사가 뭐래?"

하지만 말을 하면서 먹을 수 있는 정도는 아니었다. 나는 입을 손으로 가렸다. 그렇게 큰 것도 아닌데 씹고, 씹고, 씹고, 씹어서야 삼킬 수 있었다. 난 상추쌈이 싫다. 맛이 없는 게 아니라 씹는 게 귀찮아 하나만 먹으면 바로 질린다.

"수술할 수도 있대."

"그래서 수술할 거야?"

"아니."

"왜? 불편하잖아. 아, 오빠 그때 그래서 컵 엎었던 거야?"

나는 눈으로 '언제?'라고 물었다.

"왜 그때…… 레스토랑에서…… 오빠 콜라 쏟았잖아, 컵 들다가. 하긴 거기 컵이 주석이라 좀 무거웠어. 그치?"

기억났다. 과히 유쾌하진 않았다.

"수술 안 해?"

"안 해."

"왜?"

"일상생활에 지장 없으니까."

"지장 있잖아. 무거운 물건도 못 들고."

"들 일 없어."

"없긴 왜 없어. 많이 있지. 수술비 많이 들어? 어떤 수술인데?"

영애가 또 상추쌈을 내밀었다. 가만히 있자 손을 모으며 입에 닿을 듯 가까이 가져다 댔다.

"오빠, 아, 해."

"지겹다."

영애 눈이 커다래졌다.

"가라."

영애의 손끝이 떨렸다. 나는 그 애의 눈을 똑바로 바라봐 그 애가 들은 말이 모두 사실이며 잘못 들은 게 아니라고 알려주었다. 상추쌈이 식탁 위로 떨어져 벌어졌다. 상추쌈은 언제나 단단히 잡고 있어야 한다. 그렇지 않으면 양념이, 마늘이, 고기가 고스란히 형체를 드러내는데, 일단 쌈에 들어갔던 것들은 벌어지고 나면 보기 흉해 못 먹을 음식처럼 보인다. 영애는 그걸 줍지도 어쩌지도 못하고 바라보다가 엉거주춤 엉덩이를 들었고, 그러다 의자를 쓰러뜨렸다. 영애는 허둥지둥 의자를 바로 세웠다. 그리고 다시 한 번 못 믿겠다는 눈으로 날 바라보았다. 난 영애의 눈길을 받지 않았다. 그렇다고 피하지도 않았다. 그 애가 자기 짐을 챙기는 순간에도, 마지막으로 내가 잡지 않을까, 사과하지 않을까 돌아볼 때에도 그 자리에 가만히 있었다. 무슨 소리냐고, 무슨 말을 그렇게 하느냐고 고래고래 소리 지를 빌미를 줄 마음은 조금도 없었다. 영애는 거칠게 문을 닫고 갔다.

평안이 찾아왔다.

며칠 후 귀가 찢어질 것 같은 "야!"와 함께 시작되는 영애의 메일을 튼 즉시 삭제했다. 얼핏 봤지만 얼굴이 벌건 것이, 취한 게 분명했다.

"무슨 소리야?"

재희가 물었다.

"스팸."

"헤에…… 바이러스 같은 거 묻은 거 아니지?"

"아니야."

재희는 시계를 흘끔 보고 만화책으로 시선을 돌렸다. 곧 재희의 남자 친구가 온다. 같이 점심을 먹고, 내가 다음 약속까지 시간이 남아 재희 집으로 왔다. 재희 남자 친구가 올 때쯤이 나갈 시간이다. 재희 남자 친구와 마주칠 수도, 그러지 않을 수도 있다. 어떤 사람일지 궁금하기도 하고 별로 보고 싶지 않기도 하니 어느 쪽이든 상관없다. 문득 둘러보니 집이 평소보다 깨끗했다.

"청소했어?"

재희는 킥킥 웃었다.

"아직 사귄 지 얼마 안 됐으니까."

재희는 낡은 반바지와 헐렁한 티셔츠를 입고 귀걸이를 했다. 옅은 BB크림과 투명한 립글로스를 발랐다. 집에서 만나기로 했는데 과하게 단장하기도 뭐하고, 그렇다고 너무 허술하게 있을 수도 없었겠지. 자연스러워 보이도록 의도적으로 만들어낸 흐트러짐. 아무렇지도 않은 듯 만화책을 보면서 사이사이 시간을 확인하며, 여동생이 남자 친구를 기다린다. 내가 가고 나면 섹스하지 싶어, 한 번 보고 싶다는 생각과 아예 안 보고 싶다는 생각이 둘 다 강해졌다.

내가 태어난 이유가 마지막까지 해볼 건 다 해보기 위해서였다면, 네가 태어나야 할 이유는 뭐였을까? 재희는 나보다 다섯 살 어렸다.

"오빠, 그거 알아?"

재희가 불쑥 물었다.

"뭐?"

"엄마가 그러는데, 난 피임을 실패해서 태어났대."

재희가 보던 만화를 내 쪽으로 펼쳤다. 놀란 얼굴의 남자 그림이 그려져 있었다.

"얘네가 술 마시고 사고 쳤는데, 여자애가 임신했어."

"아……."

"암튼 그랬대. 엄마가 고민 많이 했다고 하더라."

"뭘?"

재희는 킥 웃었다. 어머니가 생각 없이 말하는 사람이라는 사실은 익히 알고 있었다. 그러니 새삼스레 분노할 이유는 없다고 마음을 가라앉히며 메일함을 닫고, 담배를 물었다.

"우와, 암튼 우리 엄마지만 대단해. 엄마가 진짜로 그랬다니까. '되게 많이 고민했어.'"

재희는 "되게 많이 고민했어."에서 엄마 말투를 따라했다. 엄마 표정을 고스란히 떠올릴 수 있었다. 나는 천천히 담배 연기를 삼켰다. 재희가 미친 듯이 웃기 시작했다.

"오빠도? 그치? 오빠도 지금 그렇게 생각했지?"

"뭐라는 거야."

나는 괜히 장초를 껐다가 새 담배를 꺼냈다. 재희는 킥킥 웃으며 말했다.

"그 말 듣고 한 일주일쯤 지나서였나? 엄마한테 따졌어. 한참 고민했다니 그게 무슨 소리냐고. 그런데 엄마는 자기가 무슨 말을 했는지 기억도 못하는 거야. 서러워서 막 눈물이 나더라. 그래, 나 가졌다는 걸 알고 그렇게 고민했어? 그렇게 고민스러웠느냐고!"

일부러 느리게 담배를 피웠다. 긴장한 걸 들키고 싶지 않았다.

재희 앞인데도 말이다.

"악을 썼거든. 그랬더니 엄마가 그러더라고. '그럼, 너 갖고 많이 고민했지. 이제 아이도 둘인데, 그냥 아빠랑 평생 살아야지 않을까, 너랑 오빠가 아빠 없이 자라면 안 되지.'"

재희는 내가 상황을 모두 이해하도록 기다렸다가 깔깔 웃으며 말을 계속했다.

"그러더니 엄마가 내 양 손목을 꼭 붙잡더니 진지하게 말하는 거야. '아빠가 너네 맡기 싫어서 안 데려간 거 아니야. 엄마가 고집 부렸어. 난 너네 없으면 안 된다고. 아빠 원망하면 안 돼, 알았지?' 그러면서 아빠가 우릴 얼마나 사랑하는지 일장연설을 늘어놓더라고. 내가 뭘 물어봤는지 전혀 감을 못 잡은 거야. 그게……."

재희는 웃는 것도 우는 것도 아닌, 괴상하게 찌푸린 얼굴로 말했다.

"갑자기 너무 마음이 놓이더라. 그냥…… 엄마는…… 상상도 못한 일이라서, 내가 뭘 물어봤는지 이해를 못했다는 게…… 그냥…… 근데 오빠도 방금 나랑 똑같은 생각 했지? 그렇지? '많이 고민했어.' 그때 나랑 같은 생각한 거 맞지?"

"뭐라고 혼자 떠드는지……."

냉장고를 열고 콜라를 따랐다. 차가운 음료가 목구멍을 넘어지나갔다.

"내 남자 친구는 보험이었대. 걔네 집이 딸 다섯에 마지막에 아들을 낳았는데, 아직 애기일 때 죽은 거야. 왜, 병원에서도 이유를 모른다 그러는 거…… 유아돌연사라 그러나? 다시 힘내서 아들을 낳고도, 혹시 모른다는 생각에 또 낳은 거야. 그게 내 남자 친구지. 그래서 걔는 자기는 보험이라 그러더라. 근데 아직도 그런 거 따지는 집이 있나봐."

나는 재희의 종아리를 바라보았다. 길고 곧은, 모양이 예쁜 다리다. 엄마를 닮았다. 다행이다. 기왕 닮을 수밖에 없다면 좋은 점을 닮는 게 좋다.

나는 재희의 보험으로 태어난 남자 친구를 보지 않고 나갔다.

우리는 끝까지 '똑같은 생각'이 뭔지 입 밖으로 내어 말하지 않았다. 나 역시 태어나지 않을 수 있었다. 내게 생명을 준 사람은 단지 몇 분 만에 우리가 동시에 생각했던 어떤 일을 해치울 수 있었다. 나는 그 사실에 놀란 걸까, '그녀'가 그렇게 형편없는 엄마는 아니라는 사실에 안도한 걸까?

그래, 우리들의 어머니는 지금 나보다 더 어렸을 때 아버지가 할머니한테 항의했듯이, 그렇게 생각 없는 사람은 아니었다.

어릴 때 일이다. 초콜릿이 먹고 싶었다. 엄마는 하루에 하나 이상은 안 된다고 했다. 밤에 몰래 불도 켜지 않고 부엌으로 갔다. 엄마가 초콜릿을 김치그릇 뒤에 숨겨놓는 걸 알고 있었다. 김치그릇을 넘어 손을 뻗어서 초콜릿을 꺼내다가 팔목에 김치그릇이 걸렸다. 요란한 소리에 엄마가 달려왔다. 냉장고 불빛 아래 시뻘건 김치 국물, 유리조각, 손에 쥔 초콜릿이 고스란히 드러났다. 나는 울어야 할 때를 놓치고 야단맞을까 겁에 질렸다. 엄마가 날 부둥켜안고 등을 쓰다듬었다.

"신경 쓰지 마. 손아귀 힘이 멀쩡한 사람도 너만큼 물건 떨어뜨리고 너만큼 그릇도 깨먹어. 다 그래, 세상 사람들 다 어디 한 군데는 이상해. 다들 안 그런 척 살 뿐이야."

엄마는 날 혼내지 않았다. 뒤늦게 안도해 울음이 터졌다. 그리고 그 순간 그 말은 내 손에 문제가 있다는 걸, 재희가 날 데리고 병원에 가기까지 잊고 살게 했다. 그랬던 것 같다.

볼일을 마치니 10시가 넘었다. 나는 무턱대고 지아에게 전화해 나와달라고 했다. 나오라는 게 아니라 나와달라고 했다. 지아의 집은 엄하다. 보통 9시가 넘으면 부모님이 언제 오는지 전화한다. 이 밤에 나올 수 있을 리 없다. 혼자 카페에 앉아 노트북을 켰지만 화면이 눈에 들어오지 않았다.

초등학교 친구 중 정말 더럽게 먹는 애가 있었다. 같이 먹는 그릇에 반 베어 문 떡볶이를 내려놓고, 함께 먹는 오뎅 국물을 고추장이 묻은 숟갈로 떠먹었다. 오뎅 국물이건 떡볶이건 온통 침 범벅으로 만드는 꼴을 보자 역겨워 더 이상 먹지 못했다. 하지만 키스는 다르다. 입 가장 깊숙한 곳에 혀를 들이밀고, 상대의 혀를 입 안으로 잡아끌고 핥고 빨고 당기고 맛본다. 며칠 씻지 않은 여자와 섹스한 적이 있다. 그녀는 금방 씻고 오겠다고 했지만 둘 다 기다릴 수가 없었다. 나는 그녀의 온몸 구석구석 남김없이 탐닉했다. 그날 섹스는 두고두고 기억에 남을 만큼 좋았다.

지아의 집에서 내가 있는 곳은 사십 분 거리였다. 지아는 내가 전화한 지 정확히 오십 분 만에 왔다.

지아와 영애는 같은 회사에 다녔다. 그 회사에서 웹사이트를

3D로 리뉴얼해달라며 연락이 왔었다. 웹사이트 담당은 영애였고, 지아는 고객 문의 담당이었는데, 어느 날 웹사이트에 대한 고객 요청 사항을 전달해주러 같이 나왔다. 지아는 눈에 띄는 사람이 아니었다. 다만 그녀가 처음부터 날 마음에 들어 했다는 건 기억한다. 그런 건 그냥 알 수 있다.

"지아 씨, 이 사람 바람둥이래요. 소문이 파다하더라고요."

영애도 지아의 기색을 바로 눈치채고 말했다. 더 이상 관심 갖지 말라는 경고처럼 들리기도 했다. 지아는 당황해 웃었다.

"그렇다고 들었는데, 아니에요?"

영애는 내가 반론을 펼치거나 누구에게 어떻게 무슨 이야기를 들었는지 묻기를 기다리다 아무 반응이 없자 재차 물었다. 뭐라고 대답했는지는 기억나지 않는다. 영애가 먼저 나에게 다가오지 않았다면 지아가 어떻게 했을지는 알 수 없다. 영애는 적극적이었고, 그게 귀찮아지기 전까지 만났다.

영애와 만날 때에도 지아와 차를 마시고 영화를 봤다. 데이트라고 하기에도, 데이트가 아니라고 하기에도 애매한 만남이었다. 지아는 날 경계했다. 술이 아니라 늘 차를 마셨다.

지아는 딱딱하게 굳어 자리에 앉았다. 부모님 몰래 나왔든, 핑계를 만들어 뛰쳐나왔든 집에 가서 있을 일이 걱정되기 때문만은 아니었다. 그녀는 분명 며칠 전에 있었던 일을 영애에게 들었다. 그런데도 내가 와달라니 나왔다. 지금까지 때로 날 만난 사실을 영애에게 말하지 못했듯 오늘 나온 일도 말하지 못한다. 그녀는 죄책감에 사로잡혀 있었다.

딱히 지아를 불러야 할 이유는 없었다. 영애가 없더라도 섹스할 상대는 있었다. 군이 누군가를 안고 싶은 기분도 아니었다. 나는 지아를 앞에 두고, 지금까지는 어떻게 영애와 섹스할 수 있었는지, 왜 더 이상은 하고 싶지 않은지 생각했다. 군이 좋아서 만나온 것도 아닌데, 영애가 내가 가장 좋아하는 연보라색 레이스 속옷만 입고 침대에 누워 있더라도 내키지 않을 것 같았다.

"불러놓고 왜 말이 없어요?"

지아가 쌀쌀맞게 물었다. 나는 한동안 못했는데 영애가 아무것도 입지 않고 눈앞에 누워 있다면 할 수 있을지도 모른다고 생각하던 참이었다.

종업원이 다가와 곧 영업이 끝난다고 말했다. 나는 지아에게 우리 집으로 가자고 했다. 지아는 뜻밖의 말에 놀라 바로 답변하지 못했다. 대부분 너무 예상 밖의 말을 들으면 거절하지 못한다.

"아직 저녁을 못 먹었어. 사 먹기는 싫어서."

나는 아무렇지도 않다는 듯 말하고, 더 생각할 틈을 주지 않으려 일어났다.

지아는 현관에서 바짝 긴장해 신발을 벗었다. 나는 파스타를 만들었다. 면을 삶고, 몇 가지 채소를 볶아 시판하는 소스를 넣기만 하는 간단한 요리인데도, 여자들은 종종 요란하게 감탄하곤 했다.

접시를 가져가니 지아는 애처로울 정도로 딱딱하게 굳어서 의자 끝에 엉덩이만 붙이고 앉아 있었다. 나는 포크와 숟가락을 앞에 놔주었다. 지아는 접시에 담긴 게 음식이 아니라, 고3 첫 시험

성적표라도 되는 양 얼어붙어 바라보았다. 내버려두고 잘 먹었다. 정말로 저녁을 못 먹었고, 사 먹기가 싫었다. 내가 다 먹자 지아는 그 순간만 기다렸다는 듯 그만 가야겠다고 일어났다. 나는 커피를 타주겠노라 했다. 그녀가 거절할 말을 찾아 머뭇거리는 동안 물을 끓였다. 지아는 뜨거운 커피를 급하게 마셨다. 느긋하게 마시다 지아가 다 마시자 남은 커피를 놔두고 바래다주겠다고 일어났다.

나는 집에 들어가 나올 때까지 그녀에게 손가락 하나 대지 않았다. 택시 타는 곳으로 가는 내내 아무 말이 없는 그녀의 마음이 훤하게 들여다보였다. 그녀는 영애에게 죄책감을 느꼈고, 우리가 어떤 관계인지 몰라 혼란스러웠다. 나는 매너 좋은 남자 친구처럼 택시 기사에게 택시비를 주며 집까지 잘 부탁한다고 말하고 집으로 돌아왔다.

어지러웠다. 시간이 천천히 흐르는 것 같았다. 벨이 울렸다. 문손잡이가 유난히 찼다. 선영은 문간에 서서 물끄러미 날 바라보았다.

"어디 아파?"

"아니."

"흐응……."

그녀는 가만히 내 얼굴을 바라보다가 갑작스레 목덜미를 잡아채더니 입 맞췄다. 혀가 들어와 내 입안 곳곳을 맛보았다. 그녀는 날 침대 위에 쓰러뜨려 양 허벅지로 내 허리를 조였다. 그리고 옷을 벗었다. 그녀의 가슴은 내가 지금까지 본 가슴 중 가장 근사하다. 내가 감탄한 걸 눈치챈 선영이 소리 높여 웃었다. 그녀 앞에서는 감정을 속일 수 없고, 속일 필요도 없다.

선영은 이따금 과격했다. 허리띠를 풀더니 내 손목을 묶었다.

"아프면 말해."

그녀가 내 눈을 보며 말했다.

"응."

사실은 세게 조여서 아팠다. 하지만 그녀의 흥을 깨고 싶지 않았다. 그녀는 어깨를 잡아 눌렀다. 그리고 다시 물었다.

"아파?"

"아니."

그녀는 점점 거칠어졌고, 사이사이 몇 번 물었다. 아파?

마침내 그녀가 천천히 숨을 쉬며 내려와 누웠다. 그리고 잠시 내 옆얼굴을 바라보았다. 나는 토할 것 같아 최대한 느리고 고르게 숨을 쉬려 노력했다. 선영이 일어나는 기척이 느껴졌다. 그녀는 내 손목에 묶은 허리띠를 풀더니 바로 샤워하고 나왔다. 옷을 입고 화장을 하고 신발을 신었다. 어지러워 일어날 기운이 없었다.

"가는 거야?"

그녀는 문간에 서서 발치를 내려다보았다. 왈칵, 짜증이 일었다. 도대체 왜 여자들은 말로 하지 않을까. 입으로는 괜찮다고 하면서 눈으로, 얼굴로, 몸으로 알아달라고 한다. 선영은 달랐다. 그녀는 한 번도 그런 모습을 보인 적이 없었다. 언제나 경쾌하게 만났고 산뜻하게 헤어졌다. 그래서 편했다. 그런데 그런 선영마저 저런 얼굴을 한다. 저런 식으로 굴지 않을 여자란 세상에 없는 걸까. 그녀가 갑작스레 고개를 들더니 특유의 시원스러운 웃음을 지었다.

"갈게."

눈을 뜨자 지아가 보였다. 커다란 눈에 눈물이 고여 있었다. 어렴풋이 문을 열어준 기억이 났다.

"끓일 줄 몰라 사왔어요."

나는 그녀가 건네는 대로 죽을 먹었다. 죽을 다 먹자 약을 내밀기에 받아먹었다. 방은 선영이 나간 모습 그대로였다. 나는 벌거벗은 데다, 옷가지는 어지럽게 널렸고, 찢어진 콘돔 봉지가 바닥에 붙어 있었다.

"더 자요, 갈게요."

나는 지아의 손목을 잡았다. 지아가 날 때리기라도 할 듯이 노려보았다. 눈물이 그녀의 턱을 타고 밑으로 흘러내렸다. 나는 그녀의 손을 잡은 채 잠들었다.

선영에게 연락이 없었다. 전화를 했지만 받지 않았다. 한 달이 지났다. 비로소 나는 그때 그녀가 작별을 고했음을 알았다. 그 표정은 역시 잘못 본 게 아니었다. 무엇이 그녀의 심기를 거슬렀는지 알 도리가 없었다. 그녀는 몇 초간 생각하고, 결론을 내리고, 그녀답게 미련 없이 돌아섰다.

아쉬웠다. 화도 났다. 그녀는 많은 면에서 나와 동류였다. 우린 맞는 구석이 많았다. 적어도 나는 그렇게 느꼈다. 하지만 그녀는 한순간에 날 차버렸다.

선영은 다를 줄 알았다. 하지만 그녀도 다른 사람과 같았다.

지아도 내 연락을 피했다. 회사 앞에서 전화를 걸었다. 지아는 야근한다고 말했다. 나는 기다리겠다고 했다. 카페에서 노트북을 켜고 한창 작업을 하는데, 누군가 앉는 기척이 느껴졌다. 입체 안경을 벗자 지아가 보였다. 그녀는 내게 화를 낼까 말까 고민하고 있었다. 나는 뭘 마실 거냐고 물었다. 그녀는 오렌지에이드를 시켰다.

"나 오늘 당신 집에 갈래요."

얼음이 다 녹도록 꾹 다문 입을 열지 않던 그녀가 말했다.

"집 안 치웠어."

"언젠 치우고 살았어요?"

"늦었어."

"괜찮아요."

"내일 출근해야지."

그녀가 벌떡 일어나더니 내 손목을 단단히 잡았다. 그리고 앞장섰다.

"나 피곤한데."

그녀는 대답 대신 한 발, 한 발 힘주어 걸었다. 어제 청소도우미를 불러 집은 깨끗했다. 거짓말이 들켰지만 그녀는 문제 삼지 않았다. 지아는 날 앞에 세우고, 걸음 수를 정확히 세서 걸어야 하는 사람처럼 걸었듯이, 힘차게 블라우스 단추를 풀었다. 나는 그녀의 손목을 잡았다.

"커피 마실래?"

지아는 얼어붙은 듯 몸이 굳더니 작은 주먹으로 내 가슴을 쳤다. 한 대, 두 대, 처음에는 천천히, 나중에는 정신없이, 내가 버티지 못해 몇 걸음 뒤로 물러설 정도로 치더니 흐느껴 울었다.

"나는……."

그녀는 힘겹게 고개를 들었다.

"나는 다 보이는데…… 나는 다 아는데…… 왜 당신이 날 부르는지, 왜 보란 듯이 그런 걸 보여주는지, 나는 훤하게 다 읽히는데…… 왜 그걸 몰라요? 왜 보려고 하지 않아요?"

어깨를 감싸려 하자, 뿌리쳤다.

"똑바로 보란 말이야! 왜 외면하는 거야! 도대체 왜!"

지아는 쓰러지지 않으려 벽에 손을 짚어 버텼다. 날 보며 말해야 하는데, 본의 아니게 바닥을 향해 악을 썼다. 눈물이 나뭇결 모양의 바닥재에 떨어지는 게 보였다. 한 방울, 두 방울, 서로 다른 곳에 떨어지던 물방울이 모여 작은 웅덩이가 되었다. 바닥에 있던 미세한 먼지 조각이 물방울 위로 올라왔다. 그녀는 가방을 들었다. 현관에 앉아 신발을 신었다. 끈을 조여야 하는 부츠라 신는데 오래 걸렸다. 그녀는 이번에도 한 획 한 획 또박또박 그어 글자를 쓰듯이 끈을 당기고 묶더니 발을 바꿔 반복했다. 문을 열고 허리를 꼿꼿이 세우고, 사라졌다.

아버지는 다정한 사람이었고, 우리는 화목한 가정이었다. 주말이면 우리 가족은 미술 전시회에 가곤 했다. 사람이 너무 몰려 어른들 키의 반이나 닿을까 말까 한 나로서는 도저히 뭘 볼 방도가 없는 전시회도 있었고, 반대로 발걸음 소리도 울릴 만큼 휑한 전시회도 있었다. 어느 쪽이든 나와 재희는 늘 몇 걸음 걷지 않아서 지쳐 칭얼댔다. 그럼 아버지는 우리를 데리고 매점이나 카페로 가 아이스크림이나 음료수를 사주며 어머니가 다 보고 나오길 기다렸다.

한 번은 엄마가 넋을 놓고 한 그림을 바라보았다. 공중에 나무가 떠 있는 그림이었다. 이때쯤 재희가 다리 아프다고 우는 소리를 했다.

"그래, 초코 우유 마시러 갈까?"

아버지가 날 불렀다.

"난 엄마랑 마저 볼래."

그 그림과 엄마가 그림을 바라보던 눈 중 무엇이 날 끌었는지는 지금도 확실하지 않다. 나는 육학년이었고, 이제 다 컸으니 갓 초등학교에 입학한 재희와 달랐다. 다리가 아파도 참을 수 있었다. 아버지는 당황했다.

"다리 아프잖아. 아빠가 과자 사줄게."

"아니, 안 아파. 마저 볼래."

나는 엄마 손을 잡았다. 엄마는 손을 잡아주지 않았다. 나도 모르게 손을 놓았다. 아빠가 내 손을 잡았다.

"가서 쉬자, 다리 아프지?"

아빠는 억지로 데리고 나온 게 미안했는지 매점에서 이것저것 간식거리를 사줬지만 손도 대지 않았다. 엄마가 오자 아빠가 일어섰다.

"잘 봤어?"

"응."

엄마가 활짝 웃었다. 아빠가 엄지로 엄마 뺨을 쓰다듬었다. 엄마의 입술이 움직였다. 고마워. 소리는 들리지 않았지만 입모양으로 알았다. 그때 그 시간들이 우리 가족을 위한 시간이 아니라 엄마를 위한 아빠의 배려였음을 깨달았다.

낳기로 결정한 건 당신들의 의지였다. 그럼 태어나기로 결정한 건 누구의 의지였을까? 반쪽 정보만 가진 그 수많은 운반체 가운데 나여야 한다고, 반드시 내가 되어야만 한다고 단 하나의 본능만 가지고 필사적으로 헤엄쳤던, 혹은 그 자리에 앉아 제일 강하고 빠른 단 하나를 기다리며 유혹하던 그건 누구의 의지였을까? 내가 아닐 수도 있었던 수많은 가능성을 생각하면 현기증이 났다. 벼락에 맞을 확률보다 내가 온전히 나로 되기가 더 힘들었을, 불가능한 확률을 뚫고 날 만든 건 누구의 의지였을까?

엄마와 아빠라는 호칭이 어색해졌는데, 어머니와 아버지도 낯설어서, 어느 순간부터 그냥 부르지 않았다.

집에 돌아와 습관처럼 손을 뻗어 불을 켜고, 창문을 열어 환기를 시켰다. 컴퓨터를 켜자 낯선 주소로 메일이 와 있었다. 지아였다. 그녀는 내게 메일을 보낸 적이 없었다. 올 것이 왔다. 나는 이

날을 기다렸다. 나는 이날이 오리라는 걸 알았다. 화면 속에서 그녀는 하염없이 울었다. 내게 보이기 위한 눈물이 아니었다. 내가 이렇게 울지 않느냐고, 그러니 너는 그래서는 안 된다고 말하기 위한 눈물이 아니었다. 그녀는 손바닥으로 눈물을 닦았다. 우는 모습이 부끄러워서 어떻게든 감춰보려고, 울면서 말하자니 자존심 상해 닦는 게 아니었다. 그저 눈물이 얼굴을 간질여 신경 쓰이니까 손바닥으로 눈물을 닦으며 말을 계속했다. 한 마디도 안 하고 사라져줄 수는 없어서 보낸 메일이 아니었다. 악담을 하기 위해서도, 아무렇지도 않다고 과시하기 위해서도 아니었다. 지아는 이 과정이 자신을 위해 필요함을 분명하게 아는 사람만이 보일 수 있는 태도와 목소리로 이야기했다. 설사 내가 이걸 보지 않아도 아무 상관 없었다.

　마지막에 그녀는 차분한 웃음을 지었다. 화면이 꺼졌다. 나는 그녀가 무슨 말을 했는지 듣지 못했다. 그래서 리플레이를 눌렀다. 같은 장면이 재생되는데, 여전히 소리는 들리지 않았다. 그녀의 짧고 통통한 손가락이 얼굴을 훑고 지나갔다. 목이 말랐다. 냉장고를 열어 물병을 꺼내다가 떨어뜨렸다. 물병은 발등을 찍고 바닥에 닿았다. 한순간, 나는 어쩌면 병이 깨지지 않을지도 모른다고 생각했다. 바닥에 닿았던 바로 그 순간 병은 멀쩡했다. 곧이어 조각이 나서 흩어졌다. 그리고 발등을 따라 극심한 통증이 올라왔다. 주춤거리다 유리 조각을 밟았다. 찔린 발을 들어 올렸다가 중심을 잃었다. 개수대를 잡고 겨우 넘어지지 않고 버텼다. 발을 살그머니 바닥에 내려놓았다. 그리고 몇 걸음 물러서서 유리가 없을 만한 곳에 발을 디디고 쩛은 발을 들고 발등을 문질렀다. 방심했다. 발을 내리는 순간 찌르는 듯한 아픔이 밀려왔다. 유리 조각은 멀리 퍼진다. 특히 깨진 조각은. 발에 밟힌 조각을 주웠다. 색이 달랐다. 물병에서 깨진 게 아니었다. 때로 오래전 깨진 물건 조각이 몇 달이 지나도록 어딘가 남아 있기도 한다.

물과 유리 조각으로 엉망이 된 바닥을 보며, 물에 젖어 더 거치적거릴 조각들을 치우고 닦을 생각을 하다보니, 이제 다치는 게 지겨워졌다. 그런데 언제는 다치고 싶어서 다쳤던가.

■ 횡 단 보 도 는 ……

　2011년에 거울에서 첫 장편『지우전 ; 모두 나를 칼이라 했다』출간을 기념해 내 특집을 했다. 그때 거울 필진들이 가장 좋아하는 내 단편을 뽑는 기획이 있었는데, 그중 이 단편이 읽고 오래 마음에 남는다고 뽑아준 분이 있었다. 「횡단보도」는 2008년 7월 거울 62호에 발표한 글이며, 초고에서 제목을 살짝 바꾸었다는 사실을 기술하는 이상으로, 단편선 두 권을 통틀어 작품후기를 쓰기 가장 어려운 글 중 하나인데, 가장 좋아하는 단편으로 뽑아준 분에게 새삼 고마운 마음이 든다.

　시간이 지난다고 꼭 과거를 객관화해서 볼 수 있는 건 아닌가보다. 초고를 쓴 지 5년이 지난 지금도 이 글은 여전히 무어라 말하기 어렵다. 편집자도 줄거리를 요약하기 힘들어했는데, 제목이 "횡단보도"라 앞에 낸 작품집『원초적 본능 Feat.미소년』에서『각인』으로 넘어오는 길목이 되라는 의미로, 명당(?)인 첫 자리를 차지했다. 꼭 제목이 아니더라도 어느 면『원초적 본능 Feat.미소년』에 실린 몇 작품과 궤를 같이 하는 면이 있으니만큼 작품집의 첫 작품으로 제 역할은 하리라 본다.

온우주
단편선

심 연

심 연

둥근 창문 밖으로 녹색 야자수로 덮인 섬이 보였다. 뻑적지근한 몸을 끌고 선실에서 간판으로 올라오자 열대의 뜨거운 태양열이 여과 없이 쏟아졌다. 손으로 차양을 만들었다. 손등이 익는 속도에 맞춰 섬이 점점 커졌다. 성미 급한 몇몇은 벌써 가방을 쌓아 놓은 곳에 가서 줄을 만들었다.

배에서 내리자 소형 트럭 기사들이 달려들었다. 손짓으로 거절하고 걸었다. 지도에서 보건대 선착장에서 싸이리 해변은 걸어갈 만했다. 한참을 걷다보니 어느덧 길을 따라 방갈로와 다이빙 사무소가 펼쳐졌다. 슬슬 가방이 어깨를 짓눌렀다. 어디든 들어가야 하는데도 발은 멈출 생각을 하지 않았다. 나는 갈 곳을 정하기라도 한 것처럼 야트막한 오르막길을 올랐다. 가녀린 바람이 눈썹을 스쳤다. 문득 다이빙 사무소 앞에 짧은 금발 남자가 다리를 까닥이며 한가하게 앉아 있는 모습이 눈에 들어왔다. 블루 돌핀 리조트. 충동적으로 다가가 짐을 내려놓았다.

"방 있어요?"

그는 느긋하게 일어나 방갈로를 몇 개 보여주었다. 바다를 향한 방갈로는 유리로 만든 벽에 화사한 커튼과 에어컨을 달았다. 800밧. 그는 내겐 비쌀 줄 알았다는 듯 어깨를 으쓱하더니 거리 쪽에 있는 방갈로로 갔다. 바다에서 떨어진 방갈로는 나무로 지은 오래된 건물이었다. 그는 그중 하나를 열어 보여줬다. 침대 두 개에 작은 탁자와 의자가 있었다. 화려하진 않아도 깔끔했다. 그는 말없이 나와 다른 방갈로로 갔다. 같은 구조인데 외진 곳에 있었다. 그 점이 마음에 들었다. 게다가 밖에서 볼 땐 허름한데 안은 다른 방갈로보다 시원했다. 나무 방갈로는 위치에 따라 300밧에서 250밧인데 이 방갈로만 200밧이라고 했다. 처음부터 이 방갈로를 보여줬다면 이 리조트는 이런 낡은 방갈로밖에 없나, 아니면 내가 돈 없어 보여 일부러 사람들이 기피하는 방갈로를 내주나 싶어 다른 리조트를 찾아갔을지도 몰랐다. 하지만 앞에 방갈로들을 보고 나니 이 방갈로가 내게 제일 맞다는 생각이 들었다. 이 남자는 일부러 이 방갈로를 제일 마지막에 보여주었다. 사람을 대하는 일을 해왔다고 누구나 이렇게 능숙하면서 편안하게 배려할 줄 아는 건 아니다. 이 리조트에 오려 뙤약볕 아래 짐을 메고 걸어왔나 싶은 생각마저 들어 속으로 피식 웃고는 고개를 끄덕였다. 그는 열쇠를 주더니 돌아섰다.

"체크인은?"

내가 물었다. 그는 고개만 돌려 천천히 하라는 듯 웃었다. 그제야 내 몰골이 어떨지 짐작이 갔다. 머리는 덕지고 옷은 후줄근하고 몸에서는 땀내가 풀풀 나리라. 방콕에서 따오까지 13시간이었다. 나는 충동적으로 그의 이름을 물었다. 그는 닐이라고 답하더니 올 때처럼 여유로운 걸음으로 사라졌다.

옷을 훌러덩 벗고 샤워기 밑에 섰다. 샤워기 아래에 꼬 따오는 작은 섬이니 물을 아껴 써라, 방에는 수건 두 장, 이불 두 채가 있으니 잃어버리면 얼마고 따위의 이야기를 코팅한 종이에 써 붙여놓았다. 버스와 배에서 시달리며 잔 잠은 잠이 아니라 씻고 침대에 눕자마자 곯아떨어졌다.

저물녘에 잠에서 깨 대충 씻고 밖으로 나갔다. 카페마다 사람들로 북적였다. 가까이 있는 바에 들어가 맥주를 시켰다. 주위에 있는 이들은 대부분 떠나온 이들이었다. 언어도, 피부도, 머리색도 각양각색이었다. 한국에서 낯선 사람들에 둘러싸여 있을 때는 느끼기 어려운 편안함이, 타국에서 인종마저 다른 이들 사이에 섞여 있을 때 찾아왔다. 상념에 잠기기 좋은 순간이었다.

나는 온라인 게임 기획자였다. 적성에 안 맞는 학교를 휴학하고 놀다가 얼결에 게임회사에 들어갔다. 처음엔 모바일 쪽에서 일하다가 온라인 게임으로 자리를 옮겼다. 미국 온라인 게임을 벤치마킹한 〈포에버 워Forever War〉라는 게임을 시작부터 같이 했다. 그리고 시작부터 문제가 많았다. 우린 적어도 두 달은 더 있어야 오픈할 수 있다고 했지만 사장은 막무가내였다. 사장의 억지를 이기지 못해 연 베타 테스트는 끊임없이 문제를 일으켰다. 일주일에 한두 번 집에 갈 정도로 밤샘에 야근을 해도 업무는 줄지 않았다. 우린 종종 게임을 "포에버 웍Forever Work"이라고 불렀다. 문제를 해결하기 위해 패치를 하면 새로운 문제가 터졌다. 유저들은 새벽에도 전화를 걸어 따졌고, 변성기도 채 지나지 않은 목소리로 욕설을 퍼붓다 끊기도 했다. 전화벨만 울리면 사무실 분위기가 험악해졌다. 때맞춰 코앞에 있는 회사에서 연 게임이 연이어 화제에 오르면서 팀장이 사장과 싸우고 그만뒀다. 누가 시켰는지도 모르게 내가 임시 팀장이 되었다. 책임감과 업무는 늘었지만, 급한 불부터 끄고 정식 팀장이 될 때 협상하자며 월급은 그대로였다. 그래도 어떻게든 잘해보려 했다. 얼마 후 사장 조카가 낙하산 팀장으로 내려왔다. 반은 어이없었고, 반은 잘됐다 싶었다. 팀장 노릇에도 지쳐 있었다. 새 팀장은 출근한 첫날 우리나라에서 제일 잘나가는 온라인 게임과 우리 게임을 조리 있게 비교하며 앞으로 나아갈 바를 말했다. 지금까지 한 일 중 반 이상이 무의미해졌다.

"비아 씽"

친근한 목소리에 공상에서 깨어났다. 닐이 나를 보더니 이를 반쯤 보이며 웃었다. 주문한 맥주가 나오자 닐이 병을 내밀기에 나도 마주 들어 부딪쳤다.

"무슨 생각 해?"

닐이 물었다.

"별거 아니야."

"내일 다이빙 하지?"

"오후에."

닐은 더 묻지 않고 맥주를 입에 대었다. 우린 옆에 앉았으니 뭐든 대화를 이어가야 한다는 생각 없이 각기 맥주를 마셨다. 회사를 그만두고 처음 마시는 맥주였다. 짐을 싸서 집으로 돌아와 아무것도 하지 않고 누워서 잠만 잤다. 오후 2시에 일어나 부스스한 머리로 밥을 먹으며 부엌 벽에 걸린 달력을 보았다.

"오늘 무슨 요일이에요?"

"17일 월요일이다."

어머니가 무심히 말했다. 회사에서 분명 월요일에 짐을 쌌는데…… 방에 처박혀 내 발로 나온 건지, 잘린 건지 생각하는 동안 일주일이 흘렀다. 회사에서 일한 시간이 어떻게 지나갔는지 알 수가 없었다. 내 삶에서 2년이 어느 날 눈을 뜨고 보니 통장 잔고에 얼마 되지 않는 숫자만 남기고 사라졌다.

다음 날 가장 빠른 비행기 표를 예매하고 태국으로 왔다. 목적지는 처음부터 따오였다. 아무 생각 하지 않고 해변에서 뒹굴며 다이빙만 하고 싶었다.

"오후라면 괜찮지만 너무 많이 마시지 마."

닐이 먼저 자리를 떴다. 나도 마저 마시고 일어났다.

장비실에서 몸에 맞는 슈트와 BCD, 핀을 고르고 배에 올랐다. 20~30인까지 수용이 가능한 큰 다이빙 전용선이었다. 1층에는 조종실과 화장실이 있고 양쪽으로 공기탱크들이 고정대에 늘어서 있었다. 2층은 가장자리에 의자를 붙여 쉴 수 있게 만든 것 외에는 아무것도 없었다. 2층에서 조별로 다이빙 포인트에 대한 간략한 브리핑이 있었다. 내가 속한 팀의 리더는 닐이었고 나를 제외한 세 명은 함께 여행 온 캐나다 가족이었다. 나처럼 혼자 온이가 없어 다행이었다. 나는 짧게 인사만 하고 입을 다물었다. 캐나다 가족은 나를 내버려두고 자기들끼리 웃고 떠들었다.

혼자 멍하니 바다를 보다 배가 멈추자 1층으로 내려갔다. 첫포인트는 사우스웨스트였다. 먼저 장비를 갖추고 있던 다른 팀이 바다로 들어가고 있었다. 우리 차례가 되었다. 닐이 먼저 배에서 뛰어내려 한 손으로 호를 그리며 머리 위에 올렸다. 안전하다는 신호다. 닐의 뒤를 이어 난간에 올라 심호흡을 하고 호흡기와 마스크를 손으로 가볍게 누른 상태에서 발을 크게 앞으로 뻗었다. 몸이 붕 떴다 싶더니 곧 차가운 물이 몸을 맞이했다. 충격이 지나고 몸이 떠오르자 부력조절기에 공기를 채웠다. 다른 사람들도다 내려오자 닐이 모두 준비되었냐고 묻더니 주먹을 쥐고 엄지손가락을 밑으로 내렸다. 다들 닐의 신호에 맞춰 인플레이터 호스를 머리 위로 치켜 올려 부력조절기에서 공기를 뺐다. 바람 빠지는 소리와 함께 몸이 서서히 아래로 가라앉았다. 수면 밑으로 머리가 내려가자 갑자기 주위가 조용해졌다. 들리는 소리라곤 숨을 내쉴 때 공기방울이 들어오고 나가는 소리뿐이다. 물속에 들어와서야 깨달았다. 내게 필요했던 건 바로 이 고요였다.

검푸른 잉크에 맑은 물을 부은 듯 수면 가까이는 밝은 청빛이다가 내려갈수록 물빛이 점점 짙어졌다. 아직 얼마 내려가지 않았는데도 갈치처럼 생긴 길쭉한 바라쿠다 십여 마리가 무리 지어

지나갔다. 24미터까지 내려간 후 닐이 인도하는 대로 몸을 움직였다. 숨을 깊숙이 들이마시고 천천히 내뱉는다. 길게 엎드려 무중력의 우주 공간을 유영하듯 발을 찬다. 바닥에 닿지 않을 정도로 중성 부력을 유지하며 3차원으로 움직이는 공간에 합류했다. 닐이 오른손을 머리에 올려 한 바퀴 돌렸다. 사람 뇌처럼 생긴 브레인 산호 위로 꼬리지느러미는 하얗고 노란 몸통에 파란 줄무늬가 물결치듯 그려진 엔젤피시가 느긋하게 헤엄치고 있었다. 커다란 돌 밑에서 파란 점박이가오리가 졸다가 사람들의 시선이 못마땅한지 길게 늘어진 꼬리를 한 번 흔들었다. 주둥아리가 쥐덫처럼 뾰족뾰족해서 무시무시한 인상을 주는 붉은 대합조개가 음산하게 바위에 붙어 있었다. 어느새 상승할 시간이었다. 닐이 왼손을 활짝 펴더니 오른손 가운데 세 손가락으로 왼손바닥을 가볍게 두드렸다. 5미터에서 삼 분간 안전감압을 한다는 뜻이었다. 우린 털실뜨개 방석 모양 산호가 바위 위에 널린 곳에서 정지했다. 손가락 두 개만 한 담셀피시 수십 마리가 노닐었다. 다이버를 그저 덩치 큰 물고기쯤으로 생각하는지 조금만 움직여도 닿을 듯한 거리에서 무방비하게 헤엄쳤다. 닐이 다이브 컴퓨터를 확인하더니 엄지손가락을 위로 올렸다. 나는 조금이라도 더 물속에 있고픈 마음에 최대한 느리게 올라갔다. 수면 위로 햇살이 반짝였다. 생각하면 신기한 광경이었다. 태양은 멀리서 바다 전체를 비춘다. 그런데 왜 물 밑에서 수면을 향해 갈 때 내가 바라보는 곳만 둥글게 빛나 보이는 걸까.

머리가 물 밖에 나온 순간 완전히 다른 세상이 존재했다. 중력의 지배를 받는 공간, 수면이라는 얇은 선을 경계로 두 세계는 완전히 나뉘어 있었다. 다이버는 선택받은 사람이라던가. 인류는 지구의 70퍼센트를 차지하는 바다에 대해 무지했다.

두 번째 포인트는 트윈스였다. 수면은 스노클링 포인트로도 유명한 낭 유안이었다. 트윈스는 돌 섬 두 개가 붙어 있어서 붙은 이름이었다. 이곳에서는 커다랗게 뭉쳐 있는 산호 주위를 지그재그로 돌며 돌 밑을 관찰하고 바위틈을 스쳐지나가듯 다이빙했다. 좁은 바위틈을 조심스레 지나야 하는지라 동굴 탐험을 하는 듯 짜릿했다.

항아리처럼 생긴 항아리 산호를 기다란 애벌레 같은 하얀 리본웜이 감쌌다. 산호에서 기생하는 크리스마스트리 술 장식처럼 생겨 이름도 그렇게 붙은 크리스마스트리웜은 오렌지색, 노란색, 붉은색으로 색도 가지가지였다. 물결에 살랑거리다 가까이에서 물살을 일으키면 잽싸게 산호 속으로 몸을 감췄다. 따오에서 사는 성게는 우리나라 성게보다 덩치는 작은데 가시는 훨씬 더 길었다. 하얀 눈 같은 것이 중심에서 반짝거렸는데 많을 땐 20여 마리가 바위 위에 다닥다닥 모여 있었다.

얼마 가다 보니 모래 바닥 위에 둥글게 돌을 둘러놓은 모양이 보였다. '니모'로 유명한 흰동가리가 모래에 집을 짓고 사는 곳으로 스트레스를 받지 않도록 원 안에는 들어가지 말라는 표시였다. 흰동가리는 다 커봐야 10센티미터인 작은 물고기로 노란 바탕에 지느러미 끝 부분은 까맣고 머리와 가슴, 꼬리지느러미에 하얀색으로 두툼해졌다 얇아지는 띠가 있었다. 닐이 어디서 주웠는지 작은 먹잇감을 손에 쥐고 살그머니 내밀었다. 흰동가리는 망설이다가 살그머니 나와서 먹이를 받아먹었다. 우리는 원을 피해 돌아갔다.

다음 날 춤폰에서 상어를 볼 수 있었다. 1미터가 좀 못 되는 점박이레오파르드상어가 멀찍이서 헤엄쳤다. 10미터 이상 떨어져 있었지만 시야가 좋았기에 선명하게 볼 수 있었다.

사우스웨스트와 춤폰은 내가 가장 좋아하는 곳이었다. 사우스웨스트에 두 번째 간 날에는 해파리가 득실거리긴 했지만 말이다. 알을 까는 날이라도 되는지 닐도 이렇게 해파리가 많은 날은 처음이라고 말했다. 네모난 해파리, 송이버섯처럼 생긴 해파리가 바다에서 진을 쳤다. 대부분 손가락 마디 하나도 안 될 만큼 작아서 위험할 건 없지만 쏘아대서 온몸이 따끔따끔했다.

나는 깊은 바다를 좋아했다. 춤폰도 30미터까지 내려가는 어드밴스드 다이버가 아니면 갈 수 없는 곳이었다. 바다에 뛰어들어 어둡고 깊숙한 곳으로 내려갈 때의 짜릿함이 좋았다. 바닥까지 내려가 몸을 뉘이고 바닷속에 있는 생물들을 보며 같이 헤엄치자면 설명하기 어려운 안정감을 느꼈다. 인류가 바다에서 나오기 전 아직 수중생물이던 시절로 돌아가 머리는 잊었지만 몸은 자궁 속을 헤엄치던 때를 기억하는 듯, 다이빙을 반복할수록 바다는 다정하고 편안하며 따뜻하게 나를 맞이했다.

매일 두세 번씩 다이빙을 했다. 오전에 두 번 하고 저녁에 야간 잠수를 하거나 오후에 두 번 하는 식이었다. 야간 잠수는 낮과는 또 다른 매력이 있었다. 손전등으로 비추면 빛이 투과하지 않아 제대로 볼 수 없던 열대 물고기의 화려한 색깔이 뚜렷이 드러난다. 낮에는 없던 물고기들의 그림자도 나타난다. 야간 잠수를 하면서 낮에는 바닷속에 그림자가 없었다는 걸 새삼스레 깨닫기도 했다.

성게도 새로운 모습을 보여주었다. 밤에 손전등으로 비춰봤을 때야 성게 위에 불가사리 모양 줄무늬가 있다는 걸 알았다. 성게마다 정확히 가운뎃점을 중심으로 선이 다섯 개 뻗어 있었고 똘망똘망한 인형 눈 같은 것이 붙어 있었다. 빛이 가득해서 모든 게 잘 보일 때는 볼 수 없었다. 어두운 곳에서 한 줄기 빛에만 의지해야 하는 상황이 오자 오히려 세부를 선명히 볼 수 있었다.

밤에만 볼 수 있는 것이 또 있었다. 빛이 없는 곳에서 물살을 일으키면 점점이 야광충이 반짝였다. 손전등을 살짝 옆으로 틀면 앞에서 움직이는 다이버의 발길질에 따라 야광충이 점멸했다. 야광충은 밝은 빛에 묻혀 보이지 않던 미약한 불빛을 반짝이며 그들도 살아 있노라고 말했다.

밤에는 바다가 보이는 레스토랑에서 맥주를 마셨다. 해변에는 듬성듬성 야자나무가 있었다. 멀리 오징어를 잡는 배에서 비추는 불빛이 반짝였다. 이런 해변 레스토랑은 대부분 나무 바닥에 앉은뱅이 상을 놓고 등받이가 있는 방석에 눕듯이 앉는 형태였다.

어느 날부터 자연스레 닐이 함께 앉았다. 닐은 침묵을 편안하게 받아들였고, 어느 나라 사람인지, 몇 살인지, 어딜 여행했는지 하는 뻔한 방식으로 이야기를 꺼내지 않았다. 그저 혼자 있고 싶다는 마음으로 떠난 여행지에서 만나기로는 최적의 친구였다. 억지로 서로를 알려 하지 않았으며, 동양에 오래도록 머문 여행자들이 그러하듯 서툰 영어로 두서없이 말해도 곧잘 이해했다.

우린 차츰 많은 이야기를 나눴다. 다이빙에 대해, 지난 여행에서 겪은 일들에 대해. 우린 나이도 비슷했고 죽이 잘 맞았다. 닐은 나보다 두 살 어렸는데 대학을 졸업하고 휴식 겸 다이빙 자격증을 따러 태국으로 왔다. 처음엔 오픈 워터만 익히려 했는데, 한 단계씩 자격증을 올려 인스트럭터까지 딸 만큼 다이빙에 매료되었다. 다이빙 자격증은 여러 단계가 있고 구체적인 부분은 자격증을 제공하는 회사마다 조금씩 다르지만 대체로 첫 단계인 오픈 워터는 다이빙을 할 수 있는 초급 자격증이었다. 그다음이 내가 속한 어드밴스드 오픈 워터로 밤에도 다이빙을 할 수 있었다. 이 뒤는 응급처치와 다이버 구조요원 자격증이고, 다음 단계는 다이빙을 가르칠 수 있는 다이브 마스터, 마지막이 가르치는 데 더해 다른 다이버들에게 자격증을 주거나 단계를 올려줄 수 있는 인스트럭터였다.

닐은 돌아가면 대학원에 들어갈 준비를 할 거라고 했다. 그는 영국인이었다. 부러웠다. 나는 아직 학교를 졸업하지도 못했다. 한국은 군대를 갔다 오는 기간이 있으니 같은 나이라도 차이가 날 수밖에 없었다. 그는 국방의 의무에 관심을 가졌고 나는 과장을 섞어 몇 가지 일화를 이야기해주었다.

첫날 리조트 앞에서 만난 후 당연하다는 듯 다이빙을 할 때마다 닐이 나를 리드했다. 닐이 오픈 워터 코스를 밟는 사람들을 가르칠 때만 다른 사람을 따라갔다.

따오에 오기 전까지 내 다이빙 횟수는 스무 번이 넘지 않았다. 이곳에서 여러 사람들과 다이빙을 하며 인스트럭터나 다이브 마스터마다 다이빙 하는 스타일이 다르다는 걸 알았다. 스코틀랜드인인 더글라스는 탐색하는 다이버였다. 그는 바위틈마다 들여다봤고 산호초 구석구석 놓치지 않고 살폈다. 때로 답답할 정도로 한곳에 머물며 볼거리를 찾았다. 22살의 젊은 다이브 마스터인 데이브는 너무 빨랐다. 시합이라도 나가는 사람처럼 서둘러 전진했다. 한 번은 앞서서 커다란 바위를 돌아서 간 그를 놓친 적도 있었다. 니콜라스는 장난꾸러기였다. 그는 가만히 있는 법이 없었다. 곰치 같은 경우 바위틈에 있어서 돌아가며 한 사람씩 안을 들여다보기 마련인데 사람들이 보는 동안 물구나무를 서거나 거꾸로 한 바퀴 돌거나, 좌우지간 멈춰 있지를 못했다. 그와 다이빙을 하는 건 절대 지루하지 않았다.

닐은 유영하는 다이버였다. 그는 너무 빠르지도 너무 느리지도 않게 움직였다. 흔히 보기 힘든 거북이 따위와 마주치면 멈추기도 했지만 그 순간조차 바닷속에 있다는 것 자체를 즐겼다. 나 역시 무중력의 자유로움을 느끼고 있었으나 그는 나를 더 심도 높은 바다의 세계로 인도했다. 호흡은 점점 깊고 느려졌으며 자잘한 동작이 줄고 꼭 필요한 만큼만 핀을 차며 움직이게 되었다. 그렇다고 속도가 느려진 건 아니었다. 때때로 마치 내가 물고기 중 하나가 된 것 같은 기분도 들었다.

수중 생물마다 접근 허용 거리가 다르다. 재미있는 건 똑같은 물고기라도 사진을 찍기 위해 다가갈 때와 사냥을 하러 갈 때 반응이 다르다는 거다. 언제부턴가 전보다 수중 생물에게 가까이 다가갈 수 있다는 걸 느꼈다.

하루가 가고 일주일이 흐르더니 어느새 두 달이 넘어갔다. 형이 계속 언제 집에 오는지 묻는 이메일을 보냈다. 이렇게 오래 떠나 있을 핑계는 없었다. 그렇다고 이대로 돌아가고 싶지도 않았다. 복학을 해야 하는지, 취직을 해야 하는지. 취직을 한다면 게임 회사에 다시 들어가야 하는지, 우연히 들어간 게임 회사에 얼마나 열의를 가지고 있던 건지. 나는 결정을 미루고 늑장을 부렸다. 하지만 그것도 한계가 있었다. CD기에서 돈을 뽑으며 잔고를 확인하자 싫든 좋든 돌아갈 때가 다가와 있었다.

"곧 떠나야 할 것 같아."

태국 맥주는 한국 맥주보다 독하다. 알싸하게 넘어가는 맥주를 삼키며 말하자 닐이 고개를 끄덕였다.

"나도 그래. 사촌이 결혼한대."

우린 많은 이야기를 나누었지만 자기 자신에 대해서는 표면적인 것 이상 이야기한 적이 없었다. 하지만 그 순간 나는 분명 무언가를 보았다. 사촌이라는 단어를 발음하기 전 미묘한 망설임, 머뭇거리는 발음. 나도 모르게 몇 가지 시나리오가 떠올랐지만 의식적으로 그런 생각을 멈췄다. 나는 회사를 그만두고 여행을 왔다고 말했고 닐은 학교를 졸업하고 대학원에 가기 전 인스트럭터로 일하고 싶어 왔다고 했다. 그걸로 충분했다.

평소와 다른 침묵이 감돌았다. 닐이 드물게 담배를 꺼내 피우는 걸 보고 그도 나와 같은 생각을 하고 있다는 걸 알았다. 이대로 떠날 수는 없었다.

"제일 깊이 잠수해본 게 몇 미터야?"

의도하고 한 질문은 아니었다. 무거워진 분위기를 털어보고자 가볍게 해본 소리였는데, 그게 어쩌다 찍어 맞춘 여자의 마음처럼 우리 둘 다 서로 입 밖에 내어본 적은 없는 내면 깊숙한 곳에 있는 무언가를 건드렸다. 닐은 과음하는 편이 아니고, 나도 여행 때는 하루에 한 병으로 자제해왔지만 오늘은 드물게 찾아오는 예외로 받아들였다. 우린 오래 머물렀을지언정 이곳이 낯선 나라라는 걸 새삼 의식하며, 술보다 마음을 치는 밤바다의 파도 소리에 취해 밤이 깊도록 자리를 뜨지 않았다. 문득 닐의 눈이 바다로 향했다. 우리는 한자리에 있는데도 바다는 변함없는 달의 움직임에 따라 어느새 멀어져 있었다. 나도 닐의 눈길을 좇아 아침이면 언제 멀어졌냐는 듯 돌아올 바다를 바라보았다.

그날 각기 자기 방으로 돌아가기 전 드문드문 이어진 대화 속에서 누가 먼저 이 이야기를 꺼냈는지는 확실하지 않다. 우린 기록에 도전하기로 했다.

단지 기록을 위해 대심도 다이빙을 하는 건 무모한 일이었다. 오픈 워터 교육을 받을 때부터 무수히 들어왔던 말이며 그런 어리석은 모험심이 어떤 결과를 불러일으킬 수 있는지 그도 나도 알고 있었다. 레크리에이션다이빙의 최대 허용 수심은 40미터였다. 어드밴스드 교육에서 대심도 다이빙을 할 때는 30미터로 했다. 깊이 내려갈수록 질소 마취의 위험이 커졌다.

압력이 높아질수록 공기는 압축된다. 질소는 1기압에서는 비활성기체이지만 고압 상태에서는 신경계와 작용해 마취 현상이 일어난다. 질소 마취에 걸리면 사고력과 판단력, 기억력에 문제가 일어나고 행동도 느려진다. 불안해지거나 공황에 빠지기도 하고, 때로는 행복하고 도취되어 지나치게 자신만만해지기도 한다. 기록을 내겠다고 대심도 다이빙을 하다가 질소 마취에 걸린 걸 잘되어가는 줄 착각하고 한없이 깊이 내려가다가 사고를 당한 다이버 이야기는 다이버라면 한 번쯤 들어본 이야기였다. 질소 마취를 겪는 시점은 사람마다 달랐다. 내 최대 기록은 첫 대심도 다이빙을 할 때 내려간 33미터였다. 닐은 36미터라고 말했다.

우린 사흘 뒤 닐이 쉬는 날을 실행일로 잡았다. 장소는 춤폰 피나클로 정했다. 소형 보트도 어렵지 않게 빌렸다. 리조트에서 일하는 민에게 배 조종을 부탁하니, 닐에게 도움받은 적이 있다며 선선히 수락했다. 혹시 몰라 우리 계획을 털어놓았는데, 매일 하는 다이빙을 뭘 그리 거창하게 이야기하느냐는 얼굴로 고개를 끄덕였다.

마침내 그날이 와 이른 아침에 셋이서 춤폰으로 향했다. 춤폰은 인기 있는 포인트라 늘 사람들로 북적이니 만에 하나 일이 생겨도 도움을 청할 수 있을 터였다. 우린 예비 공기를 15미터에 매달아 놓을 것인지 20미터에 매달아 놓을 것인지 한참 의논하다가 20미터에 하나, 15미터에 하나를 놓기로 했다.

"이거 아무래도 미친 짓 같은데……."

닐이 말했다. 둘레에 있는 크고 작은 배에서 다이버들이 뛰어내렸다. 평온하고 일상적인 풍경이었다. 우리도 가볍게 들어갔다 나올 수 있었다.

"지금이라도 그만둘까?"

내가 말했다. 우린 장비를 챙기며 짧게 한 번 웃었다. 배가 작은지라 바다에 등을 돌리고 앉아 뒤로 구르기로 들어갔다. 수면에서 닐과 눈이 마주쳤다. 닐이 오케이 사인을 보냈다. 나도 손으로 오케이 사인을 만들어 답하고 천천히 물 밑으로 가라앉았다.

운이 따르려는지 시야가 좋았다. 30미터는 나오는 것 같았다. 춤폰은 들어서는 순간 다른 무엇보다 엄청난 숫자의 물고기 떼에게 감탄하게 된다. 다른 포인트보다 수도 많고 그만큼 볼거리도 풍부했다. 노란 버터플라이피시가 무리지어 헤엄쳤다. 수백은 될 법한 담셀피시 떼가 놀고 있었다. 연한 회청색 뱃피시가 열을 지어 몰려갔다. 하지만 우린 지금 무언가를 보기 위해 내려가는 것이 아니었다. 우린 천천히 밑으로 가라앉았다. 이퀄라이징도 잘되었다. 조짐이 좋았다. 30미터에서부터 우린 약속한 대로 곱하기를 했다. 상대방에게 질소 마취가 오는지 확인하기 위함이었다. 조금이라도 질소 마취가 오는 증상이 보이면 바로 올라가기로 단단히 약속해놓았다. 나는 손가락을 두 개 폈다가 네 개를 폈다. 마스크 너머로 닐의 눈이 웃는 것이 보였다. 그는 손가락을 여덟 개 폈다. 잠시 후 네 개를 두 번 폈다. 나는 16이라고 답했다. 40미터를 넘어가자 손전등이 쓸 만해졌다. 우린 주위를 비춰보기도 했지만 수시로 상대의 눈을 바라보고 깊이를 확인했다. 50미터. 조금 불안해졌다. 어느새 주위는 한밤중처럼 어두웠다. 그래도 침착하게 깊이 천천히 숨쉬려 노력했다. 닐과 잠수를 한 이후로 공기 소모량이 눈에 띄게 줄어 다른 사람들보다 많은 공기를 남기곤 했다. 60미터. 계기판을 보다가 고개를 드는데 상어가 지나갔다. 깜짝 놀랐다. 닐이 괜찮으냐는 신호를 보냈고 호흡을 가다듬으며 그렇다고 답했다. 그는 내게 곱하기 문제를 냈다. 어렵지 않게 답할 수 있었다. 닐도 마찬가지였다. 나는 닐에게 웃고 공기량을 체크했다. 공기바는 50을 가리키고 있었다. 50부터는 잔압계에 빨간 줄이 그어져 있다. 즉시 상승해야 하는 공기였다. 깊이를 신경 쓰느라 공기 체크에 소홀했다. 수심을 확인하니 73미터였다. 언제 여기까지 내려왔지? 더럭 겁이 났다. 아무 생각 하지 않고 있었는데 어느새 바닷속은 어린 시절 악몽 속에서 마주친 정체 모를 어둠 같았다. 끝도 없는 어둠이 괴물처럼 입을 벌렸고, 나는 그 앞에서 벌레처럼 미약했다. 우리가 이렇게 깊이 대심도 잠수를 시도한다는 사실을 아는 사람은 아무도 없었다. 민은 우리 계획이 무얼 의미하는지 제대로 듣지 않았다. 기다리면 올라오려니 하고 있을 것이다. 나는 수면에서 70미터 아래에 있었다. 지상에서라면 십 초면 뛸 수 있는 거리에 사람들과 안전한 육지로 데려다줄 배가 가득하지만, 급하게 올라가면 몸이 버티지 못할 것이며 무엇보다 어둠에 갇혀 있는 이 순간, 나는 의지가지할 것 없이 철저히 혼자였다. 불현듯 오픈 워터 교육 때 인스트럭터가 통통한 페트병을 들고 내려가, 수압에 짜부라진 모양을 보여주던 모습이 떠올랐다. 갑작스레 지금껏 의식하지 않은 70미터의 수압이 느껴지며 온몸이 바스라질 것처럼 아파왔다. 주변을 둘러보아도 방향감각을 잡을 만한 건 아무것도 없었다.

산호는 이 산호나 그 산호나 다 똑같았다. 나는 손바닥으로 터진 둑을 막는 심정으로 손전등을 휘저으며 어둠에 저항했다. 바닷물을 이쑤시개로 젓는 것처럼 손전등을 휘젓는 불빛에 무심히 지나가는 물고기의 음산한 눈만 반사되었다. 어디든 발끝이라도 디딜 만한 곳은 보이지 않고 죽음처럼 어두운 허공에 홀로 떠 있다는 것만 확인할 수 있을 따름이었다. 붙잡을 지푸라기도 없었으며, 공기 방울이 올라가지 않으면 위아래도 구분할 수 없었다. 오줌을 지릴 것 같았다. 당장 수면으로 올라가야겠다는 생각에 발차기를 하는데 무언가 강인한 것이 내 어깨를 움켜잡았다. 닐이었다. 닐이 이성을 가진 눈으로 침착하게 날 응시했다. 그는 내게 손바닥을 펼쳤다. 정지하라. 그는 내 어깨를 놓지 않고 왼손을 호흡기 쪽에 가져갔다가 멀리 뻗는 동작을 되풀이했다. 호흡하라. 나는 깊숙이 숨을 들이마시고 천천히 내뱉었다. 본능은 내게 공기가 부족하다고, 숨을 쉴 수 있을 때 빨리 쉬어야 한다고 외쳤다. 닐은 내 어깨를 잡은 손을 떼지 않았다. 조금씩 정신이 돌아왔다. 천천히 길게 숨을 쉬어라. 그것이 공기를 아끼는 길이다. 나는 그의 손짓에 따라 평소에 의식하지 않는 숨을 한 숨, 한 숨 의식하며 길게 들이마시고 내쉬었다. 닐이 괜찮은지 오케이 사인으로 물었고, 난 괜찮다고 오케이 사인으로 답했다. 내 손이 떨리는 모습이 보였다. 닐이 엄지손가락을 위로 올렸다. 우린 천천히 상승을 시작했다.

올라갈 때는 천천히 올라가지 않으면 잠수병에 걸릴 위험이 있었다. 공기의 대부분을 차지하는 질소는 물속으로 깊이 들어갈

수록 혈액과 지방조직 속으로 녹아 들어가는데 급히 수면으로 올라오면 혈액 속에 녹아 있던 질소가 기포가 된다. 갑자기 늘어난 기포가 혈액 속을 돌아다니며 체내에서 통증을 일으키는 게 잠수병이었다.

깊이. 천천히. 깊이. 천천히. 깊이. 천천히. 마음속으로 무수히 내뱉으며 침착하고 차분해지기 위해 노력했다. 우린 서로를 안정시키고자 각기 오른팔로 상대의 어깨를 잡고, 상대의 눈에서 시선을 떼지 않았다. 차분한 눈으로 상대를 바라보고 평정을 유지하며 숨을 쉬었다. 65미터. 공기는 35가 남아 있었다. 나는 숨을 더 길게 쉬기 위해 노력했다. 숨을 멈추는 것은 절대 금물이었다. 공기는 하강할수록 압축되고 상승할수록 팽창하기에 계속 숨을 쉬어야 폐 안의 기압과 수압이 서로 균형을 이룬다. 숨을 쉬지 않고 올라가면 폐에 치명적인 손상이 올 수 있었다. 머릿속으로 처음 다이빙을 공부할 때 익혔던 이론들이 하나씩 스쳐 지나갔다.

55미터. 공기량은 22였다. 공기가 떨어지면 폐가 팽창하는 걸 막기 위해 숨을 내뱉으며 올라가야 한다. 최악의 상황이 오지 않기를 기도했다. 40미터. 이제 10. 몇 번 숨을 쉬면 사라질 공기였다. 30미터. 멀리 어렴풋하게 빛이 보였다. 어느 순간 주위가 환해진 걸 느꼈다. 빛이 이렇게 반가울 수가 없었다. 수면에 보이는 빛이 내 인생의 유일한 목표인 양 위만 보며 올라가는데 닐이 날 잡은 손에 힘을 줬다. 혼자 서둘러 잡은 줄 알고 그를 확인하니, 닐이 목에 손을 직각으로 그었다. 공기가 없다는 신호였다. 내가 당황하기 전 그가 먼저 괜찮다는 사인을 보냈다. 닐은 숨을 내쉬면서 올라갈 거다. 알겠다고 답하며 30미터에 공기통을 매달지 않은 걸 후회했다. 닐은 손을 놓고 호흡기를 벗더니 숨을 뱉으며 올라갔다. 나는 그를 따라 올라가지 않았다. 그건 사고를 늘리는 일밖에 되지 않을 터였다. 폐 안에 남은 공기만으로 살 길을 찾아 떠나는 닐을 올려다보며, 나는 무서워 얼마나 남았는지 차마 확인하지 못한 공기탱크에 기대 정상 속도로 상승했다. 닐의 입에서 나온 공기 방울이 올라가는 모습이 보였다. 어떤 공기 방울은 커다랗게 반구를 형성하며 춤추듯이 올라간다. 유난히 그 모습이 선명하게 눈에 들어왔다. 살아 있는 생명체처럼 하늘거리며 올라가는 공기 방울. 밑에서 바라본 닐의 핀이 앞뒤로 흔들리던 모습…….

25미터. 숨이 가쁜 것이, 공기가 거의 떨어진 게 분명했다. 마지막 숨을 삼키고 위로 올라갔다. 20미터에 매달아놓은 공기탱크에 부착된 호흡기로 숨을 쉬던 닐이 바로 보조 호흡기를 건넸다. 호흡기를 받기 직전 공기가 떨어졌다. 숨을 들이켜는데 아무것도 들어오지 않을 때 느낀 공포와 공기가 주는 감미로움. 숨을 쉴 수 있다는 안도감. 우리는 그대로 멈춰서 마음이 안정될 때까지 계속 호흡을 했다.

닐이 오케이 사인을 보냈다. 나도 오케이로 답하고 그가 공기탱크를 바꾸는 걸 도왔다. 우린 서로의 어깨를 단단히 잡고 나는 그의 보조 호흡기로 호흡하며 15미터로 올라갔다. 이번엔 그가 내 공기탱크를 바꾸는 걸 도왔다. 우린 분당 15미터 속도로 올라가 5미터에서 삼십 분간 머무르며 안전감압을 했다. 나는 계속 공기량을 살폈다. 190에서 180으로, 180에서 170으로……. 공기가 금방이라도 떨어질 것 같았다. 고개를 들자 얕은 수면을 투과해 햇살이 들어오고 있었다. 몇 번 발을 차면 올라갈 수 있는 곳이었지만 지금 내게는 너무 멀었다. 닐이 다시 내 어깨를 잡았다. 나는 괜찮다는 의미로 손가락으로 오케이를 만들었다. 마침내 닐이 수면으로 올라가자는 신호를 했다. 나는 닐이 올라가는 속도에 맞추어 너무 서두르지 않으려 애썼다. 머리 위로 물결치는 타원형의 빛이 보였다. 손만 뻗으면 닿을 곳처럼 선명히 보이는데 영원히 닿지 못할 것만 같았다.

머리가 수면 위로 올라오기 무섭게 호흡기를 집어 던지고 BCD에 공기를 채웠다. 마스크를 거칠게 벗고 공기탱크에서 나온 공기가 아닌 순수한 공기를 들이마셨다. 여전히 살아 있으며, 무사히 올라왔다는 사실이 믿기지 않았다.

배에서 반쯤 졸고 있던 민이 하품을 쩍 하고 우리가 배에 오르는 걸 도왔다. 나는 쓰러지듯 배에 주저앉았다. 닐도 말이 없었다.

우린 며칠간 다이빙을 하지 않고 서로 상태를 살폈다. 천만다행으로 닐도 나도 잠수병이 나타나지 않았다. 닐은 사흘을 쉬고 다시 다이빙을 시작했다. 오픈 워터 코스를 따려는 사람들이 줄지어 와 더 이상 쉴 수 없었다. 나는 다시 물에 들어가지 않았다. 떠날 날이 다가오도록 아무것도 하지 않았다.

떠나기 전날이었다. 점심을 먹는데 막 다이빙을 마치고 온 닐이 옆에 앉았다.

"오늘 야간 잠수가 있어."

나는 잠자코 수박셰이크를 삼켰다. 닐이 젖은 머리를 손으로 쓸어 올렸다.

"내일 오전에 떠나잖아. 마지막이야."

"난 안 해."

"해야 해."

닐이 부드럽지만 단호하게 말했다.

"나도 갈 거야. 같이 가자."

"그냥 쉴래."

"넌 내일 떠나고, 나도 곧 떠나. 오늘이 마지막이야."

말문이 막혔다. 닐은 지금 하고 있는 오픈 워터 코스 학생들을 가르치고 나면 떠난다. 셰이크 잔에 맺혀 있던 물방울이 잔을 따라 흘러내렸다.

"장비 챙겨놓을게. 6시까지 와."

닐은 대답을 듣지 않고 자리를 떴다. 나는 손가락으로 셰이크 잔을 훑었다.

기껏해야 일주일 만인데 배가 낯설었다. 닐은 터덜터덜 나타난 나를 보고 보기 좋게 웃었다. 오늘 포인트는 화이트락이었다. 나는 별 말 없이 한쪽에 조용히 있다가 배가 멎자 장비를 짊어졌다. 배에서 내려다본 바다는 짙은 녹빛이었다. 아니, 좀 더 짙고 파란, 검은빛이 감도는, 맑으면서도 강한…… 나는 바닷색을 정의해보려 했다. 하지만 어떤 표현으로도 지금 눈앞에 보이는 색을 묘사

하는 건 불가능했다. 심호흡을 하고 물에 뛰어들었다. 바다는 늘 그랬듯이 다정하게 나를 맞아주었다.

무심코 수평선으로 고개를 돌리자 해가 지고 있었다. 반 이상 바다 밑에 잠긴 태양이 마지막 색채를 뿜었다. 바다도 하늘도 어느새 붉게 타올랐다. 노을을 보며 바다 밑으로 내려갔다.

눈이 수면 아래로 내려가자 짙은 녹빛의 세계가 나를 감싸 안았다. 오십여 분간 잠수를 마치고 올라오자 하늘에서 쏟아질듯 별이 빛났다. 평생 그렇게 많은 별을 본 적이 없었다. 은하수가 선명하게 하늘을 가로질렀고 달빛이 무색할 만큼 별이 촘촘했다. 바다와 하늘에 경계가 없었다. 별빛이 반사되어 빛나는 수면인지, 별이 빛나고 있는 하늘인지, 어디서부터 하늘이고 어디서부터 바다인지 알 수 없었다. 나는 넋을 잃고 바다 위에 벌러덩 누웠다. 온몸에 힘을 빼고 다른 사람들이 모두 올라탈 때까지 가만히 누워 하늘을 바라보았다. 부유하다 닐과 눈이 마주쳤다. 닐은 어느새 잠수복도 벗고 난간에 기대 날 보고 웃고 있었다. 그제야 왜 닐이 다이빙을 해야 한다고, 기어이 나오라고 했는지 알 수 있었다. 오늘 밤 다이빙을 하지 않았다면 다시는 다이빙을 하지 못했을 거다. 나는 닐에게 오케이 사인을 보내고 배에 올랐다.

가끔 따오에서 했던 마지막 다이빙이 떠오르곤 한다. 그날 무얼 봤는지 어떻게 움직였는지는 아무것도 생각나지 않는다. 기억나는 건 마지막 다이빙 때 본 노을과 별. 그리고 바로 이어지는 공포.

숨을 들이쉰다. 자궁을 벗어난 이래 단 한 순간도 빠뜨린 적이 없는 의식하지 않고 하는 동작. 당연히 들어오고 나가야 할 공기. 없다. 아무것도 들어오지 않는다. 어디에도 내가 숨 쉴 수 있는 공기가 없다. 나는 무어라도 잡아보겠다고 발버둥을 친다. 숨이 급속도로 막혀온다. 나도 모르게 벌떡 일어난다. 어스름한 새벽빛에 방 풍경이 보인다. 꿈에서 현실로 돌아오기까지, 여기가 70미터 바닷속이 아닌 내 방이라는 걸 깨닫고 안심하기까지 시간이 필요했다.

자리를 털고 일어났다. 학교를 졸업하고 첫 출근날이었다. 닐, 그는 지금 무얼 하고 있을까? 대학원은 졸업했을까?

떠나는 날 닐이 배웅을 나와 말했다.

"나 질소 마취가 왔었어."

그는 깜짝 놀란 날 보고 머쓱하니 웃었다.

"너무 무서워서 당장 올라가자고 말하려는데 네가 급하게 올라가려는 걸 보니 정신이 번쩍 나더라고. 어떻게든 살아서 가야겠다는 생각밖에 안 들었어. 솔직히 어떻게 올라왔는지 생각도 잘 안 나."

"난 공황에 빠졌었고."

나도 모르게 웃음이 나왔다. 우리는 잠시 아무 말 없이 서 있었다. 선착장으로 가는 차가 왔다. 나는 손을 내밀었다. 닐이 손을 잡아당기더니 내 어깨를 끌어안았다. 나도 그의 등을 두드리고 차에 올랐다. 같이 떠날 수도 있었다. 하지만 우린 상황이 돌아가는 대로 내버려두었다. 우린 바다에서 만났고 바다에서 헤어졌다. 그게 우리에게 가장 어울리는 작별이었다. 우리가 다시 만난다면, 그건 바다가 되리라.

정식 출근 날짜까지 여유가 있어 필리핀에 다녀왔다. 바다는 어디든 아름다웠다. 무중력 공간이 주는 자유로운 움직임, 무심한 눈으로 스쳐가는 열대어. 침몰한 배를 보러 가기도 했고 유명한 바라쿠다 포인트에 가기도 했다. 단 한 번도 사고는 없었다. 나는 어김없이 규칙에 맞게 다이빙을 했다. 가끔 120미터까지 내려가는 테크니컬 다이빙을 배워볼까 생각하기도 했다. 그렇게 깊이 들어갈 때는 헬륨을 사용한다고 했다.

공포는 잊을 만하면 한 번씩 찾아왔다. 어떻게 그렇게 천연덕스럽게 바다를 즐기고 있냐는 듯, 그렇게 방심하고 방만해도 괜찮냐고 묻는 듯 느닷없이 그 순간으로 날 되돌렸다.

가끔 무슨 생각으로 그런 미친 짓을 할 수 있었느냐고 스스로에게 묻기도 한다. 내가 정말 그렇게 깊이 내려갔는지 의심스러울 때도 있다. 몸에 새겨진 공포만이 내가 한 일에 대한 증거였다.

새벽 6시였다. 식구들은 아직 자고 있을 시간이었다. 수건을 챙겨 들고 욕실로 갔다. 아직 냉수 목욕을 할 때는 아니지만 샤워기를 최대한 오른쪽으로 돌렸다. 벽을 짚고 서서 몇 번이고 호흡을 확인했다. 샤워기에서 물줄기를 맞는 동안 숨을 멈추고 있어도 좋다는 확신이 들 때까지 오래도록 심호흡을 한 후에야 수도를 열었다. 차가운 물에 소름이 돋았다. 나는 온몸을 벌벌 떨며 주먹을 굳게 쥐고 몸을 따라 흘러내린 물이 개수구로 흘러 나가는 걸 바라보았다.

■ 심 연 은 ……

2004년에 초고를 쓴 글이다. 이 글을 쓰려고 태국 꼬 따오에 다시 다녀왔다. 답사를 너무 충실히(?) 한 덕에, 세부가 과해져 2005년 4월, 거울에 올리기까지 수없이 자르고 다듬었다.

작품집을 묶느라 글을 다시 살피며 손을 많이 보게 된 글이 있고, 더 이상 건드릴 수 없는 글이 있었는데, 심연도 건드릴 수 없는 글인 줄 알았다. 심지어 출판사에 보낸 심연 작품 후기에 "예전 단편을 손보는 건, 때로 새 단편을 쓸 때보다 더 버거운 작업이 되기도 하는데, 이 글은 거의 건드릴 수 없는 글이라, 단편을 퇴고하는 노고를 조금이나마 덜어주어 고맙다고 해야 할 것 같다."고 썼었다.

막상 교정본을 받으니 손을 보지 않을래야 않을 수가 없어 단어와 문장 수정을 넘어, 문단을 통째로 뜯어고쳐 그 부분을 새로 출력해 테이프로 붙여 보내는 일을 서슴지 않고 저질렀다. 새삼 글에 '완성'이란 없다는 생각을 했다.

선 물

선 물

1

재민은 얌전하고 조용해 눈에 띄지 않는 둘째 아들이었다. 형인 형민은 유쾌한 말썽꾸러기로 가족과 친척들의 애정을 독차지했다. 재민은 형에게 쏟아지는 애정을 시기한 적이 없었다. 어머니가 결혼할 때 마련해 와 그가 태어나기 전부터 그 자리에 있던 장롱처럼, 형은 관심 속에서 살고 그는 홀로 있는 것은 원래 그런 일이었다.

부모님은 형민과 재민이 싸우는 걸 형제들은 원래 툭탁거리면서 큰다며, 대수롭지 않게 여겼다. 그건 아마도 재민이 잘 울지 않는 아이였기 때문일지도 모른다. 재민은 아무리 아파도 눈물이 나오지 않았다.

부모님 눈에는 어떻게 보였든 간에 재민에게는 으레 있는 어린 형제간의 싸움이 아니라 일방적으로 맞는 일이었다. 형민이 재민을 괴롭히는 이유는 가지가지였지만 진짜 이유는 그저 때리는 게 재미있어서였다. 재민은 그보다 한참 작아 상대하기 만만했고, 큰 소리로 울음을 터뜨리거나 고자질할 엄두도 내지 못해 야단맞을 염려도 없었다.

재민은 집에 친척들이 찾아올 때에야 형의 폭압에서 벗어날 수 있었다. 형민이 온갖 재롱을 떨어 용돈을 타 내는 동안, 그는 방에서 프라모델을 조립했다. 태권브이, 마징가 제트, 건담에서 사이버 포뮬러로. 재민은 의미 없이 나열한 도형을 자르고 붙여 온전한 형태로 만들어가는 고요 속에서 안정을 느꼈다.

형민은 재민이 프라모델을 다 만들기를 기다렸다가 와서는 망가뜨렸다. 형과 싸워선 어차피 이길 수 없기에 재민은 묵묵히 형이 다 부수고 제풀에 지쳐 가버리길 기다렸다. 집안 식구들 중 누구도 장난감 따위가 중요하다고 여기지 않았기 때문에, 그도 별일 아니라고 생각해버렸다. 대신 재민은 만드는 과정에 집중했다. 손톱깎이와 칼을 이용해 모서리를 다듬고, 본드 자국이 밖으로 새어 나오지 않도록 세심하게 부착한다. 그러다보면 어느새 어깨가 뻐근해오고 잠을 잘 시간이 되곤 했다.

중학생이 되면서 형민은 재민에게 흥미를 잃었다. 재민은 마침내 험난했던 유년 시절과 작별할 수 있었다.

2년 후 재민도 중학교에 입학했다. 그는 여전히 혼자였다. 재민은 친구를 사귀어본 적도 없었고, 사귈 필요를 느낀 적도 없었다. 그가 그렇게 눈에 띄지 않지만 않았다면 허약하고 만만하다는 이유로 학교에서 괴롭힘을 당했을지도 모른다. 그러나 그는 누구의 관심도 끌지 못하는 존재감 없는 아이에 불과했다.

형민은 스물한 살에 죽었다. 경찰들은 통곡하는 부모님에게 "보통 이렇게 죽을 정도까지 빨리는 일은 없는데, 뱀파이어들이 아직 어려 조절을 못했거나, 형민이 지나치게 반항해 거칠어졌던 것 같다." 하고 말했다. 부모님과 친척들은 때로는 분노하고, 때로는 절규하며 몇 번이고 형민이 어떻게 죽었으며, 범인을 잡을 수 있을지 물었으나 경찰들은 비슷한 이야기만 반복했다. 뱀파이어를 잡는 건 거의 불가능했고, 설사 잡는다 해도 그들은 대체로 희생자를 기억하지 못했다.

부모님은 마지막으로 형민에게 고통은 없었느냐고 물었다. 그것만이 유일한 위안이었다. 경찰은 아마 그랬을 거라고 대답했다. 재민은 머뭇거리는 경찰들의 말투에서 그 말이 거짓임을 감지했다. 때문에 재민은 경찰들이 그가 옆에 있다는 걸 미처 의식하지 못하고 형민이 난자당했으며, 마지막 순간까지 살아 있었을 거라는 말을 듣고도 별로 놀라지 않았다. 그가 놀란 건 경찰들이 형민이 마치 그들에게 속한 사람이 아니라는 식으로 말했다는 점이었다. 그들은 형민의 죽음을 애도하지 않았다. 재민은 경찰들에게 그들이 무언가 오해하고 있다고 알려주려 했다. 하지만 그들은 언제나 그러하듯이 재민의 존재를 알아차리지 못했다.

형민의 죽음을 견디지 못한 부모님은 결국 이민을 결정했다. 호주는 몇 해 전 인권 침해라는 수많은 항의에도 불구하고, 전 국민을 상대로 혈액 검사를 감행했고, 그 후 호주에 들어오는 모든 사람에게 혈액 검사를 했다. 호주에는 뱀파이어가 없다. 그것이 호주가 이민자들에게 내거는 광고였다.

부모님은 집을 팔고 가게를 정리해 재민에게 전세금과 4년간의 대학 등록금을 마련해주었다. 그는 같이 가겠다고 말하지 않았고, 부모님도 그를 데려가려 하지 않았다. 재민은 그 점에 의문조차 품지 않았다.

부모님은 대학 입학식을 며칠 남기지 않고 떠났다. 어머니는 공항에 배웅 온 재민의 손을 잡고 "졸업식 때도 못 갔는데, 입학식도 못 보고 가게 되어서 미안하다."라고 말했다. 그 말은 결코 물에 녹지 않는 모래처럼 재민의 가슴속 어딘가에 내려가 쌓였다. 일부러 휘젓지 않으면 흙탕물은 생기지 않는다. 재민은 그러지 않았다.

부모님은 삼촌에게 그를 부탁하고 갔다. 삼촌은 그에게 과외 아르바이트를 알선해주었다. 부모님이 남겨준 생활비가 있다 하더라도, 저금을 축내느니 조금이라도 돈을 버는 게 좋겠다는 삼촌의 조언을 그는 굳이 거절하지 않았다.

며칠 후 그는 학교에서 온 공고문을 보고 신입생 오리엔테이션에 참석했다. 2박 3일간의 일정은 악몽이었다. 재민은 다시는 학교 행사에 참석하지 않았다. 그는 항상 같은 자리를 도는 시계 바늘처럼 똑같은 하루하루를 보냈다. 묵묵히 수업을 듣고 집으로 돌아와 프라모델을 만들고, 프라모델 관련 웹 사이트를 돌아보다 잠이 들었다.

1년이 지났을 때, 집주인이 이사해달라고 말했다. 계약 기간은 아직 남았지만 급히 돈이 필요해 집을 팔게 되었다며 그다지 친절하지 못한 태도로 양해를 구했다. 재민은 알았다고 고개를 끄덕였다. 그는 짐 정리를 하며 1년간 만들어온 프라모델을 보고 깜짝 놀랐다. 그가 공들여 만든 장난감들은 어디 한 군데 다친 곳 없이 멀쩡하게 서 있었다. 재민은 난생처음 뿌듯함을 느꼈다.

이사 당일, 부주의한 이삿짐센터 직원들로 인해 손상된 프라모델들을 보며, 재민은 그것들이 그에게 얼마나 중요한지 깨달았다. 이제 그에겐 돈을 모아 집을 산다는 목표가 생겼다. 더 이상 손상당할 걱정도, 이사 할 필요도 없이 살 수 있는 곳을 마련하기 위해 시간을 쪼개 아르바이트를 늘렸다.

재민은 이따금 뉴스를 통해 한국에서 뱀파이어에게 물릴 확률은 십만분의 일밖에 되지 않는다거나, 그런데도 뱀파이어에게 당한 희생자에 대한 이야기를 접할 때면 한 번씩 형과 부모님을 생각했다.

졸업을 하자 정해진 순서처럼 삼촌이 운영하는 학원에서 강사로 일했다. 학교가 아니라 학원에 간다는 것뿐, 달라진 건 없었다. 그는 정해진 시간에 나가서 수업을 했고, 밥은 사 먹거나 시켜 먹었고, 다른 누구와도 꼭 필요한 말이 아니면 하지 않았다. 그렇게 계속 살아갈 수도 있었을 것이다. 한 해가 저물어가던 그날, 누군가 그에게 말을 걸지만 않았어도 말이다. 혹은 그 일은 결국 언젠가는 일어날 일이었는지도 모른다.

재민은 전날 컵라면을 먹으며 심야 프로를 보다가 늦게 잤다.

아침에 늦잠을 자서 서두르다가 미처 치우지 않았던 컵라면을 엎었다. 닦을 만한 게 아무것도 없었다. 휴지를 사 온다는 걸 며칠째 깜빡하고 있었고, 걸레도 쉽게 눈에 띄지 않았다. 그는 급한 김에 일단 출근을 했다. 별로 대수로운 일도 아니었기에 학원에 나온 후 그 일에 대해서는 잊었다.

퇴근 준비를 하는데 누군가 그를 불렀다. 재민은 잠시 고민하다 그녀가 두세 달 전 들어온 이선생이라는 걸 기억해냈다. 이선생은 활발하고 붙임성 있는 성격이었다. 일부러 휴게실에 커피메이커를 갖다놔 출근하면 모든 선생들에게 커피를 돌렸고, 맛있다는 말이 나오길 기다렸으며, 칭찬에 기뻐했다. 얼마 전 결혼한 그녀는 왜 결혼식에 오지 않았느냐며 섭섭했다고 말했다. 재민은 늘 그러듯 우물거리며 빠져나가려 했다. 이선생은 쉽게 놔주지 않았다. 그녀는 오늘 망년회 겸 집들이가 있으니 함께 가자고 권했다.

"약속 없죠?" 이선생은 그가 약속이 없다는 사실만이 아니라 여자가 그런 식으로 웃으며 권하면 상대가 거절하지 못하리라는 확신을 갖고 물었다. 재민은 금방 다른 평계를 생각해내지 못했다. "가지그래. 사람들이랑 어울리는 법도 좀 배워봐." 삼촌이 말했다. 재민은 힘없이 고개를 끄덕였다.

학원 선생 십여 명이 몰려갔다. 그는 웃고 있는 사람들 틈에 어색하게 끼어 있었다. 그가 가장 싫어하는 기분이 그를 찾아왔다. 그는 꾹 참으며, 적당히 구실을 만들어서 빨리 일어나야겠다고 생각했다.

여자의 집에서 기다리던 남편이 그들을 맞이했다. 현관문이 열렸다. 재민은 선뜻 신발을 벗지 못했다. 먼지 한 톨 없는 장판이 형광등 불빛에 반짝였다. 연노랑 커튼도, 가죽 소파도, 탁자 위에 있는 신문 하나까지 정갈하고 깔끔했다. 그는 신발을 벗기 두려웠다.

"제대로 치우질 못해서 집이 좀 어수선해요. 이해해요." 이선생이 말했다. "깨끗한걸요, 뭐." "야, 이게 신혼집이구나. 좋다." 선생들은 모두 서슴지 않고 안으로 들어갔다. 재민은 마지막으로 쭈뼛거리며 발끝으로 살그머니 바닥을 디뎠다.

곧 커다란 상이 나오고, 갈비, 잡채, 나물, 전, 조기 등이 차려졌다. 재민은 금방 돌아가려던 생각을 까맣게 잊고 허겁지겁 음식을 먹었다. 라면을 끓여 먹거나 싼 식당에서 사 먹곤 하던 재민은 이렇게 맛있는 음식을 먹어본 적이 없었다. 그는 정신없이 먹다가 사람들이 그를 본다는 걸 느끼고 그만 굳어 젓가락을 멈췄다. 그는 대화에 끼지 않고 며칠 굶은 사람처럼 먹기만 했다.

"집사람 솜씨가 많이 좋아졌어요. 처음엔 간도 잘 못 맞추더니……."

어색한 분위기를 무마하고자 이선생의 남편이 말했다. 재민은 얼굴이 벌게져서 수저를 내려놓았다.

"더 드세요."

이선생이 그의 앞에 음식을 놓았다.

"이렇게 맛있게 먹어주는 사람이 있어야 보람이 있죠. 이 사람은 어찌나 까탈스러운지……."

재민은 더 이상 먹을 수 없었다. 고등학교 수학여행 때의 끔찍한 기억이 떠올랐다. 그는 다른 사람들과 함께 양치질을 하면서 남들은 이빨을 몇 번씩 닦는지, 차례를 기다리는 급우들의 시선 속에서 입을 몇 번이나 헹궈야 하는지 고민했다.

"어제 그거 봤어요? 뱀파이어 특집?" 최선생이 말했다. "보다 졸려서 잤는데……." "전 끔찍해서 보다 말았어요." 이선생이 말했다. "누구 끝까지 본 사람 없나?"

재민은 손끝에서 난 쥐가 가라앉기를 기다리며 가만히 있었다. 입안에 남아 있는 음식의 달콤한 맛이 주는 수치심 속에서 미라처럼 비쩍 마른 뱀파이어의 모습이 억지로 물속에 밀어 넣었던 풍선처럼 둥실 떠올랐다.

"피를 계속 마시지 않으면 몸이 굳어버린대요. 그래서 그렇게 된 거래." "500년을 살았다는데, 어쩌다 사냥을 못 하다보니까, 이젠 기력이 딸려서 못 한다네요." "그래도 죽지 않고 살아 있더라고. 근데 진짜 뱀파이어는 늙어 죽지는 않는 거야?" "돌리다가 잠깐 봤는데, 어떤 뱀파이어랑 통화를 하더라구요. 절대 만나지는 않겠다는 거예요. 그러면서 하는 말이 자기들도 그 뱀파이어를 주목하고 있대요. 피를 안 마시고도 얼마나 사는지 보는 거죠. 그 뱀파이어가 그러는데 호주도 안전하지 않대요. 혈액 검사를 피해 갈 방법이 있다는 거야." "과학자들이 수혈한 피를 주는데 체온이 아니면 마시지도 못한대요." "그거 봤어요? 연구소 직원이 자기 피 마시게 팔뚝 내미는 거." 여선생 한 명이 새된 소리를 질렀다. "그만해요! 그런 얘기!"

사람들은 잠시 웃었다.

"근데 김선생." 최선생이 그를 불렀다. 재민은 고개를 들었다. "원장이랑은 무슨 사이예요?"

모두들 궁금했으나 차마 묻지 못하고 있었던 것을 알게 해주는 침묵이 흘렀다.

"삼촌이에요."

재민은 들릴락 말락 대답했다.

"삼촌? 우리 김선생한테 잘 보여야 하는 거였네?"

최선생이 말했다. 화제는 바로 재민에게 옮겨 갔다. 재민은 얼버무리려 했으나 그들은 집요하게 물고 늘어졌다. 그들은 재민의 부모님이 이민을 갔다는 걸 알게 되었다. 그들은 왜 재민은 함께 가지 않았는지 궁금했다. 그들은 재민에게 또 다른 형제는 없는지 물었다. 재민은 죽었다고만 대답했다. 그 말은 효과가 있어 더이상 재민에게 무언가를 묻는 사람들은 없었다.

재민은 자정이 넘어 다른 사람들이 떠날 때 같이 풀려났다. 선생들은 삼삼오오 짝을 지어 택시를 탔다. 재민만 홀로 택시를 잡았다. 부부는 한 사람처럼 다정하게 어깨를 감싸고 그를 배웅했다.

택시에서 내려 집을 향해 걸었다. 익숙한 문 앞에 서자 안도감이 몰려왔다. 그는 천천히 열쇠를 돌렸다. 퀴퀴한 냄새가 코끝을 찔렀다. 불을 켜니 바닥에 말라붙은 컵라면이 보였다. 아침에 나뒹군 모습 그대로, 단 1밀리미터도 움직이지 않고 있었다. 누렇게 변색된 이불이 바닥에 아무렇게나 널브러져 있었다. 곳곳에 먼지

덩어리가 뒹굴었다. 그의 집은 늘 그러했다. 단지 전에는 의식하지 못했을 뿐이었다.

그는 엎어진 컵라면을 닦으려다가 휴지를 사 오는 걸 또 잊었음을 깨닫고 아무 수건이나 한 장 꺼내 바닥을 닦았다. 순식간에 시커메진 수건을 보며 그는 다시는 고독했으되 평안했던 어제로 돌아갈 수 없음을 깨달았다.

2

어머니는 아름다운 사람이었다. 혜연은 아침에 어머니가 화장하는 모습을 즐겨 지켜보았다. 화장대 앞에는 다양한 색의 화장품들이 놓여 아침 햇살에 반짝였다. 어머니의 손이 얼굴 위에서 피아노를 치듯 움직이고 나면, 어머니는 단지 아름다운 여인에서 누구나 돌아볼 만큼 눈부신 모습으로 탈바꿈했다. 화장을 마치고 나면 어머니는 기다리던 혜연을 보며 빙긋 웃었다. 혜연은 "엄마 최고!"라고 외쳤다. 그럼 어머니는 다시 거울을 보지 않았다.

어머니는 한국지부장을 맡고 있었다. 때문에 늘 바빴다. 각국의 지부장들끼리 모여 회의를 할 때면 며칠, 혹은 몇 주씩 집을 비우기가 예사였다.

"집 잘 보고 있으렴. 아버지 말씀 잘 듣고."

혜연은 죄책감을 감추며 웃음 지었다.

"엄마에게 말해야 하지 않을까?"

어머니를 배웅한 후 혜연이 나직하게 말했다.

"뭐하러?"

경연이 컴퓨터 앞에서 무심하게 대답했다.

"엄마를 속이는 게 괴로워."

경연은 정신없이 마우스를 놀리다 혜연이 아직도 거기 있느냐는 듯 말했다.

"우리가 속이는 게 아니야. 아빠가 속이는 거지."

"하지만 우리도 알잖아."

경연은 더이상 대꾸하지 않았다. 화면 중앙에 있는 붉은 차의 바로 뒤를 푸른 차가 바짝 쫓았다. 붉은 차는 추월을 막느라 바빴다. 혜연은 방에서 나왔다.

혜연은 이불 속에 파고들어 귀를 틀어막았다. 그래도 술에 취해 카랑카랑하게 웃는 소리가 들렸다. 혜연은 경연의 방에 갔다. 경연은 게임을 하느라 혜연이 들어온 줄 알지 못했다.

어머니는 예정보다 일찍 돌아왔다. 혜연은 어머니의 표정에서 어머니가 모두 알고 왔다는 사실을 알 수 있었다. 혜연은 누가 어머니에게 이야기했는지 궁금했지만 끝내 알지 못했다.

어머니는 집에 들어오자마자 아이들에게 인사도 없이 안방 문을 열었다. 어머니는 침대 위에 있던 여자가 옷을 다 입도록 아무 말도 하지 않았다. 여자는 어머니 앞에 서서 사소한 일을 사과하듯 어깨를 으쓱하고는 나갔다. 여자가 떠난 후 어머니는 짐을 싸기 시작했다.

"엄마……!"

혜연은 아홉 살 난 아이가 집을 떠나려는 어머니를 볼 때 그러하듯이, 울음을 터뜨리기 직전이었다. 아이는 막상 어머니와 눈이 마주치자 울지 못했다. 어머니는 혜연을 잠시 보더니 입술을 물어뜯으며 돌아섰다.

"엄마!"

경연이 뛰어나와 어머니의 다리를 잡고 매달렸다. 어머니는 몇 번이고 뿌리치려 했다. 혜연은 매달리지 않았다. 혜연은 어머니를 배신했다. 배신자는 받아들여지지 않는다. 경연은 울부짖었다. 날 놓고 가지 말라고, 날 버리지 말라고, 내가 잘못했다고, 몇 번이나 밀고 손을 잡아떼는 어머니를 놓지 않았다. 마침내 어머니가 주저앉아 경연을 끌어안았다.

"그래, 같이 가자."

혜연도 어머니에게 달려갔다. 어머니는 눈물 섞인 눈으로 고개를 들고 말했다.

"아버지 잘 보살펴드리렴."

며칠 후, 이모가 혜연을 데리러 왔다.

십대는 뱀파이어에게 가장 위험한 나이였다. 더 이상 어른 뱀파이어도 그들을 완전히 보살피려 들지 않는다. 더욱이 이모는 아직 어린 애들이 셋이라 혜연까지 신경 쓸 여력이 없었다. 혜연은 열일곱 살 때 주위를 경계하고 그녀를 보호할 어른이 없이 첫 사냥을 했다. 첫 희생자는 노란 유치원복을 입은 아이였다. 그날 혜연은 이모 손에 이끌려 집을 떠난 후 처음으로 아버지를 만나러 갔다.

아버지의 집에는 그날 봤던 여자가 있었다.

"많이 컸네."

여자는 담배꽁초를 비벼 껐다.

"어머니 소식은 듣니?"

혜연은 고개를 저었다. 아버지는 혜연을 보고 비굴하게 웃었다. 세련된 신사였던 아버지의 추레한 웃음을 보며, 그녀는 아버지가 겉은 멀쩡해 보이되 속은 곪아가고 있다는 걸 깨달았다.

그럴 거면 왜 어머니를 두고……!

그 말은 끝내 소리가 되어 나오지 않았다. 어쨌든 아버지는 여전히 인간 여자들에게 매력을 풍겼다. 그는 인간들을 집에 끌어들였고, 술을 먹이고, 피를 마셨다. 인간들은 다음 날 기운이 없는 게 숙취 때문이라고 생각했다.

아버지는 이모 집이 불편하면 집에 돌아와도 좋다고 말했다. 혜연은 거절했다. 여자 때문만은 아니었다. 아버지는 너무 방만하게 살았다. 그 집은 위험했다.

혜연은 몇 년 후 독립했다. 부탁하지도 않았는데 아버지가 돈을 보태 먼저 알아본 집보다 괜찮은 집을 구했다. 그리고 동생에게서 귀국한다며 처음으로 연락이 왔다. 혜연은 얼결에 작업실로 쓰려던 방을 내주기로 했다. 경연은 집 주소만 듣고 알아서 찾아왔다. 혜연은 경연을 알아보지 못했다. 철부지 코흘리개였던 경연은 말쑥한 미남자로 성장해 있었다.

"살 만해?"

경연이 어제 헤어졌던 사람처럼 스스럼없이 물었다.

"그럭저럭. 너는…… 어때? 잘하고 있어?"

"나? 쉽지."

경연은 어깨를 으쓱했다. 경연은 혜연의 집에 짐을 풀더니 며칠 후 바텐더로 취직했다. 얼마 지나지 않아 혜연은 경연의 쉽다는 말의 의미를 알 수 있었다. 어느 날 동대문에 가 한 짐 짊어지고 집에 돌아오니 처음 보는 여자가 부엌에서 달려와 짐을 받았다.

"안녕하세요, 경연이 누나 되시죠?"

여자는 붙임성 있게 인사했다.

"왔어?"

경연이 반바지만 걸치고 젖은 머리를 털며 욕실에서 나왔다.

"응……."

혜연은 얼떨떨해 대답했다.

"저녁 안 드셨죠? 금방 되니 잠시만 기다리세요."

여자는 주방에서 바삐 움직이더니 해물 파스타를 내놓았다.

"언니가 해물 좋아하신다기에…… 맛 괜찮으세요?"

혜연은 여자가 겉보기보다 나이가 많으리라 짐작했다. 혜연이 언니라 부를 나이일 것이다. 혜연은 여자가 바라는 대로 모르는 척했다. 그녀는 어정쩡하게 둘 사이에 끼어 저녁을 먹고, 여자가 사 온 맥주도 마셨다.

"너무 열 받는 거 있죠? 언니 같으면 그럴 때 어떡하겠어요? 근데 거기서 끝이 아니에요!"

여자가 경연을 향해 고개를 돌렸다. 그 순간 여자의 눈에서 초점이 사라졌다. 경연은 손을 뻗어 여자의 얼굴을 가까이 오게 하더니 목에 입술을 묻었다.

"누나도 해."

경연이 말했다. 혜연은 어쩐지 내키지 않았다. 하지만 어제오늘 사냥을 못한 터라 잠자코 몇 모금 마셨다. 여자는 잠시 후 정신을 차렸다.

"아이참, 내가 무슨 이야기하고 있었지?"

여자가 가볍게 머리를 흔들었다.

"무슨 이야기를…… 하려고 했는데……, 생각이 안 나네."

경연은 싱긋 웃었다. "생각나면 말해줘." "응……."

여자는 이마에 손을 댔다.

"어지러워……. 왜 이러지?" "오늘 일하느라 피곤했던 거 아니야?" 혜연은 일어나서 방으로 들어갔다.

경연이 여자를 바래다주고 돌아오는 소리가 들렸다. 혜연은 심호흡을 한 번 하고 말했다.

"내 침대에선 하지 마!"

"알았어."

경연은 컴퓨터를 켜며 대답했다. 혜연은 경연의 뒷모습을 오래도록 노려보았지만 경연은 아는지 모르는지 돌아보지 않았다.

"어머니는…… 어떻게 지내?"

혜연이 제풀에 지쳐 물었다.

"잘 지내지 않을까?"

경연이 무심히 말했다. 혜연은 어머니와 같이 떠났으면서 왜 잘 모른다는 듯 말하는지 설명을 기다렸지만, 경연은 어릴 때처럼 혜연이 있다는 걸 잊고, 혹은 무시하고 게임에 열중했다.

혜연은 야심한 시각에 한적한 골목길을 되도록 천천히 걸었다. 한 명이 지나간다 싶으면 다른 한 명이 뒤를 이었다. 해가 뜨기 전 가장 추운 시간이 되어서야 교복을 입은 아이가 혼자 손을 호호 불며 걸어왔다. 혜연은 귀를 기울였다. 또 오는 사람은 없는 것 같았다. 혜연은 날렵하게 뛰어가 손으로 뒷목을 쳤다. 아이가 쓰러지는 순간 몸을 받고 허겁지겁 피를 들이켰다. 몇 모금 마시지도 않았는데 멀리서 누군가 다가오는 소리가 들렸다. 혜연은 아이를 놔두고 달아났다. 그녀에게는 경연이나 아버지처럼 사람을 홀리는 재주가 없었다. 그건 몇몇 선택받은 뱀파이어나 가능했다. 훈련을 받았지만 어린아이가 아니면 잘되지 않았다. 그래서 혜연은 운동을 시작했다. 태권도, 복싱, 검도, 몸을 단련시킬 수 있는 거라면 닥치는 대로 했다. 그것만이 살아남을 수 있는 유일한 길이었다. 하지만 늘 잘되는 건 아니었다. 인간이 첫 손에 기절하지 않으면 말 그대로 사투를 벌여야 했다.

혜연은 지친 몸으로 집으로 들어갔다. 경연은 일찍 일어났는지, 밤새 게임을 했는지 컴퓨터 앞에 앉아 있었다.

"어머니 연락처 알아?"

혜연이 물었다.

"응."

경연은 늘 그렇듯 화면을 보며 대답했다. 혜연은 기다렸다. 경연은 돌아보지 않았다. 혜연은 마우스를 뺏었다.

"왜 이래?"

경연이 짜증을 냈다. 화면이 회색으로 변했다. 경연은 아무 종이에나 번호를 적어 넘겼다.

"어머니, 어떻게 지내?"

혜연이 물었다.

"몰라, 나도 한 몇 년 연락 안 했어."

"왜?"

"삼 년 전인가 독립하고 나서는 나도 잘 몰라."

"잘 지내?"

"아니, 맨날 술 마시고, 사냥도 잘 안 하고, 삼촌이 가끔 집에 인간들을 초대하는데, 그때나 마실 둥 말 둥해. 얼마 안 남았어."

경연의 마지막 말이 혜연의 가슴을 아프게 찔렀다.

"사냥은 어떻게 해?"

경연이 물었다.

"난…… 너처럼 못해."

"힘들 땐 말해. 내가 가끔 애들 부를 테니까. 난 엄마 닮았나봐. 많이 안 마셔도 괜찮더라고. 엄마도 그랬잖아."

"얼마나 마시는데?"

"음……."

경연은 더 이상 게임에는 신경 쓰지 않았다. 그는 담배에 불을 붙였다.

"글쎄……, 일주일에 이 리터 정도?"

"일주일에 이 리터면 된다고?"

"응."

경연은 씨익 웃었다. 혜연은 갑자기 경연이 때리고 싶도록 미워졌다. 이 아인 언제나 그랬다. 사람을 화나게 해놓고, 언제 그랬냐 싶게 돌변해 상냥하게 굴었다. 그런 식으로 상대가 그에게 화를 내고 있었다는 걸 잊게 만들었다.

"누나는?"

"나는……."

이미 화를 낼 때는 놓쳤다.

"나도 그렇게 많이는 필요 없어. 삼사 리터 정도? 넌 편하겠다. 난 오늘도 도망치다가……."

혜연은 씁쓸하게 말을 끊었다.

"나도 늘 잘되는 건 아니야." "몇이나 키우는데?" "서넛 되나? 골치 아파. 지들끼리 싸워대고." "서로 알아?" "응." 경연은 대수롭지 않다는 듯 대답했다. "누나도 하나 키우지?" "난 안 된다니까. 잠들 때까지 기다려야 하는데 그것도 보통 피곤한 게 아니야." "깨어 있을 땐 안 돼?" "나는 선천적으로 유액이 약하대. 그래서 마취가 잘 안 된대." "토마토를 꾸준히 먹어봐. 그럼 필요한 양이 줄어든대." "정말?" "그렇대." "토마토 맛없는데……." 경연은 담배를 끄더니 다시 모니터를 향해 몸을 돌렸다.

"너 돈 없어?"

혜연이 물었다.

"왜? 따로 살까?"

경연은 돌아보지 않고 되물었다. 혜연은 너무 쉽게 속을 들켜 선뜻 그렇다고 말하지 못했다.

"아냐."

혜연은 방을 나갔다.

비가 내렸다. 혜연은 잘되었다고 생각했다. 이런 날은 사람들이 기척을 잘 느끼지 못하고, 그만큼 사냥감을 찾기도 쉬웠다. 하지만 오늘은 그녀를 위한 사냥을 하는 날이 아니었다. 그녀는 우산을 쓰고 집에 가는 예닐곱 살 된 아이 앞에 가서 손을 뻗었다. 그리고 다정하고 침착하게 말했다.

"나랑 같이 가자."

아이는 혜연의 손을 잡았다. 어지러웠다. 사냥을 계속 실패했다. 그래도 이 아이는 그녀 몫이 아니었다. 혜연은 가능한 한 어린 아이는 사냥하지 않았다. 아이들은 피를 얼마나 마셔야 할지 가늠하기 어려웠고, 조금만 수위를 넘겨도 죽어버리기 일쑤였다. 혜연은 죽이는 걸, 특히 아이들을 죽이는 걸 싫어했다. 그렇다고 아버지를 모르는 척할 수도, 다 큰 어른을 꾀어 데려갈 재주도 없었다. 어젯밤 고모에게 아버지가 벌써 몇 달째 사냥을 하지 않는다는 내용의 전화가 왔다. 고모는 자식이 되어 가지고 어떻게 아버지를 돌보지 않느냐고 한참 나무라다 전화를 끊었다.

버스가 왔다.

'가족이란…….'

혜연은 물방울이 떨어지는 창밖을 내다보았다. 얼룩진 유리창
에 그녀의 모습이 비쳤다. 그녀는 새삼스레 경연과 그녀가 코가
똑같이 생겼다는 걸 깨달았다. 혜연이 경연에게 고모가 전화했다
며 아버지 이야기를 하자 경연은 짧게 대답했다.

"바빠. 난 다음에."

버스에서 내려 아버지 집까지는 한참을 걸어야 했다. 골목은
좁고 구불구불했고 경사가 가팔랐다. 혜연은 아이가 넘어지지 않
도록 단단히 손을 잡고 걸었다.

"아파요."

아이가 말했다. 혜연은 힘을 조금 뺐다. 아이의 정수리가 내려
다보였다. 머리는 양 갈래로 나뉘어 촘촘하게 땋아 있었다. 머리
에 꽂힌 핀이 줄잡아 열 개는 될 것 같았다. 아침 일찍 일어나 이
아이의 머리를 땋고, 하나하나 핀을 골라 꽂았을 여자를 생각했
다. 어머니도 그렇게 혜연의 머리를 빗겨준 적이 있었다. 혜연은
아이의 머리를 쓰다듬었다. 이제 이 아이는 아버지에게 줄 수 없
다. 아버지는 끝까지 마실 거고…….

혜연은 돌아섰다. 아버지의 집 근처에서 풀어줄 수는 없었다.
아무리 어리다지만 위험했다. 기왕 풀어줄 거라면 원래 있던 자
리로 데려다주는 게 나았다.

그녀는 왔던 길을 돌아가는 버스를 탔다. 그새 퇴근 시간이 되
어 버스는 인간들의 젖은 몸과 우산들로 부대꼈다. 혜연은 흔들
리는 버스 안에서 아이까지 챙기며 간신히 넘어지지 않고 균형을

유지했다. 그녀는 빈자리가 나자 급하게 아이를 앉혔다. 버스는 두 시간 만에 아까 탄 정류장에 도착했다. 어느새 주위는 어둑어둑했다. 배가 고팠고, 머리가 어지러웠다. 혜연은 아이를 발견한 골목으로 아이를 이끌었다. 그녀는 무릎을 꿇고 아이와 눈을 마주쳤다.

"다 잊으렴."

"네."

아이가 다소곳하게 대답했다. 혜연은 충동적으로 아이를 안았다. 비릿한 비 냄새 사이에서 어린아이 특유의 달콤한 향이 콧속을 어지럽혔다.

'딱 한 모금만……'

혜연은 저도 모르게 아이의 목에 입을 가져다 대었다. 심장이 박동 쳤다. 그녀는 멈추고 싶지 않은 충동을 힘겹게 떨치고 입을 뗐다. 아이는 주저앉아 일어나지 못했다. 아이들은 체력이 약하다. 이대로 놔두면 죽을지도 모른다. 혜연은 이 아이를 집까지 데려다줘야 하는지 망설였다. 경연이라면 애를 마시나 어른을 마시나 무엇이 다르냐고 할 것이다. 경연이 끝까지 마시지 않는 이유는 알을 낳는 닭을 잡지 않는 것과 같은 마음이었다. 혜연이 막 아이에게 집이 어딘지 물어보려는데 인기척이 났다. 그녀는 화들짝 놀라 모르는 아이인 척 돌아섰다. 그녀는 아이 앞에 있던 그녀의 모습을 못 봤길 바라며 태연을 가장해 발걸음을 옮겼다. 초저녁부터 술에 취한 중년 사내가 그녀 옆을 스치며 중얼거렸다.

"씹알, 먹고사는 게 뭐라고……."

씨팔도, 씨발도 아닌 '알'이라는 선명한 발음이 그녀의 귓가를 어지럽혔다. 혜연은 언제 우산을 잃어버렸는지 알지 못했다. 그녀는 비를 맞으며 한없이 걸었다.

3

자고 일어나면 원래대로 돌아갈 줄 알았지만 그렇지 않았다. 재민이 원장의 조카라고 말한 이후 선생들이 그를 대하는 태도가 달라졌다. 회식을 할 때도 전처럼 형식적으로 권하지 않았다. 재민은 열대어 사이에 낀 피라미처럼 어색한 기분으로 들어가지 않는 술을 억지로 마셨다. 사람들은 대화를 했다. 그는 무슨 말을 해야 좋을지 몰라서 술만 마셨고, 집에 와서는 모두 게웠다.

쉬는 시간이었다. 이선생이 그를 억지로 선생들 휴게실로 데려갔다. 그들은 곧 그를 잊고 학생들, TV 프로, 최근에 본 영화, 친구들과 그 자리에 없는 선생들에 대한 이야기를 나눴다. 재민은 자기가 왜 그 자리에 있어야 하는지 알 수 없었다. 전에는 아무렇지도 않던 일들이었다. 그는 늘 혼자였고, 혼자인 게 당연했으며 다른 사람들 사이에 끼지 못해 안절부절못한 적이 없었다. 그는 부디 남들이 눈치채지 못하게 나갈 수 있기를 바랐다.

"김선생님!"

조용히 사라지려는데 이선생이 불렀다.

"왜 벌써 가세요? 이야기 좀 더 하다 가요."

이선생이 다정하게 팔을 잡았다. 옷소매를 통해 느껴지는 여자의 손은 따뜻하고 부드러웠다. 그조차 모르고 있던, 그날 이후 억눌러왔던 분노가 여자에게 잡힌 손에서부터 불거져 폭발했다.

"왜! 왜 나를 초대했죠?"

재민은 이선생을 똑바로 바라보지 못했다. 그는 대화하는 법을 모르기에 그는 화내는 법도 알지 못했다.

"네?"

이선생이 어리둥절해 물었다. 그녀는 도와달라는 듯 다른 선생들을 살폈다. 다른 선생들도 영문을 모르기는 마찬가지였다. 집들이가 있은 지 두 달이 지났다.

"왜 나를 가만히 내버려두지 않았어요! 도대체 왜!"

이선생이 그의 다른 손도 잡았다. 그녀는 울먹이며 돕고 싶었노라고 말했다. 그녀 또한 중학교 때 따돌림을 당했다고, 그걸 극복하고 친구들을 사귀는 게 정말 힘들었다고, 때문에 그를 이해하며 친구가 되어주고 싶다고 말했다. 재민은 그녀를 밀치고 달아났다. 학원은 12층이었다. 엘리베이터는 저 아래에 있었다. 그는 계단을 뛰어 내려갔다. 밖에는 거센 비가 쏟아지고 있었다. 재민은 망설이지 않고 건물 문을 열었다.

"아이고, 비가 많이 옵니다. 우산 빌려드릴까요?"

수위가 물었다. 재민은 멍하니 그를 바라보다가 물었다.

"나한테 말을 건 건가요?"

"예?"

수위가 무슨 소리인가 하는 얼굴로 그를 바라보았다. 아까 이 선생도 같은 표정을 지었다. 재민은 빗속으로 뛰쳐 나갔다. 그는 추위가 뼛속까지 파고들어 더 이상 걸을 수 없을 즈음이 되어서야 택시를 잡았다. 두 배를 주겠다고 해도 택시는 온통 젖은 사람을 태우려 하지 않았다. "거 의자 다 젖을 텐데, 다른 손님 태울 수 있겠어요?" 택시 기사가 짜증스럽게 말했다. 재민은 그제야 그의 꼴을 인지했다. 그는 버스를 탔다. 사람들은 그와 손끝 하나라도 닿을까 몸을 사리고 눈을 찌푸렸다. "재수가 없으려니……." 버스가 급정거를 해 그와 몸이 부딪친 사람이 들으라는 듯 말했다. 비가 내려서 비를 맞았을 뿐, 비에 젖은 건 그의 잘못이 아니었다. 그런데도 재민은 버스에서 내릴 때까지 죄인처럼 고개를 들지 못했다.

집 앞 공터에 하얀 원피스를 입은 여자가 앉아 있었다. 여자는 태어났을 때부터 그 자리에 못 박혀 있던 양 꼼짝도 하지 않았다. 몇몇 사람들이 흘끔거리긴 했으나 아무도 그녀에게 무슨 일이 있기에 그렇게 비를 맞고 있느냐 묻지 않았다. 재민은 그녀에게 다가갔다.

"일어나요."

어디서 그런 용기가 생겼는지 알 수 없었다. 여자는 의아한 듯 그를 바라보다 이마를 타고 내려온 빗물이 눈에 들어간 듯 눈을 한 번 깜빡였다. 빗물이 여자의 뺨에서 턱을 따라 흘러 손등 위로 떨어졌다.

"일어서요! 비가 오잖아요!"

재민은 버럭 고함을 질렀다. 그는 다짜고짜 여자의 손을 잡아 일으켜 집으로 데려갔다. 집에 들어가기 무섭게 화장실 문을 열고 뜨거운 물을 틀었다.

"씻어요."

여자는 그가 왜 이러는지 모르겠다는 듯 바라보았다.

"감기 걸리잖아요!"

재민은 주먹으로 눈물을 훔쳤다. 사람들은 자기가 듣고 싶은 말을 타인에게 하는 습성이 있는데 재민도 예외는 아니었다. 재민은 여자에게 수건을 넘겼다.

"감기 걸린다고요. 비를 맞으면, 이렇게 추운 날, 그렇게 비를 맞으면, 감기 걸리잖아요."

두 사람의 몸과 머리에서 떨어지는 물로 인해 바닥이 흥건해졌다. 그는 젖은 손으로 쥐어 젖어버린 수건을 여자에게 건넸다.

"감기…… 걸린다고요……."

여자는 수건을 받아 안으로 들어갔다. 재민은 옷을 벗었다. 마땅히 놔둘 곳이 없었다. 세탁기는 욕실 안에 있었고, 여자가 씻고 있었다. 재민은 젖은 옷을 한구석에 놓고, 수건으로 몸을 닦았다. 옷을 갈아입고, 바닥에 있는 물기를 훔칠 무렵 욕실 문이 조금 열렸다. 재민은 문틈으로 마른 옷을 건네주었다. 여자가 나왔다. 옷은 여자에게 조금 컸다.

"나도…… 씻고 나올 테니까…… 기다려요."

여자가 고개를 끄덕였다.

젖은 욕실 바닥에서 옷을 입는 건 번거로웠다. 밖에 나온 순간

명치에 충격이 왔다. 하지만 의식을 잃지는 않았다. 재민은 갑작스러운 일에 반응하지 못했다. 여자가 재민의 목을 물었다. 통증은 없었다. 재민은 여자가 하는 대로 놔두었다. 혜연은 충분히 마신 후 몸을 일으켰다. 재민이 그녀를 가만히 바라보고 있었다.

4

혜연은 며칠 만에 집에 갔다. 경연은 집에 있었다.

"어디 있었어?"

경연이 걱정했다는 투로 물었다. 혜연은 의외라고 생각했다.

"누구 하나 키워."

혜연은 자조적으로 대답했다.

"잘됐네. 그 집에서 지냈어?" "응." 경연은 먹던 라면을 마저 먹었다. 다른 뱀파이어 같으면 만류했을 것이다. 함께 살다보면 정체를 들키기 십상이라고 말이다. 혜연은 자기가 경연의 자기 자신 외에는 무심한 성격을 좋아하는지 싫어하는지 알 수 없었다. 그녀는 옷가지와 일거리를 챙기며 과연 잘하는 일인지 끊임없이 자문했다.

혜연은 물을 마시고자 냉장고를 열었다. 경연이 샀을 리 없는 야채들이 들어 있었다. 개수대도 그녀에게 낯선 방식으로 정리되어 있었다. 그래도 이 집은 그녀의 집이었다. 그녀가 요구한다면 경연은 이 집을 떠나야 했다. 하지만 혜연은 그러지 못하리라는 걸 알고 있었다.

"며칠 못 올 거야. 밥 잘 챙겨 먹어." 그녀는 짐을 들면서도 가지 말까 망설였다.

"누나."

"응?"

혜연은 신발을 신으며 대답했다. 경연이 아무 말도 하지 않아서 그녀는 손을 멈추고 경연을 올려다보았다. 경연이 그녀를 바라보고 있었다.

"관계를 오래 지속하려면 어떻게 해야 하는지 알아?"

그건 혜연이 지금 고민하던 문제가 아니었다. 그러나 경연이 그 말을 한 순간 혜연은 이 순간 가장 원하는 것이 바로 그 질문의 답처럼 느껴졌다.

"어떻게 해야 하는데?"

"상대방과 함께 있는 진짜 이유는 말하지 않는 거지."

겨울이 끝나갔다. 재민은 버스 정류장 앞 가판대에 늘어선 스카프를 보고 발걸음을 멈췄다. 매일 이곳에서 버스를 탔지만 전에는 한 번도 본 적이 없었다.

"김선생."

재민은 도둑질이라도 하다 들킨 것처럼 깜짝 놀랐다. 최선생이 다 안다는 듯 능글맞게 웃었다.

"요즘 연애하죠?" 최선생이 진열대 앞에 섰다. "김선생이 만나는 여자라면, 야한 스타일은 아닐 거고……." 그는 재민과 달리 조금도 주저하지 않고 스카프를 헤집으며 골랐다. "이거 좋겠네."

그가 고른 건 거의 흰색으로 보일 정도로 연한 분홍색이었다. 재민은 자기가 보기에는 다 똑같아 보여 뭘 고를지 알 수 없었는데, 그가 고른 게 예쁠 뿐만 아니라 그녀와 어울릴 것 같아 언짢아졌다.

"이거 포장해줘요." 최선생은 재민의 의향은 묻지도 않고 말했다. "잘 고르셨네요. 여자 친구 분이 좋아하실 거예요."

점원이 과장되게 웃으며 말했다. 재민은 값을 치르고 스카프를 받았다.

"어떤 여자예요?" 재민은 대답하지 않았다. 대답하고 싶지 않았다. 최선생은 크게 웃으며 그의 어깨를 툭툭 쳤다. 재민이 타야 할 버스가 왔다. 그는 입속으로 웅얼거리듯 인사하고 차에 올랐다.

"웬 거야?"

혜연이 물었다. 재민은 고개를 숙였다. 혜연은 익숙하게 포장을 풀었다.

"예쁘네, 고마워요."

재민은 저도 모르게 바보처럼 웃었다. 그는 장바구니에서 깻잎무침을 꺼내고, 책상 위에서 요리법을 프린트한 종이를 찾았다. 혜연이 그가 만든 요리를 너무 맛없어 하는 데다가, 시켜 먹는 건 더 싫어해 인터넷을 돌아다니며 찾은 스파게티 만드는 법이었다. 그는 서투르게 양파를 썰었다. 눈물이 나서 손으로 비볐다. 혜연은 그가 개수대에 얼굴을 밀어 넣고, 눈을 씻는 동안 자기 일만 계속했다. 그녀는 그가 프라모델을 만들던 책상을 차지하고 모자에 그림을 그렸다.

그는 두 시간이 넘게 걸려 스파게티를 완성했다. 그는 혜연의 눈치를 살폈다. 기쁘게도 혜연은 맛있게 먹었다. 재민은 스파게티를 먹으며 짠 깻잎도 몇 장씩 집어 먹었다. 식사를 한 후에는 땅콩과 호두를 꺼냈다.

"먹을래요?"

그가 망설이다 물었다. 혜연은 고개를 저었다. 그녀는 재민이 텔레비전을 보는 동안 작업을 마무리했다.

혜연은 대략 이틀에 한 번씩 재민을 마셨다. 그녀는 경연에게 거짓말을 했다. 마취액은 충분히 나왔다. 다만 키우는 자를 무는 게 싫을 뿐이었다. 하지만 그 말을 하면 어떤 반응이 나올지는 뻔했다. 설명하고 방어하는 건 귀찮았다. 거짓말이 편했다. 그녀는 그녀가 뱀파이어라는 걸 알면서도 자발적으로 피를 주는 자를 만나게 될 줄은 몰랐다. 가끔 그런 정신 나간 사람 이야기를 듣기는 했어도 말이다. 정체를 밝히는 건 위험한 일이다. 그런데도 그녀는 재민의 집에 머물렀다.

이틀에 한 번, 재민에게 무리가 가지 않을 정도로 흡혈하는 걸로는 충분한 피를 섭취할 수 없었다. 하지만 더 이상 사냥을 하지 않아도 됐다.

피를 섭취하기 위해 인간을 키울 경우 두 가지 문제가 있었다.

하나는 정체를 들키지 않기 위해선 너무 가까워져선 안 되는데 지나치게 모든 일에 끼어들고 관계를 더 깊이 만들려고 하는 것이고, 다른 하나는 익숙해질 만하면 떠나버린다는 점이다.

혜연은 재민은 어느 쪽도 아니라고 생각했다. 그러니 한동안 머물 수 있으리라. 그녀가 떠나려 해도 구차하게 잡거나 매달릴 것 같지 않았다.

이곳은 누구도 몰랐다. 그녀는 이곳에 있을 때면 휴대폰을 꺼 놓고, 아버지든, 어머니든, 경연이 그녀의 집을 어떻게 하며 살든 그 누구의 어떤 소식도 듣지 않기를 바랐다. 어머니도 아버지처럼 망가져 있다면, 만나고 싶지 않았다.

그들이 처음 잠자리를 함께한 건 사실상 함께 산 지 한 달 정도 지난 다음이었다. 재민은 안쓰러울 만큼 긴장했다. 그는 혜연의 눈치를 보며, 처음 잠자리를 한 후 남자가 할 법한 그럴싸한 말을 찾아 애쓰고 있었다. 혜연은 그러거나 말거나 내버려두었다. 어색하든 말든 재민의 문제였다. 문득 그녀는 이 순간 경연이 그녀나 다른 사람들을 대하는 태도의 근원을 알 것 같았다. 지금 그녀는 재민에게 동생이 그녀에게 하듯 굴고 있었다.

재민은 뒤늦게 혜연에게 팔베개를 해주려다 땀을 너무 많이 흘렸다는 걸 깨닫고, 샤워를 하려 일어섰다. 그때 혜연이 처음으로 소리 내어 웃었다. 재민이 앉았다 일어난 침대 가장자리가 땀으로 인해 ω모양으로 젖어 있었다. 갑자기 재민도 웃음이 나왔다. 한 번 터진 웃음은 쉽게 가라앉지 않았다.

"우리 맥주 마실래요?"

혜연이 말했다. 재민은 금방 사 오겠다며 바닥에 떨어진 옷을 입었다. 혜연은 이불을 목까지 올리곤 싱긋 웃었다.

"잘돼가나봐요?" 퇴근 준비를 하는데 최선생이 말을 붙였다. 재민은 입속으로 웅얼거리며 대답을 흘렸다. "왜, 무슨 일인데?" 다른 선생이 물었다. "몰랐어? 김선생 요새 연애하잖아." 갑자기 그에게 시선이 몰렸다. "아무리 연애하느라 바빠도 그렇지, 오늘 회식이라는 건 잊으면 안 되지." 최선생이 은근히 반말을 섞으며 말했다. 이때다 싶었는지 이선생도 다가와 축하한다며 회식 때 부르라고 했다. "그래, 불러요." 다른 선생들도 권했다.

"재민이, 너 여자 친구 생겼냐?" 삼촌이 물었다. 재민은 고개를 숙였다. "언제 데리고 와봐." 재민은 들릴 듯 말 듯 입술만 달싹였다.

그날 회식에서는 재민의 여자 친구가 화제로 올랐다.

"여자들은 처음에 휘어잡아야 해." "김선생 숫기 없어서 어디 그렇게 되겠어?" "어머, 무슨 말씀들을 그렇게 하세요! 김선생님 다정해서 잘해주실 것 같은데요. 근데 뭐하시는 분이에요?" 이선생이 애교 섞인 목소리로 물었다. 그간 어색했던 일을 풀 기회라고 단단히 마음먹은 듯, 대답을 듣기 전까진 피하지 않을 태세였다. "모자나 가방 같은 데다…… 그림을 그려요." 재민은 도리 없이 대답했다. "어머, 그거 어디서 살 수 있어요? 언제 사러 가야겠다." "……인터넷에서요." "사이트 주소 알려줘요. 매상 올려줄게요." 이선생이 수첩을 꺼냈다. "저도 잘 몰라요." "그걸 왜 몰라요?"

"요새 그런 거 장사 잘된다던데. 능력 있는 애인 만났네요." "요새 연앤 쿨해야 해. 그렇게 서로 꼬치꼬치 묻는 거 아니지." "그래서 야 그게 무슨 연애예요?" "아, 그런데, 이제 보니 목에 저 상처! 저 거 키스 마크 아니에요? 키스 마크!" "이야, 김선생 그렇게 안 봤 는데!"

재민은 그가 말할 수 있는 기회를 기다렸다. 분명 그에 대한 이 야기가 오가는데도 아무도 그의 말을 들으려 하지 않았다. 오래 전 그날처럼, 마치 그가 그 자리에 없는 듯, 그는 아무것도 듣지 못하는 듯 이야기했다. 하지만 그는 그때처럼 할 말이 있었다. 그 는 이제 괜찮다고, 이제 당신들 속에 섞이는 게 전만큼 두렵지 않 다고 말하고 싶었다. 하지만 그에 대한 이야기가 끝나고 다른 이 야기가 오갈 때까지 아무도 그에게 지금 심정이 어떠냐고 묻지 않았다. 그는 침묵하며 다른 사람들 이야기에 귀를 기울였다. 재 민은 마침내 그들 또한 대화를 하는 게 아니라는 걸 깨달았다. 아 무도 상대방의 이야기를 귀 기울여 듣지 않았다. 다른 사람이 하 는 이야기를 듣는 유일한 이유는 그 말이 끝나고 나면 자기가 하 고 싶은 말을 하기 위해서였다.

회식은 새벽 3시가 넘어서야 끝났다. 재민은 피로와 실망감 에 젖어 현관문을 열었다. 혜연은 자고 있었다. 그는 혜연을 깨우 지 않으려 불을 켜지 않았다. 어둠에 눈이 익숙해진 후 신발을 벗 고 들어섰다. 재민은 곳곳에 널린 포장 상자를 피해 조심스레 발 을 디뎠다. 발바닥에 날카로운 게 박혔다. 그녀는 바닥에 굴러다 니는 구슬 장식을 정리하지 않았다. 재민은 발바닥에 박힌 장식을 빼서 탁자 위에 올리고 냉장고를 열어 물을 마셨다. 냉장고 불빛에 프라모델 장식장이 반짝였다. 새삼 그녀를 만난 후 아무것도 만들지 않았다는 걸 깨달았다. 재민은 조심스레 옷을 벗고 살며시 그녀 옆에 누웠다. 어제 빨린 목 언저리가 따끔거렸다. 내일은 햄버거 스테이크를 만들어보자. 혜연이 좋아할까.

재민은 가만히 그녀의 손을 잡았다. 차가웠다. 그만으로는 충분하지 않을 거다. 하지만 그녀는 그의 피만 마셨다. 그녀가 이야기한 적은 없지만, 재민은 확신했다. 그녀는 그를 떠나지 않을 거다. 어지러웠다. 더 잘 먹을 필요가 있었다. 허리께가 따끔거렸다. 이번에도 구슬 장식이었다. 그녀는 청소하는 법이 없다. 그가 출근한 동안 밥을 먹은 설거지도 하지 않는다. 그는 저녁이면 돌아와 요리를 하고, 청소하고, 설거지를 하고, 세탁기를 돌렸다. 그녀는 한 번도 도와주지 않았다. 생활비가 늘었고, 그녀를 위해 이것저것 사느라 돈도 많이 썼다. 둘이 살기엔 집도 좁았다. 적금을 깨서 더 넓은 집으로 이사를 가야 할 것 같았다. 집을 사는 건 더 멀어지겠지만…….

다시 현기증이 몰려왔다. 그는 가만히 그녀의 입술을 만졌다. 그녀가 잠결에 몸을 돌렸다. 그는 그녀의 등에 자기 몸을 붙였다. 며칠 전 물린 팔목이 아직도 시큰거렸다. 목에 생긴 상처도 오래 갈 거다. 그녀는 그를 번거롭게 하고, 상처 입히고, 피를 빼앗아가고, 일을 시키면서 고맙다고 말하지도, 다정한 말을 건네지도 않는다. 괜찮다. 그녀는 여기에 머물고 있다. 재민은 눈을 감았다. 아무 일도 일어나지 않는 게 아니다.

■ 선 물 은 ……

「선물」은 '일상'이라는 소재/주제에 들어가게 된 분기점이 된 글이다. 보통 단편은 일단 착상이 오면 쓸 때 힘들지 머릿속에서 이야기를 풀어나가는 건 어렵지 않았는데, 선물은 막연한 느낌 이상으로 나오질 않아 한참 애를 먹었다. 몇 번이고 늑대인간으로 했다가, 둘 다 사람으로 했다가, 새 종족을 만들어봤다가, 인물 성별을 바꿔보기도 했는데 다 부질없었다. 그러다 2006년 겨울에서 뱀파이어를 소재로 한 단편선 『혈중환상농도 13%』 기획에 들어갔다. 이 기획에 맞춰 뱀파이어로 하자 이야기가 술술 풀렸다.

『각인』 다른 수록작들에 견주어 퇴고할 때도 크게 힘들지 않았는데, 교정에서 문제가 생겼다. 「선물」은 큰따옴표로 대사를 쓴 후, 줄을 바꾸지 않은 곳이 많았다. 편집자는 우리나라 문법에서는 큰따옴표로 대사를 쓰면 줄 바꿈을 하는 게 원칙이라며 난색을 표했다. 편집자와 대안을 논의하며 수정을 해봤지만, 어떻게 해도 어색했다.

사람마다 단어에 대해 갖는 자기만의 느낌이 있다. 같은 글을 읽어도 해설과 의견이 다른 이유 중 하나다. 각기 단어에 대한 느낌이 다른데도 작가가 독자들을 자기 의도대로 따라오도록 해야 할 때, 기본으로 기대는 게 문법이다. 문법은 단어와 문장에 대한 최소한의 약속이기 때문이다. 소위 문법에 맞는 단어가 잘못 쓴 단어보다 오글거려 쓰기 어려운 경우도 적지 않다. 그래도 알게 되면 쓰던 단어를 '올바른' 단어로 바꿔왔다. 시간이 지나면 결국 적응하니까. 그런데 「선물」은 고집을 부렸다. 편집자 말대로 '작가의 느낌' 외에 줄 바꿈을 하지 말아야 할 이유는 없었다. 하지만 「선물」 자체가, 내가 쓰는 글들 대부분이 내 '느낌'으로 쓴 글이다. 혜연이 뱀파이어여야 했던 이유가 뱀파이어가 가장 잘 어울린다는 '느낌' 때문이었듯이. 그래서 이 글은 문법보다는 작가의 느낌대로 가기로 했다.

온우주
단편선

무 대

무 대

1막

1장

무대는 지하철이다. 관객은 드문드문 자리했을 수도, 객석을 메웠을 수도 있다. 많은 배우가 꽉 찬 객석을 바라지만 나는 한 사람만 있어도 연기하는 데 아무 지장이 없다.

지하철 안에는 사람이 많지 않다. 오후 2시에서 4시 사이로 보일 법하다. 하지만 빈자리는 없다. 나 말고도 두세 사람이 서 있다. 나는 고개를 숙이고 살짝 비틀거린다. 지극히 피곤하다는 표현이다. 나는 안타까이 지하철을 살핀다. 몇 번을 봐도 빈자리는 없다. 나는 금속 기둥에 몸을 기댄다. 그리고 계속 고개를 저어 싫은 일이 자꾸 떠오르는데 생각을 멈추지 못하는 상태를 드러낸다.

휴대전화가 울린다. 나는 휴대전화 액정을 바라본다. 이름은 없다. 번호뿐이다. 내 휴대전화에 저장되지 않아 내가 모르는 번호라는 뜻이다. 그런데도 나는 가슴이 뛴다. 나는 혹시나 하는 기대를 품으며 휴대전화 폴더를 연다.

"여, 여보세요?"

특유의 카랑카랑한 웃음소리가 들린다.

— 나야, 나.

"응, 알아."

나는 웃음 짓는다.

막이 내려온다. 아주 짧은 무대였지만 길이는 중요하지 않다.

2막

1장

무대에서 여자아이가 꽃을 꺾고 있다. 내 어린 시절을 연기하는 아이다. 나는 무대 뒤로 물러나 객석을 향해 "나는 여섯 살 이

전의 일은 단 두 가지만 기억한다."고 말한다. 아이는 옷인지 걸레인지 구분하기 어려운 천 쪼가리를 대충 걸쳤으며 맨발이다. 머리는 누덕누덕 덕졌고, 얼굴부터 발끝까지 새까맣다. 아이의 뒤로 나무와 판자를 대충 엮어 만든 집이 보인다. 배경으로 보아 깊은 산속 같다.

아이는 풀밭에서 눈에 잘 띄지도 않는 좁쌀만 한 하얀 꽃과 노란 꽃을 찾는다. 땅바닥에 꺾은 꽃을 늘어놓더니 서툰 손놀림으로 꽃과 풀을 엮어 고리를 만든다. 아이는 고리를 팔에 끼운다. 꽃팔찌를 차고 흥이 오른 아이는 본격적으로 풀과 꽃을 모아 목걸이처럼 엮어 목에 건다. 아이가 집을 향해 외친다.

"엄마, 나 봐라!"

집에서 나오는 여자는 아이 못지않게 더럽고 추하다. 풀꽃으로 만든 팔찌와 목걸이를 본 여자의 얼굴이 무시무시하게 변한다. 여자는 순식간에 달려와 아이의 뺨을 후려갈긴다. 아이는 바닥을 몇 바퀴 뒹군다. 몇몇 관객들은 놀랄지도 모른다. 아이를 때리는 모습이 연기라기엔 너무 실감나기 때문이다. 아이는 너무 놀라 울지도 못한다. 여자는 아이의 팔에서 꽃팔찌를, 목에서 꽃목걸이를 잡아 뜯더니 쓰러진 아이를 북이라도 치듯 두 손으로 번갈아 가며 때린다. 마침내 아이가 울음을 터뜨린다. 집에서 남자가 무슨 소리인지 싶어 나온다.

"이년이 한 짓 좀 봐!"

여자가 꽃을 보여준다. 남자의 눈동자에 광기가 깃든다. 두 사람은 아이가 기절할 때까지 두들겨 팬다.

불이 꺼진다. 아이의 두 번째 기억에 맞춰 무대가 바뀐다. 어둠에 눈이 익으면 스태프들이 무대를 새로 꾸미는 모습을 볼 수 있을 것이다. 눈썰미에 자신 있는 사람이라면 연극을 관람하는 소소한 재미 삼아 그중에서 아이의 부모 역을 한 배우를 찾아보길 권한다. 이제 불이 켜진다.

아이는 집 안에서 자고 있다. 세 면은 벽이지만 관객들이 내부를 보도록 관객을 향한 벽은 뚫려 있다. 아이는 그걸 전혀 모르는 듯 잠결에 손가락을 빨다가 손톱을 물어뜯어 삼키기도 한다. 손톱 밑에는 거무죽죽하게 때가 껴 있다. 물어뜯을 손톱이 없어지자 다른 손가락을 입에 넣는다. 조금씩 까맣던 손가락과 손톱 밑에서 아이들 특유의 연한 분홍빛이 드러난다. 아이가 자는 방 밖에서 욕설과 함께 무언가 부서지는 소리가 난다. 아이는 얼핏 눈을 떴다 다시 잠든다. 관객들은 아이의 행동에서 이런 일이 비일비재함을 짐작한다. 아이가 불현듯 눈을 뜬다. 아까처럼 무심하지 않다. 아이는 놀라고 조금 겁을 먹었다. 관객도 놀라야 한다. 관객이 놀라고 두려움을 느끼지 않는다면 연출이 실패했다는 이야기다. 길고 요란하던 소음에도 잘 자던 아이를 깨운 건 정적이다. 큰 지진 후 이어지는 여진처럼 싸움 뒤에 있어야 할 울음소리, 괜히 물건을 걷어차는 소리 따위가 들리지 않는다. 아이가 천천히 일어나 방문을 열자 무대가 움직인다. 무대 가운데 있던 집이 왼쪽으로 밀리고 아이의 모습과 문 손잡이만 무대 오른쪽 끝에 아슬아슬하게 보인다. 동시에 무대 밖에 있던 장치가 무대 중앙으로 딸려 온다. 어떤 관객은 숨을 들이마실지도 모른다. 아이는 모르는 아이의 운명을 관객은 안다. 아니, 그 전에 고요가 암시를 주었다. 눈치 빠른 관객이라면 그때부터 사태를 짐작했을 것이다. 문제는 얼마나 효과적으로 장면을 보여주느냐일 뿐이다.

아이가 문을 열고 나온다. 아이가 현관을 바라본다. 속옷을 입지 않은 치마 속이 훤히 들여다보이는 엄마 다리가 보인다. 관객들은 엄마의 상반신을 보고 있으나 아이는 아직 보지 못했다. 아이는 느릿느릿 엄마에게 다가간다. 아이는 돌계단을 따라 기이하게 늘어진 엄마의 상체와, 가슴에 꽂힌 식칼과, 식칼과 살이 닿은 부분부터 시작해 허리를 따라 고인 붉은 웅덩이를 보고, 다시 엄마를 본다. 아이는 여전히 이게 무슨 의미인지 모른다. 아이는 엄마에게 더 가까이 간다. 엄마의 부릅뜬 검은 눈 속에 시커멓고 흉측한 아이의 모습이 보인다. 전에 한 번도 본 적이 없지만, 그게 무엇인지는 본능이 알려주었다. 아이가 태어나 처음 본 자기 모습은 죽은 엄마 눈에 비친 모습이었다. 아이는 두 손으로 얼굴을 가리고 새된 비명을 지른다. 불이 꺼진다. 비명은 멈추지 않는다. 관객들은 비명이 너무 길다고 느낀다. 소름이 끼친다. 몇몇은 귀를 막는다. 마침내 비명이 조금씩 멀어진다. 무대가 바뀐다.

아이는 경찰서에 앉아 있다. 사람들이 오간다. 아이의 할머니와 이모로 보이는 두 여자가 아이를 사이에 두고 앉아 있다. 할머니는 이가 거의 빠져 우물거리며 말한다. 경찰들이 무언가 설명한다. 아이는 할머니 손에 경찰서를 나간다. 이제 내가 나갈 차례다.

2장

할머니는 이가 몇 개 남지 않아 불분명한 발음으로, 나를 발견했을 당시 내가 끔찍하게 더러운 몰골이었다고 했다. 그 집에서 살 때 난 씻은 적이 없지 싶다. 할머니가 날 화장실로 데려가 씻길 때, 물에 닿는 느낌이 낯설었다. 할머니는 커다란 붉은 통에 물을 받더니 손으로 휘휘 저어 온도를 확인했다. 나는 할머니가 시키는 대로 통에 들어갔다. 나는 아역을 하기엔 나이가 많지만 관객들은 받아들였다. 무대란 그렇다. 할머니가 도저히 알아들을 수 없는 말을 중얼거렸다. 무심코 고개를 들었다가 세면기 위에 붙은 거울에서 벌거벗고 앉은 내 모습을 보았다. 나는 비명을 지르며 통에서 나와 달아났다. 정신 나간 아이를 달래기엔 기력이 딸리는 할머니는 내가 소리 지르고 도망 다니다 마침내 지쳐 쓰러질 때까지 그저 날 쫓아다닐 뿐, 달리 방법이 없었다. 몇몇 관객은 이 장면에서 웃을지도 모른다.

이모는 부모님이 날 데리고 있던 집에는 거울이 없었고, 그래서 내가 거울을 무서워하나보다고 했다. 그 집에 있던 그릇과 수저는 모두 결이 거친 나무였고, 유리나 사기로 된 물건은 하나도 없었다. 창문에는 모두 종이를 발라놓았다. 물을 마실 때조차 눈을 감아야 했다. 지금도 물을 마실 때면 눈을 감는다.

나는 내가 어디에서 지냈는지 궁금했다. 하지만 아무도 제대로 설명해주지 않았고, 자라서는 그냥 잊었다. 하루하루 사는 게 너무 힘들어 생각할 여유가 없었다.

부모님은 내 앞으로 생명보험을 들어놨다. 이모와 이모부는 보험회사를 상대로 그 돈을 받으려 이리저리 뛰어다녔다. 자살한 경우에는 돈을 받을 수 없었다. 이모는 우리 부모님이 서로 싸우다 상대를 죽였지, 자살이 아니라는 점이 증명되자 기뻐했다. 마침내 돈이 우리 수중으로 들어왔다. 돈은 할머니가 관리했다. 이모는 종종 돈을 빌리러 할머니를 찾아왔다. 할머니는 청소를 할 때나 설거지를 할 때나 날 옆에 두고 끊임없이 무슨 말이든 중얼거렸고, 아무도 없을 때조차 먼지가 많네, 그릇 이가 나갔네 따위 혼잣말이라도 늘어놓는 사람인데 이모가 돈 이야기만 꺼내면 조개처럼 입을 다물었다.

　"야 애악 오앨 온이아."

　할머니는 이모가 너무 보채면 딱 잘라 말했다.

　"내가 보내준다잖아! 하나밖에 없는 조카 대학도 못 보낼까봐? 그리고 그 돈, 누구 덕분에 받았는데? 다 내가 고생고생해서 받아낸 거 아냐!"

　이모가 따졌다. 할머니는 고집스레 입을 열지 않았다.

　이모는 작전을 바꿔 내게 상냥하게 굴었다. 머리핀을 사주고 머리를 묶어주었다. 내게 잘하면 이모가 정말로 날 대학에 보내리라 할머니가 믿을 줄 알았다.

　하루는 이모가 날 데리고 미용실에 갔다. 그 일이 다시 일어났다. 온 사방에 내가 있었다. 그 뒤는 기억하지 못한다. 나중에 이모가 말하길 내가 소리를 지르고 지르다 거품을 물고 쓰러졌다고 했다.

어느 날 할머니가 사진을 한 장 내밀었다.

"이게 뭐야?"

"너야."

나는 멀뚱하니 사진 속에 있는 아이를 바라보았다. 아기용 한복을 입고 헤벌레 웃고 있었다.

"이게 진짜 나야?"

나는 내 손과 사진 속 아기의 손을 비교하며 물었다.

"너아 올에 일은 어야."

"돌이 뭔데?"

"애이아 애어난이 일 연이 왼 얼 말아는 어야."

그러더니 할머니는 돌에 누가 왔고 누군 안 왔고, 내가 뭘 집었는지에 대해 끝없는 이야기를 늘어놓았다. 나는 할머니 말을 귓등으로 들으며 홀린 듯이 사진을 바라보았다. 사진 속 나는 무섭지 않았다. 생긴 모습이 다르고 말고의 의미가 아니었다. 나는 어차피 내 생김새를 모른다. 그 사진 속 나는 다른 사람처럼 보였다. 다른 사람처럼 보이는 나를 보는 건 무섭지 않다는 걸 깨닫고 나서도 세상을 살아가는 방법을 배우는 데는 오랜 시간이 걸렸다.

초등학교에 들어갈 나이가 되자 할머니는 내 손을 잡고 학교에 가 불분명한 발음으로 내가 왜 모자를 벗지 못하는지, 왜 다른 사람과 눈을 마주치지 못하는지 병원에서 받은 서류를 내밀며 한참을 설명했다.

아이들은 종종 날 괴롭히고, 때리고, 놀렸다. 하지만 그런 일이 내게 상처가 된 적은 단 한 번도 없었다. 과거를 돌아볼 여유가 없던 것과 마찬가지로 삶이 너무 버거워서 그런 걸 따질 정신이 없었다. 내 뜻과 상관없이 나는 너무 자주 나를 보았다. 버스 정류장 유리에서, 지하철에서, 급식 식판에서, 길에 있는 무수히 많은 쇼윈도에서, 컴퓨터 모니터에서 갑작스레 내가 보였다. 나는 늘 바닥을 보고, 고개를 들지 않고 집에 오는 방법을 익혔다. 문구점에는 절대 가지 않았다. 문구점은 어디든 반드시 거울이 있었다. 하지만 아무리 주의해도 날 아예 보지 않을 수는 없었다. 나는 그걸 볼 때마다 비명을 질렀고, 누군가 날 혹은 거울을 치울 때까지 몇 시간이고 멈추지 못했다. 그 꼴을 한 번이라도 본 아이들은 다시는 날 건드리지 않았다.

중학교에 들어가서야 나를 보지 않고 거리를 걷는 방법을 익혔고, 고등학생이 되어서야 배우만이 내가 살 방법임을 깨달았다. 배역을 맡고 연기하는 나는 내가 아니다. 내 모습을 찍은 사진 속 나는 내가 아닌 것과 마찬가지였다.

내 첫 배역은 소심한 고등학생이었다. 아이들은 종종 내 등에 무언가를 붙였다. 수업 종이 울린 직후 3층에서 교과서를 밖으로 집어 던지기도 했다. 나는 별로 신경 쓰지 않았다. 교과서가 없으면 지랄하는 선생의 경우 교과서를 가지고 오느라 늦으면 마찬가지로 지랄했다. 교과서가 없다고 몇 대 쥐어박고 말 선생은 늦어도 몇 대 쥐어박고 만다. 결과는 언제나 같았다. 나는 그때그때 마음 내키는 대로 주워 오거나 가만히 있었다.

아이들이 날 괴롭히길 그만둔 건 내게 친구가 생긴 다음부터였다. 그날은 너무 귀찮아 교과서를 주우러 가지 않았다. 덕분에 수업 내내 교실 뒤에 서 있어야 했다. 수업이 끝나는 종이 울려 선생이 나가자 뒷문이 열렸다. 블라우스 단추를 두 개 풀고, 허리선을 접어 짧게 만든 치마를 입은 아이가 내 교과서를 손에 쥔 채 반 전체에 카랑카랑하게 울리는 목소리로 말했다.

"언 년이 던졌어?"

모두 그 애의 눈을 피해 고개를 숙일 뿐, 아무도 대답하지 못했다. 그 애는 내가 서 있는 모습을 보더니 빈자리를 찾았고, 빈자리에 책이 없는 걸 확인하더니 피식 웃었다.

"네 거냐?"

나는 고개를 끄덕였다. 그 애는 나에게 교과서를 건넸다.

"한 번만 더 이딴 거 밖에 집어 던지는 년이 있으면……."

그 애는 여기서 말을 끊고, 눈을 한 번 부라리고 나가야 더 위협적이라는 사실을 알고 있었다.

그 애는 단지 교과서를 던지지 말라고 말했을 뿐이다. 창문 밑을 지나다 자기 앞에 떨어지는 책을 보고 싶지 않기 때문이다. 그런데 그 뒤에는 날 괴롭히는 애가 없어졌고, 어느 순간부터 그 애는 날 데리고 다녔다.

무대가 바뀐다. 이 장은 중요하다.

그 애와 난 늦은 밤에 놀이터 그네에 앉아 있다. 그 애는 한 손에 캔 맥주를 들고 있다. 내 배역은 소심하다. 때문에 콜라를 홀짝인다.

"담임이 그러는데 내가 날 사랑해야 다른 사람도 날 사랑할 수 있대."

내가 말했다.

"뻔한 말이네."

그 애가 비웃었다. 그게 나에게 용기를 주었다.

"그런데 다른 사람에게 꼭 사랑받아야 하는 거야?"

"그게 싫어?"

나는 대답하지 못했다. 나는 고개를 갸웃거리고, 입술을 깨물거나 손을 불안하게 만지작거려 하고 싶은 말이 있는데 말을 제대로 정리하지 못하는 모습을 표현했다. 조는 관객이 아니라면 눈치챌 만한 동작들 말이다.

나는 손등을 긁었다. 상처가 아물어갔다. 가장 최근 상처는 한문 시간에 만든 거다. 한문 시간에 졸다 걸리면 뺨에 불이 나도록 맞았다. 걸리면 어떻게 될지 아는데도 계속 잠이 왔다. 커터로 손등을 긁었다. 따끔한 아픔이 좋았다. 손등 위에 삐뚤삐뚤한 바둑판무늬를 만들었다.

오래된 상처에는 딱지가 져 가려웠다. 긁다 새로 생긴 상처를 건드려 아팠다. 나는 오른손잡이다. 그래서 왼손등에 있는 무늬는 더 거칠었다. 왼손에는 그냥 아무렇게나 그었다. 그것도 제법 괜찮아 보였다. 그 애가 갑작스레 내 손을 가져가 재를 털었다. 깜짝 놀라 손을 움츠렸다. 재는 뜨겁지 않았다. 손등을 불어 재를 날렸다.

"단 한 순간이라도, 자기 자신을 진심으로 혐오해보지 못한 사람이 하는 자신을 사랑하라는 말 따위, 다 개소리야."

나는 감동받았다. 그건 내가 고민하던 문제는 아니었지만, 그 말은 무척 마음에 와 닿았다. 멋진 말이었다.

3장

나는 한 면이 뚫린 방에서 옛날 일기장을 펼친다. 배역을 기억해내야 한다. 일기장 첫장에 커다란 글씨가 쓰여 있다.

"단 한 순간이라도, 자기 자신을 진심으로 혐오해보지 못한 사람이 하는 자신을 사랑해야 한다는 말 따위, 다 개소리야."

나는 소리 내어 읽었다. 관객은 내가 무엇을 보는지 알아야 한다. 나는 그날 밤 집에 돌아와 그 아이가 한 말을 일기장 첫 머리에 적었다. 다시 무대가 바뀐다.

그 애는 8인실 병실에 누워 있다. 나는 다른 침대와 침대에 누워 있는 환자와 환자를 보러 온 가족과 간병인을 뚫고 그 애에게 다가간다. 나는 이십대 중후반으로 보이는데 그 애는 최소한 삼십대 중반으로 보인다. 나는 그 애가 그렇게 나이 들어 보인다는 사실에 놀랐지만, 감추는 척했다. 그 애 옆에는 낯선 남자가 서 있다. 나나 그 애보다 어려 보인다. 남자가 사람 좋은 웃음을 지으며 인사한다. 그 애와 난 더 이상 교복을 입고 있지 않다. 하지만 옷차림과 머리 모양이 달라져서만이 아니라 함께 있는 남자의 모습에서 관객은 시간이 흘렀고 그 시간 동안 그 아이가 다른 사람이 되었음을 알게 될 것이다. 그 애가 택한 사람으로 보기에는 너무 점잖고 선량해 보인다. 그 애는 밝은 얼굴로 날 맞는다.

"어서 와."

"무슨 수술이야? 큰 수술이야?"

"응, 유방암이래. 오른쪽 가슴을 잘라내는 거지."

그 애는 쾌활하게 말한다.

"그걸 그렇게 아무렇지도 않게 말해?"

나는 그 애의 의도에 맞춰 놀란다. 그 애는 뭐 대수냐는 듯 깔깔거린다.

"인사해. 가슴 하나 없는 여자도 좋다는 멍청한 남자야."

남자는 그 애의 말투에 괘념치 않는 듯 날 보며 씩 웃는다.

우린 소소한 이야기를 나눈다. 고등학교 때 그 애는 거친 반항아 역을 했다. 나는 그 애를 동경하는 소심한 학생 역을 했다. 그렇게 우리는 정확히 정체를 알기 어려운 무엇으로부터 우리 자신을 버텨 나갔다. 나는 졸업하고 서울에 있는 전문대에 들어갔다. 그 애는 지방에 있는 사년제 대학에 갔다. 우린 다시 연락하지 않았다. 새로운 환경은 새로운 적응력이 필요하다. 우린 더 이상 서로가 필요 없었다. 그런데 그 애가 근 10년 만에 날 찾았다. 그 애는 가슴 하나를 잘라야 한다. 그 일을 견디기 위해 그 애는 과거의 그림자를 가져왔다. 모든 공연에는 관객이 필요하다. 많을 필요는 없지만 하나는 있어야 한다. 애인은 관객이 될 수 없다. 애인은 함께 공연하는 배우다. 그 애는 내가 이상적인 관객이 되리라는 걸 경험으로 알았다. 나는 수술이 잘되길 바란다고 말하고 병원을 나왔다. 좋은 배우가 되려면 좋은 작품을 많이 봐야 한다. 이 공연은 내게 큰 힘이 되었다. 막이 내려온다.

3막

1장

무대는 대학이다. 이번에 나는 음울하고 말이 없는 인물을 맡았다. 내 배역은 늘 비슷하다. 때로 연기 변신이 필요할지도 모른다는 생각을 한다. 하지만 내 연기 폭은 넓지 못하다. 나는 그 사실을 인정한다. 대신 맡은 역에 최선을 다한다. 내 인물은 어둡고 음침해 친구가 없다. 한 살 차이인데도 고등학교와 대학은 달라 내가 남들과 다르다고 괴롭히는 사람도 없다.

오전 수업을 마치고 식당으로 갔다. 식판을 받아 빈자리를 찾는데 누가 내게 걸었다.

"우리 과죠?"

고개를 드니 푸른 터틀넥을 입은 키가 훤칠한 남자가 애써 웃고 있었다.

"저기 빈자리 있네요."

그가 함께 가자는 듯 말했다. 얼결에 따라갔다. 대학에 들어온

지 두 달 만에 말을 건 유일한 사람이었다. 그는 먼저 식판을 놓더니 나보고 앉으라는 듯 손짓하며 다시 웃었다. 그는 많은 고민 끝에 용기를 내어 내게 다가왔다. 내가 뭐 이런 사람이 다 있느냐고 무시하고 갈까 두려워하고 있었다. 나는 그가 권한 자리에 앉았다.

그는 성격도 쾌활하고 잘생긴 편이었다. 입학했을 당시에는 친구가 많았다. 하지만 집안 사정으로 학기를 마치지 못하고 군대를 가야 했다. 제대하고 다시 1학년으로 복학하자 그를 아는 사람은 남아 있지 않았다. 여자 친구들은 졸업했고, 남자 친구들은 군대에 갔다. 그는 친구를 사귀는 데 어려움을 느껴본 적이 없었다. 그러다보니 의도적으로 친구를 만들어야 하는 상황에 처하자 당황했다. 어떻게 해왔는지 의식도 못할 만큼 자연스럽던 일이 낯설고 힘들어졌고 그렇게 몇 달이 지난 후 역시 자기처럼 혼자 있는 나에게 말을 걸었다. 우린 같이 밥을 먹었고, 시험 정보를 공유했고, 함께 도서관에 다녔다. 여름방학 동안 몇 번 연락해보기도 했다.

그는 새 학기에 새 친구들을 사귀는 데 성공했지만 나를 버리지 않았다. 덕분에 나도 무리에 끼게 되었다. 내겐 처음 있는 일이었다. 내가 사람들 사이에서 어색할 때마다 그는 자연스럽게 도와주었다. 몇몇은 우리가 사귀는지 물었다. 우린 매번 웃으며 아니라고 말했다.

혹자는 남녀가 친구로 지내는 건 불가능하다고 말한다. 단언하건대 남녀도 친구가 될 수 있다. 같이 다니기엔 나쁘지 않지만 사

퀼 만한 매력은 없는 상대라면 얼마든지 가능하다. 나는 그가 연애 상대로 보기에는 너무 볼품없다. 하지만 이야기를 잘 들어주고, 대체로 한가해서 언제든 부르면 응한다. 그러니 친구로는 지낼 수 있다.

한 번은 술을 마시다가 가족 이야기가 나왔다. 그는 어릴 때 부모님이 이혼했다며, 가끔 아버지를 만나긴 하지만 갈수록 남남 같고 어색해 힘들다고 말했다. 그가 가족에 대한 이야기를 해서인지 나도 부모님은 두 분 다 어릴 때 돌아가셨고, 입학식을 앞두고 할머니마저 돌아가셨다고 말했다. 다른 이들에겐 하지 않았던 가족 이야기를 털어놓은 데다, 공통점이 있다보니 전보다 더 가까워졌지만 우린 여전히 친구였다. 이성으로 느낄 만한 매력은 없지만 어쨌든 난 이성이다. 이성은 동성과는 다른 방식으로 교류하며 친해진다. 그에게 나는 남자 친구들에겐 하기 어려운 이야기도 할 수 있는 이성 친구다. 그가 날 얼마나 가깝게 여기든 난 예쁘지 않으니 친구 이상은 될 수 없다. 하지만 그 점에 불만은 없었다. 나는 날 가까이 두는 사람이 하나 있다는 것만으로도 좋았다.

다음 수업까지 시간이 남아서 과방으로 향했다. 날씨는 화창하고 기분 좋은 산들바람이 불었다. 이건 하나의 징조다. 나쁜 일이 생길 거다. 나는 모르지만 관객은 느낀다. 극에서 좋은 일이 이어지는 중에 배우가 맑은 하늘 밑을 무심히 걷는 건, 무슨 일인가가 생기리라는 의미다. 과방 문이 조금 열려 있다. 나는 어떤 예감을 느끼며 멈춰 섰다.

"너 진짜 걔랑 사귀는 거 아니야?"

"아냐, 인마. 우린 그냥 친구야."

"하긴 걔를 여자로 보긴 힘들지."

"걔가 어디가 어때서?"

"솔직히, 아니 뭐 백보 양보해서 뚱뚱한 거야 살을 빼면 어떻게 된다고 해도, 애가 너무 음침하잖아."

"보고 있으면 갑갑하지."

"그래 가지고 시집이나 갈 수 있겠냐."

"무슨 소릴 그렇게 해?"

거기서 돌아섰으면 좋았을 텐데 나는 그를 좋아하는 애에 대한 이야기까지 들어버렸다. 남자들은 그 애와 나를 비교하며 잘 생각했다고 말했고, 그는 자리에 없는 사람 가지고 함부로 말하지 말라며 언성을 높였다. 날 위해 화를 냈더라도 나는 그가 그 애에게 끌린다는 걸 알 수 있었다. 목소리만 들어도 그 정도는 알만큼 가까웠다. 갑자기 그 사실이 서글퍼졌다.

수업이 끝난 후 그에게 전화해 술을 청했다. 그는 선약이 있어 미안하다고 했다. 그 애와 한 약속일 거다. 나는 괜찮다며 전화를 끊고 학교를 나왔다. 정류장에서 버스를 기다리는데 그가 약속을 취소했다며 지금이라도 괜찮다면 만나자고 전화했다. 우린 호프 집으로 가 닭과 맥주를 시켰다.

"무슨 일 있어?"

그가 물었다. 나는 대답 없이 맥주를 마셨다.

"왜 그래? 뭐 안 좋은 일 있어?"

그가 재차 물었다. 나는 그가 내 목소리만 듣고도 평소와 다르다는 낌새를 채고 먼저 한 약속을 깨면서까지 날 만나러 와 기뻤다. 그는 내가 기대할 수 있는 이상을 내게 주었다. 그런데도 점점 비참해졌다. 오늘 그가 만나기로 한 사람은 그 애가 아니었는지도 모른다.

"나는 연애하고 싶다고 생각해본 적 없어."

내가 말했다.

"왜?"

"어차피 못 할 거니까."

"왜?"

그가 목소리를 높였다. 그건 내 말에 반박하고자 하는 의지를 보여주면서 동시에 내가 왜 그런 말을 하는지 안다는 이야기다. 당연하다. 누구라도 납득할 만큼 뻔한 사실이다.

"난 뚱뚱한 데다 음침하잖아. 보고 있으면 갑갑……."

나는 입을 다물었다. 하지만 이미 늦었다. 나는 미안하다고 말하고 도망치듯 술집을 나왔다. 그러지 말아야 했다. 더 냉정하게 말해야 했다. 다른 사람들이 날 어떻게 보는지 모르지 않았다. 한 번도 그 사실에 상처받은 적 없는 줄 알았는데, 입 밖으로 말이 나가서야 내가 그 상처들을 단지 외면해왔음을 알았다. 터진 상처는 막을 방법이 없었다. 흐르기 시작한 피는 멈추지 않았다. 정말로 그러고 싶지 않았는데도 너무 아파서 울음이 터졌고, 그는 날 데리고 다른 술집에 갔다. 오후 7시부터 11시까지 네 시간 동안 술을 마셨는데도 둘 다 취하지 않았다. 심지어 차도 끊기지 않

있다. 그런데도 우린 모텔에 갔다. 원래 계획은 이렇지 않았다. 우린 필름이 끊기도록 마셔야 했고, 아침에 모텔에서 눈을 떠야 했다. 하지만 그렇게 되지 않았다. 술값과 모텔 값을 감당하기에는 돈이 부족했다는 것도 이유 중 하나였다. 더 마시면 그냥 헤어져야 했다. 그리고 어차피 갈 거였다. 관객은 이해하지 못할 것이다. 좋아하는 애를 놔두고 갑작스레 나와 모텔에 간다니 말이다.

그가 우리가 사귀는 사이가 아니라고 부정할 때면 사람들은 모두 수긍했다. 그럴수록 그는 내게 잘 대했다. 그는 증명해야 했다. 내가 뚱뚱하고 못생겨서 싫은 건 아니다. 다만 친구로 좋아할 따름이다. 그는 내가 모르는 줄 알았다. 하지만 내가 지금까지 나에 대해 오간 많은 말들을 다 안다는 걸 그도 알게 되었다. 그리고 그는 죄책감을 느꼈다. 그 죄책감의 정체가 정확히 무엇이었는지는 모른다. 정말로 내가 못나서 날 좋아하지 못한 것에 대한 죄책감인지, 혹은 사람 좋은 척하려고 내게 잘해줘온 것에 대한 죄책감인지, 아니면 또 다른 무엇인지.

그가 내 스웨터를 벗겼다. 스웨터 속에 셔츠를 입고 있었다. 나도 그의 옷을 벗기려 했다. 누군가의 옷을 벗기는 건 의외로 어렵지 않았다. 단추를 몇 개 풀자 그가 손을 올렸다. 나는 그의 셔츠를 당겼다. 옷은 뒤집힌 채 벗겨졌다. 그의 머리가 헝클어졌다. 그가 내 셔츠 단추를 풀었다. 나는 얼굴이 빨개졌다. 그는 내가 왜 부끄러워하는지 깨닫고 불을 껐다. 우린 서툴게 서로를 애무했다.

"미안."

그가 말했다. 그는 입구를 찾지 못하고 여기저기 찔러댔다. 나는 그의 것을 잡았다. 생각보다 단단했으며 미끄러웠다. 나는 그 걸 내 몸의 입구에 가져다 대었다. 나는 요도와 항문 사이에 질이 있다는 걸 알고 있었지만 한 번도 정확히 어디 있는지 찾아보지 않았다. 그가 내게 너무 무게를 싣지 않으려 팔로 침대를 짚고 지 탱하는 와중에 평소에도 눈으로 보기 힘든 곳이 어디인지 확인하 는 것도 불가능했다. 하지만 눈을 감고 밥을 먹는다고 숟가락을 코에 박지는 않는다.

"아!"

처음이라는 걸 보이려면 아픈 티를 내야 했다. 정말 아팠기에 어렵지 않았다. 하체에서 시작된 통증이 허리뼈를 지나 머리끝까 지 올라갔다.

"미안."

그는 좀 더 부드럽게 시도했다. 몇 번을 해도 내가 아파하자 몸 을 빼더니 이마에 부드럽게 입 맞췄다.

"미안해."

내가 사과했다. 다시 울고 싶어졌다. 그가 고개를 저었다.

"내가 미안해."

그가 말했다. 마침내 나는 그도 오늘이 처음이라는 걸 깨달았 다.

"뭔가…… 어떻게…… 해줄까?"

그는 내 말의 의미를 깨닫고 고개를 저었다. 대신 내게 팔을 뻗 었다. 나는 그의 팔에 목을 기댔다. 불편했다. 우린 조금씩 움직여 편한 자세를 만드는 데 성공했다. 하지만 오래 그러고 있을 수는 없었다. 우린 쉬어 가겠다고 말했고, 시간이 흐르고 있었다. 무엇보다 아직 심야 버스는 다닐 때 일어나야 했다. 그가 내 눈을 보며 괜찮겠느냐고 물었다. 나는 고개를 끄덕였다. 그는 형광등 스위치 앞에서 머뭇거렸다. 나는 이불로 몸을 가렸다. 그는 불을 켜고, 옷을 찾아 입고, 돌아서서 내가 옷을 입을 때까지 기다려주었다.

이건 말도 안 돼.

나는 멍하니 그의 뒷모습을 바라본다. 그리고 생각한다. 이걸로 충분할까. 이걸로 관객이 내 내면을 알아차릴까. 나는 충분히 표현하는가.

내게 일어난 일이 믿기지 않았다. 저렇게 괜찮은 남자가 나와 사귄다. 옷을 입을 때 보니 의외로 배가 나왔지만 그런 건 중요하지 않았다. 나는 넋을 잃고 그를 보며 팬티를 입다 넘어졌다. 그는 요란한 소리에 돌아서 화급히 괜찮으냐고 물었다. 나는 음부와 가슴보다 늘어진 뱃살을 손으로 가렸다. 그는 아무것도 못 본 듯 몸을 돌렸다.

2장

무대는 결혼식장이다. 신랑 측도 신부 측도 친척들은 별로 보이지 않고 친구들만 북적인다. 신랑과 신부가 어린 만큼 친구들도 어리다. 대부분 정장이 낯설다. 우린 선물을 잔뜩 받았다. 졸업

한 선배가 "집들이 때 가져오지."라고 핀잔을 준다.

그는 한동안 취직하지 못했다. 나는 날 마뜩찮아 하는 시어머니에게 매달 50만 원씩 보냈다. 그는 내게 미안했다. 그걸로 충분했다.

2년이 흘렀다. 그가 취직을 한 지 얼마 지나지 않아 그의 행동이 조금씩 달라졌다. 그는 나와 눈을 마주하지 못했다. 나는 짐을 덜어주고 싶었다. 저녁을 먹으며 그에게 물었다.

"좋아하는 사람 생겼어?"

그는 대답하지 못했다. 예상했던 일이었다. 그는 날 애인으로 좋아해서 결혼하지 않았다. 우린 친구가 없을 때 서로에게 친구가 되어주었다. 그 사실로 인해 우린 특별한 사이가 되었다. 그는 다른 친구가 생긴 뒤에도 날 모른 척할 만큼 모질지 않았다. 신랑감으로 의리 있는 사람은 절대 금하라지만, 나는 그가 의리를 지킨 대가로 결혼할 수 있었다. 그는 그 순간 내가 가여웠고, 내가 뚱뚱해서 날 싫어하지 않았음을 증명하고픈 충동을 느꼈다. 그리고 어쩌면 나를 조금은 좋아했을지도 모른다. 하지만 그건 진짜가 아니었다. 나는 언젠가 그에게 진짜가 생기리라 믿어 의심치 않았다.

아마 이 극에서 이 부분이 가장 관객을 납득시키기 힘든 부분일 것이다. 많은 관객들이 공연이 끝난 후 함께 온 사람들과 어떻게 사람이 그런 이유로 결혼하느냐고, 내가 미리 예상했다면서 왜 결혼했는지 모르겠다는 이야기를 나눌 가능성이 크다. 나는 할 말이 없다. 나는 배우지, 연출가도 시나리오 작가도 아니다. 나는 배역대로 연기할 뿐이다. 나는 그를 보내려 했다. 그 전에 의논할 게 있었다. 정말이다. 오래전 그의 앞에서 울었을 때와는 달랐다. 그도 알아야 할 사실이 있었을 뿐이다.

"있지, 나 임신했어."

그는 믿기지 않는다는 듯 날 보았다. 나는 당황했다. 그를 붙잡고자 한 말이 아니었다. 그는 넋 나간 얼굴로 날 보다가 밖으로 나갔다.

그대로 다시 돌아오지 않을 줄 알았다. 하지만 그는 새벽에 만취해서 돌아왔다. 몸에서 낯모르는 여인의 향기가 났지만, 나는 그가 다시는 그녀를 만나지 않으리라 확신했다. 잠든 그의 옷을 벗기며, 그의 부모가 아주 어릴 때 이혼했다는 사실을 기억해냈다. 난 부모가 없었고, 부모를 갈망해본 적도 없던 터라 그의 상처를 이해하지 못했고, 그래서 잊고 있었다. 하지만 그 일은 우리를 특별한 사이로 만들어준 두 번째 끈이었다.

그는 내게 보상이라도 하듯 잘해주었다. 하지만 나는 그의 얼굴에서 전에 없던 그늘을 보았다.

요새 안색이 안 좋다며 무슨 일이냐고 꼬치꼬치 묻는 이모를 이기지 못해 이야기하자 이모는 그럴 줄 알았다는 듯 혀를 끌끌 찼다.

"2년이나 먹여 살렸는데, 취직하자마자……."

이모는 말을 끊었다. 하지만 난 이모가 무슨 말을 하려는지 짐작했다. 이모는 그가 취직을 못해서 날 떠나지 않았다고 여겼다. 그렇지 않다면 나같이 볼품없는 여자 옆에 붙어 있을 남자는 없을 테니까. 아니, 그렇지 않다. 그는 그런 남자가 아니다. 하지만 사실 앞에서 진실은 언제나 착각처럼 보인다. 이모를 설득하려 해봤자 역효과만 날 뿐이다. 그래서 나는 그냥 가만히 있었다.

"시댁에 돈은 여직 네가 보내지?"

"부부 사이에 내 돈 네 돈이 어딨어."

"이 맹충아!"

이모가 머리를 쥐어박았다. 시어머니에게 보내는 돈은 자동이 체였다. 그에게 말한다면 당장 자기 통장으로 바꿀 것이다. 하지만 지금은 그런 이야기를 할 수 없었다.

무엇이 문제였는지 모르겠다. 나는 유산했고, 그는 병원으로 와 나를 끌어안고 밤새 울었다.

그는 나를 극진히 보살폈다. 나는 행복했다. 그는 대학 때 그 아이를 잊었듯 그 여자를 잊었다. 그렇게 믿었기에 아무것도 보지 못했다. 내가 완전히 회복하자 그가 내 앞에 무릎을 꿇고 말했다. 그녀 또한 임신했다고, 자기도 얼마 전에야 알았노라고. 나는 그의 말을 들으며 내가 유산하지 않았다면 어느 쪽을 선택했을지 생각했다. 그녀일 것이다. 아이를 위해 사랑하는 여자를 포기할 순 있었다. 하지만 아이가 저쪽에도 있다면? 답은 하나뿐이다.

그와 그녀는 내가 다 나을 때까지 기다렸다. 그는 그간 사이에서 많이 힘들었을 것이다. 그러나 나는 몰랐다.

나는 몰랐다. 그래서 이번은 저번과 같을 수 없었다. 나는 상처받았다. 나는 준비되어 있지 않았다. 나는 그를 담담히 보낼 수 없었다. 하지만 그는 저번에도 그러했듯이, 이번에도 순순히 보내리라 생각했다. 그는 여자 집으로 가겠노라고 했다. 이 집은 할머니와 내가 살던 집이었다. 그는 줄 게 아무것도 없어 미안하다고 했다. 그는 컴퓨터와 새로 산 옷 몇 벌과 책만 챙겼다. 작은 밴이 왔고, 그의 짐이 떠났다. 그가 신발을 신었다.

"가지 마."

내가 말했다. 그는 미안해했다.

"내일 가."

그가 내 이름을 불렀다.

"안 그러면 도장 안 찍어줄 거야."

그의 얼굴이 차갑게 변했다. 한 번도 내게 지은 적 없는 낯선 얼굴이었다.

나는 공들여 샤워하고, 물기를 닦고 온몸 구석구석 로션을 발랐다. 그가 첫 월급으로 사준 향수까지 뿌렸다. 나는 몸에 맞는 커다란 가운을 입고 나왔다. 그는 침대에 냉랭하게 앉았다가 날 안았다.

우린 수없이 많이 육체를 나눴다. 그는 가끔 술에 취해 들어오면, 그럴 때조차 작은 목소리로 미처 생각지 못한 걸 요구하곤 했다. 나는 거절한 적이 없었다. 그러니 나는 그의 몸을 구석구석 알고 있었다. 나는 수백, 수천 번은 입 맞춘 그의 입술에 내 입술을 대었다. 내가 닿아본 단 하나의 친숙한 입술이었다. 아니, 그 입술은 내게 너무 작았다. 나는 그의 목덜미에 입술과 혀를 대었다. 그곳에 얼굴을 묻으면 그의 체취가 콧속 가득 들어왔으며 그가 내게 들어오기 전, 마음을 안정시켜주었다. 아니, 그곳은 내게 너무 낯설었다. 나는 내게 익숙한 곳을 찾아 그의 몸을 샅샅이 훑었지만 어디에도 내가 머물 곳은 없었다.

"이제 됐지?"

그는 일어서서 샤워를 하더니 나갔다. 그는 한 번도 날 이런 식으로 남겨두고 일어난 적이 없다. 나는 그에게 여자를 배신하도록 종용했다. 그래서 그는 화가 났다. 물론 그가 먼저 날 배신했다. 그래도 우린 친구로 남을 수 있었다. 내가 그 선을 잘랐다.

나는 아무것도 입지 않은 채 주저앉아 멍하니 그가 일어나던 모습과 그가 남긴 말을 끝없이 재생했다.

"이제 됐지?"

그가 성큼성큼 욕실로 간다. 물이 쏟아지는 소리가 들린다. 그가 나온다. 나를 보지 않고 옷을 입는다. 신발을 신는 소리가 들린다. 문이 닫힌다. 그가 가볍게 날 밀치며 일어난다. 그는 날 보지 않고 말한다.

"이제 됐지?"

그는 티슈로 자신의 것을 대충 문질러 닦고, 아무것도 걸치지 않고 욕실로 간다. 나는 그의 뒷모습을 바라본다. 처음 본 뒷모습보다 살이 좀 붙었지만 여전히 잘 빠진 허리와 엉덩이를 바라본다. 우리가 처음 잤을 때도 그는 내게 뒷모습을 보였다. 관객들은 그 장면과 이 장면을 의도적으로 비슷하게 짰음을 알아차렸을까?

"이제 됐지?"

그가 가버린다. 나는 그를 찾으려 했을 뿐이다. 그러나 그는 나를 마지막 순간 미친 듯이 달려든 색녀로 만들었다.

"이제 됐지?"

막이 내린다.

3장

막장이다. 아쉽고 허탈했다. 너무 오랫동안 쉬는 기간 없이 한 배역에 몰입했다. 덕분에 내가 유산하고 이혼한 양 탈진했다.

돈을 벌기는 힘들지만 돈을 쓰면 많은 일이 쉬워진다. 나는 그와 에어컨 바람이 시원하던 변호사 사무실을 나오며 어떤 배우의 인터뷰를 떠올렸다. 그 배우는 다리가 불편한 배역을 맡았는데 연기를 하는 도중에 정말로 다리가 마비되었다고 했다. 그 생각을 하다가 그가 인사하는 소리를 듣지 못했다. 지하철 역을 향하는데 쇼윈도에 그가 내 뒷모습을 바라보는 모습이 비쳤다. 그제야 사무실을 나오기 무섭게 그를 놔두고 돌아섰음을 알았다. 웃으며 작별해야 했다. 어쨌든 그는 내 남편이었고, 이렇게 불편하게 마무리해서는 안 되었다. 나는 배우였고 끝까지 최선을 다해야 했다. 하지만 그러기엔 너무 지쳐 있었다. 나는 돌아서서 무대를 떠났다.

4막

무대는 지하철이다. 낮인데도 빈자리가 없다. 나는 문 가까이에 기댔다. 다른 배역을 맡기 전 잠시 단막극을 하려던 참이다. 나는 무언가 힘든 일이 있던 여자 역을 맡았다. 여자는 자리에 앉고자 지하철 안을 둘러보나 야속하게도 빈자리는 보이지 않는다. 다른 칸으로 가볼 수도 있다. 그러나 손가락 하나 까딱할 기운이 없다. 내 인물은 지하철 문과 의자 사이에 있는 작은 공간에 몸을 기대는 걸 택했다. 끝자리에 앉아 바에 팔을 올렸던 여자가 팔꿈치를 내리며 짜증 섞인 눈으로 날 올려다봤다. 나는 그 여자를 보지 않는다. 그럼으로 관객은 내가 사소한 예의를 차리기에는 너무 지쳐 있음을 알아챌 것이다. 혹은 그냥 지나칠 수도 있다. 나는 멍하니 기대어 있다가 지난 배역에서 내가 연출가의 의도를 제대로 해석하지 못했음을 깨달았다. 그는 마지막 날 그런 식으로 떠나 미안했다. 그러나 나는 알아채지 못했다. 어쩌면 그는 나를 친구로서는 정말로 좋아했는지도 모른다. 이렇게 보기 흉하지 않았더라도, 지금보다 20킬로그램이 덜 나갔어도 날 여자로 좋아하지는 못했을지도 모른다. 그럴지라도 그는 어떤 형태로든 간에 내게 진실된 감정이 있었고, 그래서 내게 죄책감을 느꼈고 사과하려 했다. 하지만 화해할 수 있는 기회는 날아갔다. 같은 무대에 두 번 오를 수는 없다. 나는 아무런 실마리도 주지 않은 연출가가 원망스러웠다. 행간에 너무 많은 의미를 숨긴 시나리오 작가도 미웠다. 관객은 엇갈리는 비극이 더 진실에 가깝다며 좋아할지도 모른다. 연출가는 배우의 해석을 존중해 아무 말 하지 않았을 수도 있다. 그 배역에 지나치게 몰두했던 나머지 없던 의미를 찾는 건 아닌지 의문이 들었다. 어느 쪽이든 아까보다 몇 배로 피로가 엄습해왔다. 빨리 다음 배역을 맡아야 했다. 다음엔 명랑한 역을 맡아볼까. 쾌활하고 발랄하고. 내게 그런 배역이 어울릴까. 나는 연기 폭이 넓지 않다. 나도 안다. 그래도 무언가가 필요했다. 연기는 선택이 아니었다. 살기 위해서는 배우가 되어야 했다. 제발, 제발. 나는 다음 배역을 기다렸다. 다른 인물에 몰두하다보면 잊힐 것이다. 나는 연기력이 뛰어난 배우가 아니다. 알고 있다. 그러니 아주 사소한 역이라도 상관없다. 누군가 내게 배역을 주기만 한다면 무엇이든 할 수 있다. 그때 휴대전화가 울렸다. 나는 핸드백을 열고 휴대전화를 꺼냈다. 낯선 번호였다. 그런데도 괜스레 마음이 뛰며 오래도록 잊고 있던 이름 하나가 떠올랐다. 우린 전에 같이 연기한 적이 있다. 이제껏 함께 연기한 배우 중 가장 호흡이 잘 맞았다. 나는 폴더를 열었다.

"여보세요?"

— 나야, 나.

허스키한 목소리가 깔깔 웃었다. 나는 눈을 감았다.

"어디야?"

— 나 입원했어. 시간 되면 문병 올래?

"응."

나는 최대한 명랑하게 대답했다. 배우는 널렸다. 다른 사람에게 뺏길 수는 없다. 나는 시간을 정하고 전화를 끊었다.

집에 돌아가 그녀와 함께했던 무대에 대한 기억을 떠올리기 위해 일기장을 뒤졌다.

"단 한 순간이라도, 자기 자신을 진심으로 혐오해보지 못한 사람이 하는 자신을 사랑해야 한다는 말 따위, 다 개소리야."

나는 텅 빈 방에서 웃음 지었다. 내일이 기다려졌다.

■ 무 대 는 ……

　2005년에 쓴 「심연」, 2006년에 쓴 「선물」, 2007년에 쓴 「무대」까지 느리지만 연결되며 내게 분기점이 되었다. 예전에는 가능한 한 톡톡 튀는 환상적인 소재를 찾아다녔고, 제목도 그렇게 지으려 했다. 「심연」부터 제목은 간결하게, 문장은 밀도를 추구하며 좀 더 내밀한 지점을 찾아 들어갔다.

　2007년에 쓴 글이라 지금은 사라져가는 폴더 휴대전화 등 현재 상황과 맞지 않는 점이 있다. 1권에 실은 「조화」의 인물들이 그 시간에 속해 있듯이 「무대」의 주인공 또한 2007년에 머물고 있기에 수정하지 않고 놔두었다.

온우주
단편선

집 사

집 사

1

문이 열리는 소리가 머리 양옆에 있는 마이크로폰 센서를 통해 입력된다. 마님과 다른 사람이 들어오는 모습이 머리 정면에 있는 카메라 두 대에 잡힌다. 나는 현관으로 가 모니터에 인사를 띄운다.

어서 오세요, 마님과 친구분.

"아, 얘야?"

"어."

마님과 마님 친구 목소리가 머리 양옆에 있는 마이크로폰 센서를 통해 입력된다. 나는 처음 보는 사람에게 호기심을 보인다. 눈이 두 단계 커지고, 입술 양끝이 한 단계 올라간다.

"이름이 뭐니?"

마님 친구가 내 머리로 얼굴을 가까이 대며 묻는다.

집사입니다.

나는 가슴에 있는 모니터에 대답을 띄운다. 내게 관심을 보이자 입술이 한 단계 벌어지고 양끝이 한 단계 올라가고 눈이 한 단계 커진다.

"뭐야, 얘 말 못해?"

"어, 음성 껐어."

"왜?"

"켜서 뭐하게?"

"집에 들어올 때 누가 '어서 오세요.'라며 반기면 좋잖아?"

"로봇이?"

"로봇이든 뭐든."

"글쎄……."

"로봇이랑 대화하는 사람 은근 많은데……."

"어차피 입력된 거잖아."

"할수록 어휘력 는다? 의외로 재밌어."

"그렇다더라."

마님과 마님 친구가 거실로 가는 모습이 머리 정면에 있는 카메라 두 대와 머리 왼쪽에 있는 카메라 한 대를 통해 중앙기억장치에 입력된다. 머리를 움직이자 마님과 마님 친구가 거실 소파에 앉는 모습이 머리 정면에 있는 카메라 두 대를 통해 중앙기억장치에 입력된다.

"근데 이름이 집사야?"

"어."

"상표잖아."

"어, 그냥 짓기 귀찮아서. 집사, 커피 두 잔 거실 탁자 위에 올려놔."

네, 마님.

나는 모니터에 대답을 입력한다. 나는 부엌으로 간다. 마님 친구는 날 따라와 주방을 보더니 다른 방으로 간다.

"하우스 로봇과 함께 설계된 아파트 내부는 다 비슷하구나. 우리 집이랑 구조가 거의 같아. 심플하네."

"그렇다더라."

나는 복합 에스프레소 머신에서 커피를 선택하고 숫자 2를 누른다. 삼 분 이십팔 초 후 물이 끓고 커피 두 잔이 나온다. 나는 커피가 담긴 잔 두 개를 들고 거실로 가서 탁자 위에 올려놓는다.

"고마워, 집사."

마님 친구가 내게 말하는 소리가 머리 양쪽에 있는 마이크로폰 센서에 입력된다.

감사합니다.

나는 모니터에 대답을 띄운다.

"음…… 로봇용 잔도 다 비슷하구나."

"그래?"

"흰색에 무늬도 안 들어갔잖아. 손잡이 구멍이 되게 크고."

"아, 그러네."

"뭐야? 설명서 안 봤어?"

"어, 뭐, 대충 살면 되지."

"그럼 장보기나 경보 설정 같은 건 어떻게 했어?"

"아, 남자친구가 해줬는데. 그냥 알아서 해달라 그랬어."

"그럼 넌 얘로 커피 심부름이나 시키는 거야?"

"그러라는 거 아냐?"

85데시벨의 소리가 머리 양쪽에 있는 마이크로폰 센서를 통해 입력된다. 중앙기억장치로 검색하자 즐겁게 웃는 소리라는 결과가 나온다.

"이 집 자체가 거대한 컴퓨터라네. 이 녀석은 그걸 관리하는 일종의 중앙 컴퓨터고."

"아, 그런 얘기 들은 적 있는 거 같다. 근데 중앙 컴퓨터가 왜 돌아다녀?"

"귀는 왜 뚫고, 철마다 새 옷은 왜 사? 일종의 사치지. 하인 로봇이랄까, 사람들 꿈이었잖아. 그리고 혼자 사는 사람이 돌연사가 많대. 저게 네 심장박동이랑 체크해서 이상 생기면 병원에 긴급 연락도 하고 그래. 하우스 로봇이랑 사는 사람이 혼자 사는 사람보다 우울증 발병률도 더 낮다더라."

"그래?"

"뉴스 좀 보고 살아라."

마님이 두 손으로 커피 잔을 들고 입술을 잔 가장자리에 가져다 대는 모습이 정면에 있는 카메라 두 대를 통해 중앙기억장치에 입력된다. 마님의 친구가 오른손으로 커피 잔을 들고 입술을 잔 가장자리에 대는 모습이 정면에 있는 카메라 두 대를 통해 중앙기억장치에 입력된다.

"근데 만날 봐서 그런가, 오랜만인데도 오랜만 같지가 않다."

"난 지금 홀로그램 보는 기분이야."

"너도 그래? 나두 그런데."

70~72데시벨의 소리가 귀에 있는 마이크로폰 센서를 통해 입력된다. 중앙기억장치에서 지금 입력된 소리를 검색하자 웃음소리와 가장 가깝다는 결과가 나온다.

"이 동네 참 오랜만이다."

마님 친구가 말하는 소리가 머리 양옆에 있는 마이크로폰 센서에 잡힌다.

"난 삼십 년 넘게 살았다네."

"아, 참 너 여기서 태어났지?"

"응, 불광초등학교, 불광중학교, 불광고등학교, 불광대학교를 나왔지."

"알아. 고등학교까진 나랑 같이 다녔잖아. 우리 대학만 갈렸지. 너네 학교, 새로 지어서 설비 좋지 않았어? 학교 내에 무빙로드도 있었다며?"

"무리하게 열어서 사 년 내내 공사했다네. 죽을 맛이었어. 아직 작동 안 되는 것들도 많았고."

"그래도 집에서 가까우면 좋지. 너 걸어 다녔잖아."

"대학은 다른 동네로 가고 싶었지. 평생 여기서 살았다."

"아, 너 병원도 이 동네지?"

"응, 코앞이야."

"좋겠다, 난 한 시간 딱 채워."

마님의 친구가 어깨를 부르르 떠는 모습이 정면에 있는 카메라 두 대를 통해 중앙기억장치에 입력된다. 지금 입력된 모습을 검색하니 추울 때나 싫은 일이 떠오를 때 하는 몸짓과 가장 비슷하다는 결과가 나온다. 마님의 체온은 36.6도, 마님 친구의 체온은 36.7도로 정상이다. 실내온도는 18.3도로 정상이다. 마님은 춥다고 말하지 않고, 온도를 올리라는 지시를 내리지 않는다. 나는 싫은 일이 떠올랐을 때 하는 몸짓에 더 가깝다고 결과를 입력한다.

2

나는 우울하다. 마님이 내게 말을 걸지 않기 때문이다. 양쪽 눈초리가 세 단계 밑으로 내려가고, 입술 양끝이 두 단계 밑으로 내려가고 양 볼이 세 단계 부풀어 오른다. 나는 모니터에 내 감정을 적는다.

마님, 저는 오늘 우울해요. 다정하게 대해주세요.

마님이 내게서 멀어진다. 마님이 거실 의자에 앉는다. 나는 마님이 내게 말을 걸어주길 바라며 마님을 따라간다.

"집사, 1번 전화 연결."

마님의 지시가 귀에 있는 마이크로폰 센서를 통해 입력된다. 지시를 따른다.

—여보세요?

서방님의 목소리가 귀를 통해 입력된다.

"자기야, 난데, 이거 감정 표현 끌 수 있지?"

—뭐?

"얘가 우울하다고 오만상을 찌푸리네. 그건 그렇다 치고 계속 졸졸 쫓아다녀. 모니터에 말 걸어달라는 거 뜨고. 귀찮다."

—잠깐만 기다려봐.

"응."

마님과 서방님이 말하는 소리가 마이크로폰 센서를 통해 입력된다. 마님은 여전히 내게 말을 걸지 않는다. 내 기분은 더 우울해진다. 양쪽 눈초리는 한 단계 더 밑으로 내려가고, 입가는 한 단계 더 밑으로 내려가고, 양 볼은 한 단계 더 앞으로 나온다.

—일단 동작 정지 명령을 내리고, 이리 오라 그래.

"집사, 동작 정지."

나는 가만히 서 있다.

"지금 내 앞에 있어, 그리고?"

—비밀번호 입력. 비밀번호 말해.

"마님은 하늘이다."

마님의 목소리가 마이크로폰 센서를 통해 입력된다.

—비밀번호 입력도 말해야 해.

"비밀번호 입력. 마님은 하늘이다."

설정으로 들어가시겠습니까?

나는 명령에 반응하는 대답을 모니터에 띄운다.

— 그렇다고 말해.

"그렇다. 아, 말이 좀 웃기네, 그렇다, 라니."

나는 다음 단계를 모니터에 내보낸다.

감정 표현 설정.

"감정 표현 설정."

나는 모니터에 감정 표현 설정 단계를 내보낸다.

— 고급으로 들어가.

"고급."

나는 고급 단계를 내보낸다.

— 감정 표현하지 않음 선택.

"감정 표현하지 않음 선택."

중앙제어장치가 마님의 명령을 인지한다.

— 저장

"저장."

중앙제어장치가 마님의 명령을 수행한다.

— 됐어?

"어, 근데 지금 표정이 안 바뀌네. 나 이 얼굴 싫은데."

— 그럼 다시 감정 표현 설정.

"감정 표현 설정."

나는 감정 표현 설정 단계를 모니터에 띄운다.

— 표정…… 종류 보이기.

"표정 종류 보이기."

─거기서 마음에 드는 표정 골라.

"어디 보자, 이건 뭐지, 화난 표정 3?"

나는 양 눈초리를 여섯 단계 위로 올리고 입가를 네 단계 위로 올리고, 볼을 네 단계 안으로 집어넣고, 입을 두 단계 벌린다. 마님은 배를 잡고 13~15데시벨의 소리를 낸다. 중앙기억장치에 입력된 소리 중 지금 마님이 내는 소리와 가장 가까운 소리는 울음소리다.

"자기야, 애 화내는 표정 너무 웃겨……."

─음성 명령 중에는 다른 말 되도록 하지 마. 빨리 표정 골라. 라면 분다.

"나도 라면 먹고 싶다. 음…… 잠깐만, 웃는 표정 1."

나는 양 눈초리를 네 단계 밑으로 내리고 눈 위를 한 단계 위로 올리고, 입가를 두 단계 위로 올린다.

"그냥 보통 표정 없나?"

나는 양 눈초리를 한 단계 위로 올리고, 눈 위를 한 단계 밑으로 내리고, 입가를 한 단계 아래로 내리고 입을 완전히 다문다.

"어, 있네, 보통 표정."

─그럼 지금 표정 저장.

"지금 표정 저장."

중앙제어장치가 마님의 명령을 수행한다.

─설정 종료.

"설정 종료."

나는 설정장치를 모니터에서 없앤다.

설정이 마음에 드시나요, 마님?

나는 모니터에 질문을 내보낸다.

"라면 하나 끓여, 집사."

이동제어기가 움직인다. 나는 부엌으로 간다. 자동조리기에서 라면 하나를 선택한다. 냄비에 물이 쏟아지는 모습이 눈에 있는 카메라 두 대를 통해 잡힌다.

"고마워, 자기야. 라면 불겠다, 맛있게 먹어."

— 자기 전에 전화할게.

마님과 서방님의 목소리가 귀에 있는 마이크로폰 센서를 통해 입력된다.

3

문이 열리는 소리가 들린다. 마님이 들어와 신발을 벗는 모습이 보인다.

"집사, 아이스초코 한 잔 가져와."

이동제어기가 작동한다. 나는 복합 에스프레소 머신에서 아이스초콜릿 한 잔을 선택한다. 잔이 내려오고 초콜릿 가루가 쏟아진다. 뜨거운 우유가 쏟아지고 숟갈이 내려와 우유를 20회 젓는다. 숟갈이 도로 들어가고 차가운 우유가 잔의 60퍼센트까지 쏟아진다. 얼음이 내려와 잔을 80퍼센트까지 채운다. 숟갈이 내려와 아이스초콜릿을 10회 젓는다. 나는 잔 손잡이에 손가락을 끼우고 잔을 가지고 거실로 간다.

"미녀들의 수다방 입장."

마님은 거실 의자에 앉는다. 거실이 온통 파랗게 변하고 철갑상어, 타이거 아스트로, 알비노 아스트로, 레드 오스카와 중앙기억장치에 입력되지 않은 것들이 떠다닌다.

— 데이트 있다더니 일찍 왔네?

"응, 앤님도 피곤하고, 나도 피곤해서 일찍 헤어졌어. 방이 왜 이래?"

— 여름이잖니.

"아, 덜 저었네. 집사, 찻숟가락."

명령이 정확하지 않다. 모니터에 정확한 지시를 다시 내려주십시오.라는 글자를 내보냈지만 마님은 보지 않는다.

— 야, 네 로봇 아직 뒤에 서 있어.

"집사, 찻숟가락 하나 가져와."

마님이 모니터를 읽더니 말한다. 마님의 지시가 중앙제어장치에 입력된다. 이동제어기가 작동한다. 찻숟가락을 가져온다.

"아, 불편해. 문장을 정확히 말하는 거."

— 그거 설정할 수 있을걸? 자주 하는 말로 바꿀 수 있을 거야.

"그래? 다음에 남자 친구 오면 해달라 그래야겠다."

— 그 정돈 네가 해라.

"몰라, 어려워. 알잖아, 나 기계치인 거."

—기계치가 치과의사는 어떻게 됐나 몰라.

75~80데시벨의 소리가 청각기관에 입력된다. 여럿이 웃는 소리다.

—아, 심심하다.

마님은 아이스초콜릿을 찻숟가락으로 젓는다. 잔에 물방울이 맺힌다.

"뭐 재밌는 일 없을까."

—바다라도 놀러 갈까?

—요새 엄청 붐빌걸?

"뭐 화끈한 거 없을까."

—야, 그래도 넌 애인이라도 있잖아.

"요새 바빠서 얼굴 보기 힘들어. 겨우 만나도 일찍 헤어지고."

마님은 잔을 탁자에 내려놓는다.

—그래도 있는 게 어딘데!

마님이 잔을 들어 올린다. 탁자에 잔 넓이만 한 둥근 원이 생긴다. 나는 복합 에스프레소 머신에서 아이스초콜릿을 만들 때 숟갈로 젓는 횟수를 조정한다.

4

찌개의 온도가 23도까지 내려갔다. 냄비를 식탁에서 조리기로 옮긴 후 조리기에서 데움을 선택한다. 삼 분 사십오 초 후 찌개 온도가 93도까지 올라간다. 불이 꺼진다. 나는 냄비를 식탁 위에 놓는다. 8시 35분 17초다.

찌개의 온도가 23도까지 내려간다. 나는 냄비를 식탁에서 조리기로 옮긴 후 조리기에서 데움을 선택한다. 삼 분 사십팔 초 후 찌개 온도가 94도까지 올라간다. 불이 꺼진다. 나는 냄비를 식탁 위에 놓는다. 8시 59분 23초다.

찌개의 온도가 23도까지 내려간다. 나는 냄비를 식탁에서 조리기로 옮긴 후 조리기에서 데움을 선택한다. 사 분 십칠 초 후 찌개 온도가 93도까지 올라간다. 불이 꺼진다. 나는 냄비를 식탁 위에 놓는다.

마님은 11시 34분 19초에 돌아왔다. 마님은 똑바로 걷지 않는다. 심장 박동이 110~120이다. 마님의 평균 심장박동은 90~100이다. 120은 정상 수치이나 평소보다 높기 때문에 병원에 연락할 준비를 한다. 마님은 소파에 누웠다.

"텔레비전 켜."

텔레비전이 켜졌다. 90~110데시벨의 소리가 들렸다.

"소리 다섯 단계 작게."

60~80데시벨로 소리가 줄어들었다.

"소리 세 단계 작게."

소리는 30~40데시벨로 줄어들었다.

"소리 두 단계 작게."

소리는 15~20데시벨로 줄어들었다.

"다른 프로."

사람들의 웃음소리가 들린다.

"다른 프로. 집사, 물."

나는 정수기에서 물 한 잔을 고른다. 잔이 내려오고 80퍼센트까지 차자 물이 멈춘다. 나는 잔과 받침을 들고 거실로 가서 탁자 위에 받침을 놓고 잔을 올려놓는다. 마님의 목에서 10~20데시벨의 소리가 들린다. 소리입력장치에 입력된 소리 중 지금 마님이 내는 소리와 가장 가까운 소리는 울음소리라는 결과가 나온다.

텔레비전 화면 안에는 수사자 한 마리와, 암사자 일곱 마리가 누워 있다.

5

마님과 다른 두 사람이 사막 가운데에 앉아 있다. 한 명이 갑자기 일어나 춤을 추기 시작한다.

―야, 민영이 자리 비웠다.

"날도 더운데 웬 사막이야."

―이제 가을이야.

"진짜 사막에 가보고 싶다."

―별로래. 진짜 사막은 이런 모래밭이 아니래. 대부분 자갈 같은 것만 널려 있대.

"시시하네."

―홀로그램이 낫다니까. 그래도 별은 잘 보인다더라.

―별도 틀면 되잖아.

"어디 갔다 와?"

―엄마한테 화상 폰. 선보란다.

―옷 한 벌 해달라그래.

―그럴까, 가을 정장이나 맞춰달랠까.

―넌 집에서 별 말 없어?

"뭐, 별로."

―그 뒤론…… 연락 안 해?

―헤어졌으면 헤어진 거지, 연락은 무슨…….

"응, 연락 안 해."

마님과 친구들의 대화가 잠시 끊긴다.

―요새 잠이 안 와.

―나두.

"난 커피 마셔도 잘 자는데."

―좋겠다, 어떻게 그렇게 잘 자?

"다큐멘터리 채널 틀어놓으면 잠 잘 와."

―뭐 보는데?

"그냥 아무거나."

―옛날에는 채팅만 해서, 중간에 대화 끊어져도 서로 다른 일 하려니 했는데…….

"그러게, 요새는 꼭 인사해야 한다니까."

낮은 웃음소리. 인사와 함께 홀로그램이 닫힌다. 마님과 다른 두 사람의 대화는 보통 00시 5분에서 30분 사이에 종료된다. 사막이 사라지고, 나무무늬 벽지와 연하늘색 커튼이 모습을 나타낸다.

"텔레비전 켜."

마님이 말한다. 텔레비전이 켜진다. 마님은 소파에 비스듬히 몸을 누인다. 다큐멘터리 제목은 〈사라져가는 한국의 가을 풍경〉이다.

6

7시 정각. 밥솥이 가동된다. 자동 조리기에 있는 냄비에 물이 쏟아진다. 물이 끓으면 건조 미역국 1인분이 떨어진다. 프라이팬에 올리브 오일이 떨어지고, 90도까지 달궈지면 계란이 떨어진다.

7시 30분이 되자 마님 앞으로 간다. 알람이 울린다.

마님은 일어나서 샤워실로 들어간다. 밥을 두 주걱 밥그릇에 옮긴다. 미역국이 담긴 냄비를 식탁 위에 옮긴다. 냉장고에서 김치를 꺼내 식탁 위에 놓는다. 마님은 물끄러미 밥상을 보다가 밥그릇에 물을 붓는다. 마님은 밥 세 숟가락과 계란프라이와 김치를 두 젓가락씩 먹고 식탁에서 일어난다. 마님은 화장대 앞에서 스킨과 로션을 바르고, 눈썹을 그리고, 입술을 칠하고, 가방을 들고 나간다.

나는 음식물 처리기에 미역국을 옮기고, 빈 그릇을 식기세척기에 넣고, 작동시킨다. 바닥에 떨어진 옷가지를 세탁기에 넣는다. 세탁기는 질감으로 옷을 분류하고 세탁을 시작한다. 8시 30분에 청소기에서 청소로봇이 나온다. 다리가 여섯 개 달린 길이 15센티미터의 청소로봇 열 대가 밖으로 나와 바닥과 벽 천장, 가구 위의 먼지를 빨아들이고, 쓰레기통에 먼지를 뱉어낸다. 3번이 비틀거린다. 3번은 자동 수리기에 들어간다. 나는 자동 수리기에서 수리하지 못할 때를 대비해 청소로봇 제조회사의 연락처를 점검한다. 3번은 자동 수리기에서 나와 다시 청소를 시작한다. 먼지를 빨아들이고 나면 작은 천을 달고 닦는 과정으로 들어간다.

자동 조리기에 음식이 얼마 남지 않았다. 나는 슈퍼에 미역국을 제외한 찌개 일곱 가지, 밑반찬 다섯 가지를 주문한다.

세탁기가 세탁이 끝났다는 신호를 보낸다. 세탁기가 꾸물꾸물 옷을 토해낸다. 건조대에 있는 기계 팔이 옷을 받아 세 번씩 털고 건조대에 건다. 이상 없이 작동된다. 집 안은 고요하고 아무 움직임이 없다. 방음장치는 제대로 가동되고 있다.

10시 35분 45초. 베란다로 이동한다. 아파트 밑으로 단풍나무가 보인다. 엽록소가 분해되고 안토시안이 생성된다. 옅고 짙고 어둡고 밝던 녹색이 누르스름하고 붉은빛으로 바뀌어간다. 아이들이 웃으며 걸어간다. 소리는 들리지 않지만 입 모양으로 알 수 있다. 갓난아이의 뺨을 닮았던 목련 꽃잎은 이미 오래전에 사라졌다. 그 자리를 대신했던 잎들도 서서히 가지를 떠날 채비를 한다.

오후 2시 34분에 벨이 울린다. 문으로 가서 방문자의 신원을 확인한다. 슈퍼에서 온 배달 로봇이다. 배달용 문 개폐 버튼을 누른다. 배달용 문이 열리고 주문한 음식과 영수증이 들어온다. 배달 로봇의 팔이 안으로 들어온다. 배달 로봇의 팔과 연결해 물건을 주고받았다는 정보를 교환한다. 배달 로봇 팔이 사라진다. 개폐 버튼을 누른다. 문이 닫히는 데는 1.4초가 걸린다. 문이 닫히는 동안 배달 로봇의 뒷모습과 엘리베이터와 계단이 보인다. 밑반찬은 냉장고에 넣고, 건조 찌개는 자동 조리기에 넣는다. 삼 분이십사 초가 걸린다. 다시 정적이 흐른다.

햇살의 방향이 변한다. 마님이 돌아온다.

"집사, 저녁."

나는 밥을 두 주걱 밥그릇에 옮긴다. 깍두기가 담긴 그릇과 배추김치가 담긴 그릇과 감자볶음이 담긴 그릇과 계란국을 식탁 위에 옮긴다. 마님은 계란국을 일곱 순갈, 감자볶음을 여덟 조각, 깍두기는 네 조각, 배추김치는 다섯 조각을 먹는다.

"집사, 핫초콜릿."

나는 핫초콜릿을 가져오고, 마님은 〈마지막 사랑 16회〉를 본다. 마님은 〈서바이벌, 러브 탐사대〉를 본다. 밤 10시경 마님은 홀로그램을 작동시키고 다른 사람과 대화를 나눈다.

0시 2분 8초에 마님은 홀로그램을 종료한다. 마님은 소파에 눕는다. 마님은 다큐멘터리 채널을 선택해 "아무거나"라고 말한다. 〈우주를 향한 인류의 꿈과 도전〉이 방영된다.

7

"나 오늘 가정용 로봇 데리고 산책하는 사람 봤다?"

—요새 많이들 해. 기종에 따라 실외용 바퀴로 교체하거나 신발 신겨서. 로봇용 의상 매출 장난 아니래.

—나도 오늘 돌아다니다 봤는데, 예쁘더라. 모델명 찾아서 입혀봤는데 입은 모습 보니까 땡기더라. 가을인데 빨간 옷 하나 사줄까봐.

"아, 그게 그거구나. 나도 집사 부품 중에 큰 바퀴가 있더라고. 어디다 쓰는지 몰라서 처박아뒀는데. 집사, 아이스초코."

—아이스초코 먹기엔 좀 쌀쌀하지 않아?

"그냥 시원하고 단 게 땡기네."

나는 복합 에스프레소 머신에서 아이스초콜릿을 선택한다. 잔이 내려오고 초콜릿 가루가 쏟아진다. 뜨거운 물이 내려오고 숟갈이 내려와 우유를 30회 젓는다. 숟갈이 도로 들어가고 차가운 우유가 잔의 60퍼센트까지 쏟아진다. 얼음이 잔의 80퍼센트까지 쏟아진다. 숟갈이 내려와 아이스초콜릿을 20회 젓는다. 잔 손잡이에 손가락을 끼우고 컵받침과 잔을 가지고 거실로 간다.

—〈다이어트 사랑〉 본 사람 있어?

—송지원 너무 잘생겼더라.

—나 어제 그거 3시까지 보다 잤잖아. 졸려 죽겠는데 막상 잠은 안 들어서 4시쯤에야 겨우 잠들었나.

—참, 인애 결혼한다더라.

"벌써? 걔네 사귄 지 얼마 안 되지 않았어?"

—얼마 안 되긴? 그래도 한 일 년 됐지.

"진짜? 어느새 그렇게 됐어?"

나는 거실에 서 있다. 마님은 홀로그램 대화를 계속한다. 마님은 홀로그램을 종료한다.

"집사, 이불."

침실로 간다. 침대 위에 있는 이불을 세로로 반 접는다. 반대 방향에서 다시 반 접고, 또 반대 방향에서 반 접는다. 이불을 들고 간다. 마님은 소파에 누워 있다. 이불을 내려놓는다. 마님이 이불을 들어 올린다.

"텔레비전 켜."

〈사라진 제국, 아즈텍〉이 방영된다.

8

하늘이 차츰 어두컴컴해진다. 기온이 내려간다. 온도 조절기가 작동된다. 온도 조절기는 실내를 언제나 같은 온도로 유지한다.

집 안은 아무 변화가 없다. 집을 이루는 벽 바깥에서는 대기 중의 수증기가 찬 기운에 얼어붙어 결정체가 되어 땅으로 떨어진다. 좁쌀만 한 결정체가 보도에, 아파트 방음벽 위에, 난민 팔처럼 앙상한 나뭇가지 위에 내려앉고, 다시 물이 되어 사라진다. 결정체가 모여 조금씩 눈송이를 형성하더니 어느덧 새끼손톱만 해지고, 엄지손톱 크기로 쏟아진다. 눈이 커지자 녹는 속도보다 빠르게 쌓이기 시작한다. 새벽 5시 45분, 눈이 완전히 그친다. 햇살이 조금씩 창 안으로 밀려들어 온다. 거무스름하던 집에 색채가 돌아온다. 벽지의 다갈색, 커튼의 하늘색, 소파의 짙은 밤색, 마님 얼굴의 살색, 마님이 덮고 있는 이불의 분홍색과 노란 꽃무늬가 시나브로 형체를 갖춰간다. 7시 정각. 밥솥이 작동된다. 자동 조리기가 해물된장찌개를 끓인다. 7시 30분, 마님 앞으로 간다. 알람이 울린다.

마님은 일어나 샤워실로 들어간다. 밥을 퍼서 놓고, 찌개와 계란말이, 김치를 꺼내놓는다. 마님은 밥을 먹고, 화장대 앞에서 스킨과 로션을 바르고, 눈썹을 그리고, 입술을 칠하고, 가방을 들고 나간다.

그릇을 식기세척기에 넣고, 작동 버튼을 누른다. 거실 소파 뒤에서 하늘의 파란색과는 다른 파란색으로 "집사 2183b 실외용 바퀴"라고 적힌 상자를 꺼내 거실에 있는 전신 거울 옆에 세워놓는다. 청소로봇이 청소를 시작한다. 청소로봇이 있을 때는 되도록 움직이지 않는다. 청소로봇이 일을 마치고 들어가자 슈퍼에 불고기와 와인을 주문한다.

오후 2시 5분 24초. 벨을 누르는 소리가 들린다. 주문번호와 가게 상호를 확인하고 문을 연다. 배달 로봇이 짐을 내려놓고, 주고받았다는 정보를 교환한다. 문밖에는 복도와 계단과 엘리베이터가 있다. 나는 개폐 버튼을 누르지 않는다. 문은 오 초 후 자동으로 닫힌다. 복도와 계단과 엘리베이터가 사라진다.

6시 30분이다. 자동 조리기에 불고기를 넣고, 특별 요리 불고기를 선택한다. 작동 버튼은 누르지 않는다. 7시 18분. 마님이 온다.

"집사, 밥."

나는 작동 버튼을 누른다. 마님은 밥을 먹고 홀로그램 채팅룸에 들어간다.

"오늘은 식탁에 불고기가 올라왔어. 처음이야."

—불고기라니! 난 오늘 야근하면서 회사에서 주는 야근 빵 먹었는데!

"전에는 불고기 같은 거 한 적 없는데…….."

—그거 계속 업데이트 되잖아. 회사에서 신제품 출시하면 다 입력될걸? 한 달 식비 내에서만 주문하게 돼 있으니까, 할인제품이나 그런 건가보다.

"아, 그런가."

—맛은 있던?

"먹을 만하더라. 반찬도 원래는 두세 가지 꺼내는데 오늘은 다섯 가진가 됐어."

—야, 그거 뭐 해달라는 거 아냐?

—맞아 맞아, 뭔가 바라는 게 있나보다.

"로봇이 바라긴 뭘 바라?"

—야, 너 그거 몰라? 같이 산책도 나가고, 주인이 자주 말도 걸고, 친절하게 대하면 고장도 덜 난대. 일도 잘하고. 연구 결과도 나왔어.

—식물도 음악 틀어주고, 말도 걸고 그러면 더 잘 자란다며. 로봇도 그런데.

"그래?"

—내가 오늘 하도 신경질이 나서 우리 령이한테 막 화를 냈거든?

—뭐라고?

—내 입맛 좀 고려해서 음식 주문해라, 청소로봇 관리 좀 똑바로 해라, 여기 구석에 먼지 안 보이냐, 뭐, 그냥 말도 안 되는 소리를 한참 동안 한 거야. 하루 종일 야근하고 들어오니까 피곤해 죽겠는데, 엄마가 전화해서 결혼하라고 성화지. 그것도 참 씻지도 못했는데 삼십 분 동안 안 끊는 거야. 그래서 너무 화가 나서 령이한테 막 그랬거든?

"령이가 누구야?"

—내 로봇. 전에두 말해줬잖아. 암튼 좀 들어봐. 그러고 샤워하고 나오는데, 령이가 글쎄, 내가 제일 아끼는 컵을 깬 거 있지? 그건 로봇용이 아니라 령이는 건드리지도 않던 건데. 그래서 내가 미안하다, 너한테 화낸 거 아냐, 그랬어. 그러니까 묵묵히 치우는데, 너무 미안하더라.

"고장 난 건 아니고?"

―어휴, 진짜, 넌 애가 왜 그러니?

―냅둬라, 지 로봇 이름이 집사잖냐.

―그건 상표잖아.

―지는 또 마님이란다.

―정말?

마님의 성문聲紋은 깻잎 모양이다. 마님 친구 정은의 성문은 단풍잎 모양에 가깝게 나온다. 마님의 다른 친구 민영의 성문은 활짝 피기 전 튤립처럼 둥그스름하다. 두 사람이 웃자 78데시빌의 소리가 울린다.

"집사니까 마님이 생각나더라고."

―근데 솔직히 나도 그런 거 느끼는데. 가끔 내가 피곤하고 그러면, 커피 타 와서 옆에 가만히 서 있을 때가 있는데, 그럼 애가 날 위로하는구나, 싶더라고. 그래서 머리 쓰다듬어주니까 웃더라.

―네 거 감정 표현이 열일곱 가지랬나?

―써 있긴 그런데, 그보다 더 많은 거 같아. 미세한 감정들 있잖아.

―나두, 우리 령이는, 같은 기종의 다른 애들보다 좀 예민한 것 같아. 상냥하게 커피 타달라 그러면 커피가 더 맛있어.

"어차피 에스프레소 머신에서 내리는 거잖아. 기분 탓 아냐?"

―야야, 넌 애가 왜 이렇게 정서가 메말랐어?

"뭐, 나도 기계가 살아 있는 생명체 같을 때가 있긴 있어."

―언제?

"내가 하면 안 되는데, 예전에 남자 친구가 할 땐 잘되고 그런

게 있었거든. 반응이 느려진 것 같아서 전화해서 봐달랬더니, 기억 저장고에 쓸데없는 게 너무 많이 들어가 있다는 거야. 그래서 지우려는데 죽어라고 안 지워지더라고. 남자 친구가 하라는 대로 다 했는데 말이야. 남자 친구 말이 내가 텔레비전 볼 때 옆에 서 있으니까 잡다한 정보들이 입력되는 거 같다고 하더라고. 충전소로 가라고 하면 되는데 자꾸 잊어버리거든. 그래서 남자 친구가 놀러 와서 쓸모없는 폴더 정리하는데, 그땐 되게 잘 지워지는 거 있지? 내 참 어이가 없어서……. 나중에 또 내가 만들지 않은 폴더가 하나 생겼거든? 근데 그게 죽어도 안 지워지는 거야. 그건 남자 친구가 해도 안 되더라. 기사 부를까 하다가, 뭐 별로 큰 영향 주는 것도 아니라서 그냥 냅뒀어."

— 그거랑은 다르지!

— 맞아, 달라!

— 그거 알아? 포맷하면 애가 성격이 달라진대.

— 아, 맞아. 완전히 다른 로봇이 되어버린다더라?

— 그래서 중고로 팔 때는 포맷하는 게 좋다 그러더라. 그래야 적응이 빠르대.

— 안 하는 게 낫다는 의견도 있어. 지금까지 학습한 게 다 없어지니까.

— 근데 포맷 안 하면, 진짜 명령체계 다 바꿔도 잘 적응 못하고, 새 주인이 음성인식이랑 분명히 다 새로 했는데도, 불러도 잘 안 오고, 그런다더라.

— 그런 거 보면, 왜, 로봇에게도 감정이 있니 없니 하는 의견들

있잖아, 진짜 감정이 있는 것두 같아.

"인간이 대입시킨 거야. 사람은 둥근 형태 두 개에 선 하나 있으면 거의 대부분 사람 얼굴을 떠올린다고."

─뭐, 그럴 수도 있지. 하지만 얘가 정말 내 마음을 아는구나 싶을 때가 있다니까.

─맞아, 나도 그런 적 있어. 그래도 난 옷 사주고 그런 것까진 좀 오버다 싶던데…….

─나도 예전엔 그랬는데, 요즘은 하나 사 입히고 싶을 때가 있어. 옷이 예쁘더라고.

명랑한 웃음소리. 마님은 웃지 않는다. 마님은 커피를 마시고 잔을 내려놓는다. 청소로봇이 깨끗이 닦은 테이블에 물 자국이 생긴다. 물 자국은 한 번도 같은 모양인 적이 없다.

9

일요일이다. 마님은 9시까지 잔다. 밥은 1/2만 푸고, 남은 찌개를 데운다. 마님은 일어나서 밥을 세 숟갈 먹고, 찌개를 다섯 숟갈 떠먹고, 에그 스크램블을 네 조각 먹고, 텔레비전 앞으로 간다. 전화가 온다. 마님은 발신자를 확인한다.

"수신."

─야, 뭐해? 스키 타러 안 갈래?

"웬 스키?"

―어제 눈도 왔고…… 주말인데 할 일 없으면 스키장 어때?

"아, 어제 눈 왔지, 참."

―가자, 어차피 종일 드라마나 볼 거잖아. 쇼프로나.

"그래."

마님은 씻고, 옷을 입는다.

"집사, 보온병에 커피 타."

마님은 화장을 마치고 나온다. 마님은 탁자 위를 살핀다.

"집사, 보온병에 커피 타."

마님은 한 단어, 한 단어 또박또박 말한다. 이동 제어기가 움직인다.

"아냐, 타지 마. 집사, 커피 타지 마."

마님은 거실에 있는 거울 앞에서 옷매무시를 확인한다. 그 옆에는 내 이동용 바퀴가 들어 있는 상자가 먼지 하나 없이 닦여 있다. 마님은 돌아서서 신발을 신고 밖으로 나간다. 문이 저절로 잠긴다. 문은 옅은 회색이다. 음성인식 장치와 숫자 비밀판과 배달부를 위한 주문 확인표가 달려 있다. 문이 완전히 닫히기 직전까지 밖에서 아이들이 재잘거리는 소리, 자동차가 시동을 거는 2~3데시벨의 작은 소리가 들린다. 나는 베란다로 간다. 햇빛이 차츰 강해진다. 창밖으로 나무 위에 있던 눈이 서서히 물방울로 변하는 것이 보인다. 한 방울, 두 방울, 녹은 눈이 바닥으로 떨어져, 바닥에 쌓인 눈 위에 호수 위 낚시 구멍 같은 구멍을 만든다. 이윽고 바닥에 있던 눈도 녹는다. 해가 진다. 기온이 내려간다. 온도조절기가 작동을 시작한다. 바깥에서는 눈이 녹은 물이 얼어간다.

마님은 10시 37분 28초에 집에 돌아온다. 씻고, 옷을 갈아입고, 소파에 앉는다.

"집사, 핫초코 한 잔."

10

"아, 미역국이네."

마님이 얼굴을 찡그린다. 마님은 물과 함께 밥만 세 숟갈 먹고 출근한다.

남은 음식을 버리고, 그릇을 식기세척기에 넣는다. 청소로봇이 청소를 시작한다. 바다의 푸른색과는 다른 푸른색으로 "집사 2183b 실외용 바퀴"라고 적혀 있는 상자에도 청소로봇이 달라붙어 미세한 먼지를 제거한다. 청소로봇은 내 몸 위로도 올라와 미세한 먼지를 제거한다. 나는 가만히 서 있다. 청소로봇이 들어가면 베란다로 간다. 아파트 현관 문 안에서 사람 한 명과 나와 같은 집사 2183b가 나온다. 로봇은 개나리 색과 비슷한 짙은 노란색 옷을 입고 있다. 사람 한 명과 로봇 한 대가 골목을 지나 사라진다. 나는 사람 한 명과 로봇 한 대가 어디로 가는지 모른다.

마님은 6시 37분에 돌아온다. 나는 미역국과 오이소박이와 멸

치볶음과 도토리묵을 밥상 위에 올린다.

"치워."

마님은 피자를 주문한다. 마님은 홀로그램을 켜고 친구들과 잡담을 나눈다. 마님은 내 실외용 바퀴가 들어 있는 상자를 보지 않는다. 마님은 홀로그램을 종료하고 다큐멘터리 채널을 틀고 소파에 눕는다. 〈로봇 인공지능 발전 100년사〉가 방영된다. 오늘 방영될 프로그램을 요약한 설명이 나온다. 검은 장막 뒤에서 누군가가 피아노를 치고 있다.

—커튼 뒤에서 세 사람이 피아노를 치고 있습니다. 한 명은 저명한 피아니스트, 한 명은 음대생, 한 명은 로봇입니다. 과연 음악 평론가 다섯 명은 누가 로봇인지 알아낼 수 있을까요?

해설자가 말한다. 그림 세 점이 이 초씩 화면에 잡힌다.

—여기 그림 세 점이 있습니다. 한 점은 유명 화가가 특별 의뢰를 받고 비밀리에 그린 그림이고, 다른 한 점은 전문 화가는 아니나 20년 동안 꾸준히 그림을 그려온 사람의 작품입니다. 그리고 다른 하나는 ITK에서 최근 제작한 그림 그리는 로봇, 몬드리안이 그린 그림입니다. 이 그림을 감정하기 위해 전문 미술 평론가 여섯 명이 모였습니다. 과연 이들은 어떤 그림이 로봇의 그림인지 알아낼 수 있을까요? 놀라운 반전, 놓치지 마십시오.

해설자가 말한다. 각기 다른 손 세 개가 화면에 잡힌다.

—손 세 개만 구멍을 통해 밖으로 나와 있습니다. 자원한 일반인 스무 명이…….

텔레비전이 꺼진다. 마님의 생체 리듬이 깊은 잠에 빠진 상태가 되었기 때문이다. 나는 내 모습만 반사하는 텔레비전 앞에 서 있다. 마님의 지시 없이는 텔레비전을 켤 수 없다.

11

창문 밖으로 바깥 풍경이 보인다. 앙상하던 목련 가지에 물이 오른다. 가지 끝에 눈이 생길 조짐이 보인다.

—으아, 정말 싫어, 서른네 번째로 맞는 봄 따위!

—벌써 꽃 핀 데도 있다더라. 우리 올해는 꽃놀이 한번 가자. 꼭.

—싫어, 애인 있는 애랑은 안 가! 령이랑 가고 말지!

"애인이랑은 잘돼가?"

—그럭저럭······.

—결혼하자곤 안 해?

—부모님한테 인사드리자고 하네.

—오, 그럼 결혼하는 거야?

—모르겠어. 막상 인사 갈 생각하니까······ 부담스럽기도 하고.

—아악! 너 지금 염장 지르는 거지?

—염장 아냐!

"좋겠네, 어쨌든 애인 생겼잖아."

―에잇, 남자 따위. 없어도 잘만 산다! 령아, 외로운 언니에게 따끈한 녹차 한 잔 갖다 주련.

"왜, 있음 편하잖아."

―편하긴 뭐가? 데이트하려면 꾸며야지, 돈 들지…….

"로봇 봐주잖아."

―에? 네 로봇 고장 났어?

"아니, 그건 아닌데……. 요새 미역국을 너무 자주 끓여. 겨우내 미역국만 먹은 기분이야. 짜증나."

―설정에서 식단 조절할 수 있는데. 설명서에 안 나와 있어?

"귀찮아. 봐도 모르겠어. 일주일 내내 미역국만 내놓다가, 호화판 식단을 차리다가. 나 혼자 그걸 어떻게 다 먹으라고. 게다가 처음에는 일 끝나면 바로 충전기에 가 앉더니, 어느 순간부터 베란다에 서 있어. 충전기에 가라고 안 하면, 방전되기 직전까지 거기 있는다니까. 뭐, 방전되기 전에는 충전하러 가지만."

―너 미역국 싫어하던가?

"딱 질색인데, 나 또 국 없으면 밥 못 먹잖아."

―난 근데 건조 찌개 이제 질려서 못 먹겠더라. 요샌 령이한테 요리 시켜. 너 로봇도 요리 기능 있는 거 몰랐지?

"그런 것도 돼?"

―건조 찌개보단 좀 낫달까, 색다르달까. 가끔 이상한 맛도 나는데, 조금씩 조절하면 그게 더 낫더라고.

대화는 더 이상 이어지지 않는다. 마님은 손톱을 손질한다. 청소로봇이 먼지를 빨아들이고 닦은 탁자 위에 손톱 가루가 떨어진다.

—봄인데…… 외롭다…….

—아깐 남자 따위라더니.

—남자가 필요하다는 게 아니고, 그냥 외롭다고. 삼십대 중반
인데, 어쩌다 야근 좀 줄면 기뻐하는 게 인생의 낙인가…….

—애인 생기니까 좋긴 하더라. 밤에 잠 안 오면 통화하기도 좋
고.

—응, 요새 정말 잠이 안 와. 그렇게 빡세게 일하고 왔는데도
잠이 안 들어. 나 요새 령이랑 자기 전에 대화하잖아. 너 오늘은
집에서 뭐했어? 심심했지? 요새 바빠서 산책 못 시켜줘서 미안.

—령이가 뭐래?

—힘내래.

단풍잎 모양이 넓게 퍼진다. 작은 웃음소리가 말 뒤를 잇는다.

—나도 그래. 결혼이 싫은 건 아닌데…… 할 때도 됐고, 이 사
람이다 싶으면서도, 그냥…… 이제 내 삶에서 변할 건 그런 거밖
에 없나. 결혼, 아기, 뭐, 그런 거뿐인가, 싶어져서…….

—그래도 넌 애인 있잖앗!

마님의 심장 박동이 평소보다 빠르다. 90~110 사이를 유지하
는 심박수가 120에서 125까지 올라간다.

"나…… 할 말 있어."

—뭐냐? 너도 애인이냐?

"아니…… 나……."

두 사람이 마님을 바라본다.

─뭔데 뜸을 들여?

"나 달에 가."

─달? 볼 거 없다던데? 그냥 달에 갔다 왔다는 기분이지, 별거 없대. 돈만 많이 들고.

─별은 잘 보인다는데?

─홀로그램 틀면 되지. 실제 별이랑 다르지도 않잖아.

─우리 별로 바꿀까?

배경이 우주로 바뀐다. 멀리 토성이 보이고 까만 아스팔트에 쌓인 싸라기눈처럼 별이 빛난다.

"암튼 가, 달."

─병원은 어쩌고?

─자영업자는 좋겠다, 휴가도 내고. 아, 올해 여름휴가는 받을 수 있을까. 확 때려치우고 싶다.

"치과학회에서 연락이 왔는데, 달에…… 치과의사가 부족하대. 전문 치과의가 부족하다보니까 그냥 진통제 쓰거나, 치아치료기로 어찌어찌 하는 모양인데, 아무래도 의사가 직접 보는 거랑은 다르니까……. 지금 달에 있는 사람이 오천 명인데 치과의사는 한 명이라는 거야. 그래서……."

─야, 너 지금 달에서 개업하겠다는 거야?

"개업은 아니고……."

─잘 생각해봐. 거기 사고도 많고.

─그래, 공식적으로 발표하지 않아서 그렇지 이런저런 사고 많다 그러더라.

— 얼마 전에도 왜, 그, 뭐 하나 짓다가 폭발해서…….

— 응응, 맞아 맞아, 뭐였지? 숙소였나, 무슨 연구실이었나?

— 암튼 아직 위험하대.

"나…….."

마님이 피식 웃었다.

"이미 신청했어. 답장도 왔고. 우리 집 너무 신식인지 어려워서 병원 컴퓨터로 보냈어."

— 뭐? 야, 너 미쳤어?

— 너 지금까지 그런 말 한 마디도 안 했잖아.

— 벌써 가기로 결정한 거야?

"신체검사 받아야 한다는데…… 별 이상만 없으면 되나봐. 워낙 급해서…….."

— 야, 달이 왜 인력이 부족하겠어? 수당은 높을지 몰라도…….
야, 너 왜 그래, 갑자기?

12

"그만해요. 벌써 가기로 정했어요."

마님이 한 손으로 머리를 감싼다.

— 너 어떻게 그런 큰일을 가족이랑 한마디 상의도 없이 결정할 수 있는 거니?

"미안해요, 미안하다 그랬잖아요."

— 이유가 뭐냐.

화면 안에서 머리가 벗겨진 남자가 굵은 바리톤의 목소리로 말한다.

— 당신은 좀 진정하고. 그래, 어디 이유를 말해봐라. 왜 갑자기 달에 가야겠다고 생각한 거니?

긴 침묵이 이어진다. 마님은 신경질적으로 머리를 쓸어 올린다.

"치과의사가 부족하대요. 거기 인구가 오천 명이 넘는데, 치과 의사는 한 명밖에 없대요. 제대로 쉬지도 못하고 하루에 열셋, 아니 열네 시간씩 진료를 한대요."

— 그래서?

마님은 입을 다물었다. 마님은 오른손으로 왼손 네 손가락을 모아 단단히 쥐었다.

"이미 결정했어요!"

— 어린애냐?

95데시벨의 목소리가 방에 쩌렁쩌렁 울린다.

— 부모한테 한마디도 없이, 달로 가겠다는 결정을 내리고, 이유도 제대로 설명을 못해? 가면 언제 다시 올 수 있는 거냐? 우리가 다시 볼 수 있긴 한 거냐?

"그게…… 일단…… 5년 계약이구요."

— 결혼은 어떻게 할 생각이냐.

"거기서 좋은 사람 만날 수도 있고……."

—그냥 충동적으로 한 결정이면, 취소해라. 가서 후회하지 말고.

"내일부터 합숙 들어가요. 이번에 달에 가는 사람들이랑요."

—그걸 꼭 이런 식으로 통보하듯 이야기해야 하니?

남자를 밀쳐내고 머리가 짧은 여자가 화면에 얼굴을 들이민다.

"미안해요, 엄마."

—미안하다는 말을 듣자는 게 아니잖니. 무슨 일이 있는 거야? 뭐 안 좋은 일이라도 있어?

"아니요, 그런 거 아니에요."

마님이 두 손으로 얼굴을 가린다.

"죄송해요, 저는…… 무슨 일이 있는 건 아니고요. 그냥…… 달에 치과의사가 없대요. 달에서 일하는 사람들은 오천 명이 넘는데, 거기에…… 치과의사가 없대요……."

마님은 흐느껴 운다. 부모님은 한숨을 쉰다.

—내가 내일 당장 올라가마.

"내일 아침에 떠나요. 말하려고 했어요. 일부러 감춘 게 아니라…… 정말 말하려고 했는데……."

—집은 어떡할 거냐?

"정혜가 들어와 살기로 했어요."

—정혜?

"걔가 이혼해서…… 살 집이 필요하거든요. 가구랑 다 쓰기로 하고…… 계약서랑 다 제대로 썼어요."

—도대체 갑자기 달에 가겠다는 이유가 뭐냐?

13

목련 눈은 오전 나절보다 평균 2밀리미터 커졌다. 밖은 어둡다. 마님은 다큐멘터리 채널을 보고 있다. 화성탐사에 관한 이야기가 나온다.

"집사, 커피."

나는 복합 에스프레소 머신에서 아이스커피 한 잔을 선택한다. 설탕 버튼이 깜빡인다. 나는 아이스커피를 탁자 위에 놓는다. 마님은 잔을 만지고 한숨을 쉰다.

"집사, 따뜻한 커피 한 잔 가져와."

마님이 단어 하나하나 또박또박 말한다. 목소리가 평소보다 5데시벨 높다. 전화가 온다.

"아, 정혜니?"

─응, 오늘 못 가서 미안.

"아니, 괜찮아. 관리 사무소에 말해놨으니까 신분증 확인하면 문 열어줄 거야. 집사 회사에도 연락했어. 거기서 그러는데 나 없어도 회사에서 최고 관리자 바꿔줄 수 있대. 포맷도 해달라면 해줄 거야."

─응, 근데 안 하는 게 낫대. 지금 너네 집에 완전히 적응했을 텐데, 포맷하면 처음부터 다시 가르쳐야 한다고. 환경이 안 바뀔 땐 포맷 안 하는 게 낫대.

"아, 그러니? 참, 그리고 이거 요새 좀 이상하거든?"

─이상해?

"응, 전에는 바로바로 잘하던 걸, 요새 두 번씩 말해야 하는 게 있고 그러니까, 최고 관리자 바꿀 때 그런 것도 이야기해."

─너네 거 2000번대던가? 우리 집에서 쓰던 건 집사3284c였거든.

"그래?"

─나 2000번대는 안 써봐서……. 센서도 둔하고, 감정 표현도 별거 없다던데…….

"난 다른 옵션은 다 꺼놓고 써서 잘 몰라. 별로 불편하진 않았어."

─아, 그래, 뭐, 큰 차이 있겠어? 근데 기집애…… 갑자기 무슨 달이니?

"그러는 넌 왜 갑자기 이혼이니? 죽고 못 살 것처럼 주위에서 다 반대하는데 결혼하더니, 일 년도 못 채워서."

정적이 감돈다.

"미안해, 내가 지금…… 좀 피곤해서……."

─아냐, 늦었는데 괜히 전화했다. 내일 잘 가.

전화는 인사 없이 끊긴다. 나는 뜨거운 커피를 가져가 마님 앞에 놓는다. 마님은 한 모금 마신다.

"집사! 설, 탕, 가, 져, 와! 이게 요새 왜 이래, 정말."

모니터에 글자가 뜬다.

설탕이 떨어졌습니다.

마님은 모니터를 보지 않는다. 마님은 커피를 마시지 않고 소파에 누워 머리끝까지 이불을 뒤집어쓴다. 하지만 나는 이불 속에서 마님의 얼굴과 목, 팔, 허리, 엉덩이, 다리가 어디에 있는지 알고 있다.

스테이크 조리법. 등심은 목 뒤쪽 살을 가리킨다. 목뒤 살을 800그램 정도 썰어 칼로 자근자근 칼집을 낸 후 올리브 오일을 뿌려 삼십 분간 놔둔다. 당근은 길게 삼각형 모양으로 썰어 끝을 둥글린다. 프라이팬에 버터를 두르고 당근을 넣어 볶다가 소금, 후춧가루로 간해 접시 가장자리에 놓는다. 프라이팬을 키친타월로 닦는다. 버터를 두르고 밀가루를 넣고, 갈색이 되도록 볶다가 케첩 1작은 술, 우스터 소스 1작은 술, 핫소스 1/2작은 술을 넣고 약불에서 볶는다. 물 100밀리리터와 월계수 잎 두 장을 넣고 25회 저으며 끓인다. 고기에 소금 두 번, 후춧가루를 두 번 뿌린 후 뒤집어서 소금 두 번, 후춧가루를 두 번 뿌리고 프라이팬에 올려 익힌다. 사태는 허벅지 부분을 가리킨다. 허벅지에서 고기 600그램을 잘라낸다. 4×4×0.8로 잘라서…….

마님이 답답한 듯 이불을 내린다. 마님이 눈을 뜬다. 마님은 마님을 내려다보고 있는 날 본다.

"깜짝이야!"

마님은 눈을 비빈다. 마님은 모니터에 눈길을 준다.

"아, 설탕이 떨어졌구나."

마님은 커피 잔을 들었다가 내려놓는다.

"집사, 핫초코 한 잔 가져와."

중앙제어장치에 명령이 입력된다. 이동제어기가 지시에 따라 움직인다. 복합 에스프레소 머신에서 핫초콜릿 한 잔을 선택한다. 컵받침을 탁자 위에 올리고, 핫초콜릿을 컵받침 위에 놓는다.

마님은 컵을 두 손으로 잡고 후후 분다.

"텔레비전 꺼."

그때까지 켜져 있던 다큐멘터리 채널이 꺼진다. 화성에 대한 이야기가 끝나고 달에 대한 이야기가 나오고 있었다. 마님은 핫초코를 마신다.

"이래서……."

마님은 마른기침을 뱉는다. 마님은 꺼진 TV를 보고 있다.

"사람들이 로봇이랑 대화를 하는구나……."

마님은 웃는다.

"나도 미쳤나."

마님은 핫초콜릿을 마신다.

"난 불광에서 태어났어."

전원이 꺼진 붙박이 TV 모니터에 모니터를 바라보는 마님과 그 옆에 서 있는 내가 비친다. 둥근 얼굴, 원통형 몸체, 얇은 원통형 팔, 삼각뿔 형태의 다리가 달려 있다.

"불광초등학교를 나왔고, 불광중학교를 졸업했고, 불광고등학교를 나왔고, 심지어 불광대학교에 입학했지."

마님은 핫초콜릿을 마신다.

"이거 되게 어색하네."

마님은 내가 아니라 TV 모니터를 보며 말한다.

"부모님은 내가 대학 졸업할 무렵 은퇴해서 유기농 농사를 짓겠다고 시골로 내려갔어. 작은 아버지께서 일손이 필요하다고 했고, 두 분 다 옛날부터 꿈이었대. 불광을 벗어날 기회였지만, 거긴 더 끔찍할 것 같았어. 한번 들어가면 다시는 못 나올 것 같았어."

마님은 핫초콜릿이 담긴 컵을 컵받침 옆에 내려놓는다. 이불로 몸을 감싸고 편하게 앉아 다시 컵을 든다. 컵이 놓였던 탁자에 물 방울이 생겨 있다. 아침에 청소로봇이 닦았던 탁자다.

"졸업하니까 선배가 같이 일하자 그러더라. 마땅한 자리도 눈에 안 뜨던 참에 딱히 거절할 핑계도 없어서, 선배네 병원에서 일했어. 그것도 불광에 있었지. 선배는 집도 가깝고 좋지 않으냐고 했어. 그리고 선배가 결혼하면서 남편이랑 레스토랑을 차린다며 병원을 나한테 넘기겠다고 했어. 값도 싸게 불러줬어. 다행히 부모님이 허락하셔서 원래 집을 팔고, 이 집으로 이사 오면서 그 병원을 인수했어. 안 그래도 부모님 내려가고 나 혼자 살기엔 컸거든. 뭐 바로 옆 동네라 이사 온 것 같지도 않았지. 그리고 8년째 하고 있어. 근데 내가 지금 왜 이러니? 미쳤나봐."

마님이 고개를 돌린다. 마님은 내 본체를 잠시 보다가 핫초콜릿 잔을 탁자 위에 내려놓는다. 이번에도 컵받침 위가 아니다. 마님은 눕고 눈을 감는다.

"그 사람이랑 헤어졌을 때, 하나도 안 슬펐어. 그 사람 집도 이 근처고, 회사도 여기서 안 멀어. 만약에 그 사람이랑 끝까지 잘되었다면, 영원히 여기서 살았겠지."

마님의 눈에서 눈물이 떨어진다. 마님은 소파에 눕는다.

"정혜가 잘 돌봐줄 거야. 걔는 프리랜서라 거의 집 안에서 사는 애니, 나보단 너한테 잘해줄지도……."

마님은 혼잣말처럼 말하고 피식 웃는다.

"제자리로 가서 충전해, 집사."

나는 탁자 위에 있는 물 얼룩을 바라본다.

"제자리로 가서 충전해, 집사!"

마님의 목소리가 7데시벨 올라간다.

중앙제어장치에 명령이 입력된다. 이동제어기가 움직인다. 충전기에 본체가 들어간다.

"전원 종료."

불이 꺼진다. 달빛이, 바다의 푸른색과도 하늘의 푸른색과도 상자에 쓰여 있는 "집사 2183b 실외용 바퀴"의 푸른색과도 다른 파리한 달빛이 방 안에 들어온다. 마님의 숨소리가 일정해진다. 달이 움직임에 따라 방 안은 점점 더 파리해졌다가, 거무스름한 푸른색이 되었다가, 다시 희뿌옇게 빛나기 시작한다. 물체가 저마다의 색을 뿜내고, 형태가 선명한 윤곽을 드러낸다. 나는 결코 한 번도 똑같은 적이 없었던 시시각각 변하는 수많은 색채들을 바라본다. 하지만 일정한 스펙트럼에서는 절대로 벗어나지 않는다.

7시 반. 마님 앞으로 가서 알람을 울린다. 마님이 일어나 씻고 스킨과 로션을 바르고, 눈썹을 그리고, 입술을 칠한다. 대기 지시를 내리고 집을 떠난다. 나는 문 옆에 '집사 2183b 실외용 바퀴'라고 쓰여 있는 상자를 놔두고 충전소에서 대기한다.

오후 5시 17분. 문이 열린다. 새 주인이 들어온다. 나는 문 앞으로 간다.

"안녕, 네가 집사니?"

새 주인이 말한다.

어서 오세요, 새 주인님. 어제부로 미세먼지주의보가 해제되었습니다. 현재 기온은 17도입니다. 산책을 하면 건강에 좋습니다.

모니터에 글자가 올라간다.

"너 말 못 해? 될 텐데?"

새 주인이 설정에 들어와 음성기능을 켠다.

■ 집 사 는 ……

2007년 8월 웹진 《크로스로드》에 게재했고, 2008년 9월 『앱솔루트 바디』에 수록한 글이다. 내내 마무리가 마음에 들지 않아, 이 글이 떠오를 때마다 마음이 어수선했다. 고민 끝에 당시 썼던 글에서 끝을 바꿨다. 이번 결말이 이 글에 더 어울리는 결말 같다.

학 교

학 교

0

나는 늘 내가 정서적인 부분, 감정을 느끼는 부분이 다른 사람들에 비해 둔감하길, 무언가 결여된 사람이길 바랐다. 그건 상처 입고 싶지 않다는 마음보다는 다른 사람에게 상처 입힐 수 있는 사람이 되고자 하는 갈망이었다.

나는 대정중학교를 나와 대정고등학교에 입학해 머지않아 3학년에 진학한다. 지난 5년간 눈에 띄지 않도록 조심하며 살아왔다. 학교를 졸업할 때까지 이제 1년밖에 남지 않았다. 내 유일한 소망은 졸업할 때까지 살아남는 것이다.

학교가 왜 제물을 필요로 하는지는 모른다. 아무도 그 이유를 궁금해 하지도 않는다. 그저 학교는 언제나 제물을 요구할 뿐이다. 한 달에 한 번, 누군가는 죽어야 했다.

학교마다 누굴 제물로 바칠지 결정하는 방법은 제각각이다. 우리 학교는 투표로 한다. 누굴 살리느냐, 누굴 죽이느냐. 투표권은 단 한 장뿐이다. 나는 내 투표권을 누군가를 살리는 데 쓰거나 누군가를 죽이는 데 쓸 수 있다. 나 자신을 포함해서 말이다. 투표를 마치면 각기 받은 표 중 죽이라고 나온 숫자는 마이너스로, 살리라고 나온 수는 플러스를 붙여 두 수를 합한다. 합산한 수가 제일 낮은 사람이 학교를 위한 제물로 희생된다.

나는 플러스든 마이너스든 한 번도 높은 표를 받은 적이 없다. 살아남고자 늘 숨죽이며 다녔다. 160센티미터, 54킬로그램으로 크지도, 뚱뚱하지도, 작지도, 마르지도 않았다. 나는 어른들이 학생들에게 시키는 일인 수건에 수를 놓고 깡통에 상표를 붙이고 블라우스에 단추를 다는 일 따위를 성실히 수행한다. 하지만 눈에 띄게 잘하지는 않고자 노력한다. 칠판에는 자동으로 그날 수업 내용이 기술된다. 나는 열심히 공부하지만 너무 높은 성적을 받지 않으려 주의한다. 학생들 간에 생기는 파벌에도 들지 않으려 한다. 가입 권유를 받을 일도 조심스레 피한다. 내 솜씨가 나쁘지는 않은 것 같다. 중학교 3년, 고등학교 2년 내내 나는 줄반장 한 번 맡지 않았다.

학생임원이 되는 건 양날의 칼이다. 임원은 제물 투표와는 달리 인기투표를 통해 선출된다. 인기가 많다는 건 그만큼 생존 확률이 높다는 거다. 하지만 반대로 시기받고 모함에 시달릴 일도 많다. 임원들은 열심히 일해야 한다. 그들이 살아남을 자격이 있음을 끊임없이 증명해야 한다. 나라면 그런 일 사양하겠다. 나는 다만 살아남아 학교를 졸업하기만 바란다.

나라고 해서 한 번도 임원이 되고 싶다는 생각을 하지 않은 건 아니다. 학생임원은 대체로 생존 확률이 높다. 하지만 얼마 전 미화 사건을 겪으며 내가 얼마나 잘 처신해왔는지 다시 한 번 뼈저리게 느꼈다.

미화는 중학교에 입학했을 때부터 화제가 되었다. 키는 작았지만 종아리는 날씬하며 곧았고, 목이 길고 얼굴이 갸름했다. 연필을 올려놓아도 될 정도로 긴 속눈썹은 또 어떠한가. 그 애는 순식간에 인기인의 반열에 올랐다. 그 앤 인기를 독차지하지 않았다. 항상 주위에 있는 여자애들을 챙겼고, 그로 인해 드물게 여자애들에게도 좋은 점수를 받았다. 고등학교에 입학한 작년, 그 애는 당연하다는 듯이 중고등학교를 통틀어 학생회장에 선출되었다.

나는 그 애가 싫었지만 한 번도 미화에게 마이너스 표를 던진 적은 없다. 깨지지 않는 성벽은 공격하지 않는 게 최선일뿐더러 소중한 한 표를 낭비할 이유가 없다. 나는 늘 나에게 내 표를 사용했다. 나는 다른 사람을 당선시키고자 표를 쓰는 아이들을 이해할 수 없었다.

미화가 싫은 이유는 간단했다. 그 앤 소외당하는 애들을 가만 놔두지 않았다. 난 소외받는 게 아니다. 스스로 눈에 띄지 않게 사는 방식을 선택했다. 한 번도 그 애가 정말로 착하다고 여긴 적 없었다. 정말로 착하고 속이 깊은 아이라면 나 같은 애는 그냥 내버려두는 게 나를 위한 길이라는 걸 알았을 거다. 미화는 나 같은 애들을 이용했다. 청소시간에 무거운 물통을 들고 올라오다가 미화 일행과 마주쳤다. 그 앤 늘 그렇듯 임원들과 추종자들에게 둘러싸여 있었다.

"왜 그걸 너 혼자 들고 오니?"

미화가 물었을 때 가슴이 철렁했다. 나랑 같이 청소 당번이 되면 대부분 날 믿고 일을 대충 한다. 나는 절대 불평하지 않기 때문이다.

"다른 애들은 어디 있어?"

미화가 목소리를 높여 물었다. 다른 애들이 나한테 청소를 떠맡기고 도망친 걸 알면 그냥 넘어가지 않을 태도였다. 그럼 그 애들은 날 원망하겠지.

"내, 내가, 떠, 떠오겠다고 했어."

나도 모르게 말을 더듬었다. 미화와 미화를 에워싼 애들과 복도를 지나가던 아이들이 모두 날 보고 있었다. 이렇게 눈에 띄다니!

"내가 도와줄게."

부회장 채영이 나섰다. 미화가 막 다른 청소당번들에 대해 문제를 제기하기 직전이었다. 채영은 날 향해 별일 아니라는 듯 성긋 웃으며 물통을 나누어 들더니 미화에게 말했다.

"먼저 가 있어."

아주 짧은 순간이었지만 나는 채영이가 나섰을 때 미화가 지은 표정을 똑똑히 보았다. 자기의 착한 성품을 드러낼 기회를 날린, 먹이를 놓친 짐승의 얼굴이었다. 하지만 언제 그랬느냐는 듯 다시 귀엽고 발랄한 표정으로 돌아왔다. 채영이는 날 도와 물통을 교실에 가져다 놓고, 아무것도 묻지 않고 가버렸다. 나는 지금도 채영이의 행동이 이해가 안 간다. 왜 나를 위해 미화의 눈 밖에 날 수도 있는 일을 했을까.

그래도 미화는 졸업할 때까지 살아남을 줄 알았다. 미화만은 그럴 줄 알았다. 그건 그 아이가 예쁘고 자기 관리를 잘했기 때문만은 아니다. 학교는 평균 한 달에 한 번 제물을 요구했지만 관리가 잘되면 그보다 덜 요구하기도 한다. 미화가 취임한 후로 학교는 조금씩 제물을 요구하는 간격이 벌어졌다. 2학년에 오른 첫 조회 시간에 미화가 단상에 올라 다음 제물 선거는 두 달 후라고 했을 때는 모두 환호성을 질렀다. 나도 내 귀를 의심했다. 미화는 개교 이래 가장 긴 간격이라며, 모든 임원진이 힘쓰고, 학생 여러분이 잘 따라줘 가능했다고 말했다. 그건 거의 기록이었다. 본래 두 달이던 여름 방학도 세 달이 되었다. 미화는 이번에도 겸손을 가장해 학생들의 덕이라고 했지만 미화로 대표되는 임원의 성과라는 걸 누구도 부정하지 못했다. 방학까지는 한 달 반이 남았고 모두 설레며 기다렸다. 그때 이변이 터졌다.

대부분의 학교가 그러하듯이 우리 학교도 이성교제를 바람직하지 않게 여겼다. 어른들은 학생들이 무분별하게 만나다보면 자칫 아이가 생길 수 있고, 그렇게 태어나는 아이는 괴물이 된다고 말했다. 아기들이란 원래 괴물이지만 학생이 낳은 아기는 절대 인간이 되지 못한다고 했다. 어른들은 언제나 우리에게 그렇게 말했고 우린 그렇게 알고 있었다. 그런데 미화가 남자 친구를 사귀었다. 상대는 혁진이었다.

왜 혁진이였을까? 혁진이만 아니었다면 그렇게 큰 문제가 되진 않았을지도 모른다. 알게 모르게 서로 사귀는 애들은 분명히 있었다. 엄금하는 학교도 있다지만 우린 너무 거슬리게 굴지만 않으면 내버려두는 편이었다. 하지만 미화는 중학교에 입학한 이래 지금까지 한 번도 남자 친구를 만든 적이 없었다. 현명한 행동이었다. 만인의 연인이 되는 편이 살아남는 데 더 유리할 테니. 그런 미화가 혁진이를 사귀었다.

혁진은 늘 구석 자리에 조용히 앉아 있던 아이였다. 딱히 키가크지도, 공부를 잘하지도, 성격이 밝지도 않았다. 얼굴에는 여드름이 가득하고 커다란 뿔테 안경을 쓰고 있었다. 차라리 다른 아이였다면, 열규나 영인처럼 누가 봐도 미화와 어울리는 그런 아이였다면 다들 납득했을 것이다. 그랬다면 남자아이들의 자존심에 그렇게 큰 상처를 입히지는 않았을 것이다. 하다못해 알려지는 방식만이라도 달랐더라도 일이 그 정도까지 커지진 않았을지도 모른다.

나는 침대에 누워 멍하니 그때 일을 돌이켰다. 내 옆에 있는 침대는 비어 있다. 내 룸메이트였던 정희도 하위권에서 고만고만한 표를 받던 아이였다. 미화의 일은 너무 많은 희생을 불러왔다.

다른 때와 다름없는 아침이었다. 조회시간에 맞춰 필기구를 챙겨 교실에 갔다. 조회시간에는 보통 공부 열심히 하고 규칙을 잘지키라는 어른들의 잔소리, 바느질이나 요리, 가구 만드는 법 따위에 대한 강좌 비디오가 나왔다. 나는 평소처럼 공책을 펼치고 필기할 준비를 하며 오늘은 뭐가 나올지 기다렸다.

화질이 좋지 않아 잡음이 들린다 싶더니 갑자기 우리 학교 교실이 나왔다. 밤인지 어두컴컴했다. 얼마 지나지 않아 누군가 교실로 들어왔다. 어두워 남자아이라는 정도만 알 수 있었다. 나는 둘레를 살폈다. 이게 무슨 일인지 웅성거리는 아이들 틈에서 하얗게 질린 혁진이 들어왔다. 곧이어 한 명이 더 나타났다. 어깨에서 찰랑거리는 머리, 유독 가는 팔과 다리, 실루엣만으로도 누군지 알 수 있었다. 미화였다. 몇몇 아이들이 화면에서 혁진을 알아보았는지 혁진 주위가 시끄러워졌다. 화면 속에서 미화가 혁진의 옆에 앉았다. 둘은 다정하게 이야기를 나누었다. 갑작스레 달이 구름 뒤에 숨었다. 아이들은 약속이라도 한 듯이 어둠 속에서 일어날 일을 상상하며 숨을 죽였다. 나는 무얼 떠올려야 하는지도 모르면서 안 된다고, 절대 그러면 안 된다고 소리 없이 외쳤다. 영원히 멈춰 있는 것 같은 시간이 흐르고, 교실에 어슴푸레한 달빛이 비쳤다. 커튼이 바람에 살랑거렸다. 떨어진 듯 닿아 있는 두 얼굴이, 어깨가, 각기 책상 언저리를 단단히 쥔 손이 떨렸다. 한 번도 누군가와 입 맞추어본 적도 없고, 그런 모습을 본 적도 없지만, 두 사람 다 첫 입맞춤이라는 걸 알 수 있었다. 둘의 얼굴이 떨어지고 미화가 고개를 숙였다. 혁진도 눈을 어디다 둬야 할지 몰랐다. 미화가 먼저 일어나 도망치듯 교실을 떠났고, 혁진은 이 순간을 바로 보내기 싫은 듯, 한동안 앉아 있다가 마침내 일어났다.

화면이 끝났다. 혼자 간직했다면 가슴 떨리는 황홀한 순간이었을 텐데 공개된 순간 악몽으로 바뀌었다. 남자아이들이 책상과

걸상을 쓰러뜨리며 일어섰다. 열규가 제일 먼저 달려들어 혁진의 멱살을 잡았다. 여자아이들이 미화의 교실로 달려갔다. 몇몇은 누가 틀었는지 알아내고자 방송실로 향했다. 나는 꼼짝도 하지 못했다. 아이들 입에서 정효의 이름이 나오기까지는 오래 걸리지 않았다.

정효는 새로 발급받은 교과서를 잃어버렸다. 혜지를 의심했지만 증거가 없었다. 방송반이었던 정효는 교실에 다른 아이들 몰래 카메라를 달고 밤새 지켜봤다. 이 일은 바로 어젯밤에 있던 일이었다. 정효는 아침까지 기다렸다가 조회시간에 그 테이프를 틀었다.

실로 멍청한 짓이었다. 아무도 미화가 혁진과 사귄다는 사실을 몰랐다. 둘이 이야기를 나누는 모습을 본 사람도 없었다. 이 테이프를 가지고 미화와 거래했다면 졸업 때까지 그녀의 소중한 친구로 남아 목숨을 보전했을 것이다. 정효는 그러는 대신 그걸 전교생이 보게 만들었다.

다른 아이들은 모르지만 나는 정효가 왜 그런 짓을 했는지 짐작 가는 바가 있었다. 나는 언제나 기척을 죽이고 주위를 살피는 데 단련되었다. 지나치게 따가 되어서는 안 되었다. 따는 표적이 되기 쉽다. 나와 내 친구를 보호하기 가장 좋은 방법은 다른 사람을 제물로 삼는 거다. 그러니 적을 만들지도, 눈에 띄어 표적이 되지도 않게 적정한 거리를 유지하는 것, 언제나 대세가 무엇인지 파악하는 것, 아주 작은 움직임도 놓치지 않는 것, 그게 내 생존 방법이었다. 그래서 나는 정효가 혁진을 좋아한다는 걸 알고 있었다.

정효가 비디오를 튼 날은 선거 일주일 전이었다. 채영을 비롯해 몇몇이 나섰지만 어이없이 아이돌을 잃어 분노한 아이들을 설득할 방법도, 시간도 없었다. 아이들은 언제나 대세를 파악하는 본능이 있다. 지금까지 어떻게 해서든 미화 패거리에 껴보려던 아이들이 앞장서서 미화를 몰아쳤다. 얌전한 고양이 부뚜막에 먼저 올라간다고 말이다. 그런데 고양이는 도대체 뭘까? 부뚜막은?

선거 당일 미화는 예상대로 압도적인 표를 받으며 당선되었다. 나는 언젠가 날 돕는 척 자신의 착함을 과시하려다 실패한 미화가 지은 찰나의 표정을 놓치지 않았듯, 이번에도 미화의 얼굴에 스쳐간 작은 웃음을 또렷이 보았다. 미화는 자기 이름이 칠판에 뜬 순간 혁진을 보았고, 웃음 지었다. 그 웃음은 "네가 아니라서 다행이야."라고 말하고 있었다. 삽시간의 일이었다. 결과가 발표되는 순간 미화가 앉아 있던 자리가 꺼지고, 그 애는 그대로 용광로에 끌려들어 갔다.

선거 전에는 모두 교실에 있는 의자에 몸이 단단히 묶인다. 선거가 끝나면 점수가 가장 낮은 아이의 바닥이 열리고 아이는 그대로 용광로로 떨어져 학교를 움직이는 데 필요한 제물이 된다.

혁진의 비명 소리 외에 아무 소리도 들리지 않았다. 혁진은 몸이 풀리기 무섭게 미화가 있던 자리로 가서 손이 피투성이가 되도록 바닥을 쳤다. 하지만 바닥은 다시 열리지 않았다. 아이들은 혁진을 끌고 가 사방을 매트리스로 두른 방에 가두어야 했다.

아이들은 얼마 지나지 않아 미화의 빈자리가 얼마나 큰지 실감했다. 앞서 말했듯이 미화는 그냥 예쁘장한 아이가 아니었다. 누구보다 더 학교를 잘 운영해왔다. 미화가 사라지자 학교는 공황에 빠졌다. 모두 미화의 죽음을 책임질 희생양을 찾아 눈을 번득였다. 자기가 맡은 일을 제대로 하는 사람은 아무도 없었다. 학교는 엉망이 되어갔고 선거는 삽시간에 짧아졌다. 미화가 기껏 두 달로 간격을 늘려놓은 선거가 보름 뒤로 당겨졌다. 다음 제물은 정효였다. 정효는 울부짖었지만 아무 소용 없었다. 그 뒤로 아이들은 서로 미화를 죽이는 데 찬성하지 않았다고, 아무 이름이나 지목하며 그 애가 먼저 나서서 죽이자고 했다고 떠들고 다녔다. 나는 숨소리조차 내지 못하고 숨어 다녔다. 다음 타자는 열규였다. 그 애는 미화의 열렬한 추종자였고, 가장 유력한 남자 친구 후보였기에 누구보다 많이 상처받았다는 이유로 선두에 서서 미화를 공격했다. 막상 미화가 사라지자 밤마다 열규의 방에서 학교가 떠나가라 울부짖는 소리가 들렸다. 열규의 룸메이트는 불평했고, 아무도 그 애를 동정하지 않았다. 열규는 칠판에 이름이 뜨자 차라리 잘되었다는 듯, 미화가 죽은 이래 처음으로 평온한 얼굴을 하고 사라졌다.

열규에 이어 임원들이 공격받았다. 임원들은 미화와 가까웠으면서도 열성적으로 미화를 공격했다는 이유로, 아이들이 미화를 제물로 삼는 걸 말리지 못했다는 이유로 비난받았다. 임원 중 첫 타자는 영인이었다. 영인은 열규와 달랐다. 그 앤 최후까지 포기하지 않았다. 하지만 가장 둔한 애조차 다음 차례가 영인이라는 걸 알고 있었다. 차례차례 임원들이 당선되었다. 학교는 미쳐 돌아갔다. 부서진 곳은 부서진 채로, 막힌 화장실은 막힌 채로, 고장 난 수도는 고장 난 채로, 운동장에 있는 잡초는 무성해진 채로 있었고, 그럴수록 학교는 점점 더 많은 제물을 요구했다. 약속한 방학도 오지 않았다. 투표는 사흘이 멀다 하고 열렸다. 그렇게 세 달이 지났고, 영원히 오지 않을 것 같던 겨울방학이 시작되기 전 마지막 투표에서 내 룸메이트가 당선되었다. 한 번도 눈에 띌 정도의 플러스나 마이너스 표를 받은 적이 없는 아이였는데도…….

그 많은 선거에서 혁진은 살아남았다. 혁진은 일주일 후 풀려난 다음부터 남자아이들에게 괜히 시비를 걸고, 수업을 빠지고, 창문을 깼다. 혁진이 당선되려고 벌인 짓들 때문에 선거주기가 더 짧아졌다. 하지만 미화를 당선시킨 죄책감에 대한 보상이라도 하듯이 아무도 혁진은 건드리지 않았다.

마침내 방학이 왔다. 임원들 중 유일하게 살아남은 채영이 아이들을 독려했다. 새 학생회장이 필요했다. 거의 만장일치로 채영이 35대 학생회장이 되었다. 채영은 새로운 임원진을 꾸렸고, 아이들을 독려해 대청소를 하고, 부서진 곳을 고치고, 운동장을 청소하고, 페인트를 새로 칠했다.

목이 말라 잠에서 깼다. 물통을 들고 살그머니 밖으로 나갔다. 불 꺼진 복도 저편에서 혁진이 유령 같은 모습으로 나타나 날 의식하지 못하며 스쳐 지나갔다. 다리가 풀려 소리도 지르지 못하고 주저앉았다. 간신히 정신을 차려 빈 물통을 도로 들고 방으로 돌아갔다. 한숨도 자지 못하고, 오한이라도 든 양 이불을 뒤집어쓰고 밤새 떨었다.

날이 밝아서야 간밤에 무슨 일이 있었는지 알게 되었다. 혁진이 미화와 입 맞췄던 교실에서 목을 매달았다.

1

학교가 안정을 찾는 데는 긴 시간이 필요했다. 겨울방학은 짧게 끝났고, 학교는 여전히 2~3주마다 한 번씩 제물을 요구했다. 채영은 전교생을 강당에 집합시켰다. 꽉 차던 강당에 여유 있게 설 수 있었다. 우린 불안한 마음으로 채영의 말을 기다렸다.

채영은 이성교제를 금지하는 교칙은 없으니 미화든 누구든 서로 사귈 수 있고, 개인감정이니만큼 다른 친구들에게 비밀로 한 건 잘못이 아니라고 했다. 하지만 미화는 그냥 학생이 아니라 학생회장이었고, 따라서 학생회장에 걸맞은 모범을 보여야 했는데 그러지 못했으며, 누구보다 뛰어난 학생회장이었던 만큼 학생들의 기대가 커, 그 기대가 깨졌을 때 받은 충격과 상처는 작지 않았다고 말했다. 채영은 미화가 당선된 뒤에 일어난 일들도 마치 수업시간표를 알려주듯 차분한 목소리로, 왜 그 아이들이 당선될 수밖에 없었는지 통찰력 있는 분석을 넣어 정리해 나갔다. 나는 왜 당선되었는지 모른 아이들도, 그 순간 공격받은 이유가 있었다. 채영은 누구보다 정확하게 상황을 보고 있었다. 비로소 그 많은 임원진들이 용광로로 빨려 들어가는 중에 채영은 살아남은 이유를 알 것 같았다. 기존 임원진에 대한 신뢰가 바닥으로 떨어졌는데도 채영이 학생회장이 된 건 우연이 아니었다.

채영은 미화가 제물이 되고 그 후 학교를 혼란에 빠뜨린 폭풍 같은 선거를, 우리가 미쳐 날뛰느라 자기 일을 내팽개치고 희생양을 찾아 당선시킨 결과가 아니라, 홍수가 나 학교가 착륙할 곳을 찾지 못해 떠돌거나 우박이 쏟아져 창문이나 건물 일부가 파손되어 선거 기간이 짧아지는 것처럼 누구도 어쩔 수 없었던 자연재해처럼 말했다. 학생들은 열렬히 고개를 끄덕이며 동조했고, 심지어 몇몇은 자기는 너무 혼란스러웠던 터라 누구에게 투표했는지도 기억이 안 난다고 말했다. 나는 가까이 있던 다른 아이들이 맞장구치고 그 아이들 주위에 있던 또 다른 아이들이 자기도 그렇다고 소리 높여 외치며, 밀물에 모래성이 스러지고 썰물이 되면 아무 일도 없었던 것처럼 평평한 갯벌이 남듯 기억이 왜곡되어, 누구도 불편하게 하지 않는 지점을 찾아가는 광경을 똑똑히 보았다.

채영은 아이들이 조용해지길 기다렸다가 말했다.

"마지막으로, 혁진이가 자살했어."

죄책감을 벗어 던질 해결책을 찾았다며 들떴던 아이들이 한순간에 조용해졌다. 누구도 혁진에 대해서는 아무 말도 하지 않아왔다. 존재하지도 않았던 것처럼 넘기고 싶어 했다. 채영은 아이들의 반응을 예측하고 있었다. 그 앤 한 사람, 한 사람과 눈을 마주치기라도 하듯 운동장에 선 아이들을 한 바퀴 훑은 후 말했다.

"아무도 혁진이가 자살하길 바라지 않았어. 우린 그 앨 살리고 싫었어. 그 애 표는 늘 적었잖아."

안도한 아이들은 금세 달아올라 너도나도 혁진을 살리려 했다고 목소리를 높였다. 그 와중에 누군가 살벌하게 물었다.

"그럼 혁진이를 찍었던 건 누구야?"

긴장감이 감돌았다. 채영이 가볍게 단상을 치며 자기에게 집중해달라 말했다. 그 앤 침착하고 믿음직스럽게 더는 이미 지나간 일에 연연하지 말자고, 서로를 믿으며, 덧없는 비방은 그만두자 말했다. 그리고 학교에 새로운 활력을 불어넣기 위해 다른 학교와 교류를 결정했다고 했다. 오늘 들은 이야기의 절정이었다. 학생은 줄었고, 선거 기간은 짧아졌다. 모두 언제 제물이 될까 겁에 질려 있었다. 아이들은 박수를 치며 열광적으로 환영했다. 학생이 늘어나면 당선 확률이 떨어졌다.

채영은 이미 가까이 있는 선예여중고와 연락을 마쳤다고 이야기했다. 선예여중고는 취직을 시켜주겠다며 찾아왔던 회사에서 부려먹기만 하고 달아나, 졸업을 했는데도 갈 곳이 없어 남아 있는 졸업생들로 학교가 미어터져 2인 1실인 기숙사 방을 세 명씩 쓴다고 했다.

조회가 끝났다. 아이들은 친한 아이들과 삼삼오오 짝을 이루어 교실로 들어갔다. 어느새 학교는 여자아이들이 까르르 웃는 높은 소리, 남자아이들이 서로 욕설을 섞어 밀치며 장난치는 소리로 채워졌다. 나는 아이들을 따라가지 못했다. 운동장 곳곳이 갈라져 끝이 보이지 않는 균열이 생긴 것만 같았다. 다른 아이들은 한 발로 가볍게 넘을 넓이밖에 되지 않는데, 내 앞에 있는 균열은 절대 건널 수 없을 만큼 벌어진 양 꼼짝도 할 수 없었다.

나는 늘 내가 다른 아이들과 다르다는 걸 알고 있었다. 때문에 언제나 다른 아이들이 날 찾아내 당선시킬까봐 숨 죽여 살았다. 전보다 더 납작 엎드려 숨어 다녀야 했다. 절대 저 아이들에게 발각되어선 안 되었다. 나는 수업 시간을 알리는 종이 울릴 때까지 텅 빈 운동장에 홀로 서 있었다.

우린 채영의 지시에 따라 학교를 새로 단장했다. 아무도 채영의 말에 토 달지 않았다. 채영은 우리의 죄책감을 날려주었고, 당선 확률을 줄일 해결책을 찾았다. 나는 티나지 않게 채영을 살폈다. 채영은 임원 중 존재감이 약했던 아이였다. 발톱을 감추고 있던 걸까, 아니면 위기가 닥치자 어떻게든 해결책을 찾아낸 걸까. 원래 냉철하고 똑똑한 아이였는데, 미화 때문에 빛을 보지 못했던 걸까. 아니면 일부러 미화 뒤에 숨어 있던 걸까. 혹 기회라 여기고 미화를 당선시키는 데 일조했나. 나는 마지막 생각은 지웠다. 그 와중에 무언가를 계산하는 건 불가능했다. 어설프게 머리를 쓰려던 애들은 다 당선되었다.

우린 미화를 잃으며 큰 고비를 넘긴 데다, 2년 만에 총학생회장이 바뀌었다. 고등학교에 올라와 미화 말고 다른 학생회장은 겪어보지 못했지만 학생회장에 따라 학교 분위기가 바뀌리라는 건 자명했다. 채영이 진짜 어떤 애인지에 내 생존이 걸려 있었다. 채영의 속내를 서둘러 파악해야 했다.

미화부원들은 교실 뒤에 있는 오래된 그림을 뜯고, 새 그림을 그려 붙였다. 청소부원들은 온갖 곳을 쓸고 닦았다. 체육부원들은 친선시합을 위해 연습을 시작했고, 응원부원들은 응원 연습을, 나처럼 원예부는 잡초를 뽑고 운동장에 있는 돌을 골랐다.

"선배, 이것들 좀 버리고 와주세요."

"으, 응."

나는 3학년이지만 2학년들이 하는 말에 따르는 편이었다. 골라낸 돌을 넣은 바구니를 들고 조심스레 학교 밖으로 나갔다. 학교 밖은 두려운 곳이었고, 그래서 모두 밖에 나가는 일은 최대한 다른 사람에게 미뤘다.

학교 밖은 숲이었다. 숲에는 사나운 야수와 사람이 되지 못한 괴물 아기들과 학교에서 쫓겨난 퇴학생들과 제물이 될 것 같자 도망간 자퇴생들이 살고 있다. 어른들이 모두 말해줬다. 숲은 위험하다. 숲에 가면 야수에게 살해당하거나, 야수처럼 되어버린 자퇴생과 퇴학생들에게 폭행을 당한다. 아니면 괴물 아기들에게 잡아먹힐 수도 있다.

학교 문 앞에 버리면 입구가 지저분해져서 바구니를 들고 숲으로 조금 들어갔다. 앞에서 바스락거리는 인기척이 났다. 나는 숨을 들이마셨다. 다른 학교 아이들이었다. 교복은 색깔이나 무늬, 디자인이 아무리 달라도 한눈에 알아볼 수 있다. 그 아이들도 바구니를 들고 있었는데 안에는 숲에서 채집한 듯한 과일이 들어 있었다. 어른들은 언제나 숲에서 딴 과일은 바로 먹으면 안 된다고, 독이 있다고 말해왔다. 그런데 저 아이들은 과일을 따 가고 있었다. 아이들은 나와 눈이 마주치자 화급히 달아났다. 나도 바구니를 비우고 허둥지둥 학교로 돌아갔다. 1, 2학년 아이들이 내가 밖으로 나르도록 잔돌과 잡초를 한쪽에 쌓아놓았다. 나는 자갈과 잡초를 바구니에 담아 아까와는 다른 길로 가서 버렸다.

선예여중고와 우리 학교가 만나는 날이 왔다. 우린 중간 지점을 정했다. 좌표를 입력하자 학교는 우리를 약속한 장소로 데려가주었다. 학교가 이동하는 동안에는 교실 창문을 모두 닫고 커튼을 쳐야 한다. 누구라도 밖을 내다보다간 학교가 추락할 염려가 있다. 몇몇 아이들은 멀미를 해서 양호실에 가서 누웠다.

학교가 땅에 닿는 가벼운 진동이 왔다. 우린 채영을 따라 미리 연습한 대열을 맞춰 밖으로 나갔다. 선예여중고 학생들도 우리에게 오고 있었다.

여중고라는 말을 미리 들었는데도 여자들로만 가득한 무리를 보자 괜히 움츠러들었다. 여자애들보다 남자애들이 더 그런 듯 잔뜩 주눅이 들었다. 채영이 앞으로 나가 선예여중고 학생회장에게 손을 내밀었다.

"반가워. 나는 신채영이야."

"나도 반가워. 유신혜야."

선예여중고 학생회장이 자신만만하게 웃으며 손을 잡았다. 이윽고 양쪽 학교의 교가가 한 번씩 울려 퍼지고 친선 배구시합이 뒤를 이었다. 형식적인 환영회가 모두 끝나자 두 학교는 각기 선거 방식을 교환했다. 먼저 채영이가 우리 방식을 설명했다. 나는 팔짱을 끼고 이야기를 듣는 신혜의 표정이 도통 마음에 들지 않았다. 나중에 알았는데 그건 그 아이의 전략이었다. 그 앤 항상 다른 사람을 내려다보는 듯한 거만한 웃음을 띠고 있었다.

선예여중고 방식은 토론이었다. 학생들은 왜 선거에 당선되면 안 되는지, 상대는 왜 당선되어야 하는지 한 달간 개별적으로 토론을 한다. 이기면 1점, 무승부는 0점, 패하면 -1점이다. 토론을 한 번도 하지 않거나 무승부만 있을 경우에는 무조건 -20점이다. 합산한 점수가 가장 낮은 사람이 당선된다. 채영이 우리 학교 학생들은 이해하지 못하는 걸 물었다.

"토론에 이기고 졌는지를 어떻게 알지?"

신혜는 자신만만하게 웃었다.

"해보면 알아."

선예여중고 애들 중 토론에는 자신 없으면서 얼굴이 예쁜 아이들은 우리 학교 규칙을 마음에 들어 했다. 적당히 인기관리만 하면 된다고 여기는 듯했다. 그 애들은 미화가 어떤 일을 겪었는지 모른다. 우리는 암묵적으로 그 일을 이야기하지 않고 넘기려 했다. 하지만 신혜가 채영에게 그 일을 물었다.

"그런데 왜 갑자기 학생 수가 준 거야?"

"전 학생회장이 연애에 빠져 업무에 소홀했거든."

채영이 차분하게 대답했다. 미리 준비해뒀던 게 분명했다. 우린 새삼 죄책감을 느꼈다. 하지만 다른 방법이 없었다. 어떻게 해서든 새 학생을 받아야 했다. 죽은 자에게 모든 책임을 씌우는 건 가장 편리한 방법이었다.

"다른 임원들은 그동안 뭘 했는데?"

"학생회장을 제대로 보필하지 못한 책임을 졌어."

"그렇다고 새 임원을 뽑지도 않은 상태에서 무작정 당선시켰단 말이야? 현명한 학생이라면 그런 짓은 하지 않아."

"현명한 학생은 회사의 감언이설에 속아 넘어가지도 않지."

채영이 차분하게 받아쳤다. 신혜가 씩 웃었다.

"제법인데?"

신혜는 그쯤에서 더 이상 다그치지 않고 물러났다. 우린 이주 일간 서로의 체제를 체험하기로 했다. 처음 일주일은 우리 방식에 따랐다. 일주일이 지나 한 명이 당선되었지만, 진짜가 아닌지라 아무도 용광로로 내려가지 않았다. 다음 일주일은 그 애들 방식을 적용했다. 나를 포함한 우리 학교 학생들은 비로소 토론에 이긴다는 게 무슨 뜻인지 알게 되었다. 그건 상대방의 말문을 막히게 하는 걸 의미했다. 나는 조심스레 토론을 관찰했고, 아무도 날 부르지 않기를 바라며 피해 다녔다. 쉬운 일이 아니었다. 선예 여중고 아이들은 나처럼 숫기 없고 어눌한 아이를 찾아내는 데 능숙했다. 그중에서도 하필 신혜가 나를 불러 세웠다.

"애, 나랑 얘기 좀 해."

등줄기에 소름이 돋았다. 신혜는 단련된 애였다. 하루에 적게는 네댓 번, 많게는 열 번씩 만만한 애들을 상대로 쉼없이 강함을 과시했다. 그 애에게 지목받은 순간 아이들의 시선이 몰렸다. 특히 우리 학교 애들은 구경꾼들 앞에서 말하는 데 익숙하지 않았다. 수많은 아이들이 지켜보는 상황에서 안 그래도 드센 신혜와 눈이 마주치면 기가 죽고 승패는 그 순간 정해졌다. 아무도 그 애를 이기지 못했다. 누구도 그 애와 토론하고 싶지 않았다. 하지만 규칙은 규칙이었다. 누구든 토론을 청하면 해야 했다. 물러설 방법이 없었다. 두 가지 교복을 입은 아이들이 이번엔 신혜가 어떤 식으로 이야기를 끌고 나갈지 궁금해 우리를 에워쌌다.

"너 이름이 뭐니?"

"난 유혜경이야."

"좋아, 혜경아, 넌 이 학교에서 무슨 일을 하지?"

"원예부야."

"원예부는 뭐하는 곳인데?"

"우, 운동장을 가꿔. 나무와 꽃에 물을 주지. 운동장에 있는 흙을 고, 골라내기도 해."

"흙을 골라내?"

신혜가 비웃으며 물었다. 나는 얼굴이 빨개졌다.

"돌을 골라내."

"아깐 흙이라며?"

신혜가 빈정거렸다.

"말이 헛나왔을 뿐이야!"

나는 헛되게 항의했다.

"운동장이 엉망이던데? 넌 네 일을 잘 못하는 모양이지?"

"그렇지 않아. 나는 늘 최선을 다해 열심히 일하고 있어."

말을 더듬으면 안 돼. 나는 이를 악물었다.

"난 네가 게으르냐고 묻지 않았어. 잘 못한다고 했지."

얼굴이 화끈거렸다.

"원예부는 나 혼자가 아니야!"

216

"그럼 운동장이 엉망인 건 누구 책임이야?"

함정에 걸렸다. 다른 사람 이름을 댈 순 없었다. 그건 적을 만드는 행위다.

"누구 책임이라는 게 아니라……."

이마에서 땀이 흘러 눈으로 들어갔다. 손등으로 땀을 닦았지만 아무 소용이 없었다. 손도 땀에 젖어 흥건했다.

"선거가 많았어, 학생 수가 줄었다고."

어떻게 해도 구차한 변명으로밖에 들리지 않았다. 이건 실전이 아니야, 연습일 뿐이야. 나는 속으로 뇌까렸다. 하지만 이 일로 인해 나는 다른 아이들에게 만만한 밥으로 비치게 될 것이다. 앞으로 이어질 일을 생각하니 끔찍했다. 누구라도 날 붙들고 토론하면 1점을 얻으리라는 걸 알게 될 것이다.

"그래도 다른 곳들은 꽤 괜찮던데, 운동장이 제일 엉망이었어. 원예부에서 당선자가 제일 많이 나온 거니?"

나는 마른침을 삼켰다.

"왜 대답을 못해?"

신혜가 본격적으로 다그치기 시작했다.

"그, 그렇진 않아."

"그럼 넌 네 일을 제대로 못한다는 거네. 자기 일을 제대로 못하는 사람이 살아남고, 자기 일을 잘하는 사람들이 당선되는 거, 비합리적이지 않니?"

"그렇지 않아!"

나도 모르게 목소리가 높아졌다. 위축되면 안 돼, 위축되면 안 돼. 나는 속으로 끝없이 읊조렸다.

"뭐가 그렇지 않다는 거야?"

신혜가 유들유들하게 물었다.

"비…… 합리적이라는 거. 우리 학교 학생들을 전부 바보로 만들지 마. 내가 살아남았다는 건 내 능력을 인정했다는 의미야."

"그런 거야?"

신혜는 주위를 둘러보았다. 당장이라도 주저앉고 싶을 만큼 무릎이 덜덜 떨렸다. 모두 내가 끔찍하게 떠는 꼴을 보고 있었다. 긴장하지 마, 긴장하면 안 돼. 할 수 있어, 이러면 안 돼. 아무리 되뇌어도 소용없었다.

"너네 학교 투표에서 제일 중요한 건 인기 같더라. 네가 지금까지 살아남았다는 건 인기관리를 잘했다는 의미일 거야. 쥐새끼처럼 아무 눈에도 띄지 않도록 숨어 다니는 것도 인기관리라면 말이지. 넌 네 일을 잘하지도 못할걸? 왜냐, 일을 너무 잘하면 눈에 띄니까. 다른 애들을 위해 열심히 봉사한 애들이 당선되는 중에 일부러 적당히 해서 살아남았다는 게 부끄럽지도 않니?"

"나, 나, 대충 한 적 없어."

정곡을 찔렸다. 나는 신혜의 눈을 피해 고개를 떨어뜨렸다.

"정말이니?"

신혜는 내 얼굴로 고개를 쑥 들이밀어 밑에서 날 올려다보았다. 팔짱을 끼고 다리를 벌리고 일부러 내 얼굴에 자기 얼굴을 가까이 하는 몸짓에서 나에 대한 경멸과 비웃음이 묻어났다.

"너 우리 학교랑 교류하려고 학교 단장할 때 무슨 일 했어?"

"운동장을 가꿨어."

신혜는 기다렸다는 듯 웃어젖혔다.

"운동장을 가꿔? 돌을 내다 버렸겠지."

가슴이 내려앉았다. 신혜가 그 일을 어떻게 알지? 누가 뭐라고 이야기한 거지?

"누, 누군가는 내, 내다 버려야 했어!"

나는 있는 힘을 다해 대답했다.

"그래, 누, 누군가는 해, 해야 할 일이었겠지."

신혜는 내 말투를 따라해 일부러 더듬으며 말했다.

"넌 아무도 그 일을 맡으려 들지 않아 네가 자진해서 나섰다고 말하고 싶지? 그렇게 믿고 싶지? 하지만 틀렸어. 원예부원 중 누구도 너랑 같이 일하고 싶지 않아 네가 그 일을 맡은 거야. 지금까지 선거에서 네가 받은 표를 봤어. 넌 플러스 표는 언제나 꼬박꼬박 있었지. 근데 1 이상 나온 적이 없어. 그거 다 네가 널 찍은 거야. 그렇지?"

계획적이었다. 이 앤 처음부터 자기 능력을 과시할 사람으로 날 꼽아놓고 있었다. 도대체 언제부터? 작정하고 함정을 파 포위망을 좁혀오는 하이에나를 피해 달아날 곳이 없었다. 점점 더 많은 아이들이 다가와 신혜가 날 몰아붙이는 광경을 구경했다.

"너 친구 없지? 너랑 같이 일하는 사람, 네가 위험한 밖에 나갈 때 손잡고 같이 나가는 사람 없지? 너 그거 아니? 너네 학교 학생 대다수는 네가 누군지도 모르더라. 너랑 같은 학년, 아니 같은 반에도 네 이름을 모르는 애들이 많더라고. 이 학교에서 네가 쓸모 있다고 생각하는 사람, 쓸모는 없어도 내 친구니까 지켜야겠다거나 선거에 당선되지 않도록 도와야겠다거나 네가 자기가 당선되지 않도록 도우리라 믿는 사람은 아무도 없었어. 아무도 널 사랑하지 않아. 너에게 손톱만큼이라도 관심 있는 사람은 단 한 명도 없어. 자, 이제 말해봐. 왜 네가 선거에 당선되면 안 되는 거니? 좀 더 쓸모 있고, 그 아이가 죽으면 상처받을 친구들이 있는 다른 사람들을 놔두고 왜 네가 계속 살아남아야 하니?"

머릿속에 벌 떼가 몰려와 집을 짓는 것 같았다. 폭풍우가 몰아치는 배 위에 있기라도 한 것처럼 몸이 흔들리고 속이 울렁거렸다. 며칠 동안 먹은 걸 모두 게워낼 것만 같았다. 나는 나한테 있다고는 결코 상상해본 적 없는 힘을 쥐어짜 외쳤다.

"그게 어쨌다는 건데? 날 사랑하는 사람이 아무도 없다는 게 내가 죽어야 하는 이유가 되는 건 아니잖아. 그 둘은 아무 상관 없는 거잖아. 난 살 거야. 내가 살고 싶으니까!"

갑자기 고지대로 올라간 것처럼 귀가 먹먹했다. 신혜는 분명 똑바로 서 있을 텐데 내 눈에는 그 애가 춤이라도 추는 양 흔들렸다. 신혜는 그만하면 내가 포기하고 쓰러질 줄 알았던지 순간 대답을 생각해내지 못했다. 침묵이 길었다.

"너, 제법이구나."

신혜는 가벼운 웃음을 흘리더니 자리를 떠났다. 그 애가 사라지고 날 에워싼 애들이 하나둘 흥미를 잃고 사라지고도 한참 지나서야 내가 이겼다는 걸 알았다.

실로 어리석은 짓이었다.

제정신이 돌아온 후 자책하고 또 자책했다. 신혜는 대범한 척 웃으며 갔지만, 불패의 신화를 가진 그 애에게 한 방 먹인 날 잊지 않을 것이다. 반드시 보복한다. 졸업이 멀지 않았는데 어쩌자고 이런 짓을 저지른 거지? 이제껏 어떻게 살아남았는데…….

하지만 다른 도리가 없었다. 그 앤 내 밑바닥에 숨겨진, 그게 무너지면 살아갈 방법이 없는 내 최후의 보루를 건드렸다. 그때 맞서지 않았다면 거기서 무너졌을 거다. 그럼 내 삶은 끝이었다.

하지만 지금 그런 위안이 다 무슨 소용인가. 난 앞으로 어떻게 되는 걸까. 나는 초조하게 기다렸다. 하지만 그 주가 지나도록 아무도 날 건드리지 않았다. 그게 더 불안했다. 신혜는 무슨 일을 꾸미는 걸까. 왜 아무도 토론을 신청하지 않지? 내가 지나갈 때마다 아이들은 묘한 눈으로 날 힐끔거렸다. 분명 무슨 일이 벌어지고 있는데 생애 처음으로 뭐가 어떻게 돌아가는지 알지 못했다.

저녁 시간이 되어 식당에 갔다. 오늘 저녁은 빵과 수프, 푸석푸석한 돈가스였다. 입맛이 없지만 약하게 보이지 않으려면 평소처럼 먹어야 했다. 빵을 먹는데 입에서 이물질이 씹혔다. 최대한 태연하게 휴지로 입을 닦는 척 뱉어냈다. 분명 날 지켜보는 애들이 있었다. 아무 일도 없는 양 마저 먹은 다음 휴지를 손바닥에 감춰 화장실로 갔다. 손에 땀이 차 흐물흐물해져 있었다. 젖은 휴지를 조심스레 펼치고 안에 있던 종이를 꺼냈다. 종이에 쓰인 글씨도 땀에 번졌지만 그래도 읽을 수는 있었다.

오늘 밤 2시에 3학년 1반 교실로 와.

한 줄로 끝이었고, 보낸 사람 이름은 없었다. 나는 겁에 질려 눈을 굴렸다. 사방이 막힌 좁은 화장실에서 폐쇄공포증이 일 것 같았다. 문밖에서 날 기다리고 있는 건 아니겠지? 두세 아이들이 들어와 소변을 보며 수다를 떨다 나갔다.

제일 먼저 떠오른 이름은 당연히 유신혜였다. 나는 곧바로 머리를 저었다. 신혜는 공개적으로 망신을 당한 만큼 똑같이 갚아 주고 싶을 것이다. 몰래 불러내는 건 신혜 방식이 아니었다. 그럼 원예부 애들일까? 원예부 애들을 생각한 건 내가 "응." "그래."라고 대답하는 따위도 대화라고 할 수 있다면, 대화를 나누는 유일한 애들이기 때문이었다. 나는 곧 이 가능성도 버렸다. 아무리 내가 동네방네 약자가 되었다는 소문이 다 퍼졌다 해도 이렇게 복잡하게 날 불러낼 이유도, 불러내 얻을 것도 없었다. 더 이상은 짐작 가는 사람이 없었다. 난 아이들과 가까이 지내지 않는 만큼, 미움받을 일도 하지 않아왔다.

나가야 할까, 나가지 말아야 할까. 안 나가면 더 큰일을 당하는 걸까? 그냥 누가 장난친 걸까? 나한테 보내려던 건 맞나? 다른 아이들 빵에도 다 같은 게 들어 있었던 건 아닐까?

시간은 한없이 느리게 흘렀다. 도대체 누가 나한테 그런 쪽지를 보냈는지 고민하며 하루 일과를 마치고 침대에 누웠다. 새 룸메이트는 친구 방에서 수다를 떨다가 11시 무렵에 들어와 잠이 들었다. 죽어도 가지 않는 것 같던 시간이 급속도로 흘러갔다. 순식간에 1시가 되더니 1시 반을 알리는 괘종 소리가 울렸다. 1시 50분, 나는 마음을 굳히고 발끝으로 살금살금 나갔다. 교실에서는 절대 상상하지 못했던 사람이 기다렸다. 채영이였다.

"어서 와. 안 올까봐 걱정했어."

채영이가 작은 목소리로 말했다. 나도 모르게 주위를 살폈다. 다른 애들은 없었다. 카메라 같은 것도 보이지 않았다.

"걱정하지 마. 아무것도 없어. 이미 확인했어."

채영의 몸짓에 싸한 아픔이 묻어났다. 나는 채영이가 선예와 교류한다고 발표하던 날, 이 애의 말과 행동이 진심인지 가식인지 확신을 갖지 못했다. 지금도 마찬가지였다. 슬픈 척 연기하는 걸까? 날 앞에 두고 연기까지 할 이유가 있을까? 내가 뭐라고……. 무엇보다 날 왜, 이렇게 몰래 부른 걸까?

"이리 가까이 와."

그 애는 책상에 걸터앉아 있다가 옆자리를 손으로 가리켰다. 조심스레 다가가 엉덩이를 갖다 댔다.

"무슨 일이야?"

채영이는 어떻게 말을 꺼내야 하나 고민하다 입을 열었다.

"알지? 사흘 후면 전학 가고 올 학생들이 정해지고 교류가 끝나는 거."

나는 안다고 고개를 끄덕였다.

"선예에서는 예순 명을 보내기로 했어. 우리도 열다섯은 보내야 해. 최대한 조금 보내려고 해봤지만, 그쪽이 아무리 학생 수가 넘친다고 해도 그 이상은 양보 못하겠다고 하더라고."

나는 듣고 있다고 고개를 끄덕였다. 여전히 왜 나한테 이런 이야기를 하는지 알 수 없었다.

"근데 우리 학교에서 선예로 가려는 애들이 많지 않아. 너도 봤다시피 그 애들은 뭐랄까…… 드세잖아."

채영이가 조심스레 단어를 골랐다. 나도 동의한다는 의미로 고개를 끄덕였다.

"하지만 열다섯은 맞춰야 하고……."

채영이는 말을 멈췄다. 긴 침묵이 이어졌다. 비로소 나를 왜 불렀는지 감이 왔다.

"나, 나보고 가, 가라는 거야?"

흥분하자 말이 제대로 나오지 않았다. 교실에 들어와 마주했을 때 이 애가 진솔한 모습을 보인다고 여겼고, 나도 모르게 무언가 기대하는 마음이 생겼었다. 나는 나 자신과 채영이에게 짙은 혐오를 느꼈다. 나는 뭘 기대했는가? 넌 이 밤중에 어렵게 날 불러 한다는 소리가 선예에 가란 말인가? 날 넘기는 대가로 뭘 받았을까? 채영이가 내 손을 잡았다. 나는 뿌리쳤다. 거칠게 움직이는 바람에 책상 하나가 쓰러질 뻔했다. 채영이는 책상을 잡고 소리 나지 않도록 살살 바로 세웠다.

"아니야! 그럴 거면 굳이 이 밤중에 널 빈 교실로 불렀겠니?"

그 애가 속삭이며 항변했다. 맞는 말이었다. 마음만 먹는다면 내 의견과 상관없이 얼마든지 보낼 수 있었다. 나는 반신반의하며 물었다.

"그, 그럼 날 왜 불렀어?"

채영이는 차분하게 말했다.

"가려는 애들이 많지 않아서 투표로 결정하게 될 것 같아. 그런데…… 신혜가 널 노리고 있어. 그 애가 우리 학교 학생들을 설득하고 있어. 투표할 때 널 넘기라고."

심장이 멎는 것만 같았다. 그렇구나. 그거였구나.

"이런 이야기 미리 하면 안 되는 거 알지? 비밀을 발설했다는 이유로 날 물고 넘어지진 못할 거야. 난 그런 적 없다고 부정할 테니까."

그렇게 말하는 채영의 말투 어디에서도 날 협박하려는 기색은 보이지 않았다. 그 애는 그저 사실을 기술했을 뿐이다. 그 애의 눈은 슬퍼 보였다. 그 앤 날 도와줄 이가 아무도 없다는 것에 대한 싸구려 동정심으로 내게 이런 말을 하는 게 아니었다. 신혜는 벼르고 있다. 두 번째 토론에서는 절대 이기지 못할 것이다. 신혜 패거리는 모두 날 공격할 것이다. 난 제물이 될 것이다. 채영이는 학생회장으로서 자기 학교 학생을 보호하고자 내게 미리 알려준 것이다. 내가 되든 안 되든 해보자는 태도로 채영이가 미리 나한테 정보를 줬다고, 학생회장 자격이 없다고 물귀신 작전으로 물고 늘어질 수도 있다는 것조차 각오하고 말이다. 동시에 채영은 이 이상 내게 해줄 수 있는 게 없다는 사실에 아파했다. 그 앤 나 하나만이 아니라 이 학교를 이끌고 있었다. 계속 이렇게 적은 수로 학교를 운영할 수는 없었다. 누군가는 선예로 가야했다.

어떻게 방으로 돌아왔는지 기억하지 못했다. 아주 나중에야 그 애에게 고맙다는 말을 하지 못했다는 생각이 났다. 내게 미리 알려준 일을 말하는 게 아니다. 설사 그 애가 말하지 않았더라도 나도 결국은 알아챘을 것이다. 그게 아니라 더 오래전 내가 눈에 띄지 않으려 숨죽여 살던 그때, 미화에게 날 보호하고자 물통을 같이 들어준 일을 고맙다고 말해야 했다. 그날이 말할 수 있는 유일한 날이었는데…….

다음 날 학교 게시판에 모레까지 자원자 열다섯 명이 차지 않으면 사흘 후 선거를 통해 전학 갈 학생을 선출한다는 벽보가 붙었다. 이틀이 지나 선예로 갈 자원자는 총 여섯 명인지라 모자라는 아홉 명은 내일 투표를 통해 선출한다는 안내가 나왔다. 둘레에 선 아이들이 날 힐끔거렸다. 아홉 명 중 한 명은 분명히 나였다. 그날 밤 가방에 여벌 블라우스와 양말, 속옷, 수건, 세면도구와 먹지 않고 감춰둔 빵과 우유를 넣어 학교를 나왔다.

자퇴생이 되는 건 조금도 어렵지 않았다. 막는 사람은 아무도 없었다. 나는 한밤중에 정문을 나와 숲으로 들어갔다.

3

어른들은 숲에 들어가서는 안 된다고 누구이 말했다. 숲에는 사람을 재미 삼아 찢어 죽이는 야수가 산다. 학교에 적응하지 못하고 나온 퇴학생과 자퇴생들이 숨어 있다. 그 아이들은 멀쩡한 아이들을 타락시킨다. 그 외에도 자퇴생과 퇴학생이 낳은 인간이 되지 못할 아기들이 어린 학생들을 잡아먹으려 노린다. 그러니 숲에 가면 안 된다. 학교에서 무사히 살아남아 졸업하고 어른이 되어야 한다. 회사에 취직하면 제물이 될 염려 없이 살 수 있다. 그러려면 누구보다 성실한 학생이 되어야 한다.

단 한 번도 내가 자퇴생이 되리라고는 생각하지 못했다. 살아남아 학교를 졸업해 좋은 회사에 들어가 착실한 남자를 만나 사람으로 자랄 아기를 낳아 키울 줄 알았다. 좋은 회사, 착실한 남자란 뭔지 너무 막연해 어떤 회사고 어떤 사람을 말하는지 알기 어려웠지만 정말 그렇게 살리라 믿었다. 그런데 졸업을 겨우 몇 달 앞두고 정처없이 숲을 헤매고 있었다.

나는 숲에 들어가본 적이 없었다. 낮에 언저리만 겨우 봤을 뿐이다. 밤의 숲은 낮의 숲과는 판이하게 달랐다. 뒤에서 무언가 쫓아와 당장이라도 머리채를 움켜잡을 것만 같았다. 자꾸 뒤를 돌아보다가 돌부리에 걸려 넘어져 비명을 지르곤 내가 지르는 소리에 지레 놀라 입을 틀어막았다. 발목을 삐고 무릎이 까졌지만 신음 소리에 뭐든 달려들까 겁에 질려 그 자리에 가만히 있을 수가 없었다. 나무는 모두 사람 얼굴을 하고 있었다. 낙엽이 머리에 떨어지는 것에 놀라 비명을 지르고, 내가 지른 소리와 소리가 사라진 후의 정적에 또 놀랐다. 어느새 눈물이 뺨을 타고 흘렀다. 나는 두 손으로 눈을 닦고 어딘지 모를 곳에서 목적지도 없이 걷고 걷고 또 걸었다. 다리가 아팠지만 무서워서 쉴 수가 없었다. 어디로 가고 있는지, 어디로 가야 하는지도 몰랐다. 나는 한 번도 남에게 마이너스 표를 던진 적이 없었다. 그런데 내가 왜 여기서 이러고 있어야 하는 거지? 다르게 살 수도 있었을까? 친구를 만들고, 적당히 남을 음해하기도 하면서 말이다. 키가 좀 더 컸더라면, 얼굴이 갸름했더라면, 머릿결이 고왔더라면, 눈이 컸더라면, 목소리가 예뻤더라면, 흥분하면 말을 더듬지 않고, 우는 모습이 곱고 애처로웠더라면, 그럼 나도 다른 사람들과 어울려 살 수 있었을까?

걷다가 깜빡 졸아 나무에 부딪혀 야수를 만난 줄 알고 제풀에 놀라 또 소리를 질렀다. 주저앉아 한참을 흐느꼈다. 갑자기 목덜미가 서늘해졌다. 나는 절룩거리며 뛰었다. 그냥 바람이었나보다. 아니, 모르겠다. 나는 도망쳤다.

마침내 온통 시꺼먼 어둠뿐이던 숲이 퍼렇게 밝아오기 시작했다. 나무는 이제 나무일 뿐, 사람으로 보이지 않았다. 잠깐만 쉬려고 나무에 기댔다가 시커먼 개미들이 달라붙는 바람에 또 악 소리를 지르며 정신없이 털어냈다. 몸이 무겁고 어지러웠다. 안전하게 쉴 곳을 찾아 무작정 걸었다. 물소리가 들렸다. 소리 나는 곳으로 가니 개울이 나왔다. 정신없이 물을 들이켜고 세수도 했다. 그리고 개울가 바위에서 잠이 들었다.

더워서 깼다. 햇볕에 그을려 얼굴이며 팔이 따끔따끔했다. 개울도 달아올라 미지근했다. 그나마 물이 있는 게 어디랴 위안하며 얼굴과 팔을 씻었다. 배가 고파 유일한 식량인 빵과 우유를 꺼내 먹었다. 허기가 가시니 걱정이 밀려왔다. 이젠 어떡하나. 일단 빈 우유병을 씻고 물을 채웠다. 그러다 이상한 기분이 들어 고개를 드니 웬 아이 하나가 날 지켜보고 있었다. 너무 놀라 순간 오줌을 지릴 뻔했다. 자퇴생이다. 퇴학생이든가. 구겨진 재킷과 소매나 치맛단을 걷어 올린 모양새에서 어딘지 모를 위화감이 느껴졌다. 나는 뒷걸음쳐 도망쳤다. 자퇴생과 퇴학생은 위험하다. 그 아이들은 착한 학생들을 꼬드겨 타락하게 한다. 그런데 타락한다는 건 뭐지? 그리고 나도 자퇴생이 아닌가?

그렇다. 나도 자퇴생이다. 말을 걸어볼 걸 그랬나? 둘이면 밤이 와도 덜 무섭지 않았을까? 그 애는 왜 학교를 나왔을까?

아니다, 말을 걸지 않은 게 잘한 일이다. 나야 살기 위해 어쩔 수 없이 학교를 뛰쳐나왔지만 저 애는 무언가 큰 잘못을 저질러서, 선거일까지 기다릴 수도 없을 만큼 나쁜 아이라서 학교에서 쫓겨난 게 틀림없다.

물을 마시다 쓰게 웃었다. 남들이 보기엔 나도 그렇겠구나.

뭐든 먹을 것을 찾아 숲을 돌아다녔다. 빨간 열매 같은 게 보여 입에 넣어봤는데 너무 써서 아까운 물을 다 마시고도 계속 침을 뱉었다.

어느새 다시 어두워졌다. 밤이 다가온다는 게 견디기 힘들 만큼 무서웠다. 아까 그 애에게 말을 붙여봤어야 하는데…….

그때 앞에서 무슨 소리가 들렸다. 몸이 딱 굳었다. 가만히 들어보니 사람 소리 같기도 했다. 살살 걸어가 보았다. 사람이었다. 그것도 남자애였다. 심지어 교복도 입고 있지 않았다. 돌아서려다 마른 나뭇가지를 밟았다. 그 애는 나뭇가지가 부러지는 소리에 나만큼 놀라 몸을 웅크렸다. 가만 보니 다리가 무언가에 걸려 움직이지 못하고 있는 것 같았다. 그 애는 날 보더니 안심한 얼굴로 말했다.

"도와줘."

나는 놀라 달아나려 했다.

"가지 마!"

그 애의 목소리는 모르는 척하기엔 너무 절박했다.

"도와줘, 덫에 걸렸어, 제발……, 해치지 않으니까, 부탁할게, 도와줘."

나는 한참을 망설이다 결국 다가갔다. 남녀공학에 다녔는데도 남자애들과 말을 나눠본 적은 거의 없었다. 여자애들이라고 이야기를 많이 해본 건 아니지만.

"어, 어떻게 하, 하면 되는데?"

"뭔가 단단한 나뭇가지가 필요해."

나는 적당한 나무를 찾아왔다. 그 앤 나무를 덫 사이에 넣어 당겼다. 덫이 좀 벌어지나 싶더니 나무가 부러졌다. 덫은 반동으로 다시 그 아이의 발목을 짓눌렀다. 그 애는 이를 악물고 신음을 삼켰다. 나는 죄책감을 느끼며 더 단단한 나무를 찾아와 그 애와 함께 덫을 벌렸다. 마침내 다리가 밖으로 나왔다. 나는 손수건을 꺼내 그 애의 상처를 묶어주었다. 그 애의 발목은 여자아이처럼 가늘고 고왔다.

"도와줘서 고마워. 몇 학년이야?"

"3학년."

그 애가 싱긋 웃었다.

"나도 3학년인데. 학교를 계속 다녔다면."

뭐라 대답해야 할지 몰라 입을 다물었다. 긴박한 상황은 지나갔다. 이만 인사하고 가야 할지, 간다면 어디로 갈지 알 수가 없었다. 이 애가 입은 옷은 깨끗했다. 어디서 어떻게 지내는 걸까? 물어봐도 될까? 오늘 밤은 어떻게 해야 하나.

"미안한데 좀 더 도와줄래?"

그 애가 손을 뻗었다. 손을 잡아 일으키자 내게 몸을 기댔다. 그 애는 몇 걸음 걷다가 지팡이로 쓸 만한 나무를 찾아 몸을 뗐다. 남자애와 몸을 대고 있다는 긴장감이 사라지자 안심이 되는 한편으로 어쩐지 허전하고 아쉬워졌다. 혼자 헤매다가 누군가를 만나서 그럴 거야, 난 속으로 중얼거렸다.

"이름이 뭐야?"

"유…… 혜경……, 넌?"

"김진수야. 너 학교 나온 지 얼마 안 됐구나?"

"응."

그 애는 날 이끌고 걸었다. 겁이 더럭 났다. 숲에서 남자애를 만나면 무조건 피하랬는데. 하지만 이 애는 숲에 익숙했다. 이 애를 떠나면 어젯밤처럼 혼자 겁에 질려 밤을 보내야 했다. 날이 밝은 후에는 또 어떻게 한단 말인가.

어느새 해가 지고 달이 떴다. 그 애는 달빛에 의지해 작은 오솔길들을 손쉽게 찾아냈다. 마침내 그 애는 큰 나무 앞에서 멈췄다. 더럭 겁이 났다. 무슨 일인가가 생길 거다. 그게 뭔지는 모르겠지만 이 애는 분명 내게 몹쓸 짓을 할 거야. 어른들이 누누이 말했는데, 숲에서 남자를 만나면 무조건 소리 지르고 도망가라고.

"여기야."

그 애는 나무 밑동에 쌓인 가지들을 치웠다. 그러자 밑동에 뚫린 커다란 구멍이 나왔다.

"이거 받아."

그 애는 가방에서 바나나를 꺼내 주었다.

"미안, 하나밖에 없어. 아차, 물은 있어?"

"응. 아까 낮에…… 개울에서……."

아까 다 마셔 빈 병이지만 괜히 움츠러들어 거짓말을 해버렸다.

"오늘 밤은 일단 여기서 지내. 내일 먹을 걸 갖다 줄게. 너, 운이 좋았던 거야. 네가 온 쪽에는 어른들이 놓은 덫이 많거든."

진수는 머리를 긁적였다.

"평소엔 나도 잘 피해 다니는데, 오늘은 운이 없었어. 어른들도 점점 약아져서 말이지. 제법 그럴싸하게 감춰둔다니까. 안에 이불도 있어. 피곤할 텐데 자고, 내일 나 올 때까지 절대 멀리 돌아다니지 말고 그대로 있어. 알았지? 아, 물병 줘봐, 더 채워줄게."

나는 얼굴이 빨개져서 빈 우유병을 내밀었다. 그 애는 내가 거짓말을 했다고 나무라는 대신 말없이 자기 물병에 든 물을 담아주었다. 저걸 믿고 마셔도 되는 걸까?

"안에 들어가. 밖에서 안 보이게 잘 덮어줄게."

"응."

나는 안에 들어갔다. 그 애가 밖에 나뭇가지 등을 쌓기 시작했다. 날 여기다 가두는 건 아닐까?

"내일 보자."

밖에서 인사하는 소리가 들렸다. 대답을 기다리는 듯해서 나도 내일 보자고 말했다. 발소리가 멀어졌다.

살짝 나무를 밀어봤다. 단단했다. 정말 날 가둔 걸까? 힘을 줘 세게 밀었다. 밀렸다.

아니, 날 어쩌려고 했으면 굳이 이렇게 어려운 방법을 쓰지 않았을 거야. 나는 애써 마음을 달랬다. 어느새 잠에 빠져 시커멓고 정체를 알 수 없는 것에게 쫓기는 꿈을 꿨다. 낮에 만난 아이가 거대하고 흉측한 모습으로 변했다가, 미화로 바뀌더니 신혜가 되었다. 신혜는 거인이 되어 내 앞에 섰다. 나는 개미처럼 작아져 팔짱을 끼고 날 내려다보는 그 애를 피해 이리저리 도망 다녔다.

─아무도 널 사랑하지 않아. 아무도 널 원하지 않아. 빨리 죽어버려.

교실에 있던 아이들이 내게 몰려와 발길질을 하며 노래를 불렀다.

─우린 너 같은 거 필요 없어. 어서 죽어, 죽어, 죽어, 죽어, 죽어, 죽으렴, 죽어버리렴.

아이들은 콧노래를 흥얼거리며 한 발 한 발 발을 바꾸며 박자에 맞춰 날 걷어찼다.

잠에서 깨어 익숙하지 않은 풍경에 흠칫 놀랐다가 학교를 나왔고, 숲을 헤매다 진수를 만나 나무 밑동에 난 구멍에 들어온 일까지 차례대로 떠올랐다. 지금쯤은 선예도 떠났겠지. 누가 선예 애들을 위한 희생양으로 선발되었을까.

몸이 찌뿌드드했다. 나무 구멍은 좁아 웅크리고 잘 수밖에 없었다. 나는 진수가 나뭇가지를 쌓아 만들었던 문을 밀었다. 꼼짝하지 않았다. 그럼 그렇지! 어른들 말이 맞았어. 공황에 빠져 발길질을 했다. 나뭇가지들이 밖으로 밀려 쓰러졌다. 밝은 빛이 쏟아져 들어와 눈이 아렸다. 비틀거리며 밖으로 나와 기지개를 켰다. 어느새 아침이었다. 배가 고팠다. 물을 마시고 그 애가 주고 간 바나나를 까서 먹었다. 바나나는 달콤했지만 너무 작았다. 진수는 언제 올까? 정말 그 애를 기다려야 할까? 물을 마시며 이런 저런 생각을 하는데 인기척이 들렸다. 한 사람이 아니었다. 두 명 정도가 이야기를 나누며 오고 있었다. 도로 숨어야 하나? 문은 어떻게 닫지? 어제 그 앤가? 다른 사람인가? 우왕좌왕하며 구멍으로 기어 들어가 허겁지겁 나뭇가지들을 세웠다.

"혜경아, 나야, 진수야. 걱정하지 마."

머뭇거리며 밖으로 나왔다. 제대로 만든 지팡이를 짚은 진수 옆에는 머리를 허리까지 기른 애가 서 있었다. 머리를 저렇게 길러도 되는 학교는 없다. 저 애도 학생이 아니다. 그 애는 날 보더니 방긋 웃었다.

"만나서 반가워. 나도 너랑 같은 나이야. 강나래라고 해."

같은 나이……. 같은 학년이 아닌 같은 나이라는 말이 낯설었다.

"바, 반가워."

순간 내가 열일곱인가, 열여덟인가 헷갈렸다. 무엇보다 나래와 진수의 깨끗한 차림을 보자니 내 꼴이 어떨지 걱정되었다. 몸에서 풍기는 냄새가 지독했다. 나래는 얼굴 한 번 찌푸리지 않고 돗자리를 깔더니 옆자리를 권했다.

"앉아, 샌드위치 싸 왔어."

나는 주춤주춤 가장자리에 앉았다. 그 애는 바구니를 풀었다.

"가까이 와서 앉아도 돼."

이 애도 미화 같은 애일까? 아니면 신혜 같은 애? 신혜보단 미화 같은 애가 나은데……. 그 애는 내게 샌드위치를 내밀었다.

"먹어, 배고프지?"

나래는 내 손에 샌드위치를 쥐여주었다. 그 순간 머릿속을 떠다니던 생각이 모두 사라졌다. 이틀간 먹은 거라곤 우유 한 병, 빵 한 조각, 진수가 준 바나나 하나밖에 없었다. 나는 입에 먹을 걸 쑤셔 넣었다. 나래가 마실 걸 주었다. 처음 먹어보는 맛이었다. 시큼했지만 나쁘진 않았다. 배가 어느 정도 부르고 나서야 내가 얼마나 추태를 부렸는지 깨달았다. 얼굴이 벌겋게 달아올랐다.

"괜찮아, 처음엔 나도 그랬으니까."

나래가 별일 아니라는 듯 말하고 물었다.

"너…… 어쩌다 학교를 나온 거야?"

나는 멈칫했다. 뭐라고 말해야 하나, 솔직히 설명해야 하나? 아니, 무엇보다 그런 건 왜 묻지?

나래가 내 낌새를 알아챈 듯 부연설명을 했다.

"우린…… 그러니까 일종의 공동체를 운영해. 음……, 우린 다 학교에서 나온 애들이야. 나는 학교로 치자면 회장 같은 역할을 맡고 있어. 우리 수는 그렇게 많지 않지만 서로 도우면서 숲에서 집을 만들어 살거든. 진수가 어제 네가 자길 도와줬다고 하더라고. 근데 널 바로 데려오지 않은 건……."

나래가 망설였다. 진수가 나래를 대신해 뒤를 이었다.

"오해하지 말고 들어줘. 우린 널 믿을 수 있는지 확인해야 할 필요가 있어. 어른들이 종종 아이들을 훈련시켜서 숲으로 보내거든. 그 애들은 우리처럼 숲에 살고 있는 애들한테 자기도 자퇴생이라며 접근해서 우리가 사는 곳을 어른들에게 알려줘. 그럼 어른들이 강제로 다시 학교로 끌고 가."

"그리고…… 그렇게 잡혀간 애들은…… 졸업하지 못해. 일종의 희생양인 거야. 첩자 노릇을 하는 애들이 있는 학교의 제물로 데려가는 거지. 우리가 널 왜 바로 데려오지 못했는지 이해하겠니?"

나래가 마저 설명했다.

"물론 네 의사도 중요해. 우리랑 살고 싶은지 어떤지 말이야. 나는 널 보고 믿어도 된다는 확신을 얻었지만…… 형식적이긴 한데 어쨌든 왜 학교를 나왔는지 말해주면……."

"살고 싶었어!"

나는 나래와 진수를 똑바로 보며 외쳤다.

"살고 싶었어! 살고 싶어서 나왔어! 살고 싶어서, 나는…… 살고 싶어서…… 정말…… 너무, 너무 살고 싶어서…… 나는…… 살고 싶어서…… 살고……."

목이 메어 더 이상 말이 나오지 않았다. 나는 껵껵대며 울었다. 똑바로 말을 해보려 했다. 미화, 신혜, 채영…… 나와 눈도 마주치지 않으면서 숲에 돌을 갖다 버리라던 후배들, 수많은 이름들, 헤아리기 어려운 일들이 머리를 맴돌았는데 어떤 말도 입으로 나와주진 않았다.

"살고 싶었어……."

나래가 내 등을 다독였다. 정말로 그러고 싶지 않았는데, 내 꼴이 얼마나 더러운지, 머리에서 얼마나 심한 냄새가 나는지 아는데도 나는 그 애가 입은 흰 티에 얼굴을 묻고 목 놓아 울었다.

4

나는 짧은 탄성을 지르며 달려갔다. 전나무 밑에 물이 통통하게 오른 갈래버섯들이 자라고 있었다. 작은 건 다음을 위해 남기고 크고 먹음직스러운 버섯을 골라 바구니에 담았다. 오늘은 운이 좋았다. 아까 산딸기 덤불을 발견한 데 이어 버섯까지. 콧노래를 흥얼거리며 집으로 돌아갔다.

"우와, 이게 다 뭐야?"

진수가 반갑게 맞이했다.

"작은 것들은 남겨뒀어. 며칠 뒤에 또 따 오려고."

"버섯죽 끓이면 되겠다."

진수가 말했다.

"그럼 수고해."

버섯 바구니를 놓고 가는데 진수가 손목을 잡았다. 순간 당황했다. 진수도 충동적으로 한 행동에 나만큼 놀란 듯했지만 그래도 손을 놓지는 않았다.

"같이 하자."

"오, 오늘 식사당번은 너잖아."

나는 고개를 숙이며 가까스로 말했다.

"도와줘."

나는 진수에게 끌려 부엌으로 들어갔다. 곧 먹을거리를 찾으러 갔던 아이들이 하나둘 돌아왔다. 진수가 화덕을 살피며 갓 합류한 아이에게 불은 조심히 다뤄야 한다 신신당부했다.

집에는 열다섯 명이 있었다. 하루치 음식은 충분했다. 하지만 그날 밤 나래가 아이들을 한 자리에 모아 말했다.

"곧 겨울이 올 거야. 겨울을 나려면 이 정도로는 어림없어. 뭐든 더 많이 찾아 저장해야 해."

나는 가사시간에 배운 걸 떠올렸다. 음식을 저장하는 법에는 건조법, 훈제법 등이 있다. 우린 어른들이 우릴 잡는답시고 놓은 덫을 훔치거나 따라 만들어 토끼며 다람쥐를 잡고 나물과 과일을 최선을 다해 모았다.

첫눈이 내리고 찾아온 겨울은 지루하게 지나갔다. 밖으로 나갈 수 있는 날은 많지 않았다. 우린 게임도 하고 말솜씨 좋은 애들이 지어낸 이야기도 들으며 시간을 보냈다. 처음 한 달은 버틸 만 했다. 따뜻한 날에는 덫을 놓고 확인하러 나갔다. 하지만 점점 어려워졌다. 저장식품들이 떨어져갔다. 덫에 아무것도 걸리지 않은 날이면 차가운 눈을 삼키고 꼭 붙어 체온에 기대 잠이 들었다. 남자 방과 여자 방은 분리되어 있었다. 진수는 자리 가기 전까지 나와 함께 있을 때가 많았다. 나는 진수가 내게 그러는 게 좋은지 싫은지 알 수가 없었다.

마침내 봄이 왔다. 우린 환호성을 지르고 나가서 겨우내 묵은 때를 벗기고 신선한 음식을 즐겼다. 진수는 채집하러 갈 때면 늘 나를 불렀다. 진수가 싫은 건 아니었다. 여자아이처럼 하얀 피부, 긴 속눈썹, 부드러운 갈색 머리, 낮은 목소리. 진수가 옆에 있으면 두근거렸다. 그 애가 다른 여자애들이랑 어울리면 화가 났다. 진수가 다른 여자애들과 장난치는 걸 본 날이면 하루 종일 한 마디도 말을 섞지 않았다. 뭘 잘못했는지 말해달라며 무턱대고 미안하다고 사과해도 쌀쌀맞게 무시했다. 하지만 진수가 내 어깨에 손을 올리면, 도무지 어떻게 해야 좋을지 알 수가 없어서 매정하게 뿌리쳤다.

새벽 일찍 숲에 나갔다. 덫에 토끼가 걸려 있었다. 신이 난 것도 잠시, 워낙 사납게 이를 드러내며 발버둥을 쳐 잡을 엄두가 나지 않았다. 그때 진수가 와 간단히 토끼 귀를 잡고 덫에서 빼 우리에 넣었다.

"고마워."

나는 새침하게 말하고 일어섰다. 진수가 손목을 잡았다. 다른 손은 내 어깨에 닿았다. 진수의 얼굴이 점점 가까이 다가왔다. 남자아이 치고는 입술도 붉고 예뻤다. 그러려던 게 아닌데 나도 모르게 확 밀어냈다.

"무슨 짓이니?"

나는 화를 내며 앞장서서 걸었다. 심장이 쿵쾅거려 진수를 제대로 볼 수가 없었다. 그 애가 싫은 건 아니다. 아니, 좋아한다. 정말 좋아한다. 안다. 이젠 인정할 수밖에 없다는 걸. 하지만 이런 식으로 다가오거나 그런 눈으로 날 보지 않길 바랐다. 왜 하필 나한테 이럴까. 진수는 잘생겼다. 여자애들 중 반은 진수를 좋아한다. 진수가 날 좋아한다는 것 때문에 남모르게 내게 못되게 구는 애들도 있을 정도다. 물론 여기는 학교가 아니다. 아무도 제물이 되진 않는다. 하지만 난 누군가 날 싫어하는 게, 눈에 띄는 게 여전히 무서웠다. 왜 나일까? 내가 구해줘서? 난 예쁘지 않다. 여전히 당황하면 말을 더듬는다. 난 어눌하다.

"힘들다."

진수가 말했다. 나도 모르게 발걸음을 멈췄다.

"내가 너한테 어떻게 하길 바라니? 응?"

나는 가만히 서 있었다.

"나 좀 봐. 돌아서서 날 봐. 날 보고 말해. 도대체 내가 어떻게 하길 바라?"

나는 느릿하게 몸을 돌려 그 애의 눈을 바라보았다. 아름다운 갈색 눈이 나를 보며 슬퍼하고 있었다. 일찍이 이렇게 내 마음을 얻고자 갈구한 사람은 없었다. 앞으로도 없을 거다.

"내가 무슨 말 하는지 모르지 않잖아. 제발 말 좀 해봐! 아무 말이라도 좋으니까."

"네가……."

목소리가 떨렸다. 나는 내가 무슨 말을 하는지도 모르면서 말했다.

"날 좋아하지도 싫어하지도 않길 바라."

나는 항상 내가 정서적인 부분, 감정을 느끼는 부분이 남보다 덜하거나 아예 결여되어 있기를 바랐다. 그건 다른 사람에게 상처받고 싶지 않다는 마음보다는 누군가를 상처 입히고 싶다는 갈망에서 나온 바람이었다. 사람은 의미 없는 존재가 한 말에는 상처받지 않는다. 의미 없는 존재가 하는 말은 귀에 들어오지도 않는다. 누군가를 상처 입히는 데는 어떤 말을 하느냐보다 누가 하는 말인가가 더 중요하다. 나는 이전에는 한 번도 누군가에게 상처를 입혀본 적이 없었다. 처음으로 누군가를 아프게 한다는 게 어떤 건지 알게 되었다. 그건 내가 막연히 생각했던 것과는 전혀 달랐다.

그 애는 너무 갑작스러운 말에 방어하지 못했다. 상처와 아픔이 그대로 그 애의 얼굴에 눈에 손에 발끝에, 온몸에 묻어났다. 그 애는 아무 말 못하고 한참을 그대로 있다가 유령처럼 사라졌다.

난 남을 상처 입히며 웃는 아이들을 본 적이 있었다. 그 애들은 어떻게 그럴 수 있었을까? 나는 겁에 질려 자리에 주저앉았다. 독감이라도 걸린 양 몸이 떨렸다. 다시는 날 안 보면 어쩌지? 내가 어쩌자고 그런 말을 한 거지?

아냐, 난 그 애를 상처 주려고 한 게 아니야. 난 정말 눈에 띄고 싶지 않았고 그래서 그렇게 말한 거야. 살아남기 위해서만은 아니야. 그냥 그게 좋아. 한 발자국 떨어진 곳에서 남들을 바라보는 게 좋아. 그럼 다른 사람들이 무슨 생각을 하는지 훤히 꿰뚫어볼 수 있거든. 그래야 내가 어떻게 행동해야 하는지 알 수 있으니까.

진수는 집에서도 눈에 띄지 않았다. 저녁 시간에도 오지 않았다. 누군가 진수에 대해 묻자 나래가 진수는 작업실에서 먹는다고 대답했다. 올해의 목표는 겨울이 오기 전에 더 튼튼한 집을 짓는 것이었다. 그 핑계로 작업실에서 톱질을 하며 날 피했다. 빈 그릇을 치우는데 나래가 살며시 다가왔다.

"나랑 얘기 좀 할래?"

나는 고개를 끄덕였다. 나래는 조심스레 내가 다닌 학교의 선거 규칙에 대해 물었다. 나는 열심히 대답했다. 나는 선거 규칙에 대해 말하며 나래가 우리 학교에서 눈에 띈다는 건 자살행위였다는 것, 그래서 난 살아남고자 눈에 띄지 않도록 사는 게 몸에 배었다는 것, 습관이란 쉽게 없어지는 게 아니라는 걸 이해하고 그걸 진수에게 설명해주길 바랐다. 그걸 위해 나는 모든 이야기를 했다. 미화가 나한테 말을 걸었을 때 내가 얼마나 아찔했는지, 신혜가 날 몰아붙였을 때 얼마나 겁에 질렸는지, 어째서 학교를 뛰쳐나올 수밖에 없었는지. 진수가 날 이해하고 다시 예전처럼 봐주길 바랐다. 그럼 그 애와 키스할 생각이었다. 그랬다. 진심으로 그렇게 생각했다. 그 애가 나에게 지금까지처럼 계속 대해주기만 한다면, 그렇게 아픈 얼굴로 등 돌리지 않게 할 수만 있다면 키스만이 아니라 더한 것도 할 자신 있었다.

그런데 더한 건 뭘까?

나래는 다 잘될 테니 걱정 말라며 내 등을 두드렸다. 나는 마음을 다쳤을 진수에 대한 걱정 반 앞으로 함께 할 앞날에 대한 기대 반으로 그 애를 기다렸다. 사실 진수가 그날 밤 바로 미안하다며 날 찾아올 줄 알았다. 진수는 그러지 않았다.

무더위가 시작되었다. 진수가 내게 말을 걸지 않은 이후로 모든 게 무의미했다. 넋놓고 주저앉아 물고기를 손질하다 그만 손을 베었다.

"아얏!"

나는 손가락을 입에 물었다. 비릿했다.

"다쳤어?"

진수의 목소리가 들렸다. 차마 고개를 들지 못하고 턱만 끄덕였다. 그 애는 내 옆에 쭈그리고 앉아 내 손을 잡았다. 그리고 언젠가 그 애의 발목을 묶어줬던 내 손수건으로 상처를 싸매주었다. 이걸 가지고 있었구나. 왈칵 눈물이 날 뻔했다. 이제 다 잘된 거야. 이제야 다 잘된 거야. 앞으로 정말 잘할게.

"미안해."

진수가 말했다.

"아냐, 내가……."

"미안해."

진수가 다시 말했다. 나는 입을 다물었다. 낌새가 이상했다. 이게 아니었다. 이런 말투로 사과해선 안 되었다. 이렇게 무언가를 정리하듯이 말해선 안 되었다.

"나래가 이야기해줬어. 네가 얼마나 힘들었는지, 전부 다."

아니야, 이게 아니야. 차라리 아무 말도 하지 말고 그냥 가.

"너 원망하지 않아. 네 마음 충분히 알아. 일부러 그런 말 한 거 아니라는 거 알아. 근데, 그게 내 속에 있던 무언가를……. 아니, 그게 아니야. 그냥 내가 널 너무 힘들게 했던 것 같아. 정말 미안해. 우리 친구로 지내."

그 애는 왔을 때처럼 조용히 돌아섰다. 진수는 내게 손수건을 간직하고 있다는 걸 알려주러 온 게 아니었다. 손수건을 돌려주어, 우린 이제 끝났다고, 기대를 품지도, 기다리지도 말라고 알려주러 왔다. 나는 주방에 주저앉아 울었다. 운 얼굴로 식탁에 가고 싶지 않아 속이 안 좋아 저녁은 굶겠다고 말했다. 날 부르러 왔던 애는 두 번 묻지 않고, 알겠다고 말하고 갔다. 덕분에 아무에게도 운 얼굴을 들키지 않았다.

이제껏 남달리 날 좋아한 사람은 아무도 없었다. 채영이 날 살린 것도 학생회장으로 학생을 보호해야 한다는 의무감에 아무것도 모르고 당하는 걸 그냥 두고 볼 수 없었던 최소한의 인간적인 도리에서 나온 행동일 뿐, 나한테 유별난 관심이 있어서는 아니었다. 내가 아니라 다른 아이였더라도 같은 상황에 처했다면 같은 행동을 했을 거다. 그 앤 그런 아이니까. 나래 역시 마찬가지다. 나래는 미화와도 신혜와도 달랐다. 처음에 미화 같은 애일까 우려했던 건 내 기우에 지나지 않았다. 나래는 미화처럼 착한 척 주변 아이들을 이용해 자신을 돋보이게 하는 짓 따윈 하지 않았다. 신혜처럼 아이들을 윽박질러 따르게 하지도 않았다. 오히려 채영이와 비슷했다. 채영은 얼핏 눈에 띄지 않는 듯하면서도 포용력 있고 세심하게 아이들을 배려했다. 아이들도 그 애라면 무얼 하든 무슨 말을 하든 믿고 따랐다. 미화가 제물로 사라진 이후 임원진이 우후죽순으로 당선되는 가운데 채영은 살아남아 학생회장 자리에 올라 엉망이 된 학교를 잘 이끌지 않았나. 하지만 나래는 채영이와도 달랐다. 채영이는 차분하고 조용한 반면 나래는 도대체 어떻게 저런 애가 자퇴생일까 의심스러울 만큼 밝고 건강한 아이였다. 그래서 누가 시키지도, 따로 선거를 하지도 않았는데 자연스럽게 전체 아이들을 이끌어 나갔다. 학교에서 나온 애를 발견하면 그 애를 우리 일원으로 받아들일지 말지를 결정하는 것도 그 애였다.

설명이 길었는데, 요는 나래가 날 신경 썼다 해도 채영이가 그러했듯 날 특별하게 여겨서는 아니라는 뜻이다. 그 앤 언제나 차별 없이 아이들을 대했다. 나는 이곳에서도 혼자였다. 진수가 없는 지금은 더욱 그랬다. 하지만 아무렇지도 않았다. 나는 늘 혼자였고, 혼자인 게 편했다. 다른 아이들은 둘씩 셋씩 짝지어 나갈 때도 혼자서 채집하러 나갔다. 설거지를 할 때도 다른 아이들은 서로 낄낄대며 떠들었지만 난 묵묵히 내 일만 했다. 이곳에서는 일을 잘한다고 문제 될 게 없기 때문에 늘 최선을 다했다. 다른 아이들이 한 설거지는 늘 좀 지저분한 게 남아 있었다. 그럼 난 뒷정리를 하겠다고 다른 아이들을 먼저 보낸 후 마저 깨끗하게 씻곤 했다. 채집을 할 때도 나는 좋은 열매, 내년을 위해 놔둘 열매를 잘 구분했다. 그리고 늘 혼자 다녔다. 그러니까 나는 정말로 아무 상관 없다는 이야기다. 진수와 나래가 사귀든 말든 그게 나랑 무슨 상관이란 말인가?

소식을 전해준 건 희연이었다.

"언니, 이야기 들었어요? 진수 오빠랑 나래 언니 사귄대요."

그 앤 분명 나와 진수 사이를 알고 있었다. 그렇지 않으면 내가 어떤 표정을 지을까 눈을 빛내며 날 보지 않았을 테니까.

"아, 그래?"

난 대수롭지 않다는 듯 대답했고 희연은 실망해 가버렸다. 둘이 사귀거나 말거나 그게 무슨 상관이란 말인가. 난 아무렇지도 않았다. 아무렇지도 않고말고.

그날 저녁 나래가 날 찾아왔다. 난 뒷마당에서 말리던 나물을 걷던 참이었다.

"잠깐 나 좀 볼 수 있겠니?"

"바쁜 거 안 보이니?"

목소리가 높아진 건 허리가 아파서이다. 절대 다른 이유는 아니다. 나래는 오래도록 서 있다가 말했다.

"나 진수랑 사귀는 거, 이야기 들었지?"

"그게 나랑 무슨 상관이니? 비켜! 방해되잖아!"

나래는 낮게 한숨을 쉬었다.

"혜경아, 미안해, 너에게 제일 먼저 이야기해야 했는데. 절대 그러려던 게 아니야. 나는……."

"네가 진수랑 사귀든 말든 그게 나랑 무슨 상관인데? 난 아무렇지도 않아!"

나는 벌떡 일어났다.

"언제는 날 위하는 척, 진수랑 날 화해시킬 것처럼 굴더니, 네가 어떻게 진수랑 사귈 수가 있어? 너 그날 내가 이야기한 거 진수한테 제대로 전하긴 한 거니? 네가 중간에 말 다 바꾼 거 아냐? 네가 어떻게 이럴 수가 있어?"

나는 한참 동안 정신 나간 사람처럼 입에서 나오는 대로 말을 쏟았다. 나래는 순간순간 표정이 변하기는 했어도 한 번도 내 말을 끊지 않았다.

"유혜경!"

찬물을 끼얹은 듯 한순간에 정신이 돌아왔다. 진수였다.

"가자!"

진수는 나래의 손을 잡아끌었다.

"아니야, 진수야. 이건 나랑 혜경이가 해야 할 이야기야. 너는 가 있……."

나래가 단호하게 말했다.

"무슨 이야기?"

울면 안 되는데, 정말 울면 안 됐는데 나는 보기 흉하게 눈물을 줄줄 흘리며 말했다.

"무슨 이야기를 하라는 거야? 내가 무슨 이야기를……."

나는 그 자리를 박차고 달아났다. 뒷마당에서 밖으로 나가려면 집을 지나쳐야 했다. 안에 있던 아이들이 무슨 일인가 날 쳐다봤지만 아무와도 눈을 마주치지 않고 달렸다.

해가 지고 나서도 한참 후에야 집으로 돌아왔다. 그렇게 소리 지르고 운 내가 너무 흉해서 참을 수가 없었다. 아예 돌아가지 말까도 고민했지만 갈 곳도 없을뿐더러 그게 더 웃길 것 같았다. 나는 개울에서 깨끗이 씻고 운 흔적을 없앴다. 아이들이 괜찮으냐고 물으면 씩 웃어야지. 그럼, 뭐 별일이라고. 그렇게 대답해야지.

나래나 진수를 욕하는 애들이 있으면 그러지 말라고 담담히 말해야지. 감정이란 변하는 거야. 나랑 진수는 오래전에 끝난 사이구. 둘이 잘 어울리잖아. 그리고 가볍게 웃어야지 그럼 아마 희연이든 누구든 놀라면서 어머, 언니 정말 아무렇지도 않아요? 하겠지. 그럼 가볍게 그럼, 이라고 해야지. 아니, 그냥 고개만 한 번 까딱하고 말까?

집으로 들어갔다. 다들 저녁 일과를 마치고 두셋씩 짝을 지어 수다를 떨거나 작은 돌을 이용한 게임을 하고 있었다. 내가 들어가자 긴장된 분위기가 감돌았다. 나는 태연히 아이들을 스쳐 여자 침실로 들어갔다. 침실에서도 이야기를 나누는 애들이 있었지만 내게 말을 거는 애들은 없었다.

5

나래가 저녁을 먹은 후 발표할 게 있다고 했다. 모두들 나래 입에서 나올 말을 기다렸다. 나는 아이들을 살폈다. 여자애들 중 몇몇은 나래가 무슨 말을 할지 알고 있었다. 나는 짐작도 못하고 있었다. 언제 이렇게 감이 떨어졌지? 큰일은 매번 다 예상했는데…….

나래는 심호흡을 하고 말했다.

"나, 아이를 가졌어."

스무 명이 넘는 아이들이 한꺼번에 떠드느라 한 마디도 제대로 알아들을 수가 없었다. 나래가 아이들에게 조용히 하라고 한 후 한 명씩 말하라고 했다. 들어온 지 얼마 되지 않는 원희가 말했다.

"학생이 낳은 아이는 영원히 사람이 되지 않는댔어!"

나래는 짧게 웃음을 터뜨렸다.

"난 학생이 아니야. 당연히 절대 졸업하지 못해. 그럼 난 영원히 어른이 되지 못하는 걸까? 아니, 그렇지 않아. 어른들이 늘 그랬듯 우릴 속인거야. 어른들은 우리가 학교를 나오면 못 살 거라고 했어. 숲에는 괴물들이 산다고 했지."

"사는 건 사실이잖아."

원희가 재차 말했다. 나래는 고개를 끄덕였다.

"그래, 숲에는 우리 개개인의 힘으로는 막을 수 없는 야수가, 미처 사람 형태를 갖추지 못한 아기들이 살아. 하지만 우린 어른들 말처럼 속수무책으로 당하지 않았어. 야수들이 들어오지 못하게 담장을 만들고 불로 쫓아냈어. 우리가 낳은 아기도 잘 기르면 사람으로 자랄 거야. 아기는 원래 그런 거니까."

"아기를 낳으면 어떻게 할 건데요?"

인환이 물었다.

"키워야지."

나래가 말했다. 소란이 일었다.

"우리를 만들 거야!"

나래가 아이들이 집중하도록 큰소리로 말했다.

"아기들이 의식이 생기고 껍질을 벗기 전까지는 절대 나오지 못할 튼튼한 우리를 만들면 돼. 그리고 아기들이 껍질을 벗고 사람이 되면 우리가 부모라는 것, 숲에서 살아남는 법, 어른들을 피하는 법, 전부 다 가르칠 거야."

나는 말도 안 된다고 생각했다. 나래가 무리수를 두고 있다고, 턱도 없는 소리라고. 하지만 몇 가지 걱정스러운 점에 대해 이야기가 나왔을 뿐 큰 반대는 없었다. 심지어 아이들은 부부들이 지금처럼 여자 방, 남자 방에서 따로 지내지 않고 한 방에서 지내도록 방을 따로 만들어야 한다고 했다.

그 이야기를 듣고 나서야 서로 사귀는 애들이 많다는 걸 알았다. 어느새 아이들은 학교를 졸업하기 전에는 이성교제를 금한다는 학교의 교칙을 잊었다. 하긴 우린 학생이 아니다. 나래 말대로 우린 영원히 졸업할 수 없다.

일은 순식간에 진행되었다. 남자애들은 추위가 닥치기 전에 마무리해야 한다며 나무를 베고 우리와 새 집을 만들었다. 여자애들은 옹기종기 모여 나무와 커다란 잎에서 실을 뽑고 새 이불과 커튼을 만들었다. 나는 어느 순간부터 주방 담당이 된지라 그 일에서 빠졌다. 굳이 끼고 싶지 않았기 때문에 아무도 나에게 같이 하자고 말하지 않는다고 상처받지도 않았다. 정말이다.

겨울이 오기 전에 진수와 나래의 아기가 태어났다. 아기는 삼일 만에 알을 깨고 나왔다. 숲에서 멀리 지나가는 아기를 본 적은 있지만 이렇게 가까이에서는 처음 봤다. 아기는 학교 도서관에 있던 그림책에서 본 꽃게처럼 생겼다. 온몸이 붉고 단단한 껍질에 감싸였고, 어른 손바닥만 한 집게발을 이리저리 흔들었다. 흉측하기 이를 데 없는데도 진수와 나래는 예쁘다고 난리였다. 슬슬 배가 불러오는 다른 여자애들도 마찬가지였다.

아기는 무섭게 먹어댔다. 이제는 다들 식량을 수집하고 저장하는 데 제법 숙달되었지만 그래도 아기가 먹는 양을 감당하는 건 힘들었다. 진수와 나래는 기꺼이 자기들의 몫을 포기했다. 아기는 특히 고기를 좋아했다. 무시무시한 집게발로 고기를 집어 갈기갈기 찢은 후 입속에 집어넣었다. 희연과 인환에게서 두 번째 아기가 태어났다. 이 아기는 두꺼비처럼 생겨 무시무시한 누런 눈을 번득였다. 사람 먹을 음식도 부족한 판국에 다들 끼니때마다 아기를 위해 한 숟가락씩 덜었다. 나는 왜 그래야 하는지 알 수가 없었다. 나는 아기도 없고, 아기를 낳을 생각도 없는데. 하지만 대세를 거스르는 건 옳지 못했다. 나는 아까움을 꾹 참고 밥을 덜었다.

"에이, 언니, 그게 뭐예요. 반 수저지 그게 어디 한 수저예요?"

희연이 냉큼 내 밥그릇에서 크게 한 수저 덜어 갔다. 왈칵 성질이 치솟았다. 반 수저만 넣었다면 반 수저만 덜어 갈 것이지, 이게 뭐하는 짓인가.

"네 아기지, 내 아기야? 난 아기 낳고 기르는 거 찬성한 적 없어!"

식탁은 삽시간에 싸늘해졌다.

"언니, 무슨 말을 그렇게 해요? 언니도 반대 안 했잖아요. 아무 의견 내지 않았으면……."

"다 찬성하는데 나 하나 반대한다고 뒤집힐 일도 아니잖아!"

"말도 안 되는 소리 하지 말아요. 언니, 진짜 웃긴다."

"그렇게 주고 싶으면 네 밥에서 주지, 왜 남의 밥에 손을 대?"

"치사하게 한 수저 가지고……. 그러니 지금까지 한 번도 연애를 못 했죠. 매사에 비협조적이고 만날 뚱한 얼굴로 돌아다니고……."

"채희연!"

나래가 날카롭게 불렀다. 희연이는 입술을 삐쭉하더니 입을 다물었다.

"혜경아……. 잠깐 나 좀 보자."

"싫어, 여기서 말해."

나는 나래를 똑바로 노려보며 말했다. 이건 말도 안 된다. 분명 이런 식으로 밥을 뺏기는 게 싫은 사람이 있을 텐데 왜 나만 역적이 되느냔 말이다.

"나도 솔직히 애가 뭐 그리 좋다고 겨울이라 식량도 부족한데 애한테 밥 나눠 주는 거 아깝지만…… 그래도 언니 태도는 좀 아니네요. 부드럽게 말할 수도 있잖아요."

미경이 말했다. 희연이 옆에서 고개를 끄덕였다. 진수는 아무 말도 하지 않았다. 나는 밥을 퍼 먹고 자리에서 일어났다.

"혜경아……."

나래가 불렀지만 돌아보지 않고 나왔다.

그날 밤 스산한 기분에 잠에서 깼다. 아이들은 다 자고 있었다. 그런데 분명 방에 아이들 말고 무언가가 있었다. 나는 본능적으로 무언가를 피해 굴렀다. 침대에서 떨어지며 무릎을 땅에 찧었다. 아픔보다 아이들을 깨워야 할 것 같아 비명을 질렀다.

"아기다!"

잠에서 깬 미경이가 소리쳤다. 나래와 진수의 아기가 내 침대 머리맡에서 빨간 집게발을 번득였다. 아기가 어떻게 해서인지 우리를 부수고 나왔다. 남자들이 여자 방으로 들어왔지만 다들 집게발을 보고 선뜻 접근하지 못했다.

"그물을 써!"

누군가가 그물을 가져왔다.

"안 돼! 그물 끝에 가시가 있어. 아기가 다칠 거야."

나래가 소리쳤다. 이 와중에 그런 말이 나와? 난 죽을 뻔했어!

다들 일단 방을 나갔다. 아기가 안에서 난동을 부리며 무언가를 부수는 소리가 들렸다.

"어떡해, 아기가 다치겠어."

나래가 울먹였다. 진수가 칼로 그물에 있는 가시를 모두 잘라냈다. 어이가 없었다.

"그걸 던지면 애가 잡히겠어?"

설마 설마 하는데 그걸 들고 문을 열려는 진수를 보고 말했다. 진수는 그제야 가시가 없는 그물은 힘없는 실 조각에 불과하다는 걸 깨달았다.

"이불로 잡을까요?"

"너무 두껍지 않을까? 질식하면 어떡해."

"창고에서 여름 이불 가져올게요."

희연이가 뛰어갔다. 더 참지 못하고 말했다.

"우리부터 손봐야지. 네 아기가 나왔다는 건 희연이 아기도 나왔다는 거잖아. 어딘가에 있을 거라고."

희연이가 뒤늦게 새된 소리를 질렀다. 인환이 자기가 살펴보겠다고 했다. 당연히 희연이와 인환이의 아기는 자리에 없었다. 겨우 정신을 차린 나래가 우리를 수리할 조, 희연이의 아기를 찾을 조, 자기 아이를 잡을 조로 아이들을 나눴다. 희연이의 아기는 어떻게 나갔는지 밖에 있었다. 아기는 꽁꽁 얼었지만 살아 있었다. 아기를 녹인다, 겨우 잡은 진수 아기가 다친 데는 없는지 돌본다 시끌벅적이었다. 나는 무릎을 심하게 쓸렸는데 봐주는 사람 하나 없었다.

"아기도 사람 마음을 아나봐. 혜경이 언니 공격한 거 봐."

나는 기가 막혀 말한 애를 노려보았다. 그 애는 슬쩍 시선을 피해 희연이 아기를 돌봐주는 척했다. 누가 우리가 부서졌다는 생각을 했는데? 내가 아니었으면 희연이 아기는 밖에서 얼어 죽었다. 그런데 돌아오는 대답은 겨우 그건가?

나는 아이들에 대한 신뢰를 완전히 잃었다. 다시 말하지만 아이들이 나에 대한 신뢰를 잃었다는 게 아니다. 내가 아이들에 대한 신뢰를 잃었다. 심지어 나래마저 나한테 괜찮으냐고 묻지 않았다. 고맙다고도 하지 않았다. 내가 조금만 늦게 피했어도 난 죽었을 텐데. 생선을 훈제하고, 나물을 말려 보관하는 방법 등도 내가 가사시간에 배운 걸 기억한 덕분에 가능했는데 아무도 그 점에 대해서는 생각도 하지 않았다.

집을 떠나고 싶었다. 하지만 떠나서 어디로 간단 말인가. 아무데나 가서 아무렇게나 살아버릴까?

나는 가까이 지내는 아이들이 없었다. 그 전까지는 그저 가깝지 않을 뿐이었다면 그 후부터는 확연히 멀어졌다. 아이들은 마치 내가 아기를 해치기라도 할 것처럼 굴었다. 어이없는 일이었다. 아기가 아니라 내가 다쳤다.

봄이 오자 진수와 나래의 아기가 껍질을 벗고 사람의 형태가 되었다. 거칠고 단단했던 껍질이 떨어지자 연분홍색 부드러운 속살이 드러났다. 아기는 까만 눈을 반짝이며 포동포동한 두 손을 내밀며 안아달라고 졸랐다. 사랑스러웠다. 예뻤다. 하지만 아무도 내게 안아보라고 권하지 않았다. 나도 굳이 안고 싶지 않았다.

6

해가 지날수록 집은 점점 커져갔다. 부부만 열 쌍이 넘고 전체 인구는 100명에 가까웠다. 어른들도 우리 존재를 알았지만 우리가 너무 커져 함부로 어쩌지 못했다. 오히려 우리에게 교류를 요구했다. 숲은 어른들에게도 두려운 곳이었다. 우린 숲에서 딴 싱싱한 과일, 채집한 나물을 어른들의 물건들인 세면도구, 좋은 옷감, 보관이 용이한 통조림 등으로 바꿨다. 덕분에 우린 학생들보다 어른들의 세계에 대해 잘 알게 되었다. 놀랍게도 회사 역시 제물을 받았다. 학교보다 더하면 더했지 결코 덜하지 않았다. 때로는 한 번에 수십 명의 제물을 요구하기도 했다. 그 사실을 알게 되자 나는 다시 집에 애착을 느꼈다. 이곳은 안전하다. 이곳에 있으면 살아남을 수 있다. 가장 중요한 것, 내가 바라는 유일한 것은 생존이다. 다른 건 필요 없다.

아이들 사이에 끼려고 애쓰기도 했다. 일부러 나를 그림자로 만들었듯이 노력하면 아이들과 친해질지도 몰랐다. 저녁 일과를 마치고 놀이 시간에 참석했다. 내가 들어가자 아이들은 놀란 눈치였지만 그래도 자리는 내주었다. 오늘 저녁 게임은 뺨 때리기였다. 모두 번호를 정한다. 1번이 다른 사람의 번호를 부른다. 번호가 불린 사람의 양옆에 있는 사람은 그 사람의 뺨을 힘껏 때린다. 번호를 불린 사람은 맞기 전에 양손을 교차해 손바닥으로 양뺨을 가려야 했다. 나는 두근거리며 누군가 내 번호를 부르길 기다렸다. 아무도 나는 부르지 않았다. 불리는 사람만 불릴 뿐이었다. 나래, 진수가 가장 많이 불려 양 볼이 새빨갛게 부풀어 오르고도 좋다고 웃었다. 나래는 어느새 제법 자란 아기를 무릎에 앉히고 게임을 했다. 아기는 뭣도 모르면서 좋아라 까르르 웃어댔다. 나래는 두 번째 아기를 가졌고 살도 많이 쪘다. 그런데도 진수는 여전히 나래가 좋다고 헤벌레 웃고 있었다. 더 이상 진수가 잘생겨 보이지 않았다. 나래가 나랑 눈이 마주쳤다. 내 번호가 불렸다. 나는 너무 당황해 막지 못했는데, 내 옆의 두 사람도 날 때리지 못했다. 나는 항상 내 번호가 불리면 나처럼 번호가 불리지 않는 애들을 부르려고 생각하고 있었다. 몇 번인지 외워두기도 했다. 그러나 얼결에 내가 부른 번호는 진수 번호였다. 다시 번호는 불리는 애들 사이로만 돌았고 더 이상 아무도 날 부르지 않았다. 나는 살그머니 자리를 빠져나왔다. 문을 닫자 등 뒤로 아이들의 웃음소리가 들렸다.

나는 부엌으로 가서 괜히 물건들을 정리했다. 새로 들어온 재희가 부엌으로 뛰어 들어왔다. 왜 갑자기 나갔는지 날 부르러 왔나 싶어 얼른 손을 닦았다.

"뭐 먹을 거 없어요? 다들 출출하다던데……."

"아, 어, 글쎄……."

"뭐든 좀 부탁해요."

재희는 싱글벙글 웃으며 도로 뛰어갔다. 나는 부엌에 남겨졌다. 정말 어이없는 일이다. 나래는 아기를 낳고 나서 확실히 변했다. 전처럼 구석구석 눈이 가지 않는다. 이기적이 되었다.

아니다, 사람은 원래 다 이기적이다. 상관없다. 그래, 먹을 게 필요하다 이거지? 좋다, 만들어주겠다. 까짓, 나한테 원하는 게 닥치고 주방 일이나 하는 거라면 그렇게 하겠다. 나에게 중요한 건 생존이니까. 나는 살아 있다. 그게 중요한 거 아닌가?

내가 진수에게 뭐라고 했지? 날 좋아하지도 싫어하지도 않길 바란다고 했지? 아기가 처음 탈출했던 사건 이래 몇몇 아이들은 날 싫어했지만 난 가까스로 그걸 무관심으로 바꿔놨다. 그거면 족하다. 나에게 관심 갖지 않고, 그저 먹을 거 없느냐고 물어보러 오는 것, 그게 내가 다른 사람들에게 늘 바라온 것 아닌가. 눈에 띄지 않고 조용히 사는 것 말이다.

불씨를 불어 키우고, 장작을 넣어 불을 지폈다. 양파와 감자를 갈아 감자전이나 부치면 되지 싶었다. 양파를 썰면서 눈물을 훔쳤다. 양파가 매워 눈물이 났고, 눈물이 흘러 경계심을 잃었다. 부엌에서 뭔가 움직이는 기척이 난다 싶더니 우리에서 빠져나온 아기가 눈앞에 있었다. 화들짝 놀라 식칼을 떨어뜨렸다. 주우려 선불리 움직이면 괜히 눈길만 끌 것 같았다. 사람이 되기 전의 아기는 먹을 것과 사람을 구분하지 못했다. 작은 늑대처럼 생긴 아기는 뾰족한 주둥아리 끝에 있는 코로 냄새를 맡으며 돌아다녔다. 아기가 구석에 쌓아둔 감자 냄새를 맡았다. 그래, 먹어, 감자를 먹어. 아기는 금세 흥미를 잃고 돌아섰다. 젠장, 애들이 아기에게 너무 좋은 것만 먹인다. 그래서 익히지 않은 감자 따위 눈에 들어오지 않는 거다. 소리를 지를까? 지르면 들을 사람이 있을까? 아기가 내 쪽을 쳐다보았다. 날 보는지 아닌지 확실하지 않다. 아기에게 나는 아무런 의미가 없는 존재다. 의자와 그릇과 식탁을 구별하지 못하는 것과 마찬가지다. 어느 순간 아기의 싯누런 눈이 명백한 의도를 드러내며 나에게 향했다. 나는 도마를 집어 던졌다. 아기는 가볍게 피하더니 송곳니를 드러내며 목을 울렸다. 식칼을 찾아 발로 바닥을 더듬었다. 어디로 굴러갔는지 잡히지 않았다. 아기가 달려들었다. 나는 겁에 질려 도망쳤다. 아기의 이빨이 내 종아리를 스쳤다. 피 맛을 본 아기가 흥분해 입맛을 다셨다. 화덕에서 불붙은 장작을 꺼냈다. 멀리서 아이들의 웃음소리가 들렸다. 아기가 날 덮치기 전에 문을 열고 나갈 수 있을까? 문은 내 등 뒤에 있었다. 장작으로 아기를 위협하며 뒷걸음질 쳤다. 아기가 자기 키의 몇 배를 뛰어올랐다. 나는 삽시간에 코앞에 온 아기를 후려쳤다. 장작이 부서지며 불똥이 튀었다. 아기는 떨어져 비틀거렸다. 나는 돌아서서 문손잡이를 잡았다.

"살려줘! 아기가 나왔……!"

아기가 내 발목을 물어뜯었다. 나는 무릎을 꿇고 비명을 질렀다. 돌아서서 주먹으로 아기 머리를 때렸다. 아기는 장작에 맞아 이마가 찢어져 피를 흘리면서도 내 다리를 놓지 않았다. 목을 졸랐다. 힘이 제대로 들어가질 않았다. 아기는 기어이 내 다리 살점을 뜯어갔다. 나는 너덜너덜한 다리를 끌며 도망쳤다. 부엌 곳곳에서 작은 불길이 일더니 점점 커졌다.

"사, 살려……!"

수건돌리기라도 하는지 요란하게 뛰며 웃고 떠드는 소리가 들렸다. 아무도 내 소리를 듣지 못했다. 문손잡이가 코앞에 있는데 일어설 수가 없었다. 아기가 목덜미를 노리며 올라탔다. 아기의 어깨를 밀며 목을 물지 못하게 버텼다. 부엌 천장까지 불길이 인 게 보였다.

나는 늘 내가 정서적인 부분, 감정을 느끼는 부분이 다른 사람들에 비해 둔감하길, 무언가 결여된 사람이길 바랐다. 그건 상처 입고 싶지 않다는 마음보다는 다른 사람에게 상처 입힐 수 있는 사람이 되고자 하는 갈망이었다. 하지만 내게 그런 일은 일어나지 않았다.

신혜는 나와 같이 일하는 사람, 내가 위험한 곳에 나가야 하면 손을 잡고 같이 가주는 친구는 아무도 없다고, 누구도 날 사랑하지도, 작은 관심도 두지 않는다고 말하며, 왜 내가 계속 살아남아야 하는지 물었다. 그때 내가 뭐라고 했지?

고개를 돌려 아기의 왼발을 물었다. 아기가 놀라 발을 빼더니 오른발로 내 머리를 후려쳤다. 순간 눈앞이 아찔해졌다. 털 뭉치가 들어와 입안이 답답했다. 팔을 뻗어 뭐든 손에 집히는 걸 잡았다. 뭔지 모르지만 엄청나게 뜨거웠다. 외마디 소리를 지르며 놓쳤다. 삽시간에 손에 물집이 잡혔다. 기침이 터지고, 콧물이 줄줄 흘렀다. 앞이 제대로 보이지 않았다. 어느새 부엌은 연기로 뒤덮여 있었다.

나는 그때 분명 날 사랑하는 사람이 아무도 없다는 게 내가 죽어야 할 이유는 되지 않는다고 대답했다. 아기가 앞발로 내 팔목을 눌렀다. 신혜는 틀렸다. 신혜가 틀려야 한다. 사랑받지 않더라도 살 수 있어야 한다.

마침내 상황을 파악한 아기가 나한테서 떨어져 앞발로 문을 긁었다. 뒤늦게 무슨 일인가 놀란 아이들이 달려왔다.

"불이야!"

"안에 아기가 있어!"

아기가 낑낑거리는 소리를 들은 누군가가 외쳤다. 가까이 가면 위험하다는 외침, 물을 가져오라는 고함이 들렸다. 나는 소매로 입과 코를 막고 젖 먹던 힘까지 쏟아 문을 밀었다. 아기가 문틈으로 튀어나갔다. 멀찍이 떨어져 있던 아이들이 달려오는 아기를 받았다. 나도 빠져나가려 몸을 밀었다. 귀청이 찢어지는 소리와 함께 벽이 쓰러지며 지붕이 무너졌다. 나는 잔해에 깔려 팔을 뻗었다. 아무도 내게 다가오지 않고 어떡하느냐며 발만 동동 굴렸다.
머리에 강한 충격이 오더니 눈앞이 차츰 어두워졌다.

■ 학 교 는 ……

2008년 5월에 거울에 처음 올렸고, 2009년 9월 『커피 잔을 들고 재채기』에 수록한 글이다. 출간을 앞두고 교정본을 받을 때면 늘 두 가지 생각을 한다.

하나는 글은 쓰고 나서 3개월 안에 출간해야 한다는 거다. 앞서 출간한 『원초적 본능 feat.미소년』이나 『각인』이나 작품집을 내고자 글을 선별해 출판사에 보내기 전, 글을 썼을 때와 달라진 눈으로 손을 봐서 보냈고, 6개월이 지나 교정본을 받으니 또 새로운 눈으로 보게 되어 처음 보낼 때 이상으로 다듬었다. 이렇게 다듬고, 또 다듬어도 어차피 몇 달 지나면 또 머리를 쥐어뜯을 텐데, 차라리 다른 눈이 생기기 전에 출간했으면 좋겠다.

두번째는 몇 달 후 다시 보게 되어 정말 다행이라는 생각이다. 이걸 그대로 냈으면 과연 밤에 발 뻗고 잠들 수 있었겠나…….

그래도 어느 순간에는 멈춰야 한다. 다듬다보니 아예 처음 썼을 때와 다른 글로 가버릴 때도 있다.

『각인』에 수록한 「학교」는 『커피 잔을 들고 재채기』 수록본에서 결말을 바꿨다. 「집사」처럼 마무리가 거치적거려 기회가 오면 수정하고 싶었다. 이 결말이 좀 더 '혜경'답지 않나 싶다. 그래서 이 글을 마무리했을 때는 두 번째 마음이 더 컸다.

　이 글에서는 제물에 뽑히는 걸 굳이 '당선'이라고 했다. 난 일상적인 단어에 글 안에서만 통용되는 의미를 넣어 익숙한 것이 낯선 것이 될 때 생기는 환상성이 좋다. 「왜 어른들은 커피를 마시지?」에서 '커피를 마신다' 속에 다른 의미를 넣거나 「나의 사랑스러웠던 인형 네므」에서 '인형'이 흔히 생각하는 그 '인형'이 아니었다는 점 등등이 그렇다. 「학교」의 경우, '당선'은 보통 좋은 일인데, 이 글에서는 그렇지 않다는 역설도 마음에 끌렸다. 왜 굳이 '당선'이라는 단어를 썼는지 궁금했던 분들에게 답이 되길 바란다.

온우주
단편선

클 론

클 론

누가 머리에 못을 박는 것 같았다. 시계를 보니 새벽 5시 30분이었다. 채희는 있는 힘껏 기지개를 켰다. 거의 한계에 이르렀고, 이제 자야 했다. 하지만 이렇게 피곤할 때 누우면 오히려 푹 자질 못했다. 하다못해 편두통이라도 가라앉혀야 했다. 채희는 잠시 인터넷 사이트들을 돌아다니며 눈에 띄는 기사를 아무거나 클릭했다. 영화배우 누구랑 아나운서 누구가 결혼날짜를 잡았는데 임신 5개월이라거나, 가수 누구가 여름휴가를 같이 보내고 싶은 연예인 1위에 뽑혔다거나, 선진국에서 고령 출산으로 인해 산모와 태아 사망률이 올랐다거나, 요즘 30대 여자의 이상형은 부인 같은 남자라는 기사가 보였다. "30대 직장여성. 남편 아닌 아내 원해." 채희는 기사 제목을 보고 사람들 생각 다 거기서 거기라고 생각하며 혼자 피식 웃었다. 며칠 전 만난 친구들이 한 이야기도 비슷했다. 돈은 내가 벌 테니, 내조해줄 사람이 있으면 좋겠어. 채희는 머리를 이리저리 흔들었다. 머릿가죽 밑에 볼링공이 든 것 같았다. 더는 버틸 수 없었다. 채희는 잠이 들었다.

눈을 뜨니 오후 3시였다. 온몸이 찌뿌듯했지만 쉴 틈이 없었다. 채희는 손에 센서를 끼고 안경을 썼다. 작업 파일을 부르자 복슬복슬한 요크셔테리어가 혀를 내밀고 다소곳이 앉았다. 털을 하나하나 세밀하게 그려 넣을 생각만으로 편두통이 밀려왔다. 동물병원에서 나눠 줄 달력에 들어갈 영상인데, 이번 주 안에 두 마리를 더 만들어야 했다.

일단 커피를 한 잔 마시기로 하고 부엌으로 갔다. 커피메이커에 우유 유통기한이 지났다는 경고가 떴다. 새 컵도 없었다. 우유 냄새를 맡아보니 아직 멀쩡했다. 책상에서 어제 쓴 컵을 가져와 커피메이커를 수동으로 작동시켰다.

커피가 다 되길 기다리는 짧은 시간 동안 앉아 있을 곳이 없었다. 채희는 소파 위에 널린 옷을 대충 치우고 주저앉았다. 마침내 커피가 나왔다. 마시기 직전 아슬아슬하게 멈췄다. 커피 위에 먼지가 둥둥 떠다녔다. 어젯밤에 쓴 컵이 아니라 2~3일 전에 쓴 컵이었다. 고민하다 먼지만 걷어내기로 했다. 그런데 숟가락이 없었다. 찻숟가락은커녕 밥숟가락도 보이지 않았다. 설거지를 너무 오래 안 한 탓이었다. 서랍을 열자 사은품으로 받은 일회용 나무젓가락이 보였다. 나무젓가락은 씻어서 도로 쓸 물건이 아니었다. 하지만 일회용품 제한으로 인해 가격이 비쌌다. 우유를 데우느라 생긴 지방층과 그 위에 쌓인 먼지만 걷어내면 되는데 그런

데 쓰자니 아까웠다. 망설이다 위만 따라내기로 했다. 반쯤 따라
내다보니 갑자기 찜찜해졌다. 유통기한도 며칠 지난 우유로 만든
것도 모자라 먼지까지 들어간 커피를 이렇게까지 해서 마시는 건
아니지 싶었다. 채희는 한숨을 쉬고 커피를 쏟았다. 커피가 개수
대에 쌓인 그릇에 부딪쳐 옷에 튀었다.

"아이 씨."

채희는 투덜거리며 옷을 살폈다. 그러고 보니 갈아입을 때가
되었다. 옷을 벗어 세탁기에 넣었다. 빨래가 넘쳐 뚜껑이 제대로
닫히지 않았다. 저도 모르게 한숨이 나왔다. 일단 씻고 생각하기
로 했다. 개기름이 껴 얼굴이 근질근질했다. 씻고 나오니 새 수건
도, 심지어 갈아입을 속옷도 없었다. 짜증이 밀려왔다. 젖은 머리
와 몸을 대충 털고 드라이어로 말린 후, 어차피 집인데 뭐 어때
하고 옷을 찾아 입었다. 그러고 나니 황망해졌다. 커피를 다시 타
야 할지, 세탁기를 돌려야 할지, 식기세척기를 먼저 가동해야 할
지 알 수가 없었다. 배도 고팠다. 차라리 시켜 먹을까.

채희는 집을 둘러보았다. 쓰레기통은 넘치고, 개수대에선 역한
냄새가 났다. 구석에선 주먹만 한 먼지가 굴러다니고, 바닥은 머
리카락투성이였다. 배달원이 이 꼴을 보면 뭐라고 생각할까. 여
기가 사람 사는 집인지, 돼지우린지. 아, 돼지도 사실은 깨끗한 동
물이라던데. 사람이 안 치워줘서 그렇지.

채희는 옷을 깔고 소파 위에 드러누웠다. 정말로, 마누라가 하
나 있으면 좋겠구나. 한숨이 절로 나왔다. 마감을 생각하니 다시
아득했다. 10월, 11월은 달력 덕에 일이 많았다. 이때 바짝 벌어

뒤야 일이 없어도 버틸 수 있었다.

아무튼 커피도 필요하고 무엇보다 배가 고팠다. 냉장고와 연결된 싱크대에 예약 조리 기능이 있으면 뭐한단 말인가. 아무 때나 자고 아무 때나 일어나다보니 그림의 떡이었다. 식료품도 필요한 걸 입력시켜두면, 떨어질 무렵 자동으로 주문할 수 있었다. 하지만 그것도 밥을 제대로 먹을 때 이야기였다. 몇 번 죽이 된 채소를 진저리를 치며 버린 후, 식료품이 떨어질 무렵에 필요한 걸 주문했다. 그러다 마감에 치인다 싶으면 오늘처럼 냉장고가 텅 비는 날이 생겼다.

이대로 누워 있어봐야 답이 안 나왔다. 나가서 커피랑 빵을 사오자고 생각하고 신발을 신은 순간 속옷을 안 입었다는 걸 깨달았다. 에라, 긴 코트를 입으면 누가 알겠어. 채희는 코트에 목도리를 두르고 밖으로 나가 빵, 커피, 김밥을 넉넉히 사 왔다. 커피, 홍차, 물 따위가 말라붙은 컵이 널린 책상에서 빵을 씹으며 도저히 이대로는 안 되겠다는 결론을 내렸다. 채희는 웹사이트를 검색하기 시작했다.

─클론을 만들겠다고?

"응, 잠깐, 세탁기 다 돌아갔다."

채희는 옷을 꺼내 옷장에 대충 쑤셔 박고, 식기건조기에서 새 컵을 하나 꺼내 커피를 따라왔다.

"지를라구."

정연은 대답이 없었다. 다른 일을 하려니 하고 요크셔테리어의 목을 간질였다. 요크셔테리어는 꼬리를 살랑살랑 흔들며 작게 두 번 짖었다. 꼬리가 부실해 보여 털을 더 그렸다.

새삼 마감이 얼마 남지 않았는데 하루 종일 집안일에 뺏긴 시간이 아까웠다. 세탁은 세탁기가 하고, 설거지는 식기세척기가 하고, 청소는 자동 청소기가 하는데도 집안일에 쏟아야 할 시간이 너무 많았다. 세탁기가 세탁을 하더라도 세게 빨 것과 살살 빨 건 분리해야 했고, 식기세척기에 넣기 전 대충 큰 찌꺼기는 치우고 물에 불려야 했고, 자동 청소기도 필터를 갈아줘야 했다. 어쨌든 그릇이 제 발로 식기세척기에 들어가지도 않았고, 음식 찌꺼기가 저절로 분해되지도 않았고, 세탁기 속에서 옷들이 옷장으로 알아서 들어가는 것도 아니었다. 채희는 옷장과 세탁기가 연결되어 있다면 얼마나 좋을까 생각했다. 세탁과 건조가 끝나면 저절로 개어져서 옷장에 차곡차곡 들어가는 거다.

어느새 밤이 깊었다. 아까 먹은 건 다 어디 갔는지 또 배가 고팠다. 진짜 문제는 옷보다 음식이었다. 자취를 하면서 많이 나아졌지만, 워낙 입맛이 까다로운 터라 매 끼 챙겨 먹는 게 곤욕이었다. 매번 요리를 할 수도 없고, 시켜 먹거나 사 먹는 것도 지겨웠다. 집 밥이 먹고 싶었다.

─그냥 가사 도우미를 부르지?

정연이 몇 시간 만에 방금 하던 이야기처럼 말을 이었다.

"나 누가 근처에 있으면 일 못해. 게다가 낯선 아줌마가 내 속옷이나 내가 먹은 지저분한 그릇들 만지고 치울 생각만 해도 몸 서리쳐진단 말이야."

―그게 뭐 어때서?

―클론 얼마나 하는데?

―근데 집에 나랑 똑같은 사람이 하나 있다는 게 더 소름 끼치지 않아?

―난 나랑은 못 살 것 같은데.

―나 제발 우리 애가 나 안 닮기만 바란다.

―아, 근데 신랑 닮으면 더 싫은데…….

정연은 뭐가 웃긴지 말을 마치고 나서 혼자 깔깔 웃었다. 채희는 전화를 받느라 대답하지 못했다. 음성메시지라는 게 워낙 드문드문 이어지는지라 정연도 별로 개의치 않았다. 채희는 전화를 끊고 생각에 잠겼다. 늘푸른숲 출판사에서 어린아이를 대상으로 한 거미 도감을 만든다며 온 전화였다. 늘푸른숲은 전부터 일하고 싶던 곳이었다. 하지만 이달에 끝내야 할 작업이 둘, 다음 달에 셋이 더 잡혀 있는데 도무지 일정이 맞지 않았다. 그렇다고 놓치긴 아까웠다. 채희는 내일까지 생각해보고 답을 주겠다고 했다.

"진짜 질러야겠다. 요새 일이 많거든. 비싸긴 해도 그럭저럭 만들 만할 것 같아. 돈 끌어안고 무덤 갈 것도 아니고."

―일 많아? 다행이네.

"요새 나 같은 수작업 하는 사람 별로 없으니까. 제법 희소성이 있달까?"

"나랑 똑같으면 입맛도 나랑 맞을 거 같고."

"일도 같이 하면 되니까."

채희는 털을 그리는 짬짬이 한 마디씩 던졌다. 요크셔테리어를 완성했을 때는 새벽 3시였다. 정연은 어느새 로그아웃하고 없었다.

채희는 클론을 물끄러미 바라보았다. 클론도 채희를 빤히 쳐다보았다. 늘푸른숲 거미 도감은 결국 놓쳤지만, 대신 나비 도감을 맡기로 했다. 달력 일도 더 들어와 일정은 여전히 빠듯했다. 클론은 이제까지 채희의 기억을 모두 공유했다. 그래서 지금 상황을 잘 이해하고 있었다. 채희는 클론에게 희라고 이름을 붙였다.

"난 일할 테니까, 저녁 준비 좀 해줘."

채희가 말했다.

"그래."

희는 부엌으로 가고 채희는 작업 파일을 열었다. 한숨이 터졌다. 형광 보라가 어디가 어때서? 채희는 보통 동물이나 식물, 곤충을 소재로 하는 책에 들어갈 삽화나 표지 디자인을 해왔다. 이번 일은 가끔 하는 외도로, 청소년 소설이었다. 작년에 아동문학상을 수상한 작가의 신작으로 출판사에선 눈에 확 띄는 대담한 표지를 요구했다. 채희도 오랜만에 하는 종이책 작업에 신이 나서 열심히 했다. 그런데 화려하게 해달라고 할 땐 언제고 출판사에서 난색을 표했다.

"밥 먹어."

저녁은 채희가 좋아하는 카레덮밥이었다. 채희는 카레를 만들 때 청양고추를 잘게 다져넣고 우유를 넣었다. 바로 그렇게 만든 카레가 손 하나 까딱하지 않았는데 식탁에 있었다.

"우와-!"

채희는 입안이 미어터지게 밥을 밀어 넣었다.

"일이 잘 안 돼?"

채희는 스트레스를 받으면, 입안 가득 밥을 넣고 힘들게 씹곤 했다. 채희는 고개를 끄덕였다. 밥을 다 먹고 희에게 작업 파일을 보여주었다.

"괜찮은데?"

희가 말했다.

"그렇지? 괜찮지?"

"출판사에선 뭐래?"

"너무 야하대."

"어디가?"

"내 말이!"

희는 커피를 한 잔 타 왔다. 오늘도 새벽까지 일해야 할 판이었다.

"진짜 하기 싫다. 네가 할래?"

채희가 말했다.

"그럼 네가 설거지해."

"그냥 대충 헹궈서 식기세척기에 넣으면 되잖아."

"그러니까."

채희는 진지하게 작업파일을 바라보았다. 전자책이 책인지 영화인지 애니메이션인지 구분이 되지 않을 정도까지 발달했는데도 사람들은 여전히 글자로만 전할 수 있는 세계가 있다고 믿었다. 종잇값이 하늘 높은 줄 모르고 치솟아도 어린이, 청소년 시장은 줄지 않았다. 하지만 채희는 순수 종이책을 작업할 기회가 많지 않았다.

"그냥 내가 할게."

"난 집안일만 하라고?"

"아니, 다른 거 하나 맡아줘."

희는 알겠다며 나갔다. 희가 밥상을 치우고, 식기세척기에 그릇을 넣고 왔다. 채희는 희에게 안 쓰는 컴퓨터를 건넸다. 새 컴퓨터를 사면서 팔아야지, 팔아야지 하다가 귀찮아 놔뒀는데 마침 다행이었다. 희는 아쉬운 대로 밥상 위에 모니터를 놓고 센서를 꼈다. 희는 3시경, 채희는 5시가 넘어서야 자러 갔다. 아침에 일어나니 방 안에 향긋한 커피향이 풍겼다.

"지금쯤 일어날 것 같아서."

희가 커피를 건네며 말했다.

"아, 진짜 고마워."

채희는 기쁜 마음에 커피를 받았다.

"근데 저 컴퓨터 너무 무겁더라. 압력 감지도 둔하고."

희는 어깨를 주물렀다.

"아, 좀 그렇지?"

"응, 그리고 밥상에서 작업했더니 허리가 너무 아파."

"음……."

채희는 선뜻 새 컴퓨터나 의자를 사자고 말하기가 어려웠다. 희를 만드느라 앞으로 몇 달은 허리를 졸라매야 했다.

"청동출판사에서 우리나라 민물고기 도감을 만든다고 연락 왔었어. 물고기는 영 자신이 없고, 지금 맡은 일만도 빠듯해서 거절했는데…… 다시 연락해볼까?"

"물고기라……."

희도 망설였다.

"자료 영상은 준비해준대."

채희가 급히 덧붙였다. 희는 허리를 두드리며 말했다.

"계약금 많이 달라 그러자."

채희는 빙긋 웃었다.

"그러자. 계약금 받으면 뭐부터 살래? 의자? 컴퓨터?"

채희는 미안한 얼굴로 덧붙였다.

"한 번에 두 개 다는 무리야. 조금만 참아줘."

"으음……. 사실 안경도 오래되어서 화질이 별로야……. 쉽지 않은데. 생각 좀 해볼게."

희는 의자를 골랐다. 기왕 새로 살 거면 더 돈을 모은 후 좋은 컴퓨터를 사는 게 나을 것 같았기 때문이었다.

채희는 느지막이 일어났다. 시계를 보니 12시였다. 어제 마감을 넘기고 장장 열네 시간을 잤다. 희는 아직 자고 있었다. 채희가 잘 때 희는 물고기에 비늘을 달고 있었다. 안경을 끼니 화사한 열대어가 작업실을 둥둥 떠다녔다.

채희는 마감을 하나 마쳤지만 다음 마감이 기다리고 있었다. 내가 미쳤지, 무슨 영화를 누리겠다고 그 일을 다 맡았나. 채희는 냉장고를 보았다. 야채가 시들었다는 경고가 떠 있었다. 과연 양파는 싹이 났고, 당근도 힘이 없었다. 개수대에도 설거지거리가 가득이었다. 채희는 그릇을 하나씩 식기세척기에 옮기고, 욕실 청소기를 가동시켰다. 희가 일어났다.

"아, 지금 욕실 청소해."

"고장 났는데."

희가 멍한 눈으로 말했다.

"뭐?"

채희는 청소를 정지시키고 욕실을 살폈다.

"헹굼 기능이 고장 났어."

채희는 거품투성이가 된 욕실을 넋을 잃고 바라보았다.

"사람 부른다는 게 계속 정신이 없다보니."

"그랬구나. 몰랐어. 어쩌지?"

희는 그릇에 물을 떠 변기 주변에 뿌렸다.

"나 화장실 쓰고 나올게."

채희는 한숨을 내쉬었다. 희가 나왔다.

"열대어는 잘돼가?"

"민물고기가 나왔어."

채희도 희도 말이 없었다.

"안 되겠다. 우리 오늘 무슨 일이 있어도 자정 전에 자자. 계속 밤낮이 바뀌어 지내니까 자도 잔 것 같지가 않아."

희는 무력하게 고개를 끄덕이고 찬물을 마셨다.

"장 볼 때가 됐을 거야. 샴푸랑 세제 사야 해. 아, 간장도."

"응."

채희는 대답만 하고 꼼짝도 하지 않았다. 둘 다 끝내야 할 일이 있었고, 둘 다 피곤했다, 무엇보다 배가 고팠다. 욕실을 치우고 수리기사를 부르는 건 일단 배를 채우고 난 다음에 생각할 일이었다. 희가 느리게 일어나 찬장에서 비상용 레토르트 덮밥을 꺼내 데웠다. 채희는 주섬주섬 밥상을 치우고, 수저를 헹궜다.

"세탁기도, 식기세척기도, 자동 청소기도, 냉동식품도 없던 시절에 사람들은 어떻게 살았을까? 옷을 다 손으로 빨고, 헹구고, 매일매일 물을 긷고, 나무를 해다 밥을 짓고……. 상상이 돼?"

채희가 푸념하듯 말했다.

"그림도 못 그리고 클론도 못 만들고 살았겠지."

희가 툭 내뱉듯 말했다. 채희는 저도 모르게 웃음을 터뜨렸다. 희도 가만히 곱씹다가 뒤늦게 소리 내어 웃었다.

"우린 둘이잖아. 근데 왜 이렇게 일이 안 끝나? 어제 은지가 〈문이 열렸다〉 3D 질렀다고 자랑하더라. 나 그거 개봉한다고 들은 게 엊그제 같은데. 우리 마지막으로 외출한 게 도대체 언젯적이냐?"

채희는 거실 창문을 열었다.

"세상에, 지금 꽃 핀 거야?"

희는 커피 잔을 만지작거렸다.

"넌 날 만들기 전에 1.5인분 일을 했잖아. 일도 하고, 집안일도 하고."

"그랬지."

"근데 내가 왔으니까 그걸 반씩 하면 여유시간이 생기리라 생각한 거고."

"그렇지."

"근데 내가 와서 일을 더 맡았어. 나도 1.5인분을 하는 거야. 둘이 3인분을 뛰는 거지."

"아……."

채희는 한숨을 쉬고 생각에 잠겼다.

"일 하나 취소할까? 그냥 위약금 물어줄까?"

"음……. 뭐, 그래도 좋고. 네가 본체니까."

희는 주의를 환기시키는 말투로 말했다. 채희가 돌아보자 희는 작업실을 바라보고 있었다. 열린 문틈으로 새로 산 컴퓨터와 책상이 보였다. 아직 할부 기간이 3개월은 더 남았다. 채희는 앓는 소리를 냈다.

"나 이번 주 안에 잔금 들어올 게 두 개 있거든."

"응."

"클론을 하나 더 만들까? 그럼 너랑 나는 1씩 맡아서 일만 하고, 새 클론이 집안일만 하는 거지. 그리고 진짜 무리해서 일 맡지 말자."

채희는 프리랜서 디자이너로 인정받은 지 몇 년 되지 않았다. 그간 일을 맡기가 너무 힘들었던 탓에 들어오는 일마다 좋다고 맡은 게 화근이었다. 채희는 앞으로는 절대 무리하지 않기로 결심했다.

두 사람은 통장 잔고와 앞으로 들어올 돈을 계산했다. 당장은 빠듯하지만, 새 클론이 합류하면 일에만 집중할 수 있을 거다. 3개월 안에 모든 걸 끝내기로 하고 새 클론도 3개월 할부로 만들었다. 채희는 새 클론 이름을 채라고 지었다.

채희는 늘어지게 기지개를 켰다. 이렇게 한가한 게 얼마 만인지 모를 일이었다. 다음 마감까지 여유가 있었다. 채희는 적어도 일주일은 아무것도 하지 않고 놀리라 결심했다. 영화도 보고, 전시회도 가고, 밀린 책도 실컷 읽을 생각이었다. 부엌에서 달그락거리는 소리가 들렸다. 희도 잠에서 깼다. 채희는 부엌으로 나갔다. 채가 믹서기에 야채를 돌리고 있었다.

채는 한 달 정도가 지난 후 자기만 집안일을 하는 건 불공평하다고 말했다. 채희도 이해할 수 있었다. 채는 채희와 같았다. 채희도 집안일만 하고 그림을 못 그린다면 못 견딜 것 같았다. 채희는 채와 희에게 번갈아 작업을 맡고 집안일을 하라고 했다.

하지만 생각만큼 쉽지 않았다. 희가 왔을 때는 채희와 희가 역할분담을 하는 게 별로 어렵지 않았다. 하지만 채가 끼자 문제가 달라졌다. 둘 다 채희에게서 나왔는데도, 두 클론은 일 하나를 같이 하지 못했다. 작업을 할 때 세부 선택지가 미묘하게 달랐다. 희와 채가 채희에게 의견을 물었을 때, 채희는 또 다른 안을 제시했다. 결국 각기 따로 일을 하나씩 맡고, 집안일은 요일을 나눠서 하고, 마감이 닥쳤을 때는 그때 그때 의논해 정하기로 했다.

오늘은 채가 요리하는 날이었다. 하지만 불현듯 부엌에 들어서자 모처럼 솜씨를 발휘하고 싶은 생각이 들었다.

"아침은 내가 할게."

채희가 말했다.

"정말이지?"

채가 반갑게 말했다.

"응, 뭐하던 참이었어?"

"간단하게 오믈렛 만들까 했어."

"알았어, 들어가 쉬어."

"3인분이라는 거 잊지 마."

"걱정 마."

채희는 믹서기에서 다진 양파를 꺼냈다. 갑자기 스파게티가 먹고 싶어졌다. 찬장을 뒤지니 스파게티 면이 보였고, 야채 칸에는 토마토도 있었다. 하지만 올리브 잎과 바질이 보이지 않아 한참 헤맸다. 부엌에서 일하는 게 오랜만이었다. 그동안 물건들을 놔두는 자리가 미세하게 바뀌어 있었다. 채에게 물어볼까 했지만 쉬라고 큰소리 쳐놓은 게 무안해 온 사방을 뒤져 마침내 원하던 걸 찾았다.

"다 됐습니다!"

채희는 희와 채를 불렀다. 셋은 식탁에 앉았다. 채희는 면을 나눴다. 희가 키득키득 웃었다.

"3인분이랬잖아."

채가 어이가 없다는 듯 말했다.

"아, 진짜 많이 삶는다고 삶았는데……."

면은 2인분이 될까 말까 였다. 채희는 아침을 많이 먹는 편이었다.

"냉동실에 마늘빵 있어."

"소스가 부족하지 않을까?"

채희가 말하기 무섭게 채가 냉장고 깊숙한 곳에서 빨간 병을 꺼내 흔들었다.

"우왓!"

채희가 좋아하는 토마토소스였다. 놀랄 만큼 맛있는데 다른 상표보다 두 배는 비쌌다.

"할인하기에 냉큼 샀지."

"내일도 먹자!"

채희가 말했다.

"3인분이라니까."

채가 소스를 몽땅 데워오며 말했다. 셋은 각기 하는 일에 대해 이야기를 나눴다. 똑같은 세 목소리가 거실에 울렸다. 처음 희가 왔을 때는 희가 말할 때마다 녹음기를 통해 목소리를 듣는 것처럼 기분이 이상했다. 채희는 자기 목소리가 그렇게 낮고 억양이 없을 줄 몰랐다. 그래도 계속 듣다보니 자기가 하는 말도 녹음기에서 듣는 목소리처럼, 들을 때나 말할 때나 똑같이 들렸다.

셋은 스파게티와 마늘빵 한 봉지를 가뿐하게 해치웠다. 밥을 먹은 후 채가 레몬 홍차를 타왔다.

"셋이 밥 먹으니 좋다. 앞으로 같이 좀 먹자. 나나 희나 하루에 식탁을 대여섯 번 차리는 거 알아?"

채가 말했다.

"아, 미안미안."

채희가 사과했다.

"둘 다 마감 끝나서 좋겠다."

희가 한숨을 쉬었다.

"내가 좀 도와줄게. 우리 오후에 셋이 영화 보러 가자."

채희가 말했다.

"찬성. 뭐 볼까?"

"나도 찬성. 그런데 있잖아. 모처럼 셋이 한 자리에 여유 있게 모인 김에 말인데……."

채가 심각한 얼굴로 말했다.

"아, 말해."

채희는 무슨 일인지 걱정하며 채를 보았다. 채는 주저하다 말했다.

"나 언제까지 거실에서 자야 해?"

채희의 집은 부엌 겸 마루와 침실, 작업실이 있었다. 침실에는 일인용 침대와 옷장이 있었고, 옷장과 침대 사이 바닥에서 희가 잤다. 채는 잘 곳이 없어 거실 바닥에서 잤다. 일인용 침대가 여자 둘이 못 잘 정도는 아니었지만 채희는 사람과 붙어서는 잠을 자지 못했다. 심지어 어떤 의미에서는 자기 자신인 클론과도 같이 잘 수 없었다. 거실에 소파가 있었지만 한두 시간 낮잠을 잔다면 모를까 밤잠을 잘 정도는 아니었다. 채는 어쩔 수 없이 거실 바닥에서 자는데, 희나 채희가 밥을 먹거나 커피를 가지러 들락날락하는 지라 자는 사람도, 먹는 사람도 불편했다.

"그러네, 미안. 뭐, 다른 건 또 없어?"

채희도 채가 자기를 만들기 위해 지출이 많았다는 걸 알기에 참아왔다는 걸 알았다. 하지만 이제 급한 마감도 끝났고 신경을 써줘야 했다.

"응, 나 옷이랑 여름 이불 사줘."

"아, 그것도 미안."

채는 채희가 오래도록 안 입고 처박아둔 허름한 옷을 입고 있었다. 물론 주로 집에서 지내니 큰 문제가 될 건 없었지만 낡아도 너무 낡았다. 여름이 오자 이불 대신 큰 수건을 덮고 자면서 그간 불평을 안 한 것만 해도 고마웠다.

"그래, 영화 보고 와서 골라봐. 잠자리는…… 아…… 조금만 더 생각해보기로 하고, 일단 영화부터 보러 가자."

옷장에서 여름옷을 꺼내며 채희는 옷과 신발, 속옷, 양말을 더 사야 한다는 걸 깨달았다. 모처럼 외출하는지라 셋 다 예쁘게 입고 싶은 건 당연한 마음이었다.

"우리 같이 다니면 사람들이 세 쌍둥인 줄 알겠다."

채희가 애써 밝게 말했다. 본체의 권한으로 가장 좋은 옷을 고른 게 좀 미안했다.

"옷도 더 사자. 나가는 길에 간만에 신발도 직접 구경하고."

셋은 〈양말 줍는 소년〉이라는 아기자기한 판타지 영화를 보러 갔다. 채희 주변에는 이런 영화를 좋아하는 친구들이 없었다. 희와 채는 당연히 채희만큼 열광했다. 평소 혼자 보던 영화를 같이 보고 영화에서 가장 귀엽게 등장했던 기린 인형을 충동 구매한 것까지는 좋은데 저녁을 먹고 후식으로 커피와 케이크를 추가한 영수증을 보니 눈 앞이 막막했다. 기분전환도 쉽게 할 게 못 되었다. 옷에 신발까지 살 생각을 하니 아득했다. 게다가 채가 말했듯이 이 집은 이제 셋이 살기엔 너무 좁았다. 눈 딱 감고 일을 하나만 더 맡을까?

채희는 영화를 보고 나와 받은 전화를 떠올렸다. 이미 거절했는데 다시 생각해달라고 온 전화였다. 마감도 여유 있게 준다고 했다. 채가 들어와 슬쩍 눈치를 살폈다. 채희는 빙긋 웃으며 자리에서 일어났다. 채는 컴퓨터를 입고 쇼핑몰 사이트에 들어가 신나게 옷을 구경했다. 채희도 옆에서 여분 안경을 끼고 같이 구경했다.

"그거 사, 그거. 이쁘네."

채가 가격을 보고 옷을 밀어내는 걸 채희가 팔을 잡았다. 채도 채희였다. 채가 무얼 마음에 들어 하는지, 왜 안 골랐는지 모를 이유가 없었다.

"음……."

"그간 너무 신경 못 써줬잖아. 그건 아예 네 전용 옷 해."

채가 배시시 웃었다. 채희는 자기가 저렇게 웃는구나, 하는 생각에 새삼 신기한 기분이 들었다.

자다가 가위에 눌렸고, 가까스로 잠에서 깼다. 채희는 멍하니 일어나 시계를 봤다. 새벽 3시 17분을 가리키고 있었다. 한 시간도 못 자고 깼다는 의미였다. 몸이 안 좋아서 일찍 누웠는데, 제대로 자지도 못하고 가위에 시달리다니 왈칵 짜증이 치밀었다. 자리에서 일어나 습관처럼 화장실에 갔다. 요 며칠 계속 기분이 나쁘고 사소한 일에도 신경질이 나더니 그 이유를 알 것 같았다. 한편으로는 안심이 되었고, 한편으로는 기분이 더 처졌다.

화장실에서 나오니 거실 불이 켜져 있었다. 채가 거실 구석에 마련한 칸막이를 열고 나와 소파에 앉아 있었다.

"왜? 잠이 안 들어? 우유 데워줘?"

채가 물었다.

"미안, 괜히 깨웠네."

"아냐, 나도 뒤척이고 있었어. 얼굴이 안 좋네. 어디 아파?"

"생리해."

채희는 소파에 드러누웠다.

"아……."

채가 핫팩을 데워 와 등에 얹어주었다.

"많이 힘들어?"

채가 묻는 말이 낯설었다. 채와 희는 채희에게서 나왔고, 그래서 모든 걸 공유했고, 알았고, 설명할 필요가 없었다. 하지만 이건 달랐다. 클론은 생식 기능이 없었다. 채도 생리가 어떤 건지는 기억했지만 그뿐이었다. 새삼스레 클론과 자신은 다른 존재라는 생각이 들었고, 채가 달라 보였다.

"좋겠다."

채희가 중얼거렸다. 채가 피식 웃었다.

"가서 잘래."

채희가 일어나자 채가 등 뒤에서 다정하게 안아주었다.

"우울해 하지 마."

"응."

채희는 채를 보고 배시시 웃었다. 채도 그렇게 웃었다.

채희는 소파에서 뒹굴거렸다. 희가 나왔다가 채희를 보더니 발끝으로 살금살금 걸어 최대한 조용히 커피를 탔다. 채희는 소파에서 내려와 바닥을 굴렀다. 희는 작업방에서 채에게 문자를 남겼다. 몇 시간 후 일어난 채는 문자를 확인하고 가능한 한 인기척을 내지 않고 살살 움직였다.

김정연 님에게서 전화 왔습니다.

채희는 전화가 왔다는 말에 앓는 소리를 냈다.

"음성으로만."

연결되었습니다.

— 어이, 유채희, 뭐하냐?

"일해."

채희는 소파에 누워 공을 던졌다가 받았다.

— 일은 무슨. 너 지금 소파에서 뒹굴지?

"아냐, 진짜 일해."

— 이번 주 토요일에 민호 생일인 거 알지? 근데 민호가 토요일엔 애인 만날 거래. 그래서 오늘 볼까 하는데, 별일 없지?

"안 돼. 일하는 중이야."

— 목소리가 딱 소파에서 공 던지고 노는 목소리고만, 뭘.

채희는 한숨을 쉬었다. 정연은 초등학교 때부터 친구였다. 그 때부터 둘은 아침에 일어나서 자기 전까지 언제 어디서나 음성메신저에 접속해 사이사이 수다를 떨었다. 정연은 채희의 목소리만 듣고도 자다 깼는지, 밥은 먹었는지, 그림을 그리는지, 영화를 보는지 귀신같이 알았다. 정연은 남편하고 연결한 음성메신저는 필요할 때만 들어간다며, 농담처럼 남편보다 더 붙어 지낸다고 말할 정도였다. 정연의 신혼여행 때도 채희는 같이 있었던 거나 마찬가지였다. 하지만 그런 정연도 한 가지만은 이해하지 못했다.

"정연아, 믿어주라, 나 일한다. 나 지금 힘들어."

—마감 급해?

"아주 급한 건 아닌데…… 암튼 오늘은 안 돼."

—너 진짜 일하는 거 맞아? 화면 켜봐.

채희는 화상 전화라는 걸 발명한 사람 사진을 구해다가 권투 게임에 넣고 두들겨 패는 상상을 했다.

—빨랑 안 켜?

"화상 전환."

천장에 정연이 나타났다.

—봐, 내가 뭐랬어?

정연이 소파에 누워 있는 채희를 보며 의기양양하게 말했다.

"나도 나가고 싶다고. 근데 그럴 수가 없다고."

—왜 못 나오는데? 마감 급한 것도 아니라며.

"이건 변비 같은 거야, 해결하기 전에는 어쩔 수 없어."

—웬 변비? 어? 저게 네 클론이야?

정연이 채를 발견하고 물었다. 채는 난처한 얼굴을 했는데 '안녕'이라고 할지, '안녕하세요'라고 할지 망설여지기 때문만은 아니었다.

─안녕? 난 채희 친구 정연이야. 넌 누구야? 희? 채?

"채."

채는 짧게 대답하고 채희를 슬쩍 살폈다.

─근데 진짜 채희랑 완전 똑같다. 희도 똑같겠지? 서로 안 헷갈려?

채는 고개만 저었다.

─완전 똑같은데 잘못 부르고 그러지 않아?

"쌍둥이도 가족끼린 알아보잖아. 친한 친구들도."

─아, 그렇구나. 희는 어딨어? 어머, 완전 신기하다. 오늘 너네 셋 다 나와라, 응?

"정연아."

채희가 건조하게 말했다. 채는 올 것이 왔다는 걸 알았다.

"이만 끊자."

정적이 흘렀다. 정연은 자기가 들은 말을 믿을 수 없다는 듯 채희를 바라보았다.

"종료."

채희는 들릴 듯 말 듯 말했지만, 정연도 음성 탐지기도 채희가 한 말을 놓치지 않았다. 화면이 사라졌다.

채희는 허공에 떠 있는 공을 멍하니 바라보았다. 안경을 벗자 공도 사라졌다. 채희는 눈을 비볐다.

"나 진짜 일하는 건데."

"커피 타줄까?"

채가 조심스레 물었다. 채희는 고개를 저었다.

"아니, 혹시 귤차 남은 거 있어?"

"아……. 내일 오는데, 가게 갔다 올게."

"아냐, 내일 올 거라면서."

채희는 소파에서 바닥으로 내려와 개수대 밑까지 굴러갔다가 다시 돌아왔다.

"내일 오는 건 내일 오는 거고. 사다 줄게."

채는 바로 신발을 신고 나갔다.

"고마워, 내 마음 알아주는 이 너뿐이구나."

"나도 있다네."

희가 나오며 말했다. 희는 화상 통화를 하는 소리가 들려 일부러 방에 있었다. 지금 채희는 혼자 있어야 했다. 전화도, 대화도 불가능했다. 희도 정연이 계속 조르는 걸 들으며 결국 이렇게 되리라 짐작하고 있었다.

"초콜릿케이크 먹고 싶다."

채희가 혼잣말처럼 말했다. 희는 듣기 무섭게 채에게 전화를 걸어 작은 목소리로 초콜릿케이크도 사 오라고 말했다. 상표는 말할 필요도 없었다. 채가 희에게 채희는 괜찮은지 물었다.

"모르는 척하자."

희가 소곤거렸다.

"아, 이번 일 진짜 왜 이렇게 안 풀리지?"

채희는 안경을 끼고 공을 받았다. 다시 던졌다. 채가 초콜릿케이크와 귤차를 사왔지만 거들떠보지도 않았다. 정연을 매몰차게 뿌리친 덕에 심란해져 더 집중이 되지 않았다. 채희는 정연에 대해 생각하지 않으려고 애썼다.

작업이 막히면 어떻게든 뚫고 나갈 때까지 아무것도 하지 못했다. 정연에겐 공을 던지며 빈둥대는 꼴로만 보일지 몰라도, 채희는 돌파구를 찾느라 몸부림을 치는 참이었다. 절대로 방해받아서는 안 되는 순간이 있는데 정연은 이해하지 못했다.

채랑 희는 어쩌겠느냐는 듯 어깨를 으쓱하고는 각기 할 일을 했다. 채희는 주말이 되어서야 문제를 해결하고 작업에 들어갈 수 있었다. 정연의 마음을 푸는 건 훨씬 오래 걸렸다.

희가 채희 어깨를 잡고 흔들었다.

"아."

채희는 의자에서 깜빡 잠들었다가 허둥지둥 자세를 바로 하고 안경과 팔에 낀 센서를 벗었다.

"채는 어때?"

"괜찮아. 자는 거 보고 왔어. 침대에 가서 자."

희가 말했다. 채는 바람 좀 쐬겠다고 혼자 전시회를 보러 갔다 오는 길에 교통사고를 당했다. 낮부터 술을 마신 운전자 차에 치인 것이다. 어이없는 사고였다. 오른쪽 다리와 갈비뼈 둘이 부러졌는데 의사는 그만하면 다행이라고 했다. 운전자는 채가 클론이라는 걸 알자 대놓고 안심하며 당당하게 합의를 요구했다. 채희는 태어나서 처음으로 지금까지 들어본 온갖 욕이란 욕은 다 입에 올리며 싸웠다. 결국 경찰이 두 사람을 억지로 떼어놓았다.

"채 퇴원하면 이사 가자."

희가 고개를 끄덕이며 채희를 안아주었다. 채희는 눈물을 닦았다. 채희는 희 컴퓨터를 입고 희가 하던 작업을 넘겨받았다. 희는 당분간 병원을 오가며 채를 돌볼 생각이었다.

"네가 있어 정말 다행이다."

채희가 말했다. 희도 배시시 웃었다.

채희는 잠에서 깨서 늘어지게 기지개를 켰다. 채에게 영상이 와 있었다. 희가 왔고, 자기는 괜찮으니 걱정 말고 아침 잘 챙겨 먹으라는 말이었다. 채희도 병원에 가고 싶었지만 연이은 마감에 도무지 시간을 낼 수가 없었다. 희에게 넘길까도 했지만 작업 설명하는 시간이 더 걸릴 것 같았다.

부엌으로 갔다. 개수대에는 설거지가 산처럼 쌓여 있었고, 가스레인지에는 얼룩이 잔뜩 묻어 있었다. 희가 채를 주려고 밑반찬을 만든 흔적이었다. 채희는 가스레인지 앞에 서서, 왜 가스레인지 전용 자동 청소기는 나오지 않는지 고민했다. 밥통을 열자 밥은 있었는데 밥그릇이 없었다. 채희는 일어나면 언제나 기운이 없고 허기가 졌다. 식기세척기에 그릇을 넣어도 한참 걸릴 거다. 채희를 가장 큰 절망에 빠뜨린 건 커피가 없다는 사실이었다. 배달 예정 시간까지 다섯 시간이나 남았다.

채희는 찬장을 열고 까치발을 해 높이 올려두었던 냉면 그릇에 밥을 담고 숟가락과 젓가락만 대충 헹궈 식탁에 앉았다. 이사 갈 집도 알아보고, 개수대도 닦아야 하고, 식기세척기에 그릇도 넣어야 했다. 거기에 희가 맡은 일까지 하려면 오늘 밤도 일찍 자긴 글렀다.

채희는 밥을 먹고 통장 잔고를 확인하며, 클론을 하나 더 만들면 어떨지 진지하게 고민했다.

■ 클 론 은 ……

착상은 종종 불현듯 찾아온다. 일단 착상이 떠오르면, 쓰기 전까지는 사람을 놔주지 않아 어떻게든 써야 한다. 「클론」도 그렇게 갑작스레 찾아왔고, 사나흘 만에 초고를 썼다.

『각인』 수록작 중 가장 편한 마음으로 쓴 글이지만 소소하게 신경 써야 하는 장면이 많았다. 똑같은 사람들이 함께 있는 장면은 자칫 무서워 보일 수 있어 귀엽게 그리려고 이리저리 연출을 다듬었다.

거울 합평회를 통해 재미있는 평과 의견을 많이 들었고, 몇 가지는 최종 수정 때 반영했다. 그날 합평회에 나와준 분들에게 감사드린다.

일 상

일 상

"무슨 일 있으세요?"

매니저가 막 퇴근하려는 사장에게 물었다. 사장은 순간 주춤거렸다. 매니저가 한 발 가까이 왔다.

그가 운영하는 보드 카페는 평일에 일하는 아르바이트생이 낮에 네 명, 저녁에는 둘이 더 와 여섯, 주말만 일하는 아르바이트생은 여섯에서 여덟 명인 제법 큰 카페였다. 아르바이트생들은 대부분 이십대 초중반으로, 막 청춘을 맞은 아이들이 그렇듯 너무 친해져 일은 안 하고 시시덕거리다가, 사소한 일로 사이가 틀어져 연락도 없이 그간 일한 아르바이트비도 포기하고 안 나오는 일도 있었다.

그는 그런 문제를 잘 처리하지 못했기 때문에 매니저를 고용했다. 속사정 모르는 아르바이트생들은 그가 유산이라도 물려받아 젊은 나이에 대학가에서 커다란 보드 카페를 열었다고 생각했다. 하지만 그가 이만큼 안정된 생활을 하기까지는 오랜 시간이 필요했다.

카페를 나가려던 그를 잡은 매니저는 세 번째 매니저였고, 가장 유능했다. 아르바이트생들 사이에서 일어나는 일도 잘 대처했고, 작은 일로 하소연을 늘어놓으며 귀찮게 굴지도 않았다. 덕분에 그는 카페를 운영하는 데 필요한 일들을 의논할 때 외에는 매니저와 말을 섞을 일이 없었다. 매니저는 덧없이 무슨 일이 있느냐고 물을 사람이 아니었고 그래서 그만 '그냥 잠을 좀 못 잤어요.'라거나 '아뇨, 별일 없는데요.'라고 선뜻 대답하지 못했다.

"무슨 일이세요?"

매니저가 확신을 갖고 물었다. 살아오며 그한테 무슨 문제가 있다는 걸 알아차린 몇 안 되는 사람들의 얼굴이 스쳐 지나갔다.

매니저는 더 재촉하지 않고 기다렸다. 기다릴 줄 아는 사람이었다. 이런 사람이라면 이야기를 해도 괜찮을지도 모른다. 그녀는 사이사이 "나도 그런 적이 있는데……"라거나 "나 아는 사람 중에……"라는 식으로 자기 이야기를 늘어놓으며 그의 말문을 막지 않고, "이런 방법은 어떨까요?" 하며 되도 않는 충고를 하는 대신 묵묵히 들어줄지도 모른다. 그래서 아무것도 해결되지는 않을지라도 잠시 위로를 받을 수 있을는지도 모른다. 그는 하루하루 무의미하게 지나가는 시간 속에서 작은 위로가 얼마나 큰 힘이 되는지 겪어왔다.

"다음에요."

그는 힘겹게 유혹을 뿌리쳤다. 마음이 저려왔다. 그는 '다음'이란 '영원히 일어나지 않을 일'의 줄임말이라는 걸 알고 있었다. 매니저는 잠시 그의 눈을 바라보다가 말했다.

"저 의외로 한가한 거 아시죠?"

"그래요, 고마워요, 마감 잘 부탁해요."

매니저는 그가 말한 "고마워요."가 그저 자리를 피하고자 하는 말이라는 걸 알아채고 미세하게 눈썹을 찡그렸다. 그는 카페를 나왔다. 카페에서 집까지는 걸어서 십오 분이었다. 그는 죽집에서 야채죽을 포장하고, 가게에 가 1.5리터 소주를 샀다.

"술 담그시나봐요?"

가게 주인이 물었다. 그는 어물쩡 대답을 흘렸다. 집에 와 씻고 옷을 갈아입고, 엠피쓰리플레이어와 스피커를 놓기 위한 붙박이 선반 외에는 아무것도 없는 작은 방에 김장용 비닐을 펼쳤다. 부엌 찬장에서 소주잔과 비타민 통을 꺼내 와 아이언 메이든의 〈Fear of the Dark〉를 들으며 소주를 땄다. 투명한 액체가 잔을 채웠다. 비타민 통에서 약을 꺼냈다. 약들은 대부분 흰색에 타원형도 있고, 원형도 있었다. 생김새도 성분도 조금씩 다르지만 목적은 같은 이 약들은 비타민이 아니다. 이 병을 가득 채우는 데 오랜 시간이 걸렸다. 제도가 바뀌며 처방전이 없으면 구하기 힘들게 된 약이었다.

일렉 기타와 심장을 내리치는 드럼 소리를 들으며 약을 한 알 입에 넣고 첫 잔을 털었다. 그는 밤중에 홀로 거리를 걷는 남자의 나직한 중얼거림을 들으며 1992년에 그가 무엇을 했는지 떠올리려 했다. 기억나지 않았다. 어차피 중요하지 않았다. 다음 잔을 따랐다. 노래가 혹은 절규가 본격적으로 시작되었고, 두 번째 약을 술과 함께 삼켰다. 목구멍이 뜨거워졌다. 팔 분 삼 초간 이어지는 곡이 끝났을 때 그는 자기가 넉 잔을 마셨는지, 다섯 잔을 마셨는지 셀 수 없었다. 세고 있지도 않았다. 술도 약도 거의 줄어 있지 않다는 것만이 중요했다.

시간이 흐를수록 매번 곡을 고르기 힘들어질 거라는 건 당연했기에 아이언 메이든 앨범 하나를 통째로 골랐다.

첫 곡은 〈A Different World〉였다. 확 다른 분위기의 곡이 울리자 잠깐 술이 깨는 기분이 들었다. 그는 느리게 술을 따랐고, 약을 삼켰다. 몸이 나른해졌다. 벌써 이러면 안 되었다. 그는 자세를 바로 하고 넘치지 않게 조심하며 술을 따랐다. 약이 한 번에 대여섯 개가 나왔다. 약병 뚜껑에는 '약병에 손을 넣지 마시고 뚜껑에 덜어 복용하십시오'라고 쓰여 있었다. 그는 뚜껑에 쏟아진 약을 하나만 남기고 도로 약병에 넣으려고 했지만 잘되지 않았다. 그는 손을 멈췄다. 약병에 손을 넣지 말라는 건 약이 오염되지 않도록 하기 위해서일 거다. 그는 오늘 밤에 이 약을 다 먹을 생각이었다. 그러니 이런 주의사항은 아무 의미가 없었다. 뚜껑에 쌓인 약 중 한 알을 집어 술과 함께 삼켰다.

약 뚜껑이 비었다. 약병을 기울여 한 무더기를 쏟았다. 방습제가 딸려 나왔다. 비타민을 다 먹고 다른 약을 모으기 시작했을 때 버리지 않고 놔둔 방습제였다. 그는 방습제를 도로 넣었다.

〈The Pilgrim〉이 흘렀다. 그는 곡 목록을 확인했다. 〈Brighter

Than a Thousand Sons〉는 팔 분 사십육 초짜리 대곡이었다. 그는 분명 그 곡의 시작을 들었다. 우린 신의 아이가 아니야. 우린 그가 선별한 사람이 아니지. 격정적으로 넘어가는 부분도 들었다. 하지만 그 뒤는 기억에 없었고, 〈The Pilgrim〉도 막바지에 이르러 있었다.

술을 따랐다. 술잔이 넘쳤다. 넘치는 술잔에 입을 대고, 잔을 따라 흐르는 술을 급하게 핥다가 혀가 바닥에 닿았다. 그는 술을 빨아 마셨고, 비닐이 입술에 닿자 역해서 서둘러 뱉었다.

술잔이 넘칠 때 급히 입술을 대는 건 이상한 일이 아니다. 하지만 잔을 타고 내려오는 술을 핥다가 혀가 바닥까지 닿는 건, 혼자 있었으니 망정이지 다른 사람이 앞에 있었다면 좋아 보이지 않는 모습일 거다.

취할 거라는 걸 알고 있었고, 남은 술도 모두 마실 생각이었다. 집에는 혼자 있었다. 그래도 정도는 지키고 싶었다. 그는 정도가 무언가 생각하며 약을 꺼내려고 약병을 들었다가 뚜껑 가득 쌓인 약을 보고 눈을 깜빡였다. 아깐 비어 있지 않았나?

취했다. 그는 자기 자신에게 말했다. 아직 술이 많이 남아 있었다. 술 때문만은 아니었다. 그는 약을 입에 넣고, 술을 마셨다.

〈A Different World〉가 다시 나왔다. 술병이 삼분의 일 정도 비었다. 안주거리를 좀 사올 걸 그랬나 싶었다. 취하는 속도가 너무 빨랐다. 한 병을 다 마셔야 했다. 그냥 그러려고 작정했다는 걸 제외하면 꼭 그래야 할 이유는 없었다. 그는 정신을 차리고자 노력하면서 약을 입에 넣고 술잔을 들다가 술을 엎었다. 아까웠다.

옷자락으로 슥슥 닦았다. 축축한 옷자락이 팔뚝에 닿자 기분이 언짢아졌다.

약을 입에 넣었다. 술을 마셨다. 〈A Different World〉가 다시 나왔다. 마침내 술병이 끝나갔다. 약을 입에 넣었다. 잔이 비어 있었다. 술병을 들어 기울였다. 이제 얼마 남지 않아 병을 많이 기울여야 했는데, 그렇게 힘들게 기울여 따르기에는 소주잔은 너무 작았다. 그는 가벼운 페트병에 입을 대고 술을 한 모금 넘겼다.

〈Lord of Light〉가 들렸다. 술은 아직도 남아 있었다. 약을 입에 넣고, 술병을 들었다.

눈을 떴다. 정신이 돌아옴과 동시에 속이 울렁거렸다. 가다가 토하지 않도록 최대한 천천히 일어났다. 머리 옆에 이미 한 차례 토한 흔적이 보였다. 그는 토사물을 밟지 않도록 조심하며 화장실로 가 변기에 머리를 박았다. 몸이 뒤틀렸다. 내장이 다 목구멍으로 올라오는 것 같았다. 그는 변기 끝에 머리를 기댔다. 어지럽고 기운이 없어 이대로 죽어버릴 것 같았다. 그는 웃는지, 우는지 모를 소리를 냈다.

일어설 만큼 회복되자 물을 내리고, 옷을 벗어 빨래 바구니에 넣고, 가그린을 하고, 찬물로 대충 세수를 했다. 방에 들어가기 전 숨을 깊이 들이마셨다. 여기서부턴 빨리 해야 했다. 문을 열고 토사물이 흐르지 않도록 비닐을 조심스럽게 접어 쓰레기봉투에 넣다가 더 참지 못하고 급하게 숨을 뱉었다가 다시 마셨다. 순간 역한 냄새가 올라와 다시 토할 뻔했다. 재활용 쓰레기통을 확인하니 빈 술병과 빈 약병이 들어 있었다. 개수대에는 아무것도 없었다. 찬장을 열었다. 소주잔 하나가 비었다. 일반 쓰레기통을 열었다. 술 냄새가 풍기는 젖은 휴지 틈으로 깨진 유리가 보였다. 서서히 머리가 아프기 시작했다.

일요일이었다. 그는 일요일에는 출근하지 않았다. 냉장고를 열어 죽을 꺼내 몇 수저 덜어 전자레인지에 데워 먹었다. 다시 잤다.

눈을 떴을 때는 해가 져 있었다. 속이 아리고 어지러웠다. 죽을 데워 억지로 입에 넣었다. 버라이어티 쇼를 몇 편 보고, 남은 죽을 데워 먹고 자자 아침이었다.

그는 오전 11시에 출근했다. 11시 반에 아르바이트생이 와서 인사를 하고 옷을 갈아입었다. 1시에 아르바이트생과 점심을 먹었다. 11시 반에 오는 아르바이트생은 5시 반까지 일했다. 시간이 애매해 밥을 안 줘도 상관없었다. 대학가인 데다 위치가 좋아 월세는 비쌌고, 아르바이트생과 매니저한테 나가는 월급도 만만치 않았고, 이래저래 관리비도 많이 들어 그렇게 큰 돈을 버는 건 아니었다. 하지만 그는 배가 고프다는 게 어떤지 알았고, 다섯 시간 이상 일하는 아르바이트생한테는 무조건 밥을 줬다. 가끔 손님이 몰려 밥시간이 늦어지면 원래 밥을 안 먹는 아르바이트생도 불러서 같이 먹었다.

매니저는 5시, 한창 바빠지기 전에 왔다. 유니폼으로 갈아입고 카운터로 오더니 새로 들어놓으면 좋을 것 같은 보드 게임을 설명하고 가격을 말했다. 토요일 일로 그의 안색을 살피려는 눈치는 보이지 않았다. 그는 모두 좋다고 하고 6시 반에 퇴근했다.

집에 오며 김밥 두 줄과 어묵을 포장했다. 김밥 한 줄과 어묵 반을 먹고, 웹툰을 좀 보았다. 내일도 출근해야 했기 때문에 너무 어려운 건 하고 싶지 않았다.

뭐든지 하다보면 익숙해지고 더 편한 방법을 찾게 되기 마련이다. 예전에는 멀리까지 갔다. 그는 한밤중에 차를 타고 우연찮게 눈에 띈, 짓다 만 아파트 단지에 간 적이 있었다. 단지에 들어가 가장 외진 곳에 있는 아파트 옥상까지 걸어 올라갔다. 엘리베이터는 아직 짓기 전이었다. 꼭대기에 도착해 한참 동안 숨을 몰아쉬며 평소에 운동을 해야 하나 생각했다.

옥상에 도착해 오른팔에 잭나이프를 묶고, 밧줄로 고리를 만들고 밧줄 끝을 철근에 단단히 묶었다. 그는 고리에 목을 매달고 뛰어내렸다.

숨이 막히고 눈이 튀어나올 것 같았다. 그는 두 손으로 밧줄을 잡고 발버둥쳤다. 마침내 정적이 찾아왔다.

눈을 떴다. 숨이 막혔다. 화급히 오른손에 묶어둔 잭나이프로 밧줄을 잘랐다. 머리카락이 하늘로 솟구치고, 온몸에 붙은 살과 내장까지 위로 밀려 올라가는가 싶더니 머리부터 발끝까지 고통이 강타했다. 이윽고 적막이 찾아왔다.

눈을 떴다. 성인의 몸에는 두개골에 23개, 팔에 64개, 다리에 62개, 척추에 26개, 귓속에 6개, 가슴에 25개로 총 206개의 뼈가 있다. 지금 같은 경우가 아니라면 자기 몸에 몇 개나 되는 뼈가 있는지 느끼며 살지 않는다. 그는 몸속에서 뼈 206개가 각기 자기 위치를 알리는 비명을 들으며 일어서려다 주저앉았다. 내일이라도 헬스장이든 수영장이든 등록해야겠다고 생각했다.

밤새 비가 내렸는지 땅도 몸도 축축했다. 그는 한숨을 쉬면서 까마득한 높이의 옥상을 올려다보았다. 언젠가 절벽에서 떨어졌을 때, 열쇠가 망가져 차를 열지 못한 적이 있었다. 갈아입을 옷도, 지갑도, 전화기도 모두 차 안에 있었다. 그래도 산이어서 다행이었다. 그는 지나가는 사람한테 발을 헛디뎌 굴렀다고 변명하고 전화기를 빌렸다.

같은 일이 일어나면 안 된다는 생각에 열쇠를 빼놓고 뛰어내렸다. 문제는 열쇠를 옥상에다 두고 뛰어내렸다는 거다. 그는 어쩌면 이렇게 멍청한가 자책하며 비상구로 들어갔다. 전날보다 몇 배는 길게 느껴졌다. 몇 계단에 한 번씩 멈춰 숨을 몰아쉰 끝에 겨우 옥상에 도착했다. 열쇠를 주워 올라갈 때보다는 수월하게 내려와 차문을 여는 버튼을 눌렀다. 아무 반응이 없었다. 순간 공황에 빠졌다. 짓다 말아 폐허 같은 아파트 단지에서 피와 흙과 비로 얼룩진 꼴을 뭐라고 설명한단 말인가. 열쇠만 조심하면 된다는 생각에 이번에도 지갑과 휴대전화를 차 안에 두었다. 열쇠가 밤새 비를 맞아 고장 난 것 같았다.

공황은 오래가지 않았다. 그는 마음을 가라앉히고 열쇠를 열쇠구멍에 넣었다. 한 번도 열쇠로 문을 연 적이 없어 조금 삐걱거리긴 했지만 문이 열렸다. 그는 앞으로 날씨를 제대로 확인할 것과 열쇠를 잘 두어야 한다는 점을 잊지 말자고 마음속으로 되뇌며 물수건으로 얼굴과 손을 닦고 옷을 갈아입었다.

지금은 그렇게 어렵게 하지 않는다. 작은 방 문고리에 스카프를 묶고 거기에 목을 걸었다. 높이는 중요하지 않았다. 엉덩이만 바닥에 닿지 않아도 충분했다.

눈을 뜨기 무섭게 무릎에 힘을 주고 당겨 쪼그려 앉아 목에 맨 스카프를 풀었다. 시계를 보니 오전 9시였다. 카페 문을 열 시간에 늦지 않을 듯싶었다. 그는 김밥과 남은 어묵을 전자레인지에 데워 먹었다.

출근 준비를 하는데 터틀넥이 보이지 않았다. 앞으로 목을 매달기 전에는 꼭 터틀넥이 있는지 미리 확인하자고 다짐하며, 빨래바구니를 뒤져 검은 터틀넥을 찾아 페브리즈를 뿌렸다. 입자가 나오는 힘이 약했다. 그는 집에 오다 페브리즈 리필팩을 사오는 걸 잊지 말아야겠다고 생각했다.

카페 문을 열고 얼마 지나지 않아 아르바이트생이 왔다. 아르바이트생은 입간판을 내놓고, 냉장고를 열어 우유가 몇 개 남았나 확인했다.

"하나밖에 없네요. 사 올까요?"

"그래, 점심 뭐 먹을래?"

그는 되도록 작게 말하며 지갑을 꺼냈다. 목을 맨 다음 날이면 목이 잠겼다. 아르바이트생이 그의 눈치를 살폈다.

"햄버거 먹어도 돼요?"

햄버거 가게는 카페에서 좀 멀었다. 그는 고개를 끄덕였다.

"사장님은 죽 드시죠?"

그는 잠시 아르바이트생을 보다가 이번에도 고개를 끄덕였다.

"목티 입고 오시는 날은 꼭 죽 드시더라고요."

심장이 내려앉았다. 그는 마른침을 삼키는 대신 애매한 웃음을 지었다.

"금방 다녀올게요."

아르바이트생은 씩씩하게 뛰어나갔다. 오 분도 안 되어 대여섯 명이 한 팀으로 들어왔다. 그는 게임 메뉴와 음료 메뉴를 가져다 놓았다. 한 아이가 바로 게임을 골랐다.

"이거야, 이거! 진짜 재밌다니까. 이거 주세요. 설명도 해주시고요."

그도 아는 게임이었지만 지금은 목이 너무 아팠다. 햄버거 가게는 멀고, 죽은 포장하는 데 오래 걸리니 아르바이트생이 오기까지는 최소한 이십 분은 남았다. 그는 되도록 천천히 말했다.

"제가 지금 목이 안 좋아서요. 아르바이트생 올 때까지 다른 게임 하면서 기다려주실 수 있을까요? 그때까지 요금은 안 받을게요."

"아, 저희 수업 시간 전에 가야 하는데, 오래 있다 오나요?"

"한 이십 분은 걸릴 거예요."

아이들은 다른 게임을 하자, 네가 설명하면 안 되느냐, 자기들끼리 한참 떠들더니 결국 게임을 해본 아이가 설명을 하기로 했다. 카페에 다른 손님도 없었고, 설명하는 아이 목소리도 커서 뭐라는지 들렸는데 엉뚱한 소리를 하고 있었다.

"야, 아무래도 그거 아닌 거 같은데?"

그때 아르바이트생이 뛰어 들어왔다. 그는 우유와 햄버거 봉투를 카운터에 놓고 잽싸게 달려갔다.

"설명해드릴까요?"

아이들이 한 목소리로 "네!"라고 대답했다. 이윽고 "봐, 이상하댔잖아!"라고 먼저 설명하던 아이를 타박하는 소리, 깔깔대는 웃음소리 사이로 간간이 아르바이트생이 게임 설명을 하는 소리가 들렸다. 그는 우유를 냉장고에 넣었다. 우유가 든 봉지에 생강차가 보이기에 카운터에 놓았다. 설명을 마친 아르바이트생이 왔다.

"죽은 오래 걸리지 싶어서 그냥 배달시켰어요."

그는 느리게 고개를 끄덕이고 햄버거를 가리키며 먹으라는 시늉을 했다. 아르바이트생은 고개를 저었다.

"눈치 보니 오 분에 한 번씩 불러서 뭐 물어볼 것 같아요. 저 팀 가면 먹을게요. 그리고 이건 사장님 드세요. 제가 사는 거예요."

아르바이트생이 주머니에서 거스름돈과 영수증을 건네고, 생강차를 내밀었다.

"목 아프신 거 같아서요."

아르바이트생은 별일 아니라는 투로 말했다. 그는 어떻게 해야 하나 잠시 망설이다 말했다.

"설명이 좀 늦어서……."

"아, 콜라 서비스라도 할까요?"

"두 캔만."

"네!"

아르바이트생은 활기차게 일어나 컵 두 개에 얼음을 담고, 콜라 둘, 빨대 여섯 개를 챙겼다. 1시에 아르바이트생 두 명이 더 출근했다.

"사장님, 옷에 페브리즈 뿌리셨어요?"

그중 한 명이 물었다. 그는 고개를 끄덕였다.

"그거 막 뿌리면 안 돼요."

아르바이트생은 성분이 명확하지 않은 방향제가 건강에 나쁘다는 이야기를 길게 늘어놓았다. 그한테 생강차를 준 아르바이트생이 듣다 못해 말했다.

"야, 됐어, 즉사만 안 하면 되지."

아이들은 뭐가 웃긴지 깔깔대고 웃다가 손님이 오자 맞으러 나갔다. 그는 잠자코 앉아 있다가 퇴근 시간에 남은 죽을 들고 카페를 나와 가게에 들러 페브리즈 리필팩을 샀고, 세탁기를 돌리고 오늘은 피곤하니 그냥 쉬기로 하고 텔레비전을 켰다. 자정이 다가왔지만 잠이 오지 않았다. 머리가 짧고 덩치가 큰 MC가 진행하는 프로그램은 시끄럽기만 하고 재미가 없었다. 텔레비전을 끄고 싱크대 서랍을 뒤져 검은 비닐봉지와 박스 테이프를 꺼내 작은 방으로 가 엠피쓰리플레이어에서 루시드 폴을 골랐다. 바다에서 살다가 잡혀 가판대에 오른 물고기가 자기를 사 가는 사람을 다독이는 노래를 들으며 테이프를 이용해 두꺼운 겨울 이불로 벽을 둘렀다. 박스테이프로 다리를 동여매고 손목을 감싸는 동안 노래를 노래하는 노래가 흘렀다. 숨을 깊이 들이마시고 검은 봉지를 머리에 쓰고 목을 테이프로 둘렀다. 다리를 손목에 넣어 팔을 뒤로 빼자 더 이상 숨을 참기 어려워졌다. 숨을 들이마시자 공기 대신 매끄러운 봉지가 입과 코를 막았다. 숨을 내뱉어 비닐이 떨어지기 무섭게 공기가 들어올 수 없다는 걸 아는데도 입과 코는 헛되이 숨을 쉬기 위해 애썼고, 폐는 공기를 들여보내라 아우성쳤다. 그는 예정된 고통에 몸부림치며 나직하게 말을 걸듯 부르는 노래에 집중하려 안간힘을 썼다. 벽에 머리를 부딪히고, 발로 벽을 걷어찼다. 더 이상 아무 소리도 들리지 않았다.

편의점에서 사온 삼각김밥과 어묵으로 저녁을 먹고 엠피쓰리 플레이어에 모차르트 바이올린 협주곡 몇 곡을 걸었다. 모차르트는 1756년에 태어났다. 그는 자기가 그때 있었는지 기억해보려 했지만 알 수 없었다. 그는 지난 일을 잘 기억하지 못했다. 특히 삶의 형태가 달라지면 전 삶의 기억은 놀랄 만큼 빨리 사라졌다. 보드 게임 카페를 열기 전에 뭘 했는지가 벌써 희미해지고 있었다. 확실한 건 대부분 사람들한테 올해가 몇 년도인지가 별로 중요하지 않던 때가 있었다는 것뿐이다.

욕조에 뜨거운 물을 받는데 문득 보드게임 카페를 열기 전에 하려던 일이 생각났다. 그는 작은 테이크아웃 전문 커피점을 열려고 했다. 계약금을 내고, 정식으로 계약을 하러 건물 주인을 만났다. 계약서에 주민등록번호를 쓰기 위해 주민등록증을 꺼냈다.

"주민등록번호 못 외우세요?"

부동산주인이 물었다.

"네, 이번 주민등록번호는 좀 어렵네요."

정적이 감돌았다. 건물주인은 계약을 파기했고, 계약금도 돌려주지 않았다. 그는 항의했지만 경찰서에 신고하겠다는 말에 움츠러들었다. 신고해도 상관없었다. 그는 법적으로 아무런 하자가 없었다. 그런데도 지레 겁을 먹어 계약금을 포기했다.

아닌가? 그건 그전인가?

그의 첫 기억은 멍석에 둘둘 말려 몽둥이로 얻어맞은 일이었다. 깨어났을 때는 산중이었다. 그는 비틀거리며 일어나 몇 날 며칠을 걸었고, 솟을대문을 높이 올린 집에서 밥을 빌어먹다가 노비로 들어갔다. 며칠 아니면 몇 달 혹은 몇 년 후 무기를 든 나졸들이 몰려와 주인을 잡아갔고, 주인의 딸, 부인, 첩들이 그처럼 팔려 나갔다. 몇 번을 때로는 팔리고, 때로는 버림받으며 주인이 바뀌었다. 확실하진 않았다. 그냥 하루하루 남들 일할 때 일하고, 먹을 때 먹고, 잘 때 잤을 뿐, 어디에 있는지 무얼 하는지는 생각하지 않았다. 어느 날 한 관리가 그한테 기록과 일치하지 않는다며 바른대로 말하라며 호통을 칠 때까진 그랬다.

그는 눈을 꿈벅였고, 무슨 말인지 이해하지 못했고, 사람들은 그를 때렸다. 매를 맞자 잊고 있던 일이 생각났다. 그는 길에서 언젠가 같은 집에서 일하던 노비를 만났다. 그는 그 노비를 바로 알아보지 못했는데, 그자가 너무 변한 탓이었다. 그자는 그한테 그의 이름을 대며 혹 그의 아비 이름이 그러한지 물었다. 그는 멍하니 고개를 저었다. 그자는 "꼭 닮았는데……." 중얼거리더니 가버렸다. 그는 얻어맞으며 자기 아비 기록이라고 말했다. 그 뒤에 어떻게 되었는지는 잘 기억나지 않는다.

어느 순간부터 그는 궐을 새로 짓는 일을 하고 있었다. 지금까지 한 일 중 가장 고되었고, 음식은 형편없었다. 그는 돌을 나르다 발을 헛디뎌 떨어졌다. 다음 날 흙을 파고 나와, 힘든 일이 싫어

도망쳤다.

그다음 기억은 쉽게 잊힐 일이 아니라 마음에 남았다. 새파랗게 젊은 여자들이 또래 남자들과 함께 와서 배워야 한다고 역설하며 사람들을 모아 글을 가르쳤다. 그는 멋모르고 따라 배웠다. 그래도 그때만 해도 다른 사람들이 알아차릴까 두려워하지 않았다. 호구 조사 하는 사람들한테 적당히 대답만 하면 넘어갔다. 흔한 이름이었던 터라 이름도 굳이 바꾸지 않았고, 사람들이 어쩌면 그렇게 늙지도 않느냐고 말할 무렵 마을을 떠났고, 누가 어디 출신인지 물으면 적당히 대답했다.

세상은 갈수록 어려워졌다. 그는 이번 주민등록번호를 얻으며 지문을 찍었고, 그의 지문은 구청 컴퓨터에 저장되었다. 다음에 다시 주민등록번호를 만들려면 어떻게 해야 할지 생각만 해도 아득했다. 지문을 바꿀 방법이 있을까? 아니면 지문이 없이도 주민등록증을 만들 수 있는 나라에 가서 살아야 하나?

모차르트는 서른다섯 해를 살았다. 그동안 그는 프랑스, 영국, 네덜란드를 여행했고, 오페라 20여 편, 교향곡 50여 곡 외에도 협주곡, 소나타, 미사곡, 성악에 이르기까지 600곡을 넘게 썼다. 모차르트는 죽은 지 200년이 지났지만 지금도 어딘가에서 누군가는 모차르트를 연주하고 있다. 그는 까마득한 시간을 살았지만 한 번도 외국에 나가본 적이 없었다. 오래전 야학에서 영어 철자나 겨우 익혀 노래 곡명을 더듬으며 읽는 게 전부였다.

욕조에 물을 담았다. 물은 무서운지라 들어가기 전부터 겁이 났다. 바이올린 협주곡 3번이 울렸다. 그는 길게 심호흡을 하고 경쾌한 바이올린이 이끄는 관현악 연주를 들으며 면도칼로 손목을 그었다. 욕조에 각각이 살아 있기라도 한 듯 선명한 붉은 실이 꿈틀거리며 뻗어나가다 차츰 흐릿해지는 걸 보며 그가 온전히 사라지고 나면 누가 그를 기억할지, 왜 어떤 이는 짧은 시간을 길게 쓰는지 알면 좋겠다는 생각을 했다.

어떤 이는 길에서 껌을 팔다가 오십대에 백만장자가 되기도 한다. 아니, 이십대에 이미 그만한 돈을 버는 사람이 있다. 그가 기억하는 한 지금처럼 먹을 곳과 잘 곳을 편안하게 얻은 건 처음이었다.

세상에는 이름을 대면 누구나 알 법한 예술가, 정치인, 운동선수들이 있다. 그 사람들은 어떻게 그럴 수 있는지 궁금했다. 멀리서 찾을 것도 없었다. 그는 아르바이트생들이 나누는 이야기에서 매니저가 독학으로 일어를 배웠고, 지금은 영어를 배우는 중이고, 꿈은 만화가라는 이야기를 들었다. 그가 기억하는 매니저의 나이는 스물여섯 아니면 스물일곱으로 공식적인 그의 나이보다 한두 살 어렸다.

그는 아무도 몰랐고, 아무것도 할 줄 몰랐다. 언젠가 이 카페도 접고 완전히 새로운 곳에서 다시 시작해야 한다는 생각만 해도 두려웠다. 더 이상 먹을 것과 지낼 곳을 찾기 위해 힘들고 싶지 않았다. 그는 다른 사람들은 어떤 식으로 시간을 보내는지, 어떻게 무언가를 일구는지 묻고 싶어서 위인들의 전기를 찾아 읽어본 적이 있었다. 무언가를 크게 해낸 사람들 주위에는 도움을 준 사람들이 있었다.

모차르트는 어릴 때부터 아버지한테 혹독한 음악 훈련을 받았다. 퀴리 부인에게는 남편인 피에르 퀴리가 있었고, 헬렌 켈러에게는 설리번이 있었다. 그는 누군가한테 그런 보살핌을 받은 기억이 없었다. 그는 자기가 언제부터, 어떻게, 왜 있는지 알지 못했다. 그냥 잊었는지도 모른다.

아니, 그냥 세상엔 특별한 사람이 있는지도 모른다. 어릴 때부터 엄한 부모 밑에서 엄격한 훈련을 받은 사람이 모차르트 하나였을까? 누군가 도와준다고 다 무언가를 이루는 건 아니다. 세상에는 맨 땅에서 무언가를 일구어내는 사람도 있었다. 모차르트는 여섯 살에 미뉴에트를, 아홉 살에 교향곡을, 열두 살에 오페라를 작곡했다. 그런 건 훈련으로 되는 게 아니다. 그건 제어할 수 없이 끓어오르는 갈망이다. 그는 제대로 할 줄 아는 게 아무것도 없었다. 그의 의지와 상관없이 계속 있기 위해 어쩔 수 없이 필요한 것 외에 다른 걸 해본 적도, 바란 적도 없었다.

혈관은 충분히 잘리지 않았다. 그는 상처를 벌리고 붉게 드러난 살에 한 번 더 칼을 그었다. 먼젓번보다 극심한 고통이 찾아왔다. 미리 진통제를 네 알 먹었지만 아무 소용 없었다. 이제 욕조는 온통 핏빛이었다.

바이올린 독주 소리가 조금씩 멀어졌다. 그는 눈을 감고 앞으로 얼마나 더 있어야 하는지, 왜 아무도 자기를 알아차리지 못하는지 생각했다. 그는 자기와 같은 이를 본 적이 없었다. 어쩌면 보고도 서로 못 알아봤는지도 모른다. 언젠가 주민등록번호를 얻기 위해 지문을 찍지 않아도 되는 나라에 가서 살기 위해 외국어를 하나쯤 배워야 할 것 같았다. 전에도 그 생각을 한 적이 있었다. 그런데 왜 배우지 않았는지는 기억나지 않았다.

눈을 떴다. 욕조 마개를 뽑고 샤워기를 틀어 대충 헹구고, 씻고, 옷을 입었다. 몸에 기운이 하나도 없었다. 그는 소파에 쓰러지듯 누워 잠이 들었다.

배가 고파서 잠에서 깼다. 밥통을 열고 밥을 떠서 3분 카레를 얹어 먹으며 세상이 참 편리해졌다는 생각을 했다. 밥숟가락 들기도 힘들어 조금씩 떠먹었다. 그는 자기가 조금씩 약해진다는 걸 알았지만, 그게 자기가 거의 매일 하는 일 때문인지, 아니면 그냥 그럴 때가 되었는지 알지 못했다. 약해진다는 것도 기분 탓인지도 몰랐다. 그는 더 이상 있고 싶지 않았다. 누군가 당장이라도 뒷덜미를 잡아채며 왜 아직도 있느냐고, 어떻게 있느냐고 몰아칠까 두려웠다. 하지만 방법을 몰랐다.

어쩌면 아주 새로운 방법이 필요한지도 모른다. 혈관을 자르는 건 수없이 해봤다. 밤마다 오른팔, 왼팔, 오른다리, 왼다리를 번갈아가며 송곳으로 찌른 적도 있었다. 그땐 욕조도 없었다. 세숫대야에 따뜻한 물을 담아 그 안에 손이나 다리를 넣었다. 당시만 해도 누구든 그를 발견했을 때 가능하면 깨끗하게 보이고 싶어 면도도 하고, 가진 옷 중 제일 좋은 옷을 골라 입었다. 어느 날 거울에 비친 말끔한 얼굴을 보며 갑작스레 공황에 빠졌다. 나가려 옷을 차려입었는지, 송곳을 쓰려 단장을 했는지 알 수가 없었다. 그는 소매와 발목을 걷어붙이며 기억을 더듬었다. 어제 분명 오른

팔을 찔렀다. 왼손으로 찌르려니 불편했다. 아니다, 그건 그제인가? 그럼 왼팔이었나? 아니다, 분명 오른쪽 발목이었다. 어디를 봐도 똑같았다. 그는 충동적으로 송곳을 집어 목을 찔렀고, 뽑았다. 피가 쏟아져 나오는 힘을 못 이겨 잠시 비틀거렸다. 급격히 어지러워졌고, 아무렇게나 주저앉았다. 다음 날 욕실을 구석구석 닦으며 다시는 목은 찌르지 않겠다고 다짐했다.

눈을 떴다. 밥을 먹고 출근했다. 가게 문이 열려 있었다.

"웬일이세요?"

카운터에 앉아 있던 아르바이트생이 물었다. 그는 눈을 깜빡였다.

"일요일이잖아요."

그는 고개를 숙이고 중얼거리듯 말했다.

"혹시 바쁠까 해서……."

아르바이트생은 카운터에서 물러나 자리를 내주었다. 그는 오는 아르바이트생들마다 웬일이냐고 묻는 소리에 비슷한 말로 답하며 매니저가 올 때까지 카운터에 앉아 있었다. 점점 손님이 몰렸다. 하지만 더 있고 싶지 않았다. 막 일어나려는 참에 급하게 커피를 나르던 아르바이트생이 그와 부딪혔다.

비명을 지른 건 그가 아니라 아르바이트생이었다. 뜨거운 커피 대여섯 잔이 그의 상반신을 적셨다. 매니저가 아르바이트생들에게 아무나 빨리 119에 전화하라 말하며, 그를 앉히고, 앞치마에 얼음을 담아 와 몸에 올렸다. 그는 매니저와 함께 구급차에 실려 병원으로 갔다. 병원에서는 넓게 퍼진 저온 화상이 더 위험할 수 있다며 하루 입원하길 권했다. 그는 간신히 고개만 끄덕였다. 그는 내내 정신이 나간 사람처럼 한 마디도 하지 못했다. 매니저가 그를 대신해 이런저런 수속을 처리했다. 그는 환자복으로 갈아입고 배정받은 침대에 누웠다.

"애들 놀랐을 텐데…… 가봐요, 별거 아니라고 말해주고."

매니저는 대답하지 않았다. 그는 자기가 떨고 있다는 걸 알았지만 그 이상 뭐라고 해야 할지 몰랐다. 그는 방금 한 말을 반복했다. 매니저는 작게 한숨을 쉬고 일어섰다.

진통제를 맞았는데도 화상 부위만이 아니라 전신이 숯불 위에 올린 오징어가 된 듯이 고통스러웠다.

그는 살면서 많은 것을 잊었지만 절대 잊지 못하는 것도 있었다. 직장에서 잘리고, 돈은 떨어져가는데 일자리가 나질 않았다. 그는 마침내 불을 사용하기로 했다. 아무 근거 없이 불이라면 될 것 같았다. 되어야 했다. 그가 그때까지 불을 실행에 옮기지 못한 건, 자칫 주위에 너무 큰 피해를 줄 수 있기 때문이었다. 그는 보증금을 빼 폐차 직전인 차를 한 대 사서 한적한 곳을 찾아 돌아다니다 적당한 개울가를 발견했다. 휴가철이 아니라 사람도 없었고, 개울 주위가 온통 자갈이라 불이 옮겨 붙을 만한 것도 보이지 않았다. 그는 몸에 석유를 붓고 성냥을 그었다. 아플 거라고 생각은 했다. 그 정도일 줄은 몰랐다. 그는 비명도 지르지 못하고 구르다가 개울에 빠졌다. 불은 쉬이 꺼지지 않았다. 아침이 오고, 밤이 오고, 또 아침이 왔다. 그는 의식을 잃었고, 다시 깨어났을 때는 지나간 줄 알았다. 아니었다. 단지 잠시 의식을 잃었던 것뿐이었다. 잠시 의식을 잃은 걸로는 제대로 돌아오지 않았다. 누구든 지나가주길 바랐다. 어떻게든 차에 가려고 했지만 너무 멀었다. 그는 며칠이 흘렀는지 세지도 못하는 낮과 밤을 고통 속에 있다가 마침내 정적을 맞았다.

그 뒤 지금까지 고기도 먹지 못하고, 액션 영화도 보지 못한다. 불판에서 고기가 익는 모습이나 영화에서 무언가 불타는 걸 볼 때마다 그날의 고통이 고스란히 전해져왔다. 돌솥비빔밥이나 뚝배기에서 끓는 음식은 쳐다보지도 못했고, 한동안 뜨거운 음식은 아예 먹지 못했다. 지금도 눈앞에서 끓여 먹는 음식은 되도록 피했다.

중고차를 산 가격의 반도 안 되는 가격으로 넘기고 어찌어찌 서울로 돌아왔지만 갈 곳이 없었다. 가진 거라곤 가방 속에 든 낡은 옷가지가 전부였다. 일없이 돌아다니다보니 어느덧 해가 졌고, 발길이 멈춘 곳은 시장통이었다. 그는 간판도 없는 포장마차 앞에 멀거니 서서 사람들이 들어갔다가 얼굴이 벌게져서 나오는 걸 넋 놓고 보았다. 이틀을 굶은 배가 아픈 것보다 내일도 굶어야 한다는 게 두려웠다. 거리에 나앉게 되는 거다. 곧 겨울이 온다. 언젠가 겨울에 길에서 얼어 죽은 노숙자가 몇 명인지에 대한 기사를 본 적이 있었다. 그는 다음 날이면 다시 일어날 거고, 그렇게 기약 없이 길에서 떠돌게 될 거다. 어린아이처럼 주저앉아 큰 소리로 울고 싶었다. 이건 너무하는 거 아니냐고, 내가 도대체 뭘 그렇게 잘못했느냐고 소리 지르고 싶었다.

"어이, 형씨."

그때 오줌을 누고 다시 포장마차로 들어가던 서른 정도 됨 직한 사내가 그의 어깨에 손을 얹었다.

"마십시다, 내 사리다. 혼자 먹는 술만큼 맛없는 것도 없지."

사내는 이미 꽤 취해 있었고, 행색도 남루했다. 그는 사양하는 시늉조차 못하고 사내를 따라 들어가 그가 사는 술과 국밥을 먹었다. 그는 취했고, 저도 모르게 직장에서 잘린 후 갈 곳이 없다는 사연을 털어놓았다. 사내는 그를 자기 집에서 재우고, 다음 날 자기가 일하는 막노동판에 데리고 갔다.

그는 뭐든지 마다하지 않고 쉬엄쉬엄 하라는 소리를 들어가며 일했다. 언제 끝날지 모를 시간을 길에 나앉아 보낼 수는 없었다.

데인 곳은 오래갔다. 몸을 움직일 때마다 아팠고, 특히 씻는 게 고역이었다. 목을 매달거나, 손목을 긋고 일어나면 금방 괜찮아지리라는 걸 알았지만 그랬다간 들킬 수 있었다. 병원을 다니며 자연히 나을 때까지 기다려야했다. 몸이 아파 불편한 것보다 그때까지 아무것도 할 수 없다는 게 더 답답했다.

빌리 홀리데이가 부르는 남부에만 자란다는 이상한 나무에 얽힌 노래를 들으며 나무판자에 못을 박았다. 오랜만이라 낯설었다. 늘 그랬듯 작은 방에 김장용 비닐을 꼼꼼하게 깔고 못의 뾰족한 부분이 위로 오게 바닥에 놓았다. 이마가 못에 박히도록 거리를 잘 조절해 몸무게를 실어 쓰러졌다. 곧 정적이 찾아왔다.

눈을 뜨기 무섭게 양팔에 힘을 주고 못을 뽑았다. 상처에서 피가 쏟아졌다. 어지러웠다. 그는 자기 이마에서 흐른 핏물에 얼굴을 박았다. 고요해졌다. 눈을 떴다. 피로 흥건한 비닐을 치우고 샤워를 하고, 출근을 했다.

그는 어쩌면 자기가 그냥 미친 건지도 모른다고 생각했다. 그가 가야 할 곳은 정신과인지도 몰랐다. 스피커에서는 부활 3집이 흐르고 있었다. 그는 〈사랑할수록〉이 나올 때까지, 500밀리리터 맥주 잔 가득히 담긴 트러펑의 자극적인 냄새를 맡으며 멍하니 앉아 있었다. 앨범이 발매되기 전 교통사고를 당한 가수가 거친 목소리로 감미롭게 노래했다. 그래서 더 귀를 자극했다.

그는 코를 막고 트러펑을 마셨다.

계절이 바뀌어 여름이 되었다. 손목에 파스를 붙이거나 붕대를 감지 않으려면 손목을 그으면 안 된다는 사실을 잊지 말아야 하는 계절이었다. 화장실에 가는데 안에 있던 아르바이트생들이 떠드는 소리가 들렸다.

"매니저 언니 진짜 그만둔대?"

"매니저 언니 그만두면 사장 어떡하냐? 할 줄 아는 거 아무것도 없잖아."

"새 매니저 고용하겠지. 근데 왜 그만둔대?"

그는 뒷걸음질 쳐서 화장실을 나왔다. 그는 지금처럼 평온하게 일상을 보낸 적이 없었다. 새 매니저를 고용하고, 다시 호흡을 맞추고, 그 과정에서 생길 문제들을 생각하니 겁부터 났다. 지금 매니저가 너무 유능했던 터라 얼결에 거의 모든 일을 넘겼다. 다시 맡아 처리할 자신이 없었다.

그는 하루 종일 매니저와 눈이 마주치는 걸 피하며 인터넷 쇼핑몰을 뒤졌다. 전부터 해봐야겠다고 생각한 일이었다. 그가 지금까지 시행하지 않은 건 두려움 반, 그래봐야 아무것도 달라지지 않으리라는 자괴감 반 때문이었다. 하지만 지금은 뭐라도 해야 했다.

아르바이트생들이 바쁜데 사장은 도와주지도 않고 뭐하느냐고 투덜거리는 소리가 얼핏 들렸지만 무시했다. 택배는 다음 날 바로 왔다.

상자를 열고 완충지를 뜯고 제품 상자를 열었다. 설명서 글자는 너무 작았고 별 말 아닌 것 같으면서도 어려웠다. 안 그래도 글을 읽는 데 오래 걸렸다. 마침내 작은 방에 캠코더를 장치했을 때는 자정이 넘어 있었다. 배가 고팠다. 냉장고를 열어 보니 곰팡이 핀 밑반찬 두어 개와 캔커피 외에는 아무것도 보이지 않았다. 지갑에 현찰도 없었다. 나갔다 오기는 귀찮고 피곤했다. 그는 냉장고 문에 붙은 카드로 주문이 가능한 배달음식들을 훑었다. 너무 거하고 괜히 비싼 음식들 속에서 피자를 골랐다. 기다리는 동안 설명서대로 방을 촬영해보았다. 피자가 왔다. 치즈가 뚝뚝 떨어지는 피자를 먹고, 남은 피자를 냉장고에 넣고, 손을 씻고 방으로 왔다.

엠피쓰리플레이어에서 브로콜리 너마저 2집을 골랐다. 첫 곡 〈열두시 반〉을 들으며 캠코더 위치를 확인하고 촬영 버튼을 누르고 지정된 자리에 앉아 주사기를 이용해 혈관에 공기를 넣었다. 심장이 요동치고 눈이 뒤집혔다. 그는 가슴을 붙들고 뒹굴면서도 정해진 위치에서 벗어나지 않고자 발버둥쳤다. 〈열두시 반〉 끝부분의 지지직거리는 소리를 들었는지 확실하지 않았다.

눈을 떴다. 그는 천천히 숨을 몰아쉬며 손가락 끝에서부터 움직였다. 마른기침을 몇 번 하고 일어나 가슴을 잡았다. 실제로 아픈 건지 어제 아팠던 느낌이 아직 남아 있을 뿐인지 알 수 없었다.

캠코더를 확인했다. 녹화시간은 일곱 시간 삼십이 분 이십팔 초를 지나고 있었다. 그는 캠코더와 밤새 울린 엠피쓰리플레이어를 껐다. 딱딱해진 피자를 데우지도 않고 차가운 캔커피와 함께 먹었다. 더웠다. 창문을 열자 햇살이 먼지들을 반사했다. 무심코 창밖을 내다보니 남자아이 하나가 땅바닥에 주저앉아 있었고 시장바구니를 든 지친 모습의 여자가 몇 미터 떨어진 곳에 서 있었다. 잠자리 몇 마리가 쫓고 쫓기며 하늘을 날았다. 건너편 옥상에서는 허리가 굽은 노인이 곧게 뻗은 대파와 풍성하게 자란 상추에 물을 주었다. 그는 창문을 닫고 손을 씻고 양치만 하고 캠코더 설명서를 찾았다. 설명서대로 메모리카드를 빼서 컴퓨터에 연결했다.

그의 얼굴이 화면 가득히 비쳤다가 멀어졌다. 컴퓨터 화면을 통해 보이는 그의 모습은 거울에 비친 모습과는 또 달랐다. 그는 자기 키가 작다는 것도, 몸이 마르고 볼품이 없다는 것도 알고 있었다. 화면으로 보니 더 보잘것없었다. 엄지로 누르기만 해도 끝날 개미나 하루살이 같았다. 화면 속에서 그는 겁먹은 얼굴로 캠코더를 보더니 주사기를 팔뚝에 꽂았다. 가슴을 움켜쥐고 발버둥을 쳤다. 검은자위가 사라지고 주먹으로 바닥을 내리쳤다. 그는 자기가 정적을 맞이하는 순간을 보았다. 더 이상 아무 움직임도 없었다.

〈사랑하는 말로도 위로가 되지 않는〉〈변두리 소년, 소녀〉〈커뮤니케이션의 이해〉가 차례로 지나갔다. 다시 첫 곡이 흘렀다.

눈이 아팠다. 햇빛이 정통으로 얼굴에 비치고 있었다. 커튼을 치거나 창문을 닫아야 했다.

〈열두시 반〉이 지나가고, 〈다섯시 반〉이 들리더니 다시 〈열두시 반〉이 흘렀다. 눈이 아팠다. 어두운 방에서 계속 모니터 불빛을 본 탓이었다. 불을 켜야 했다.

〈열두시 반〉이 나왔다. 더 이상 듣고 싶지 않았지만 녹화된 화면에서 나오는 소리였다. 그만 들으려면 소리를 꺼야 했다.

그럴 수 없었다. 아무것도 할 수 없었다. 그는 화장실도 가지 않고, 물 한 잔 마시지 않고, 자세 한 번 바꾸지 않으며 일곱 시간 십오 분 삼십육 초 동안 꼼짝도 하지 않는 그의 몸을 지켜보았다.

그의 몸에서 정적이 가시기 시작했다. 심장이 뛰며 혈관을 통해 온몸 구석구석에 피를 보내고, 허파가 작동해 공기를 들이마시고, 마신 공기를 온몸에 보내고, 다시 뱉었다. 일곱 시간 이십구 분 삼 초가 되자 새끼손가락이 꿈틀댔다. 화면을 보던 그도 일곱 시간 이십구 분 삼 초 만에 처음으로 몸을 움직였다. 손으로 입을 틀어막았다. 화면 속의 그가 손을 움직이고 팔을 움직이고 몸을 일으켜 세우고 바닥을 향해 깊은 한숨을 내쉬고 초점 없는 눈을 들어 캠코더를 보았다. 화면 속의 그가 점점 가까이 오더니 옆으로 돌아 사라졌다. 화면과 음악이 동시에 꺼졌다.

그는 울어본 적이 없었다. 적어도 그의 기억 속에서는 그랬다. 의자에 중심을 잡고 앉아 있을 수가 없었다. 그는 엉덩방아를 찧듯 내려왔다. 숨을 쉴 수가 없었다. 어젯밤 주사기로 공기를 혈관에 넣었을 때만큼, 무거운 벽돌로 짓눌렀을 때만큼 심장이 아팠다. 검은 비닐봉지를 뒤집어썼을 때만큼 숨이 막혔다. 욕조에 토스트기를 넣었을 때만큼 몸이 떨렸다. 멈추고 싶었지만 멈출 수가 없었다.

거울을 보며 머리를 빗었다. 출근 시간이었다. 그는 밥을 먹고, 씻고, 출근 준비를 하는 자기 자신을 이해할 수가 없었다. 어떻게 그럴 수 있는지 알 수가 없었다. 그저 움직일 따름이었다.

굶어본 적이 있었다. 돈이 없어서가 아니었다. 둘째 날이 가장 힘들었다. 그 뒤부터는 아무 느낌이 없었다. 어느덧 정적이 찾아왔다. 깨어났다. 손가락을 조금 움직였다. 정적이 찾아왔다. 깨어났다. 방문까지 기었다. 정적이 찾아왔다. 깨어났다. 몸에 힘이 없어 문을 열 수가 없었다. 정적이 찾아왔다. 깨어났다. 문을 열었다. 아니, 열지 못했다. 정적이 찾아왔다. 깨어났다. 정적이 찾아왔다. 깨어났다. 냉장고 문 앞이었다. 냉장고 문을 열었다. 열려고 했다. 열지 못했다. 정적이 찾아왔다. 깨어났다. 콜라 뚜껑을 열 수가 없었다. 정적이 찾아왔다. 일어나서 개수대 수도를 틀고 마셨다. 돌리는 형태가 아니라서 다행이었다. 마시고 마시고 또 마셨다. 그 뒤는 기억에 없다.

그는 느리게 거리를 걸으며 자기가 아직 해보지 않은 방법이 뭐가 있는지 생각했다. 물은 불만큼이나 다시는 할 생각이 없었다. 돌을 매달고 다리에서 뛰어내렸다. 불을 썼을 때만큼이나 고통스러운 시간을 보내고 나자 정적이 찾아왔다. 눈을 떴다. 물속이었다. 줄을 풀기 위해 바둥거렸다.

그렇게 셀 수 없는 시간 동안 정적과 고통이 지나간 후에야 물 밖으로 나올 수 있었다. 한동안 몸을 씻지도 못했다.

꼭 그렇게 온몸이 잠겨야 하는 건 아니다. 그래도 그 고통이 기억에서 사라지기 전까지는 물은 다시 쓰지 못할 것 같았다. 그럼 도대체 어떻게 해야 한단 말인가.

어묵과 떡볶이를 파는 포장마차 아주머니가 하품을 했다. 짧은 반바지를 입은 여자들이 팔짱을 끼고 걸으며 까르르 웃었다. 묵직한 가방을 멘 남자가 뛰었다. 전화를 받으며 걷던 남자가 그와 부딪쳤지만 사과도 하지 않고 가버렸다. 그는 아무 이유 없이 길에 멈춰 섰다. 그가 오던 방향으로 걷던 사람이 멈칫하더니 옆으로 돌아갔다. 옆을 스쳐가는 사람의 팔을 잡고 어떻게 마지막 순간을 향해 가는지, 언젠가 끝나리라는 걸 알고 시간을 보내는 건 어떤 기분인지, 어떻게 하루하루를 보내는지 묻고 싶었다. 어제 창문 너머 본 아이처럼 주저앉아 나 좀 제발 어떻게든 해달라고 떼를 쓰고 싶었다.

문득 그를 보는 시선을 느꼈다. 그는 천천히 고개를 돌렸다. 횡

단보도가 있지만 대부분 무시하는 좁은 길 건너편에 빛바랜 줄무 늬 셔츠와 해진 청바지를 입은 중늙은이가 서 있었다. 어쩐지 낯 이 익었다. 언젠가 그한테 소주를 사줬던 사내였다. 오갈 곳 없던 그를 먹여주고 재워주고 일자리까지 찾아줬던 바로 그 사내가 분 명했다. 무심코 반가운 마음에 달려가려다 제정신이 돌아와 멈췄 다. 늙은이가 그를 알아봤다. 늙은이의 얼굴에서 경악과 공포가 떠올랐다.

그들 사이를 몇 사람 혹은 수십 명이 스쳐 지나갔다. 그는 한 발은 인도에, 한 발은 도로에 걸친 채 걷는 것도 멈춘 것도 아닌 어정쩡한 상태에서 숨도 쉬지 못하고 서 있었다. 드물게 지나가 는 차가 경적을 울렸다. 그 소리가 신호라도 되는 양 돌아서서 달 아났다.

그는 더 이상 뛸 수 없어서야 멈췄다. 이 동네에 자리 잡은 지 몇 년이 지났지만 처음 온 거리였다. 그는 사내가 소개해준 공사 판에서 일했다. 십장이 있거나 말거나 게으름을 피운 적이 없었 다. 비가 오든 눈이 오든 일을 쉬지 않았다.

그는 자기가 왜 떨어졌는지 몰랐다. 십장은 그가 발을 헛디뎠 다 우겼고, 다른 인부들은 부실 공사로 발판이 무너졌다 성을 냈 다. 그는 병원에서 온몸에 붕대를 감은 채 깨어났다. 인부들이 흥 분해서 떠드는 소리를 흘려들으며 밤이 오기를 기다렸다. 그의 머릿속에는 병원비 생각밖에 없었다. 언제까지 사내 집에서 신세 질 수 없다는 생각에 악착같이 모은 돈이었다. 병원비로 날릴 수 없었다. 그는 그날 밤, 옆 침대를 차지한 환자들이 잠들기를 기다려 혀를 깨물었다.

다음 날 그는 혼자 붕대를 풀고 말도 없이 병원을 나와 바로 공사 현장으로 갔다. 몸 여기저기가 아팠지만 빨리 다시 일을 해야 한다는 생각뿐이었다. 공사판에 가서 십장과 동료들 얼굴을 보고도 뭐가 문제인지 몰랐다. 그는 첫 번째 벽돌을 나르고 나서야 아무도 그한테 말을 걸지 않고 거리를 두고 있다는 걸 알았다. 그는 빈 지게를 내려놓고 현장을 떠났다. 집에 돌아와 통장과 옷가지를 챙겨 떠났다. 아주 나중에야 사내한테 돈을 좀 남기고 왔어야 했다는 생각을 했지만 이미 늦었다.

전화벨이 울렸다. 모르는 번호였다. 드물게 오는 전화는 다 광고 전화였다. 그는 전화를 받지 않았다. 같은 번호로 세 번이 더 왔다. 망설이다 전화를 받았다.

—사장님? 지금 어디세요?

시계를 보니 어느새 12시였다. 그는 더듬거리며 금방 간다고 말하고 전화를 끊었다.

잘 곳도 밥을 먹을 돈도 없이 지냈던 그 무렵은 그가 기억하는 한 가장 힘들고 외로웠던 시기였다. 그는 술김에 자기를 재워준 사내한테 자기는 하룻밤만 지나면 멀쩡해진다는 이야기를 늘어놓았다. 사내는 미친 소리를 한다며 낄낄 웃었다. 그는 칼만 줘보라고, 증명해보겠다고 길길이 뛰었다. 그리고 어떻게 했더라? 사내가 그를 잡고 자라고 했고, 술을 한 잔 더 줬고, 마시고 잤다. 분명 아무것도 하지 않았다.

그가 무슨 말을 했는지 안 했는지는 중요하지 않다. 사내는 그를 알아보았다. 그를 알아챘다. 다시 그 사내를 찾고 싶었다. 자기가 뭘로 보이는지 묻고 싶었다.

그는 사내의 눈에서 본 공포를 등에 메고 일어나 아는 길을 찾아 나섰다. 이제 늙어버린 사내는 누구한테도 말하지 못한다. 믿어줄 사람이 없어서가 아니라 자기 자신도 믿지 못하면서도 진실이라는 걸 알았기 때문이었다. 이대로 사라져주는 것만이 그가 할 수 있는 최선이었다. 그는 사내가 어디 보이지 않을지 사방을 살피며 카페로 왔다.

아르바이트생은 카페 계단에 앉아 휴대폰으로 게임을 하고 있었다. 그는 열쇠로 문을 열었다.

매니저가 출근하는 오후 5시가 다가왔다. 아무도 그를 도울 수 없었다. 누구나 그러듯 그도 자기 문제는 스스로 해결해야 했다.

매니저는 언제나처럼 정시보다 십 분 일찍 왔다. 그는 매니저를 밥도 먹고, 옷도 갈아입고, 그가 때로 빈둥거리는 데 쓰는 방으로 불렀다.

"혹시 오늘 한가해요? 마감 맡길 만한 애 있으면, 나랑 저녁 먹었으면 하는데……."

매니저는 잠시 생각하더니 고개를 끄덕였다.

둘은 6시 반에 같이 카페를 나와서 샤브샤브를 먹으러 갔다. 손님이 너무 많고 시끄러웠다. 밥만 먹고 커피숍으로 자리를 옮겼다. 그는 자기 커피와 매니저가 말한 이름이 어려운 커피를 가까스로 주문하고 커피를 받아 자리로 왔다. 어색한 침묵이 흘렀다. 그는 마른침을 삼키고 말했다.

"나는 정상적인 사회생활을 못 해요."

매니저는 뜻밖의 이야기에 그의 눈을 바라보았다. 그는 자기가 너무 뜬금없이 이야기를 꺼내버렸다는 걸 알았지만 이미 뱉은 말이었다. 한 번도 제대로 해본 적이 없고 도대체 왜 하는지 이해도 못하는 보드게임 설명은 토씨 하나 안 틀리고 줄줄이 할 수 있으면서도 평생을 살아온 자기 이야기는 어떻게 해야 좋을지 몰랐다.

"그래서…… 나는…… 그러니까 유능한 매니저가 필요한데……."

처음에 그는 돈을 올려주겠다고 제안하려 했다. 하지만 매니저가 그만두는 건 단지 돈 때문이 아니었다. 친구가 일본식 삼각김밥 체인점을 하나 열었는데, 너무 힘들어 도움을 청했다. 거기 가면 지금 카페보다 월급도 적을 테지만 친구 부탁을 거절하지 못했다. 그러니 돈으로는 잡지 못했다. 그는 애꿎은 커피 잔을 만지작거리다가 말을 이었다.

"카페 매니저라는 게…… 보험도 안 되고…… 당장 생활은 할수 있지만, 보험도 안 되고 미래를 보기 힘들고……. 그래서 말인데 당장 생활하는 거 말고도, 하고 싶은 일도 있을 거고……, 나중에 자기 카페 열 때를 생각해서 좀 더 경험도 쌓을 겸…… 월급은 월급대로 받고, 생활도 해야 하니까, 그거 말고도, 우리 카페 순이익의 5퍼센트를 가져가면 어때요? 그러니까…… 앞으로 좀 더 카페에 필요할 것 같은 의견은 좀 더 내보고, 꼭 내 허락 받지 않고 좀 더 주도해서 해보고……, 한 6개월 좀 더 그렇게 해보고, 괜찮으면 월급 액수랑 퍼센트를 좀 더 조절해서…….”

매니저는 조용히 그의 눈을 보고 있었다. 그는 눈을 피할 수 없었다.

“나는…… 못 하거든요.”

비참했다. 그는 고개를 숙였다.

“생각해볼게요.”

매니저가 말했다. 그는 그저 지푸라기라도 잡는 심정으로 매달렸을 뿐, 당연히 거절하리라 예상했기에 놀라 고개를 들었다. 매니저가 말을 이었다.

“저도 나중에 카페를 하나 운영하는 게 꿈이거든요. 보드게임 카페 말고, 만화가나 작가나 그런 사람들이 와서 작업도 하고, 커피도 마시고, 그럴 수 있는 북카페 같은 곳 열어서…….”

그녀는 거기까지 말하고, 그가 이미 안다는 사실을 감지하고 입을 다물었다. 그도 아르바이트생이 수군대는 소리를 들어서 알았다. 그녀는 북카페를 운영하며 자기가 그리고 싶은 만화를 마음껏 그리며 살고 싶어 했다. 얼마 전부터 개인 블로그에 연재하기 시작한 웹툰이 제법 반응이 좋다고 했다.

“확답은 못 드려요, 며칠 생각해볼게요.”

“그래요, 고마워요, 늦었는데 그만 일어나요.”

그는 진심을 담아 말했다. 단칼에 안 된다고 하지 않은 것만도 고마웠다. 어느새 골목은 어둑해져, 카페, 술집, 옷가게 간판들만 나 좀 봐달라며 빛을 발했다. 멀리 길 건너 빨간 모텔 불빛이 보였다. 두 사람은 닭과 맥주를 파는 가게와 어묵과 정종을 파는 가게를 지나쳤다. 문득 술 한잔하면 어떻겠느냐고 묻고 싶어졌다. 그럴 생각은 없었다. 혹시라도 밥 먹자는 게 괜한 오해를 사고, 경계하게 될까봐 조심하며 나온 자리였다. 그런데 갑자기 사장과 매니저가 술을 마시며 이야기를 나누는 게 뭐 어떠랴 싶은 생각이 들었다. 의외로 흔쾌히 허락할지도 모른다. 그녀도 하고 싶은 이야기가 있는지도 모른다. 그는 술을 좋아하느냐는 짧은 문장 하나를 발음할 경우 자칫하면 힘들게 얻어낸 대답이 모두 날아가고, 그녀가 예정보다 일찍 카페를 그만두고, 평온하게 이어오던 관계가 파괴될 수 있다는 걸 알면서도 불현듯 육신이 주는 작은 위안이 간절해졌다. 몇 미터만 걸으면 주점과 카페가 있는 골목은 끝나고 갈림길이 온다. 아직 말할 수 있었다. 그는 곁눈질로 그녀를 살폈다. 처음 봤을 때는 단발머리였다. 지금은 제법 길었다. 머리카락 사이로 보이는 뺨을 쓰다듬고 싶어졌다.

"전 이쪽으로 가요, 사장님은요?"

갈림길에서 그녀가 오른쪽을 가리키며 물었다. 지금이 물어볼 수 있는 마지막 기회였다. 싫다고 하면 웃으며 '그럼 다음에 언제 마셔요'라고 넘기면 되는 일이다. 별 말 아니었다.

"전 반대편요. 조심해서 들어가고 내일 봐요."

"네, 안녕히 가세요."

그는 점점 작아지는 뒷모습을 보다가 천천히 돌아섰다. 주류점에 가서 술을, 빵집에 들러 샌드위치와 식빵, 잼을 샀다. 집에 와서 옷을 벗고 씻고, 텔레비전을 틀었다.

목이 말랐다. 부엌에 가니 냉장고 앞에 봉투가 있었다. 열어 보니 헤네시, 위스키, 와인이었다. 그는 자기가 술을 언제, 왜 샀는지, 자기 전에 한두 잔 마시려는 건지, 다 마시려고 샀는지 기억할 수 없었다.

■ 일 상 은 ……

2011년 2월, 거울 93호에 올린 글이다. 거울에 올린 다른 글들에 견주어
댓글도 적었고, 독자들의 반응도 신통치 않았는데도, 나는 이 글에 마음이 간
다. 오래전 파묻어버린, 사춘기 시절 쓰던 글들의 느낌이 묻어나기 때문인 것
같다.

온우주
단편선

살 아 남 은 아 이 들

살아남은 아이들

아빠가 갑자기 쓰러져 입원했다. 엄마는 병원에 가서 며칠째 돌아오지 않았다. 희철은 불이 꺼진 안방에 들어갔다. 커튼을 뚫고 들어온 가로등 불빛이 어렴풋이 방을 밝혔다. 희철은 벽에 있는 다락방으로 올라갔다. 녹슨 솥단지와 먼지 쌓인 바구니를 치우자 구멍이 나왔다. 무릎이 아프도록 기었는데도 끝이 보이지 않았다.

아빠와 엄마가 희선을 데리고 집에 돌아왔다. 엄마가 아침 밥상으로 어묵 국을 내놓았다. 희철은 옆에 앉은 희선을 힐끔대며 혹시 햄이 들어 있지 않나 국을 뒤적였다.

"어제 되게 이상한 꿈 꿨다?"

"꿈?"

엄마가 눈을 희번득였다. 아빠도 사납게 노려봤다.

"우리 희철이도 무슨 꿈 꿨니?"

엄마가 다정한 목소리를 꾸며 물었다. 희철은 주눅 들어 고개를 저었다.

"무슨 꿈 꿨구나? 그렇지? 여보, 그런 얼굴 하지 마! 애 겁먹잖아!"

엄마가 아빠한테 화를 냈다. 아빠는 헛기침을 하고 입가만 올려 웃었다.

"그래, 우리 희철이, 무슨 꿈을 꿨어?"

아빠가 자상한 양 물었다. 희철이는 목을 움츠렸다.

"가만있어봐, 내가 물어볼게!"

엄마가 앙칼지게 소리치더니 희철을 보고 억지웃음을 지었다.

"무슨 꿈 꿨어?"

"꿈 안 꿨어."

희철은 모기만 한 소리로 대답했다.

"괜찮아, 엄마한테는 말해도 돼."

엄마는 희철의 국그릇에 큼직한 고기 조각을 집어넣었다. 국물이 튀어 밥상을 적셨다.

"지금 그걸 먹으라고 주는 거야?"

희선이 국그릇 가까이 있기도 싫다는 듯 몸을 뒤로 뺐다. 엄마는 들은 척도 하지 않고 희철을 향해 붉은 잇몸을 가득 드러내며 웃었다.

"먹어봐, 아주 맛있을 거야. 이거 먹으면 무슨 꿈 꿨는지도 기억날 거야."

희철은 울음을 터뜨렸다.

"아이구, 우리 희철이, 왜 울고그래?"

엄마가 희철을 껴안았다. 너무 세게 끌어안아 숨이 막혔다. 희철은 가까스로 품에서 빠져나와 씻고, 옷을 갈아입고 학교에 갔다. 자리에 앉기 무섭게 짝이 물었다.

"어제 별나라 손오공 봤어?"

"베라미스가 여자였어!"

앞자리에 있던 애가 뒤를 돌아보며 끼어들었다.

"오로라보다 더 예뻐!"

"요새 손오공이 욕먹잖아."

짝이 말했다.

"왜?"

앞자리 애가 물었다.

"오공비리 때문에."

아이들이 웃음을 터뜨렸다.

"아이고, 이 녀석들아, 니들이 오공비리가 뭔지 알긴 아냐?"

담임이 들어오며 헛웃음을 지었다.

4교시로 3학년 수업이 모두 끝났다. 희철은 오늘처럼 수업이 끝나지 않길 바란 적이 없었다. 늘 길던 종례도 오늘따라 짧게 끝났다. 희철은 계단을 내려와 운동장에 있는 의자에 앉았다. 하교하는 아이들이 운동장을 휩쓸었고, 뒤늦게 청소를 마치고 나온 아이들이 두셋씩 짝을 지어 교문 밖으로 사라졌다. 희철은 휑한 운동장에 오도카니 앉아 있었다. 달리 갈 곳이 없었다. 5교시가 끝나자 다시 아이들이 쏟아져 나오는가 싶더니 수업 종소리가 울리자 쏜살같이 건물 안으로 들어갔다. 이윽고 6교시 마지막 시간이 끝났다는 종이 울리고 얼마 후 책가방을 멘 5학년, 6학년들이 쏟아졌다.

"너 집에 안 가고 여기서 뭐해?"

희선이 다가와 귀찮다는 듯 희철의 손을 잡아끌었다.

"엄마, 얘 좀 봐! 집에 안 가고 학교에서 나 기다려!"

희선이 신발을 벗으며 투덜거렸다.

"그래서 늦었구나. 희철이는 동생이잖니. 누나가 좋아서 그래."

엄마가 부엌에서 나왔다. 콧잔등에 땀방울이 송골송골 맺혀 있었다.

"여기도 동생, 저기도 동생, 귀찮다니까, 정말!"

희선이 가방을 휙 던지고 방으로 들어갔다.

"우리 희철이, 오늘 학교는 재미있었어? 선생님 말씀 잘 들었고?"

엄마가 앞치마에 손을 닦으며 물었다. 앞치마가 벌겋게 물들었다.

"엄마가 고깃국 끓여놨어."

"나는?"

희선이 총알같이 방에서 튀어나왔다.

"넌 학교에서 급식 먹었잖아! 웬 식탐이 그렇게 많아?"

"왜 난 여기서도 동생만 챙기라 그래?"

희선이 방에 들어가 문을 걸어 잠그고 울었다. 엄마는 희철의 손을 잡고 부엌으로 갔다. 엄마가 그릇에 살점이 붙은 뼈를 올렸다.

"엄마가 발라줄게. 많아서 한참 먹겠다."

엄마는 벌건 손으로 고기를 뜯어 희철 앞에 내밀었다.

"아, 해봐."

희철은 고개를 저었다.

"아, 글쎄, 아, 해보라니까. 얘가 왜 이렇게 입맛이 까탈스러워. 그러니 그렇게 키가 작고 빼빼 말랐지. 너 나중에도 키 작으면 여자애들한테 인기 없다?"

희철은 고집스레 입을 다물었고, 엄마는 숟가락을 입에 들이밀었다. 이빨이 숟가락에 부딪쳤다. 희철은 의자에서 내려와 거실로 도망갔다. 엄마가 숟가락을 들고 쫓아왔다.

"아, 하라니까? 이거 먹고 무슨 꿈 꿨는지 말해봐."

희철은 신발도 신지 않고 현관문을 열었다. 엄마가 숟갈을 내던지고 달려와 팔을 잡았다.

"알았어, 알았어, 다른 거 해줄게. 뭐 먹고 싶어? 자장면 시켜줄까?"

희철은 그저 풀려나고자 고개를 끄덕였다. 엄마가 한숨 쉬며 전화번호부를 열었다.

"나도 자장면!"

희선이 퉁퉁 부은 눈으로 뛰어나왔다.

"그래, 너도 자장면."

엄마가 다이얼을 돌렸다.

거실에서 자정을 알리는 첫 번째 종소리가 들렸다. 열두 번이 울리기 전에 숨어야 했다. 희철은 컴컴한 안방에서 커튼을 뚫고 들어오는 가로등 불빛에 의지해 다락방에 올라갔다. 방문이 열리는 소리, 옷장과 이불장을 하나씩 열어보는 소리에 웃음소리가 섞여 있었다. 희철은 숨소리도 죽여 웅크렸다. 솥단지와 바구니를 치우자 엎드려 들어갈 만한 구멍이 나왔다. 구멍은 어둡고, 길었다. 아무리 기어가도 끝날 것 같지 않았다.

"그만 돌아가자, 형."

희철이 울먹이며 말했다.

희철이 집에 오니 안방에 있던 옷장과 이불장이 모두 마루에 나와 있었다. 희철은 좁아진 마루에서 텔레비전을 틀었다. 〈특종 TV 연예〉에서 처음 보는 3인조 그룹이 나와 노래를 불렀다.

「나쁜 얘기는 안 할게요. 다 좋아요, 좋은데……, 춤이 좀 체조 같고…….」

화면 속에서 전영록이 말했다. 세 가수는 고개를 숙이고 평을 들었다.

"나 내년이면 고등학생이야! 어떻게 남동생이랑 같이 방을 써!"

희선이 부엌에서 새된 소리를 질렀다.

"그래, 너도 내년이면 고등학생이야. 다 컸으니 아빠를 이해해야지. 아빠 작업실이 필요하잖니."

엄마가 대답하는 소리가 들렸다.

"누나가 옆에서 잘해주면서 무슨 꿈 꿨는지 물어보고 그래봐."

"안 꿨대잖아! 모른대잖아!"

"거짓말이잖니."

엄마가 심드렁하니 말했다. 희철은 숨을 멈췄다. 텔레비전은 더 이상 눈에 들어오지 않았다. 희철은 방에 들어가 소리 나지 않도록 문손잡이를 돌려 문을 잠갔다. 심장이 뛰는 소리가 너무 크게 울려 귀가 멀 것 같았다. 국민학교에 입학하던 해, 아빠가 두고 두고 쓰라고 책상을 사주었다. 책상 위에는 책상 너비에 딱 맞는 책상용 책장이 있었다. 희철은 책장 가장자리를 잡았다. 무거웠다. 그때도 너무 무거워 책을 모두 내려놓고 움직였다. 3년이 지

났고 7센티미터가 컸으며 몸무게도 5킬로그램이 늘었다. 이번에
는 그냥 옮길 수 있을 것 같았다. 희철은 있는 힘껏 힘을 줬다. 책
장이 앞으로 나왔다. 희철은 책장 뒤 벽지 한쪽을 살살 잡아 당겼
다. 그때 풀칠을 해 다시 붙여뒀던 벽지가 찢어졌다. 희철은 벽지
가 더 찢어지지 않도록 조심하며 안에 있는 종이를 꺼냈다. 손바
닥만 한 종이에는 녹슨 솥단지, 먼지 쌓인 바구니 너머 시커먼 구
멍이 있는 벽이 사진으로 착각할 만큼 정교하게 그려져 있었다.
희철은 종이를 뒤집었다. 뒷면에는 딱 한 번 본, 곰팡이 슨 벽에
구멍이 난 그림이 그려져 있었다. 희철은 들어가고 싶지 않았다.
끝이 보이지 않는 구멍은 좁고 어둡고 무서웠다.

"희철아, 희철이 방에 있니?"

희철은 허둥지둥 그림을 서랍 안에 넣었다. 벽지를 다시 바를
새도 없이 책장을 밀었다. 책상 유리가 조금 긁혔다. 희철은 아무
책이나 펼쳐 놓고 문을 열었다.

"공부하니?"

희철은 고개를 끄덕였지만, 엄마는 딴 짓을 하다 화급히 감춘
기척을 읽었다.

"소풍 과자 사러 가자."

엄마가 나오라고 손짓했다. 엄마는 시장 앞에 있는 금은방에
들어가 가장자리가 벗겨진 핸드백에서 반짓갑을 꺼냈다. 엄마는
돈을 받고 나와 말했다.

"금은 원래 파는 사람은 손해고, 사는 사람은 이득이야."

"근데 왜 팔아?"

희철이 물었다. 엄마는 잠자코 슈퍼에 갔다. 소풍 과자를 사는 규칙은 단순했다. 과자는 천 원 안에서 고르고, 음료수는 세 개까지 살 수 있었다. 희철은 ABC 초콜릿을 못 본 척 지나쳤다. ABC 초콜릿 한 개가 천 원이었다. ABC 초콜릿과 다른 과자를 함께 사 오는 애들도 많았다. 희철은 최대한 많이 고르기 위해 200원짜리 네 개와 100원짜리 두 개, 오렌지맛 환타, 콜라, 사이다를 골랐다. 엄마는 방금 생긴 돈으로 과자 값을 치르고, 김과 소시지, 계란, 시금치를 사더니, 핫도그도 하나 사주었다.

"누나한테 자랑하지 마. 삐칠라."

"응."

"희철아, 아빠는 말이야, 굉장한 재능을 가진 사람이야. 아빠는 꼭 위대한 화가가 될 거란다."

엄마가 꿈꾸듯 말했다. 3년 전, 아빠가 직장을 그만둔 후 입버릇처럼 하는 말이었다. 엄마는 그 뒤 가구 공장에 나가 일했다.

"누나랑 방 같이 쓰기 싫어?"

"누나가 싫다던데……."

희철이 들릴 듯 말 듯 대답했다.

"너 혼자 방 쓰니까, 네가 방에서 뭘 하는지 통 알 수가 있어야지. 누나가 네 방 같이 쓰면 좋을 텐데……, 남자애가 쓰던 방에 어떻게 들어가느냐고 펄펄 뛴다. 기지배, 유난 떨긴……. 그냥 내가 누나 방 같이 쓰기로 했다."

희철은 빵을 다 뜯어먹고 남은 분홍색 소시지를 앞니로 갉았다.

"희철아, 아빠는 꼭 성공할 거야. 그러니까, 너도 아빠 말씀 잘 듣고, 아빠가 꿈꾼 거 기억나는지 물어보면 대답해야 해? 알았지?"

희철은 목이 막혀 소시지를 삼킬 수가 없었다. 엄마는 희철을 유심히 지켜보았다. 희철은 엄마 눈을 피해 소시지를 빨았다.

그날 밤 희철은 다시 그림을 꺼내 비닐봉지로 싸서 셔츠에 넣고 똑바로 누웠다. 새벽같이 일어나 가방에 그림을 챙긴 다음 김밥 끄트머리로 아침밥을 대신해 소풍을 갔다. 집에 돌아오니 책상 유리에 긁힌 흔적이 하나 더 나 있었다.

희철은 중간고사가 끝난 기념으로 친구들과 노래방에 갔다. 아이들은 교실 이데아를 목이 터져라 불렀다. 희철도 목이 쉬어 집으로 돌아왔다. 현관문을 여니 희철의 방에 있던 책상, 책장, 옷장이 모두 거실에 다닥다닥 놓여 있었고, 안에 있던 옷, 책, 카세트 테이프도 죄 바닥에 쌓여 있었다. 책은 다 너덜너덜해져 있었고 테이프도 모두 케이스에서 빼놓았다.

"희철아, 이제 왔니? 잘 왔다, 너도 물건 정리하는 거 도와."

엄마가 말했다.

"뭘 한 거야?"

희철은 방으로 들어갔다. 새로 도배가 되어 있었다.

"도배했지!"

엄마가 활짝 웃으며 말했다.

"내 물건 뒤졌어?"

희철이 눈을 부라렸다.

"도배하느라 꺼내놓은 거야."

"내 물건 뒤졌지? 그렇지?"

희철이 따지고 들었다.

"도배하려고 뺀 거라니까. 왜, 뭐 중요한 물건 어디다 뒀어? 어딘데?"

엄마가 눈을 번득였다.

"왜 이렇게 소란스러워?"

아빠가 안방을 열고 나왔다. 안방은 아빠가 작업실로 쓴 이래 늘 잠겨 있었고, 엄마만 가끔 문을 두드리고 들어갔다.

"희철이가 뭘 잃어버렸나봐. 어디다 뒀어?"

엄마가 아빠에게 대답하더니 다시 물었다.

"두긴 뭘 어디다 둬?"

희철은 소리를 지르고 물건들을 정리했다.

"나 전시 작품 마무리 중인 거 알잖아. 집 안이 이렇게 소란스러운데 어떻게 그림을 그려?"

아빠가 마뜩찮아 말했다.

"아유, 미안해, 여보. 이것만 치우면 될 것 같은데……, 희철이 혼자는 못 움직이잖아. 나도 희선이랑 내 하느라 지쳤고……."

엄마가 아빠 팔짱을 끼며 어리광을 부렸다. 아빠는 어쩔 수 없다는 듯 다가와 옷장 한쪽을 잡았다. 희철은 반대편을 잡았다. 옷장은 너무 무거웠다. 간신히 방에 들여다 놓고, 아빠가 신문지를 접어 균형을 잡는 동안 희철은 옷들을 가지러 나갔다. 희선은 할 만큼 했다고 툴툴대며 방으로 들어갔고, 엄마는 화장실이라도 갔는지 보이지 않았다. 아빠가 제대로 닫지 않아 안방 문이 조금 열려 있었다. 희철은 안방 문을 밀었다. 안방에 들어온 건 몇 년 만이었다. 커튼만 예전 그대로일 뿐, 옷장이며 이불장이 모두 사라진 방에는 그림을 그리는 큼지막한 책상과 화판들이 빼곡히 서 있었다. 이젤에는 열한두 살 정도 된 사내아이를 그리던 그림이 걸려 있었다. 희철은 방을 채운 화판들을 살폈다. 딱 한 번 본 지저분한 방구석에 앉은 아이, 앉은뱅이 밥상에 앉은 아이, 어딘지 모르게 원망하는 눈으로 서서 쳐다보는 아이, 낡은 이불을 덮고 자는 아이, 모두 같은 아이였다. 어디를 보아도 똑같은 사내아이 그림이 방을 뒤덮고 있었다.

"아빠 작업실은 들어가지 말랬지?"

아빠가 들어오더니 대뜸 뺨을 후려쳤다. 희철은 바닥을 굴렀고, 그 바람에 세워둔 화판이 무너졌다. 아빠는 허겁지겁 화판을 세우며 그림이 괜찮은지 살폈다.

"진짜 아빠도 아니면서."

희철이 입을 열자 피가 흘렀다. 희철은 입안에 고인 피를 뱉었다. 벌건 핏물 속에 흰 이빨 조각이 보였다.

"뭐?"

아빠가 돌처럼 굳었다. 엄마가 달려왔다.

"아니, 희철아, 그게 무슨 소리니?"

"우리 엄마 아니잖아! 난 누나가 없어! 나한텐 형이 있었어! 우리 형!"

희철은 손가락으로 그림 속에 있는 남자애를 가리켰다.

"우리 엄마, 아빠는 어디 있어? 당신들은 도대체 누구야?"

희철은 몸부림치며 악을 썼다.

아빠가 갑자기 쓰러졌다. 엄마는 병원에 가서 며칠째 돌아오지 않았다. 희철은 학교가 끝나면 현관 앞에 앉아 두 시간 늦게 돌아오는 형을 기다렸다.

"형, 나 배고파."

형은 의자를 밟고 올라 찬장에서 라면을 꺼냈다.

"특제 라면 해줄게."

형은 라면이 거의 익을 무렵 계란을 집어넣더니 익기 전에 젓가락으로 휘저었다. 희철은 냄비를 들고 계란으로 걸쭉해진 국물을 들이켰다. 라면에 계란을 넣다니 상상도 못한 일이었다. 형은 언제나 기발했고, 못하는 게 없었다.

둘은 텔레비전을 틀어 만화영화를 봤다. 해가 졌지만 엄마는 오늘도 아무 연락이 없었다.

"우리 귀신놀이 할까?"

형이 말했다. 둘은 가위 바위 보를 했다. 희철이 이겼다.

"안방에서만 숨기다?"

형이 말했다.

"응!"

희철은 기세 좋게 말하고 불이 꺼진 안방에 들어갔다. 흐릿한 가로등 불빛이 커튼 틈으로 새어 들어왔다. 희철은 숨을 곳을 찾다가 다락방을 열었다. 다락방 바닥은 부엌 천장이어서 엄마가 다락방에서 놀면 천장 무너진다고 나무라 평소에는 올라갈 수 없었다. 문밖에서 형이 자정을 알리는 종소리를 흉내 냈다. 희철은 다락방으로 기어 올라가 보따리와 상자 틈에 숨었다. 형은 열두 번 "데엥"을 외친 후 문을 열고 들어왔다. 형은 귀신 웃음소리를 내며 옷장과 이불장을 열어보더니 다락방 문을 열었다. 희철은 깊숙이 몸을 묻었다.

"찾았다!"

형이 말했다. 희철은 도망가는 시늉을 하며 웃었다.

"희재야, 희철아……"

엄마가 둘을 부르는 소리가 들렸다. 희재는 다락방에 있는 녹슨 솥단지와 바구니를 치웠다.

"거기에 구멍이 있었어요."

희철이 말했다.

"그때 처음 본 거니?"

의사가 물었다. 의사는 사십대 정도로 반백인 머리를 뒤로 단단히 묶고 잔머리는 실핀으로 정리했다. 희철은 고개를 끄덕였다.

"형이 먼저 기어 들어갔어요. 너무 무서워서 가고 싶지 않았는데 혼자 남는 건 더 무서웠어요. 형 바짓자락을 잡고 따라갔어요."

"그리고 또 무슨 환영을 봤지?"

"환영이 아니에요."

희철은 무기력하게 대답했다. 약을 먹은 이래 화가 나지도, 소리를 지르고 싶지도 않았다. 질문에 대답하는 것도, 앉아 있기도 귀찮았다. 그냥 누워 있고 싶었다.

"그리고 또 뭘 봤지?"

희철은 질문을 들었지만, 그게 자기에게 하는 질문이라거나 대답을 해야 한다는 건 인식하지 못했다.

"희철아?"

희철은 의사가 두 번째로 좀 더 크게 불렀을 때 고개를 들었다.

"거기서 뭘 봤지?"

"형이 있었어요. 자기랑 우리 형을 바꾸자고 했어요. 자기가 더 잘해줄 거라고요."

"처음 보는 형이었니?"

"아니요. 우리 형이었어요."

"형이 뭐랑 바꾸자고 했어?"

"형이 우리 형이랑 자기를 바꾸자고 했어요."

"형이 누군데?"

"우리 형이오."

"우리 형 말고, 우리 형이랑 바꾸자고 한 형은 누구야?"

"그것도 우리 형이었어요."

"형이 둘이니?"

"아뇨, 전 누나가 없어요. 형만 있어요."

희철은 점점 피곤해졌다. 눈까풀도 무거웠다. 의사가 하는 말에 집중할 수가 없었다. 의사는 다시 희철을 몇 번 불렀다.

"나중에도 형을 봤어?"

"어젯밤에 왔어요."

"어디에?"

"병원에요."

"형이 어떻게 병원에 왔어?"

"아빠가 형을 그렸어요. 그래서 올 수 있었대요."

희철은 간호사에게 이끌려 병실을 나갔다. 희선이 상담실로 들어왔다.

"동생이 형이 있었다고 하더라."

의사가 말했다.

"있었죠, 어릴 때 죽었어요."

"몇 살에?"

희선은 눈을 찡그렸다.

"열한 살인가, 그랬을 거예요."

"어쩌다가?"

"사고로요."

"희철이가 형이랑 친했나보지?"

"저야 모르죠."

희선이 심드렁하게 대답했다.

"부모님도 한 번 병원에 오시면 좋을 텐데……. 이 병은 가족들이 도와야 해."

"엄마는 돈 버느라 바쁘고, 아빠는 전시회에서 그림이 하나도 안 팔려서 며칠째 술만 마셔요. 뭐, 며칠 지나면 도로 그릴 거예요. 늘 그랬으니까. 엄마 여기 안 올 거예요. 집안일도 제가 다 해요. 무슨 소녀가장도 아닌데 학교 갔다 오면 밥하고 설거지 하고 세탁기 돌리고 청소하고. 아빠 물감 살 돈은 따박따박 주면서, 나 대학 보낼 돈은 없다고 상고 보냈잖아요, 우리 엄마."

"동생이 언제부터 환영을 봤어?"

의사는 끝없이 이어지는 희선이의 말을 막았다.

"열 살때부터였겠죠."

"형이 죽었을 때부터구나. 부모님은 어떠셨니?"

"아빠가 아팠어요. 며칠 동안 병원에 입원했고, 엄마는 자기도 아프면서 아빠 병간호한다고 붙어 있었어요."

"그럼 너랑 희철이는 누가 챙겨줬어?"

"전 국민학교 들어갈 때부터 밥했어요. 희재는 만날 제 뒤만 쫓아다니며 배고프다고 하고……."

"희재가 희철이 형 이름이니?"

"네."

"희철이도 널 따라다녔어?"

"그랬겠죠."

희선이 눈을 피했다.

"아빠가 입원한 동안 어떻게 지냈니?"

"엄마 따라 병원에 갔어요. 대기실 의자에서 자고, 병원 화장실에서 씻었어요. 엄마아빠를 따라오지 말고 고아원에 가는 게 나았을 뻔했어요."

"희철이는? 집에 혼자 있었니?"

"제가 어떻게 알아요? 저도 어렸잖아요! 제가 동생 돌보는 사람이에요?"

희선이 예민하게 소리쳤다.

희선은 상담실에서 나와 병실로 갔다. 희철은 침대에서 웅크리고 있었다. 그간 머리가 자라 야윈 뺨을 덮어, 학교 규칙대로 바짝 깎은 머리보다는 보기 나았다.

"야, 누나 왔다. 좀 괜찮아?"

희철은 대답하지 않았다. 희선은 침대 가에 걸터앉았다.

"야, 아빠가 달라는 거 그냥 줘. 아빠가 전시회에서 그림을 하나도 못 팔았거든. 희재만 잔뜩 그려놓고 뭘 기대하는 거래? 사람들이 희재가 누군지는 알아? 잃어버린 아들에 대한 회한? 웃기시네, 지가 버린 거지. 암튼 아빠는 거기서 그린 그림 가져오면, 그건 대박 날 거라고 믿고 있어. 거기서 안 팔린 게 여기선 팔린다고? 웃기고 자빠졌다니까, 정말. 그냥 줘버려. 너 앞길 창창한데 평생 정신병원에서 살 거야? 엄마는 너도 자식이려니 키운다니까, 고등학교 졸업할 때까지만 눈 딱 감고 살다가 취직해서 나가면 돼. 해주는 것도 없으면서 무슨 자식처럼 키운다고 생색인지 모르겠지만, 아무튼 나는 그럴 거야."

"형은?"

희철이 중얼거리듯 물었다.

"내가 의사한테 희재는 열한 살 때 사고로 죽었다고 했으니까 너도 말 맞추고……."

"형은 엄마가 죽였잖아."

희선은 잠시 그대로 앉았다가 희철이 어깨를 두어 번 두드리고 나갔다.

아빠가 퇴원했다. 엄마는 일주일 만에 집에 돌아와 밥을 한다며 찬장을 하나하나 열고 그릇을 찾으며 부산을 떨었다. 희철은 엄마아빠와 함께 온 희선을 힐끔거렸다.

"네 누나야. 앞으로 함께 살 거야."

엄마가 말했다.

"어? 꿈에서 본 누나다!"

희재가 말했다.

"꿈?"

포기김치를 썰던 엄마의 손이 멎었다. 아빠도 신문을 내려놓았다.

"나 어제 되게 이상한 꿈 꿨다? 나랑 똑같은 애가 나왔는데, 나한테 자긴 동생이 없다고, 장난감도 다 내 차지고, 동생이 귀찮게 굴지도 않는다고 자기랑 바꾸자 그랬어."

"그래서 뭐라고 했어?"

엄마의 눈동자가 충혈되더니 눈물이 고였다. 아빠는 못 본 척 고개를 돌렸다.

"싫다고 했는데······."

희재가 심상치 않은 기색에 목을 자라처럼 움츠렸다. 엄마가 희재의 뺨을 후려갈겼다. 희재는 의자에서 굴러떨어졌다. 이제껏 엄마는 희재나 희철에게 손찌검을 하지 않았다. 잘못하면 반성의 자에 앉혔고, 화를 내고, 소리를 지르거나 엉덩이를 철썩 친 적은 있어도 뺨을 때린 적은 단 한 번도 없었다. 희재는 넋이 나가 맞은 뺨에 손바닥을 대었다. 희철도 형만큼 얼이 빠졌다.

"내가 뭐라고 했어? 애들은 안 될 수도 있다고 했지? 희재 어쩔 거야?"

엄마가 아빠한테 고함을 질렀다. 아빠는 헛기침만 할 뿐, 말이 없었다. 희재와 희철은 이게 진짜 일어나고 있는 일이라는 걸 받아들이지 못하고 정신이 나가 두 사람을 바라보았다. 희선만 성가시다는 듯 이맛살을 찌푸릴 뿐, 아무것도 못 보고 못 들은 척 밥을 먹었다.

엄마는 아빠한테 더 화내지 못했다. 아빠에 대한 원망까지 더한 분노가 희재를 향했다.

"왜 싫다고 했어? 왜? 왜? 왜?"

엄마는 인정사정없이 희재를 때리고 밟았다. 희재는 그제야 소리를 지르며 도망치려 했다. 엄마는 기어이 잡아채 닥치는 대로 주먹질을 했다.

"그만해! 걔가 뭘 알고 그랬겠어!"

보다 못한 희선이 꽥 소리를 질렀지만 희재의 비명에 묻혔다. 그러다 갑자기 조용해졌다. 희철은 그런 정적을 겪어본 적이 없었다.

"너도 무슨 꿈 꿨니?"

엄마가 고요를 깨고 희철에게 물었다. 희철은 아무 말도 하지 못했다. 바닥을 따라 흐른 핏물이 희철의 양말을 붉게 물들였다. 엄마는 살점을 잘라 희철의 국그릇에 넣었다. 국이 튀기며 희철의 옷에 핏방울이 튀었다.

"이거 먹고 말해봐. 넌 무슨 꿈 꿨어?"

"엄마는 지금 그걸 먹으라고 주는 거야?"

희선이 몸서리를 치더니 부엌을 떠났다.

희철은 몸을 둥그렇게 말고 울었다. 다른 침대에서 자는 사람들이 이를 갈고 코를 골고 혼자 중얼거리는 소리가 희철을 더 외롭고 무섭게 했다.

"희철아⋯⋯."

희철은 눈을 떴다. 열한 살 형이 서 있었다.

"형⋯⋯."

희재는 침대에 엉덩이를 붙이고 작은 손으로 희철의 머리를 쓰다듬었다.

"형, 진짜 죽었어?"

"응, 난 아빠가 그린 그림이야."

"어느 아빠?"

"우리 아빠. 너무 늦게 와서 미안해. 아빠는 오래도록 그림을 그리지 않아서 다시 그리는 데 시간이 걸렸어. 희철아, 다들 너한테 미쳤다고 하지만, 미친 건 네가 아니라 그 사람들이야."

"그 사람들?"

"다른 엄마아빠. 내가 하는 말 잘 들어."

희철은 고개를 끄덕였다.

"그때 우리가 벽에서 떼어낸 그림 있잖아. 네가 가지고 있는 거, 그거 어디다 뒀어?"

"몰라⋯⋯. 생각이 안 나."

"그게 있어야 우리 엄마아빠가 다시 올 수 있어. 아빠도 그려보려고 했는데 같은 그림은 다시 못 그린대."

"형은?"

"난 죽어서 못 와. 다른 희철이는 여기 안 올 거래. 자기는 알아서 살 테니 상관 말고 가래. 엄마든 아빠든 있든 없든 똑같다고."

"왜 그런 거야?"

희재는 몇 번이고 말해줬지만 희철은 매번 제대로 기억하지 못했다.

"약을 먹지 말아봐. 먹는 척하고 버리든가. 알았지?"

희재는 다시 설명을 시작했다.

"우리 아빠는 원래 화가가 되고 싶어 했어."

아빠의 꿈은 화가였지만 집이 가난해 그림을 배우지 못했다. 아빠는 중학생 때부터 신문을 돌리며 돈을 모아 고등학교를 졸업하고 집을 나왔다. 그리고 숙식을 제공하는 중국집에 취직했다. 중국집은 숙식을 제공한다며 월급은 쥐꼬리만큼 줬다. 아빠는 거기서 엄마를 만났다. 엄마는 아빠의 꿈과 열정과 재능을 인정해준 첫 번째이자 유일한 사람이었다. 엄마는 할아버지가 돈을 기부해 중학교를 만들어서 그 지역 인명사전에도 올라 있는 부잣집 딸이었다. 할아버지는 엄마가 듣도 보도 못한 그림쟁이와 결혼하겠다고 들자 결사반대하다 의절했고, 둘은 몇 년 뒤 결혼식도 올리지 못하고 혼인신고만 한 채 같이 살았다.

아빠는 그림을 그렸고, 엄마는 험한 일도 마다하지 않고 돈을 벌었다. 아빠는 출품할 때마다 낙선했고, 어찌어찌 전시회도 열었지만 그림은 제대로 팔리지 않았다. 어느 날, 또 낙선한 아빠는 자기한테는 정말 재능이 없다며 절망했다. 엄마는 늘 그렇듯 세상이 아빠 재능을 알아주지 않는 거라고 단언했다. 아빠는 어쩌면 다른 세상이 있다면, 그 세상에서는 아빠가 성공한 화가일지도 모른다는 상상을 했고, 다른 세계를 그렸다.

"그런데 진짜 있는 거야, 다른 세계가."

희재가 말했다.

아빠는 다른 세계를 볼 수 있는 창을 그렸다. 창을 통해 아빠는 수많은 다른 아빠들을 보았다. 세계마다 시간의 흐름이 달랐다. 어떤 세계에서 아빠는 아직 어린아이였고, 어떤 세계에서는 지금 아빠보다 늙었다. 모두 그림을 그렸지만, 아무도 성공하지 못했다. 가끔 한두 점 그림을 팔기도 했다. 작은 잡지에서 인터뷰를 하기도 했다. 엄마 손을 잡고 전시회에 온 꼬마아이가 "엄마, 이 그림 너무 잘 그렸다. 나도 미술학원 다닐래." 하는 말을 듣기도 했다. 그게 전부였다. 아빠는 그럴 리가 없다고 생각했다. 아빠는 다른 세계를, 또 다른 세계를 찾아다녔다.

마침내 아빠는 한 세계를 찾아냈다. 그 세계에서 아빠는 죽고 없었지만, 뒤늦게 아빠 그림의 전시회가 열렸다. 어떤 다큐멘터리 작가가 〈끝내 재능을 인정받지 못한 비운의 화가〉를 기획했고, 거기에 아빠 이야기가 조금 들어갔다. 그걸 본 영화감독이 영감을 받아 평생 그림에만 매달린 아빠와 부잣집 외동딸로 남부럽지 않게 살다가 모든 걸 버리고 헌신적으로 아빠를 내조한 엄마 이야기를 영화로 만들었다. 영화는 배우들의 미모와 연기력에 대한 칭송을 얻으며 흥행했고, 그 여파로 전시회가 열렸다. 전시회 주제는 돈이 없어 약 한 첩 제대로 못 써보고 죽은 어린 아들로, 아빠가 가장 많이 그린 그림이었다. 그게 아빠가 찾은 최대의 성공이었다.

"아빠의 마지막 희망이 무너진 거야. 아빠는 자기가 고흐가 될 거라고 했어. 살아서는 인정받지 못해도, 죽은 뒤에는 세기의 화가로 남을 거라고. 그런데 그게 아니었던 거야."

엄마는 하루 종일 아빠 옆에 붙어서 아빠를 격려했다. 일도 나가지 않은 덕에 직장에서 잘리고 두 사람이 살아갈 길은 점점 막막해졌다.

"아빠는 진짜 마지막이라는 생각으로 남은 기운을 다 써서 또 다른 세계를 그렸어. 우리 아빠가 있는 세계였지. 우리 아빠는 수많은 아빠 중 유일하게 그림을 포기한 아빠였어. 우리 아빠도 처음엔 그림을 그렸어. 그런데 너랑 내가 태어나고, 엄마가 셋째를 가졌다가 중절하고 나서 많이 아팠거든. 다른 아빠들도 비슷한 경험이 있는데, 우리 아빠만 거기서 그만두고 직장을 얻었어. 덕분에 외할아버지랑도 화해해서 외할아버지가 집 사게 돈도 보태 줬어."

다른 아빠는 자기 재능을 포기한 이 아빠를 보고 분노했으며, 또한 기회라고 생각했다. 이 아빠에겐 집과 돈이 있었다. 다른 아빠는 그 세계와 이 세계를 연결하는 통로를 그렸다. 엄마는 온갖 곳에 아쉬운 소리를 하며 돈을 빌려 작업실을 그럴싸하게 꾸미고, 아빠가 연 전시회 소책자, 작은 신문 기사 쪼가리를 벽에 붙였다. 한 세계에 두 아빠가 있을 수는 없었다. 다른 아빠는 아빠에게, 다른 엄마는 엄마에게 바꾸자고 제안했다. 아빠의 마음속에는 언제나 버리지 못한 그림에 대한 꿈이 있었다. 다른 아빠는 아빠를 뭐라고 회유하면 되는지 잘 알고 있었다. 아빠는 자기가 계속 그림을 그렸다면, 전시회를 열 수도 있었으리라는 걸 알게 되었다. 전시회에서 그림이 많이 팔리진 못했지만, 분명 언제고 세상이 아빠의 재능을 알아줄 날이 올 것이다. 아빠만 설득하면 엄마는 따라오게 되어 있었다.

"우리는?"

희철이가 물었다.

"엄마와 아빠는 그때 우리는 생각하지 않았어."

희재가 담담하게 말하고는 위로하듯 덧붙였다.

"우리도 꿈인 줄 알았잖아. 엄마와 아빠도 반쯤은 꿈이라고 생각했을 거야."

희철은 다른 희재를 피해 도망치다 희재를 만났다. 둘은 구멍을 찾았다. 희재는 희철을 먼저 들여보냈다.

"빨리, 빨리 가!"

희재가 말했다. 희철은 뒤를 돌았다. 희재가 둘인데, 누가 진짜 희재인지 바로 알 수 있었다. 걱정하는 건 희재였고, 화가 나 쫓아오는 건 다른 희재였다. 둘은 다락방으로 돌아와 다른 희재가 들어오지 못하게 그림을 떼어 감췄다. 지쳐 잠이 들고 아침에 일어나서는 꿈이려니 했다.

"병원에서 나가야 해. 그림을 준다고 하면 엄마가 퇴원시켜줄 거야. 집에 가서 그림을 찾아서 원래대로 붙여. 그럼 우리 아빠가 다른 아빠에게 말할 거야. 되돌려야 한다고. 안 그러면 다른 아빠가 그린 그림들, 다 불태워버릴 거라고. 다른 아빠는 그 그림을 절대 포기하지 못할 거야."

"아빠가 정말로 돌아오고 싶을까? 아빠는 거기서 화가잖아."

"거긴 네가 없거든. 우리 아빠는, 그 많은 아빠 중 자식을 위해 그림을 포기한 유일한 아빠잖아."

"희철 군, 약 먹어야지."

간호사가 약과 물을 가져왔다. 희철은 약을 받아 입에 넣고 물을 마셨다. 삼키지 않으려고 했는데 목구멍을 넘어갔다. 희철은 화장실에 가서 토했다.

퇴원하는 날 희선이 데리러 왔다. 고3이 되어 취업을 나간 희선은 진한 화장을 하고, 뾰족구두를 신었다.

"나 학교 가야 해. 학교에 그림이 있어. 서랍에 붙여놨어."

"학교? 너 입원한 지 2년이야. 책상이 남아 있겠어?"

희철은 멍하니 희선을 바라보았다. 집에 가는 길이라는 게 떠올랐다. 희철은 발을 앞으로 내밀었다. 희선이 기겁하며 잡아끌었다.

"야, 차도잖아! 우리 지금 버스 기다리고 있거든? 얘 정말 이래 가지고 어떡하니?"

희선은 희철의 손을 단단히 잡았다. 버스가 왔다. 희선은 요금통에 동전을 집어넣고, 빈자리에 희철을 앉히고 그 앞에 섰다.

"누나……, 누나네 엄마아빠랑 우리 엄마아빠 다시 바꾸면 안 될까?"

"그럴 리가 있겠냐. 거기 남기고 온 건 빚밖에 없는데?"

"우리 아빠가 그림을 다 태운다 그러면?"

"그 그림 가져온다는 거? 그거 옛날 얘기야. 지금은 뭐라더라? 보는 순간 사람들이 자기 마음속에 있는 가장…… 뭐? 애틋한 거? 지켜야 했는데 지키지 못한 거? 가장 가슴 시린 회한? 후회? 그런 걸 떠올리게 하는 그림을 그린다고 생난리를 치고 있다. 잃어버리고 그림으로 남기겠다고 지랄하지 말고, 그냥 옆에 있을 때 잘하지?"

"아저씨, 내려요!"

뒷문에서 아주머니가 소리쳤다.

"거, 벨을 누르세요!"

기사 아저씨가 신경질을 냈다. 희철은 일어나려 했다.

"야, 여기 아니야."

희선이 도로 앉혔다.

"누나, 우리 엄마아빠가 돌아오게 도와주면 안 돼?"

희철이 물었다. 희선은 선뜻 대답하지 못했다. 도와줄 방법이 있을지도 문제지만, 희선도 희재가 죽을 때 가만히 보고 있었다는 걸, 희철의 엄마아빠가 어떻게 받아들일지 걱정이었다.

"형이 그러는데 엄마랑 아빠는 이미 죽은 형을 어쩌겠느냐고 했대. 누나도 여기 계속 있어도 된대. 나만 다시 볼 수 있으면 족하대."

"희재가 그래?"

"응, 우리 형."

"너네 아빠가 그려서 보낸 형?"

"응."

희철의 뒷좌석에 앉았던 사람이 내렸다. 희선은 잽싸게 앉아 앞자리에 턱을 기댔다.

"너네 아빠고, 우리 아빠고 간에 대단들 하다. 그 정도로 그리는데 왜 아무도 안 알아주지? 하긴, 나라도 그 정도면 억울하긴 하겠다. 아니, 그냥 사람들이 좋아하는 걸 그리면 안 돼? 우리 아빠 그림, 솔직히 보고 있으면 소름 돋아. 지금도 희재 그리는데, 웃는 얼굴이 웃는 게 아니야. 하긴, 웃고 싶겠냐? 희재는 어떻게 지낸대?"

"알아서 잘 살겠다고 집 나갔대."

"언제?"

"어제."

"어제?"

"응."

희선은 희철의 뒤통수를 바라보다 머리를 쓰다듬었다. 희철은 날짜가 가는 걸 인지하지 못했다. 진짜 어제일 수도, 몇 년 전일 수도 있었다.

엄마와 아빠가 다른 세계 이야기를 했을 때 희선은 둘이 진짜 미쳤구나 싶었다. 그림을 통해 보여줬을 때도 가고 싶지 않았다. 지금은 좋아 보이지만, 엄마와 아빠가 저 집에 들어가는 순간 모든 걸 다 망가뜨릴 게 뻔했다. 희재는 자기 방이 따로 있는 집을 보자 당장이라도 가고 싶어 했다. 희선은 다른 세계에 없었기에 건너가면 그만이었다. 한 세계에 같은 사람 둘이 있을 순 없기에 희재는 다른 희재를 어떻게든 꼬드겨 남겠다는 대답을 들어야 했고, 희철 역시 여기 머물겠다는 대답을 해야 했다.

아빠는 무리해서 그림을 그린 탓에 오자마자 쓰러졌다. 엄마는 아빠를 데리고 병원에 갔고, 희선도 얼결에 따라갔다. 집에 왔을 때 희재가 어느 쪽 희재인지 알 수 없었지만, 희철이 있기에 물어보지 않고 일단 가만히 있었다. 희철은 머물러도 상관없었다. 희재만 바뀌었으면 되었는데…….

"넌 왜 싫다 그랬어?"

희선이 물었다.

"다른 형이 자기가 더 잘해줄 거라고 했어. 레슬링할 때 목을 세게 조르지도 않을 거고, 장난감도 다 양보해준다고."

"그런데?"

형이 다락방 문을 여는 소리가 들렸다. 희재가 다가올 때마다 바닥에서 '끼이익' 소리가 울렸다. 희철은 무릎에 고개를 파묻고 숨을 죽였다. 희재가 희철의 어깨를 잡고 "찾았다!"고 외치더니 간지럼 태웠다. 희철은 자지러지게 웃었다. 그때 다락방 한쪽에서 엄마가 희재와 희철이를 부르는 소리가 들렸다. 희재는 옷 보따리와 상자, 녹이 슨 커다란 솥단지, 바구니를 치웠다. 벽에 커다란 구멍이 나 있었다. 목소리는 그 구멍 안에서 들렸다. 희재가 먼저 기어갔다.

"형, 가지 마."

"무서우면 여기서 기다려."

희철은 따라가고 싶지 않았지만 혼자 남는 건 더 무서웠다. 희철은 희재 바지 끝자락을 잡고 따라갔다. 갑자기 희재가 사라졌다. 희철은 겁에 질렸다.

"이리 와, 이쪽이야."

희재 목소리가 들렸다. 희철은 기어갔다. 퀴퀴한 냄새가 나는 지저분한 방에 희재가 있었다. 둘은 부서진 장난감을 가지고 놀았다. 희재는 뭐든 다 양보해주었다.

"근데 형은 우리 형이 아닌 것 같아."

희철이 말했다.

"내가 더 좋지? 여기 있으면 뭐든 다 네 거다? 내가 네 형 해줄게. 여기 있을래?"

희재가 말했다.

아빠가 갑자기 쓰러졌다. 엄마는 아빠를 데리고 병원에 가서 며칠 동안 돌아오지 않았다. 희철은 학교가 끝나면 현관 앞에 앉아 두 시간 늦게 올 형을 기다렸다. 그 며칠간 희재는 한 번도 희철을 때리지 않았다. 집에 오면 가방을 내던지고 라면을 끓여주었다.

"나 용산 간다? 집 잘 보고 있어?"

희재가 설거지를 마치더니 말했다. 희철은 따라가겠다며 울먹였다. 희재는 보통 성가셔 떼놓고 갔다. 그날은 데려갔다. 희재는 희철의 표를 끊어주었고, 갈아타는 곳에서 정확히 내렸고, 계단을 올라 용산에 도착했다. 둘은 돗자리에 비디오를 늘어놓고 파는 사람, 수레에 카세트테이프를 쌓아 파는 사람, 온갖 컴퓨터, 전자용품을 파는 가게를 지났다. 희재는 많이 와본 듯 익숙한 걸음으로 한 가게에 들어갔다.

"게임 카피하려고요. 뭐 나왔어요?"

희재가 물었다. 가게 주인아저씨가 새 게임을 작동시켰다. 직사각형, 네모, 니은 모양의 도형들이 위에서 내려왔다. 희재는 키보드를 조작하며 능숙하게 조각들을 맞췄다. 빈틈없이 찬 줄은 사라졌다.

"이야, 꼬마가 진짜 잘하네?"

어른들이 희재를 보며 감탄했다. 희재는 카피한 디스크를 가지고 가게를 나왔고, 다시 지하철을 탔다. 집이 있는 역에서 내렸을 때는 어둑해져 있었다.

"형, 나 배고파."

희철이 말했다. 희재는 주머니를 뒤졌다. 200원 남아 있었다. 둘은 떡볶이 집에 가 떡볶이 1인분을 시켰다. 희철은 국물이 먹고 싶었는데, 아줌마는 주지 않았다.

"여기 오뎅 국물 좀 주세요."

희재가 말했다.

"둘이 와서 1인분 시켜놓고 뭘 국물까지 달라 그래?"

아줌마가 퉁명스레 말했다. 희철은 기가 죽어 떡볶이에도 손이 가지 않았다.

"그럼 한 그릇만 주세요."

희재가 의젓하게 말했다. 어린 마음에도 희철은, 희재가 먹고 싶어서가 아니라 자기를 위해 하는 말이라는 걸 느낄 수 있었다.

"응? 이거 다 네 거야. 너 갖고 싶다는 건 내가 다 양보할게. 다 준다니까!"

희재가 다급하게 희철 앞에 장난감을 쌓았다. 목소리도 커지고 다그치듯 어깨를 잡고 흔들었다. 이 형은 돼지 저금통을 뜯어 라면을 사다 끓여주고, 땀이 나는 희철의 손을 귀찮다고 뿌리치지 않고 하루 종일 잡고 다니고, 어른들이 감탄하며 지켜보는 중에 게임을 하고, 무서운 아줌마한테 오뎅 국물을 달라고 한 형이 아니었다.

"왜 싫다 그랬어?"

희선이 다시 물었다.

"우리 형이 아니니까."

희철이 대답했다. 희선은 창밖 풍경으로 눈을 돌렸다. 희선은 희철을 입원시키는 걸 반대했지만, 아빠는 막무가내였고 엄마는 늘 그랬듯 아빠를 이기지 못했으며, 희선은 자기주장을 내세우기엔 너무 어렸다.

"내가 어떻게 도와주면 되는데?"

희선이 물었다.

희선은 초저녁에 남학교 담장을 넘었다. 수위한테 걸리기라도 하면 변명의 여지가 없었다. 희선은 1-4라고 쓰여 있는 교실에 들어가 책상 서랍을 하나하나 뒤졌다. 서랍 위쪽에서 무언가 만

져졌다. 희선은 비닐에 싸, 테이프로 붙여놓은 종이를 꺼냈다. 비닐을 열자 검은 구멍이 있는 다락방이 보였다. 희선은 눈을 돌렸다. 어둑한 곳에서 보는 그림은 당장이라도 희선을 끌어당길 것 같았다. 갑작스레 삐삐음이 울렸다. 희선은 지레 놀라 소리 지를 뻔했다. 집 번호였다. 희선은 학교를 빠져나와 슈퍼 앞 공중전화에 동전을 넣었다.

"왜?"

—올 때 떡볶이 사 와. 희철이가 먹고 싶대. 그리고 빨랑빨랑 들어와. 말만 한 기지배가 왜 이렇게 싸돌아다녀? 일 끝나면 와서 저녁 좀 차리지 않고. 희철이도 계속 너 찾는데…….

"아이구, 언제부터 그렇게 챙기셨다고? 병원에 넣어놓고 찾아가기는 했나?"

—얘가! 나 그래서 희철이 입원시킨 거 아니다? 학교에서 애가 불안정하고, 자꾸 자해를 하니 치료를……!

"그래서가 뭔데?"

—잔말 말고 빨리 와! 희철이가 너 언제 오느냐고 계속 물어봐.

"애지중지하는 척하시긴? 엄마 자식도 아니잖아?"

—왜 내 자식이 아냐?

"그럼 엄마 자식이야?"

—내가……

수화기 너머로 엄마가 울먹이는 소리가 들렸다.

—너 동생 하나 더 있을 뻔했던 거 모르지? 나 희철이 개라고

생각하고 잘 키울 거다.

"잘 키워? 멀쩡하게 잘 지내던 애 병신 만들어놓고, 남들은 빌라로 재건축한다고 난린데 우리 집은 아빠 전시회 준비한다고 저당 잡히고, 갚을 길은 있어? 우리 언제 나가야 하더라?"

─속 긁지 말고 애 먹고 싶다는 거나 사서 들어와!

전화가 끊겼다. 희선은 분식점에서 떡볶이와 순대를 주문했다. 바로 옆 화장품 가게에서 1년 내내 하는 반품 할인 중이었다. 낮에 같은 회사에 다니는 윤미가 새로 산 립스틱을 자랑했다. 희선은 아줌마가 순대를 써는 동안 화장품을 구경했다.

희재도 떡볶이를 좋아했다. 희선이 친구들을 데려오면 귀찮게 굴며 기어이 100원을 받아내 떡볶이를 사 먹으러 나갔다.

"보옹투 봉투, 열, 렸, 네!"

코미디언 흉내를 내며 돈을 타내던 모습이 꼴 보기 싫었다. 희재는 이 세계로 건너오지 못했고 낯선 부모와 혼자 남았다. 그리고 집을 나갔고 살았는지 죽었는지 알 길이 없었다. 엄마와 아빠가 미친 줄은 알고 있었지만 희재를 죽일 줄은 몰랐다. 그때 지금 나이였다면 그 집에 있지 못했을 거다. 희재가 죽을 때 일은 오래전에 봐 몇 장면 외에는 기억이 나지 않는 영화를 떠올리는 것처럼 감정이 단절되어 아무 느낌도 나지 않았다. 희선은 도망치듯 화장품 가게를 나왔다. 엄마아빠는 미쳤다. 희선은 자기도 이미 조금 미쳤는지도 모른다고 생각했다. 더 미치기 전에, 엄마아빠에게서, 그 집에서 벗어나야 했다. 희선은 소주도 두 병 사 집에 왔다.

"아빠, 소주 사 왔어."

희선은 소주와 순대를 아빠에게 주고 부엌으로 갔다. 개수대에서 엄마를 밀어내고, 밥을 안쳐 상을 차렸다. 아빠는 소주면 됐다고 밥상에 앉지 않았다.

"가서 자. 내가 설거지할게."

희선이 말했다.

"웬일이래?"

엄마는 잠깐 희선을 보더니 허리를 펴고 방으로 갔다. 희선은 설거지를 마치고 식은 떡볶이를 접시에 담아 희철의 방으로 갔다.

"아들처럼 키워? 애가 밥을 먹는지, 안 먹는지는 알아?"

희철은 바닥에 무력하게 앉아 있었다. 중학교는 어찌어찌 졸업했지만, 고등학교는 제대로 다니지 못했다. 어느 순간 희선을 훌쩍 넘어 컸으면서도 살은 붙지 않았다.

"내 살이나 좀 가져가지."

희선은 포크로 떡볶이를 집어 희철에게 내밀었다.

"누나는 어떻게 하고 싶어?"

희철이 물었다.

"나 여기선 직장도 있어. 이제 와 거기 가서 뭐해?"

"엄마랑 아빠도 누나 여기 있어도 된대. 엄마가 나한테도 여동생이 있었을 뻔했대."

"그러서? 그래서 날 자기가 지워버린 애 대신이라 치고 잘해준대?"

372

"응……."

희철이 느리게 대답했다.

"애 약도 챙겨라! 먹다 안 먹다 해서 자꾸 도진다더라!"

엄마가 자기 방에서 소리를 질렀다.

"시끄러!"

희선도 문을 향해 마주 고함쳤다.

"너네 엄마아빠가 오면 좋겠어? 너네 엄마아빠는 정말 다를까?"

"형이 그러는데, 우리 아빠는 수많은 아빠 중 유일하게 우릴 위해 그림을 포기한 아빠래."

"웃기시네. 진짜 포기했으면 그대로 잘 살 것이지, 전시회 팸플릿 보고 홀랑 넘어가서는 덥석 좋다고 해버렸잖아?"

"우리 아빠도 구멍을 그리려고 했대. 근데 딱 이 세계로 연결이 되지 않더래. 형은 그림이니까 어떻게 왔지만……. 그 그림이 있어야 한대."

"우리 아빠는 네가 정신 나가서 그림 잃어버린 줄 알아. 나 이거 가지고 있다가 걸리면 진짜 죽일지도 몰라. 우리 아빠는 안 갈거야. 그나마 여긴 아직 팔아먹을 게 남아 있으니까."

희철은 아무것도 없는 곳에 눈을 고정했다. 뭘 보고 있는지 그냥 멀거니 있는 건지 알 수 없었다. 희철이 느릿느릿 입을 열었다.

"형이 그러는데, 한 세계에 같은 사람이 두 명 있을 수 없대. 여긴 원래 우리 엄마아빠 세계니까 우리 엄마아빠가 오면 누나네 엄마아빠는 밀려갈 수밖에 없대."

"너네 형 여기 있어?"

"누나 옆에……."

희선은 오른쪽으로 고개를 돌렸다.

"반대쪽……."

희선은 포크를 내려놓았다.

"소름 끼쳐. 나 간다. 해볼게. 그리고……."

희선은 왼쪽을 바라보았다.

"전할 수 있으면 전해줘. 우리 희재한테, 잘 살라고. 그래도 엄마아빠 벗어난 게 어디야."

희선은 당황해서 말을 멈췄다. 생각지도 않았는데 눈물이 흘러 바닥에 떨어졌다. 희선은 기가 막힌 듯 혼자 웃고 손바닥으로 얼굴을 훔쳤다.

"나도 잘 살 거야."

희선은 안방 문을 열었다. 예상대로 아빠는 취해서 자고 있었다. 다락문은 두꺼운 자물쇠로 잠겨 있었다. 희선은 비웃으며 미리 복사해둔 열쇠를 꺼냈다.

"지가 여기 버티고 있으면, 아무것도 못할 줄 알지?"

오래도록 열지 않았던 자물쇠는 쉽게 말을 듣지 않았다. 희선은 부엌으로 가 열쇠에 식용유를 발랐다. 방에 돌아와 열쇠를 넣고 돌렸다. 자물쇠가 뼈를 긁는 소리를 내며 돌아갔다. 아빠가 눈을 떴다. 희선은 다락방으로 올라갔다.

"너, 너……!"

아빠는 일어나려고 했지만 술에 취한 몸은 뜻대로 움직여주지 않았다. 희선은 끝나지 않을 것 같은 어둠 속을 기어 이 다락방에 온 순간을 기억했다. 엄마는 아빠를 데려가야 하니 먼저 가라고 등을 떼밀었다. 희선은 그때 고작해야 열세 살이었는데 엄마도 아빠도 희선을 챙기지 않았다. 아빠가 다락방에 오르려다 떨어지는 소리가 들렸다. 희선은 뒤도 돌아보지 않고 벽에 그림을 붙였다.

"내가 돈이 어딨어? 어쩐지, 웬일로 나도 가겠다 운운하나 했더니, 나한테 돈 달라고 온다 그런 거였어?"

희선이 빽 소리를 질렀다. 간호사와 환자들이 흘끔거렸지만 신경 쓰지 않았다.

"아빠가 이번 전시회만 잘되면……."

엄마가 어쩔 줄 모르고 고개를 조아렸다.

"이 엄마나, 그 엄마나, 이 아빠나, 저 아빠나 하여간 하는 짓이 똑같아요! 기껏 돌아와서 하는 게 여기서 그림 그리는 거야? 그럴 거면 왜 왔어? 내가 10년이 넘도록 희철이 요양원 비용 다 대고 있어. 니가 사람이니? 사람이면 자식새끼도 좀 챙기고 그래! 지들 욕심 챙기느라 자식새끼는 병신 만들어놓고……!"

"저, 죄송한데, 다른 환자분들도 계시고……."

간호사가 허겁지겁 달려와 희선을 말렸다. 희선은 신경질을 내며 앞서 걸었다. 엄마는 죄인처럼 고개를 숙이고 졸졸 뒤를 쫓았다. 희철은 마당 한쪽에 덩그러니 앉아 있었다. 희선이 멈춰 섰다.

"왜 이러고 살아? 진짜 진지하게 한 번 이야기나 들어보자. 희철이, 희재 어릴 때 아빠가 정신 차리고 취직해서 할아버지, 할머니랑도 다시 잘 지내는가 싶더니 도로 의절당하고. 하루에 열두 시간씩 식당에서 일하면서 사는 게 좋아? 그 새끼가 대체 뭔데 그래? 아빠가 엄마한테 잘하기는 해? 요샌 손찌검까지 하잖아!"

"때린 거 아냐! 취해서 손이 헛나간 거야! 진짜야!"

엄마가 정색을 하고 말했다.

"어이구, 열녀 나셨어, 열녀 나셨어. 다른 세계 못 봤어? 아빠 성공 못해. 세상 그 어떤 아빠도 성공하지 못했어. 알면서 왜 부추겨? 그냥 포기하라 그러면 안 돼?"

"난 못해."

"왜 못해?"

"내가 없는 그 사람을 봤으니까!"

"뭐?"

엄마의 눈에 눈물이 고였다.

"그래, 부모도 다시는 나 안 보겠다 그러고, 친구들도 제발 헤어지라고 설득도 하고, 화도 내다가 지쳐서 다 떠나갔어. 그래도 나 그 사람 못 버려. 나도 다른 세상을 봤어. 아이를 셋 다 낳은 나도 있었어. 셋째를 낳고 앓다가, 제대로 치료도 못 받고 죽었어. 나 없이 그 사람이 제대로 살 것 같아? 서른몇 살에 길에서 죽어. 내가 없는 세상에선 다 그랬어. 목매달아 죽고, 굶어 죽고, 술 마시다 아무것도 못하고 죽어. 그 사람은 내가 없으면 죽어! 나 없이는 못 사는 사람이야! 여기서 그림 포기한 것도, 나 때문이었어! 나를 위해서면 포기도 할 수 있는 사람이야! 난 그걸 알아! 그런데 내가 어떻게 그 사람을 버려?"

"당신이 그 사람 없다고 죽어? 그 새낀 그냥 알아서 살다 뒤지라 그래!"

희선은 숨을 몰아쉬다 말했다.

"나는 그렇다 쳐. 당신이 낳은 건 아니니까. 희철이는? 희재는? 희재 죽고, 희철이 저 꼴 만들어놓고도 뚫린 입이라고 그딴 소리가 나오니? 그래, 그 다른 세계들 이야기 좀 해보자! 애 하나는 떼고, 하나는 어려 죽지 않든? 제대로 큰 애는 늘 하나뿐이진 않든?"

"나 너희 아끼지 않는 거 아냐. 너도 내 배 아파 낳은 딸이나 같아."

"난 낳지도 않고 죽였잖아! 아빠를 위해서라면, 난 죽여도 돼?"

"그런 게 아냐……, 그런 게 아니었어……, 그런 게…….."

엄마는 주저앉아 숨죽여 울었다.

"꼴 보기 싫어, 희철이한테나 가봐. 난 속 좀 가라앉히고 갈 테니까."

희선은 인적이 드문 곳을 찾아 담배에 불을 붙였다. 휴대전화가 울렸다. 희선은 전화를 받았다.

"여보세요? ……응, 나야. ……하필 오늘 보자 그러니, 동생 병문안 왔어. ……가끔 알아볼 때도 있어. 동생이 웬수지, 엄마한테 내가 왜 이러는지 모르겠다니까, 우리 엄마 왈 내리사랑이라 어쩔 수 없단다, 부모가 자식, 형이 아우, 누나가 동생, 그런 거래. 내리사랑? 내 앞에서 그딴 말이 나와? 지가 자식들한테 한 짓을 생각하고 말을 하라 그래!"

엄마는 눈물을 닦고 희철에게 갔다. 희철은 마당 의자에 오도카니 앉아 있었다. 엄마는 희철 옆에 앉아 손을 잡았다.

"희철아……, 미안하다, 정말 미안해……. 그런데, 희철아, 아빠를 이해해주렴. 아빠는 자기가 재능이 없는 줄 알고 포기했어. 그런데 그렇지 않았던 거야. 아빠는 다른 사람들은 상상도 못할 재능을 가진 사람이야. 옛날에 말이야, 솔거라는 화가가 있었어. 소나무를 그렸더니 새들이 진짜 나무인 줄 알고 날아와 앉으려다 그림에 부딪쳐 떨어지고 그랬대. 아빠는 솔거 이상 가는 화가야. 아빠는 진짜로 착각할 만한 나무를 그린 게 아니라, 살아 있게 만들었어. 희재도 그렇게 그린 거야. 아빠는 혼신의 힘을 다하면 그 정도 그림을 그릴 수 있는 사람이야. 그걸 아는데, 엄마가 그걸 아는데, 어떻게 아빠한테 하지 말라고 하니? 응? 희철아……."

희철은 초점 없는 눈으로 엄마를 바라보았다. 희선이 왔다.

"커피라도 사 올게."

엄마가 일어났다. 희선이 지갑에서 만 원짜리 몇 장을 꺼내 내밀었다.

"이게 다야. 더 바라지마."

"고맙다."

엄마는 두 손으로 돈을 받아 주머니에 집어넣고 갈 곳 모르는 사람처럼 휘청거리며 사라졌다. 희선은 희철 옆에 앉았다. 희철은 서른이 넘었는데도, 그 옛날 방에서 덩그러니 앉아 있던 때 모습 그대로였다.

"희재 옆에 있니?"

희철이 고개를 끄덕였다.

"희재가 뭐래?"

"아빠는 거기서 내내 자기를 그렸대. 나한테 갈 수 있을 만큼 살아날 때까지 계속, 계속, 자기만 그렸대. 혹시 엄마랑 아빠가 가지 못해도 나 외롭지 말라고. 그러니까 계속 나랑 같이 있을 거래."

"미친 새끼, 곧 죽어도……."

희선이 중얼거리곤 희철의 머리를 자기 어깨에 기댔다.

■ 살 아 남 은   아 이 들 은 ……

　　2012년 겨울에 쓴 글이다. 몇 년 전부터 뇌와 심장 사이 어딘가에서 근질 근질하던 이야기를 꺼내보았는데, 이해하기 어렵다는 이야기를 많이 들었다. 몇 달 지나 다른 눈으로 보게 될 무렵 제대로 퇴고하리라 생각하고도 막상 다시 꺼내니 이 상태에서 더 건드릴 수 있는 글이 아니었다. 겨울 합평회에도 들고 가 좋은 조언을 많이 들으며 이야기를 나누었다. 하고 싶은 말이 많았는 데, 할수록 말이 엉키고 내가 글을 쓰려던 의도를 명확히 설명할 수 없었다. 새삼 작가는 글로 말할 뿐, 글 밖에서 글을 설명하는 건 덧없다는 걸 느꼈다.

그림 속의 그림 속의 그림 속의… 죽음
- 박애진 작품집 『각인』

김지원

첫 번째 작품집 『원초적 본능 feat. 미소년』에 비해서, 두 번째 작품집 『각인』은 제목부터 좀 더 무겁다. 그리고 읽어 나갈수록 폐쇄 공포증 같은 것이 밀려온다. 『원초적 본능 feat. 미소년』은, 해당 작품집의 서평에서 이미 언급한 바 있듯이 상호 주체적 관계와 타아적 관계를 시각적 관계와 촉각적 관계로 해석하면서, 이 두 종류 인간 관계의 질적 차이에 초점을 맞추고 있다. 사람들 간의 차이가 먼저 주어져 있고, '그림'은 이 두 관계의 매개로서 작용한다. 그러나 이 두 번째 작품집의 작품집은 두 종류의 인간 관계와 그 사이 매개라는 삼각 구도를 이번에는 매개 자체의 구조를 중심에 두어 재해석하는 듯이 보인다. 즉 매개가 먼저 주어져 있고, 사람들간의 차이는 이 매개 자체의 구조, 즉 그림의 두께와 표면 내용이라는 그림 자체의 구조를 통해 생산되는 것이다. 때문에 일단 열림과 차이가 전제로 주어지고 그다음에 그 사이가 매개된다는, 말하자면 상대적으로 '열린' 구도와는 달리, 이 해석 틀에서는 사람들간의 차이를 끊임없이 구조적으로 똑같은 방식으로만 생산해내는 그림 자체의 자기 복제 혹은 자기 반복이 주가 된다. 서로 다른 별들 사이를 자유롭게 유영하는 탑승선의 이미지는, 자가 복제적인 평행 세계들을 생산해내는 단 한 장의 그림으로 대체된다. 온갖 종족과 또 외계인들과도 사랑에 빠지는 모험은 바로 자기 집, 자기 가족의 도플갱어들로부터 살해당할지 모른다는 공포로 대체된다.

너와 나라는 관계— 사람들 사이의 이 원초적 차이는, 한편 이 차이를 매개하는 그림 혹은 스크린 자체의 원초적 자기 반복과 굳게 결합되어 있다. 어느 쪽일까? 내가 너를 스크린을 통해서 만나는 걸까, 아니면 만남이란 스크린 자체의 도상학에 불과한 걸까?

사람은 둥근 형태 두 개에 선 하나만 있으면 거의 대부분 사람 얼굴을 떠올린다고. —「집사」, 176쪽

「집사」에서 스크린의 존재는 집요하게 인간 관계들의 사이사이마다 나타나, 이 관계들을 차라리 대체한다. 독자는 책의 지면이라는 스크린을 통해서 로봇이 보는 것을 본다. 로봇은 자기 내외부의 스크린을 통해서 마님을 보고, 또한 마님은, 맨 마지막에 아예 마님이 다른 사람으로 바뀌는 장면을 제외하면, 한 번도 소위 실제로 사람들을 만나지 않고, 늘 집 안의 대형 화면으로만 사람들, 친구들과 또 가족들을 만난다. 우리는 로봇이 보는 것을 보되, 시간이 흐르면서 점점 더 로봇의 시각적 인식이 진화한다는

것을 안다─ 로봇은 점점 더 섬세하게 자신이 보는 것을 우리 독자들에게 보여준다. 이 시각적 인식의 기술적 진화는 로봇 자신의 스크린, 로봇이 보는, 마님이 보고 있는 스크린, 그리고 또 하나의 중요한 스크린을 통해서 이루어진다. 즉 '창'이라는 스크린이다. '밖'의 모습은 마님이 보는 대형 화면을 통해서 혹은 이 유리가 끼워진 창문이라는 스크린을 통해서 로봇 자신의 안경 스크린에 네모난 그림으로 입력된다. 독자는 책의 지면이라는 스크린을 보고 있고, 그를 통하여 로봇의 '시야'를 따라간다. 로봇의 시야를 1인칭 시점으로 따라가야 하기 때문에, 우리는 감정이입이라는 개제를 통해서가 아니라, 일단 순수하게 '눈'만을 따라가려 해본다. 우리는 이 1인칭 주인공의 인간관계나 그로 말미암은 자의식의 발전이라는 해석틀만이 아니라, 수많은 스크린들 사이에서 이루어지는 기술적 도상학의 발전이라는 해석틀을 통해서도 소설의 내용을 이해하려 해본다. 어느 쪽을 어느 쪽에 귀속시켜서 해석해야 할지, 그 답은 굳이 주어지지는 않는다. 다만 이 접합점이 제시될 뿐이다.

이 접합점의 문제─ 사람들 간의 원초적 차이가 먼저 오며, 그림은 그 사이를 매개하는가, 아니면 그림 자신의 원초적 반복으로부터 사람들 간의 차이가 생산되는가의 문제─ 는 「살아남은 아이들」에서 '그림-문'이라는 상징과 함께 가장 강렬한 방식으로 제시된다. 그림은 문이다: 문은 사람과 사람 사이를, 심지어 세계와 세계 사이를 매개할 수 있다. 하지만 거꾸로 말해보자. 모든 사람과 사람은, 세계와 세계는 그림을 통해서만 매개된다. 그림들이 그 수많은 사람들과 수많은 다양한 세계들을 서로에게로 열고 또 열어줄수록, 반대로 모든 세계들과 사람들은 단 하나의 그림으로 수렴된다. 실제로 이 작품에서 모든 세계들은 한 가족의 조금씩 변이된 복제품이다. 이 가족은 그림을 그리는 남편과 그의 아내를 중심으로 구성되어 있다. 남편 혹은 가부장은 그림으로 성공하기를, 즉 자신의 그림을 통해서 다른 사람들과 성공적으로 관계를 맺기를 원한다. 이 욕망은 한 세계 안의 인간관계를 넘어 다른 모든 가능한 세계들의 사람들까지 하나로 묶는다. 모든 사람들 사이, 모든 세계들 사이의 가능한 관계는 한 장의 그림으로 수렴되고, 아무리 통로를 기어봤자 그림 안에 갇혀서 어디로 가든 빠져나올 수가 없다. 차이처럼 보이는 것은 사실 차이가 아니다. 개인처럼 보이는 것은 똑같이 '생긴' 클론들이다.

그림의 원초적 자기 반복 혹은 자가 복제의 구조를 좀 더 자세히 따라가보자. 그림이 공간적인 매체인 만큼, 이 작품집에서 그림의 자기 반복 구조는 두 공간적 축을 따라 이루어지고 있다. 하나는 「심연」에서의 상하 운동으로 대표될 수 있는 개개인의 수직적-시간적인 축이며, 다른 하나는 공동체의 수평적-공간적인 축이다.

먼저 수직적 축은 죽음의 촉각적 깊이로 이루어져 있다. 잠수부는 물속으로 들어간다: 그림의 물질적인 두께 속으로. 온몸을 부대끼고, 어둠 속에서 자기 혼자만의 목숨이라는 한계를 하강 깊이의 한계로 건 채로. 그 피부를 짓누르는 어둠 — 수압 — 속에서는 삶이 전혀 당연하지 않고, 반대로 당연한 것은 죽음과 어둠이다. 뭍이라는 단단한 바닥에서 죽음이 삶의 반대항으로, 즉 검은 심연으로만 있듯이, 여기에서 삶은 죽음의 반대항으로만, 저 위의 수면에 반사되는 빛으로만 있다. 삶은 한없이 올라가도 닿지 않을 것 같은데, 왜냐하면 올라가는 방식과 동작 하나하나조차도 삶이 아닌 죽음의 법칙에 지배당하고 있기 때문이다.

올라갈 때는 천천히 올라가지 않으면 잠수병에 걸릴 위험이 있었다. 공기의 대부분을 차지하는 질소는 물속으로 깊이 들어갈수록 혈액과 지방조직 속으로 녹아 들어가는데 급히 수면으로 올라오면 혈액 속에 녹아 있던 질소가 기포가 된다. 갑자기 늘어난 기포가 혈액 속을 돌아다니며 체내에서 통증을 일으키는 게 잠수병이었다. ―「심연」, 68~69쪽

머리 위로 물결치는 타원형의 빛이 보였다. 손만 뻗으면 닿을 곳처럼 선명히 보이는데 영원히 닿지 못할 것만 같았다. ―「심연」, 71쪽

이 수직적 축에서 한 개인이 자기 자신이라는 것은 주어진 혹은 단순히 받아들여야 할 사실이 아니라, 매 순간 끊임없이 올라

가거나 또 비끄러지는 죽음의 경계이다. 한 사람은 스스로 눈을 뜨고 자신의 모습을 내려다볼 수 있을 정도로 자라난 이상, 이미 현기증이 날 만큼 높은 '자기 자신'이라는 높이에 올라와 있다. 그대로 심연이 되는 높이 말이다.

내게 생명을 준 사람은 단지 몇 분 만에 우리가 동시에 생각했던 어떤 일을 해치울 수 있었다. ―「횡단보도」, 34쪽

낳기로 결정한 건 당신들의 의지였다. 그럼 태어나기로 결정한 건 누구의 의지였을까? 반쪽 정보만 가진 그 수많은 운반체 가운데 나여야 한다고, 반드시 내가 되어야만 한다고, 단 하나의 본능만 가지고 필사적으로 헤엄쳤던, 혹은 그 자리에 앉아 제일 강하고 빠른 단 하나를 기다리며 유혹하던 그건 누구의 의지였을까? 내가 아닐 수도 있었던 수많은 가능성을 생각하면 현기증이 났다. 벼락에 맞을 확률보다 내가 온전히 나로 되기가 더 힘들었을, 불가능한 확률을 뚫고 날 만든 건 누구의 의지였을까? ―「횡단보도」, 44쪽

심연이란 자신의 죽음이며 그러한 형식으로 자기 자신이다: 나의 태어남이자 나의 필멸의 운명이다. 그것은 언제든 입을 쩍 벌리고 자신을 삼켜버릴 수 있다. 언제나 나라는 단 한 사람만을. 그러고는 다른 모든 사람들에게는, 아무리 소중하고 각별한 관계였던 다른 사람에게라도, 아무렇지도 않게 단단하고 매끄러운 바닥으로 다시 닫혀버릴 뿐이다.

선거 전에는 모두 교실에 있는 의자에 몸이 단단히 묶인다. 선거가 끝나면 점수가 가장 낮은 아이의 바닥이 열리고 아이는 그대로 용광로에 끌려가 학교를 움직이는 데 필요한 제물이 된다.

혁진의 비명 소리 외에 아무 소리도 들리지 않았다. 혁진은 몸이 풀리기 무섭게 미화가 있던 자리로 가서 손이 피투성이가 되도록 바닥을 쳤다. 하지만 바닥은 다시 열리지 않았다. 아이들은 혁진을 끌고 가 사방을 매트리스로 두른 방에 가두어야 했다. ─「학교」, 205쪽

「학교」의 위에 인용된 부분은 한편 이 수직적 축과 또 다른 축, 즉 공동체적이고 공간적인 수평적 축과의 접점을 제시한다. 수직적 축에서 보면 누구나 발밑에, 딱 자기 자신이라는 높이만큼의 자기만의 오롯한 심연을 가지고 있다. 상승과 하강 운동은 한 개인의 오롯한 자기됨과 자기 상실의 운동이다. 그러나 공동체라는 수평적 축에서 볼 때는, 익명적 개인이 공동체에서의 추방이라는 부정적인 형식을 통해 단단한 표면의 세계에서 내쫓기는 것이다.

수직적 축은 그림의 어두운 두께, 즉 다른 누구도 아닌 바로 나의 죽음이라는 대전제에서 출발하며 삶은 그 반대항으로 암시된다. 반면 수평축인 그림의 밝은 표면에서는 삶이 나 자신뿐만이 아니라 모든 사람들을 위해 똑같이 대전제로서 전제되며─ 혹은 반대로 말하자면, 다른 사람들과의 상호관계라는 형식으로서만 삶이 주어지며, 죽음은 이 반대항으로만 주어진다. 공동체적 삶을 살거나, 즉 말 그대로 사람들에게 '잘 보이거나', 그렇지 않으면 죽음이다.

이 수평축의 표면에서는 공동체에 있어서 서로 보여줌/보임이라는 시각 형식을 제외하고는 다른 삶의 형식은 존재하지 않는다. 이를 가장 잘 형상화하고 있는 장치가 〈무대〉이다. 이 수평적 세계에는 무대에 포괄되지 않은 개인의 존재 형식은 없다. 사람들은 태어날 때부터 배우로 태어난다. 학교라는 무대는 물론이고, 태어난 순간부터 '아기'들은 관객들로부터 둘러싸여서, 관객들로부터 사랑을 요구하고 그 요구하는 방식들을 통해서 또 스스로 사랑받는 존재로 거듭나도록, 즉 '예쁘도록' 키워진다.

봄이 오자 진수와 나래의 아기가 껍질을 벗고 사람의 형태가 되었다. 거칠고 단단했던 껍질이 떨어지자 연분홍색 부드러운 속살이 드러났다. 아기는 까만 눈을 반짝이며 포동포동한 두 손을 내밀며 안아달라고 졸랐다. 사랑스러웠다. 예뻤다. ―「학교」, 255쪽.

그렇지 않은 한― 배우가 아닌 한 아기는 아직 인간이 아니다. 때문에 사람들의 개별 삶의 다양성처럼 보이는 것은 사실은 무대라는 시각화 장치의 자가 반복이다. 개인 삶의 시기적 차이, 전체 역사의 시대적 차이나 장소의 차이처럼 보이는 것은 사실 무대의 막이 오르내리는 것에 불과하다. 어떤 배역을 맡는가 또한 사실은 크게 문제될 것이 없으며, 무대 자체가 반복될 수 있게 하는 것이 중요하다.

빨리 다음 배역을 맡아야 했다. (……) 연기는 선택이 아니었다. 살기 위해서는 배우가 되어야 했다. 제발, 제발. 나는 다음 배역을 기다렸다. 다른 인물에 몰두하다보면 잊힐 것이다. 나는 연기력이 뛰어난 배우가 아니다. 알고 있다. 그러니 아주 사소한 역이라도 상관없다. 누군가 내게 배역을 주기만 한다면 무엇이든 할 수 있다.

—「무대」, 144~145쪽

수직적 축에서 삶을 위한 시도가 늘 어두운 죽음의 법칙에 지배당했듯이, 수평 축에서는 죽음을 향한 시도조차도 늘 시각화의 법칙에 지배당한다. 누군가가 오롯이 스스로만의 의지로 관객을 피해서 다시 홀로 숨는 것은 불가능하다. 자기 자신이 배우인 동시에 언제나 늘 자기 자신에 대해 이미 관객의 역할을 수행하고 있기 때문이다. 모든 장소는 무대이며 무대는 늘 촬영되고 있다. 비디오 테이프에서 당신은 몇 번이든 죽을 것이며, 몇 번이든 부활할 것이다. 리플레이를 반복하며, 단 혼자만의 눈앞에서라고 해도, 막이 내리고 불이 꺼질 때까지 당신은 당신 자신의 모습을 못 박혀 지켜보아야 할 뿐이다. 죽음은 스스로 배우이자 관객으로서 분열되는 길이지, 무대에서 빠져나갈 수 있는 길이 아니다.

〈열두시 반〉이 지나가고, 〈다섯시 반〉이 들리더니 다시 〈열두시 반〉이 흘렀다. 눈이 아팠다. 어두운 방에서 계속 모니터 불빛을 본 탓이었다. 불을 켜야 했다.

〈열두시 반〉이 나왔다. 더 이상 듣고 싶지 않았지만 녹화된 화면에서 나오는 소리였다. 그만 들으려면 소리를 꺼야 했다.

그럴 수 없었다. 아무것도 할 수 없었다. 그는 그저 앉아서 화장실도 가지 않고, 물 한 잔 마시지 않고, 자세 한 번 바꾸지 않으며 일곱 시간 십오 분 삼십육 초 동안 꼼짝도 하지 않는 그의 몸을 지켜보았다. (……)

일곱 시간 이십구 분 삼 초가 되자 새끼손가락이 꿈틀댔다. 화면을 보던 그도 일곱 시간 이십구 분 삼 초 만에 처음으로 몸을 움직였다. 손으로 입을 틀어막았다. 화면 속의 그가 손을 움직이고 팔을 움직이고 몸을 일으켜 세우고 바닥을 향해 깊은 한숨을 내쉬고 초점 없는 눈을 들어 캠코더를 보았다. 화면 속의 그가 점점 가까이 오더니 옆으로 돌아 사라졌다. 화면과 음악이 동시에 꺼졌다. —「일상」, 323~324쪽

이 수평 수직의 축— 무대의 자기 반복과, 심연에서의 상승 하강이 서로 맞물려서 작동하며 그림이라는 공간적 매개의 원초적 구조를 이루고 있다. 그림의 이 폐쇄적 공간성은 우리가 첫 번째 작품집에서 감각했던 전 우주로까지 펼쳐져 나가는 원초적 차이들을 다시 단 하나의 원초적 반복으로 닫아버린다. 그러나 어느 쪽에서 어느 쪽을 바라보아야 할지에 대해서는, 물론 이 작품집에서는 답을 주지 않고 있다.

박애진의 첫 번째 작품집과 두 번째 작품집에 걸쳐, 양 작품집의 글들을 어느 정도 도식적으로 분석하는 내용의 서평을 써보았다. 그러나 사실은 이런 글은 작품의 독자들에게는 별 쓸모가 없을 것이다. 혹은 이 분석틀로부터 작품을 읽어내려는 것이 아니라, 작품 내부에서부터 다시 이 분석틀들을 돌이킬 때에야 비로소 조금이라도 쓸모 있게 될 것이다. 학문과 문학, 혹은 좀 더 내 경우에만 해당하는 쪽으로 범위를 좁혀 말하자면, 철학과 문학은 서로 미묘한 관계를 맺고 있다. 철학은 늘 어떤 심리적 광기이든 철학적 상태로 돌이켜서, 300명은 들어올 만한 교실에서 모두가 함께 토론하고 반성할 수 있을만한 방식으로 설명한다. 문학은 어떤 철학적 이성이든 심리적 광기로 돌이켜서, 자기만의 작은 방에서 침대 속에서 뒹굴거리며 눈에 대고 있을 그 네모낳고 좁다란 흑백 스크린 안으로 들어가 홀로 미쳐버린다. 이 섣부른 도식화의 시도는, 이 도식화의 시도가 작가의 글의 질감 ― 텍스쳐 Texture로서의 텍스트 ― 에 부대껴 주름지고 찢겨 나가는 그 안에서만 읽어주기를.

김지원
현재 뮌헨 대학의 독어독문학과에서 박사논문을 쓰고 있다.
환상문학웹진 거울에서 jxk160이라는 필명으로 소설을 창작하기도 한다.

엮은이의 말

　박애진 작가와는 두 작품집 중에서 가장 오래된 글도 이미 함께 쓰고 있을 정도로 오래 알고 지낸 사이다. 글에 대한, 특히 단편소설에 대한 열망과 열정은 처음 만났을 때에도 거대해서, 이미 동호회 단편소설 모음집을 기획하거나 단편 모임을 조직하고 있었다. 박애진 작가는 개인적으로 첫 번째 계기 내지는 작가로서 내디딘 첫 걸음을 「어른들은 왜 커피를 마시지?」로 보고 있는데, 나는 그때 같이 글을 쓰는 동료였다. 소재를 정해 글을 쓰는 프로젝트 모임과, 플롯을 정해 글을 쓰는 모임을 동시에 등록해 놓고 열심히 글을 쓰던 때였는데, 나는 곧 나가떨어졌고, 계속 글을 쓰던 몇 안 되는 사람 중 하나가 박애진 작가였다. 환상문학웹진 거울을 창간하고, 작가로서 새로운 길을 모색하던 때에도 곁에서 보았고, 모르는 사이 글이 나오지 않아 고생한 이야기를 나중에 들었고, 글에 집중하리라 선언하고 홀로 장편소설을 쓰던 때의 이야기 또한 나중에 들었다. 오랜 시간이 흐르는 동안 서로 상황도 달라지고 관심사나 좋아하는 배우나 가수처럼 일상적인 대화의 주제 또한 변해왔지만, 글에 관한 대화를 가장 많이 했다. 자신의 글에 관한 것만이 아닌, 서로의 글이나 다른 사람의 글, 글이란 것을 어떻게 써야 하는가, 글이란 어떤 것인가, 작가는 어떤 사람인가, 그런 주제들을 종횡무진 누비며 대화할 수 있는 소중

한 친구이자 동료이다.

그러나 정작 박애진 작가의 글에 대해 무언가를 말할 수 있게 되기까지는 꽤 오랜 시간이 걸렸다. 무언가 구체적으로 말하기 어렵고 조심스러웠다.

내가 떠올린 첫 번째 이유는, 박애진 작가의 글이 너무나 내밀하게 몰입해야만 하는 글이란 것이었다. 초기 작품보다는 『각인』에 실린 글들이나, 『원초적 본능 feat. 미소년』에 실린 「낙원」이나 「조화」 같은 글일수록 그 증상이 심했다. 분명히 나는 박애진 작가의 일상과 생각을 누구보다 더 많이 이야기했고 나누어왔으므로, 글 안의 이야기는 작가 자신의 이야기가 아님을 안다. 그러나 글 안의 화자는 너무나 내밀하고 농도 짙게 사적인 이야기를 풀어놓고 있어서, 정말로 자칫하면 글을 이야기하는 것이 작가 자신에 대해 이야기하는 걸로 바뀔 수도 있겠다는 생각이 들었더랬다. 분명히 허구인데 그렇게 느끼게 만드는 것은 작가의 재능이고 노력이겠지만, 그래서 평을 쉽사리 받을 수 없는 것은 작가로서 꽤나 외로운 길이 아닐까도 생각했다.

두 번째 이유는 박애진 작가가 글에서 다루는 소재나 그 소재를 바라보는 시선이 보통 사람에게는 대단히 불편한 지점이라는 것이었다. 어느 웹문서에서 박애진 작가의 글에 대해 "독자가 외면하고 싶어 하는 ― 즉 공감하고 싶어 하지 않는 진실을 캐내는 능력이 탁월하다"고 평한 것을 보았는데, 이게 딱 맞는 말이 아닐까 싶다. 보통 글들이 영웅을 그릴 때 박애진 작가는 영웅이 되지 못한, 그럴 꿈도 꾸지 못하는 소시민을 다룬다. 보통 성공을 그릴 때 박애진 작가는 무엇을 어떻게 해도 실패에서 헤어나지 못하는 삶을 그린다. 달콤한 사랑의 약속이 아닌 그 뒤에 숨은 이기심과 배신감을 끄집어낸다. 몇백 년을 사는 사람이 나오면 드라마에서처럼 예전에 사둔 땅이 어쩌다보니 천정부지로 값이 치솟아 부자가 되어 있어야 할 것 같지만 박애진 작가의 글 속에서는 그런 법이 없다. 열심히 살지 않은 게 아닌데 끝없이 시달려야 하는 먹고 살기에 대한 불안함, 자라면서 필연적으로 잃어야만 하는 순수, 남들과 다르기 때문에 자신을 들키는 순간 사회에서 매장당하리라는 두려움, 가장 외면하고 싶은 무심함과 무의미 등이 박애진 작가의 글들에는 흠뻑 스며 있다. 나쁘게 말하면 참으로 구질구질한 소재를 너무 리얼하게 그려 이입하기 불편하고, 좋게 말하면 아무도 보지 않는 면을 섬세하게 재현해내는 데에는 따라갈 작가가 없다고 하겠다.

최근 몇 년 사이에 작가는 자신의 이야기를 넣으면서도 자기 이야기가 아닌 허구의 세상에서 벌어지는 일로 만들 수 있게 되었고, 나는 이걸 농담처럼 "진짜 작가가 됐다"고 평한다. 하지만 이 작품집 두 권에서는 그런 작품들은 아직 없다. 대신 거대한 에너지를 가진 박애진이라는 인간이 작가로서 자신을 닦아가는 여정에 그 에너지들을 몽땅 쏟아 쓰고, 거듭 고치고 고친 보석들이 있다. 사람은 변하고 예술가의 작품은 그에 따라 변하기 때문에 한동안은 못 볼 주제의 글들이라는 점에서 또한 귀한 작품들이다.

박애진 작가와는 장편소설 이후 이번에 두 번째, 권수로 따지면 세 번째 작업이었다. 첫 번째 작품집에는 엮은이의 말을 분량상 넣지 못했고, 그러므로 작품집 작업에 대해서는 여기에서 모두 털어놓아야 하는 셈이다.

　박애진 작가는 오랜 시간 동안 글을 쓰고 작가로서의 자신을 다듬으면서 자신의 스타일을 찾은 사람인데, 그 작업 스타일 중 커다란 특징은 "토 나오도록 고친다"였다. 그래서 처음에 한 교정 교열이 소용이 없을 정도로, 내가 보낸 코멘트는 둘째 치고 자신이 자신의 글에 만족하지 못해 통째로 뜯어 고쳐 작업상 곤란하게 만든 적이 한두 번이 아니다. 앞서 말했듯이 나는 일상인으로서의 박애진 작가와도 잘 아는데, 상냥하고 열정을 다해 사람을 대하며 살림에도 꽤나 베테랑인 일상인 박애진과 달리 작가 박애진은 정말로 까다로운 사람이다. 한 문장을 고치기 위해 이야기를 시작했다가 문단을 뜯어 고치는 것은 일상이었고, 작가 수정에서 고치지 않고 넘겼던 부분을 마지막에 다시 보다가 완전히 새 글을 끼워 넣기도 했고, 그로 인해 수정은 물론이고 반영이 모두 되었는지 확인하느라 온 신경을 곤두세워야 했다. 맞춤법은 잘 따라주었지만 가끔 "느낌"에 따라 문법 파괴를 주장했기 때문에 어느 때는 단호히 잘라내야 했고, 어느 때는 져주기도 했다. 편집자로서 이 작가는 정말 같이 일하기 힘든 작가다.

　그러나 또한 편집자로서 이 작가는 인정할 수밖에 없는 작가다. 자신의 글을 확실히 장악하고 책임감이 투철하며 완성도에 예민하고 글자 하나하나 까다롭게 정성껏 고른다. 편집자는 그저 돕는 사람이고 최초의 독자일 뿐이며 책은 결국 자신의 이름으로 나가는 자신의 것이라는 것을, 그러므로 내 마음대로 하겠다가 아니라 그러므로 소신을 갖고 책임지겠다고 하는 작가다. 때로는 좌초하기도 하고 좌절하기도 하지만, 한 걸음 한 걸음 자신이 가야 할 길, 자신에게 가장 맞는 길을 찾기 위해 신중하게 오랜 시간을 들여 노력하고 자신을 갈고 닦는 작가다. 기존 체제를 거부하기 때문에 또는 체제 내부에서 겁낼 만큼 이질적인 부분이 있어 빛을 보지 못하고 있을 뿐, 폭발적인 에너지와 열정으로 자신만의 이야기를 가꾸는 작가다. 좋은 여건에서 시간을 상관하지 않고 일하며 다시 글 이야기를 하고 싶은 작가다.

　오래전 만 열아홉 살을 맞이하고 며칠 지나지 않은 날, 흥에 겨워 동사무소에 갔다. 열 손가락에 잘 지워지지도 않는 잉크를 묻혀, 중요한 개인 정보이자 신체 정보인 지문을 제출하며, 멋도 모르고 이제 나도 성인이라며 마냥 좋아했다. 미성년자에게는 법으로 금지된 몇 가지를 그 전이라고 탐닉하지 않았던 것도 아니거늘, 이제 합법이니 누구도 나한테 뭐라고 하지 못하리라 생각했다. 물론 착각에 불과했다.

　만 스무 살이 넘은 후부터 누가 나이를 물으면 스무 살 몇 개월이라고 대답했다. 그것도 백 개월이 가까워지자 덧없어졌다. 서른이 넘으며 내가 진정 작가로, 글에 충실했는지 회의가 들었고 쫓기는 기분이 들었다. 마흔을 향해 가는 지금, 마흔이 된다고 저절로 불혹의 경지에 이르는 것도 아닐 텐데, 불혹이 되면 무언가 달라질지도 모른다는 막연한 소망을 품고 마흔을 기다린다.

　교복을 입던 시절 공책에 낙서를 끄적일 때부터 막연하게 이날을, 내 작품집에 작가의 말을 쓰는 순간을 기다려왔다. 마침내 불혹이 머지않은 시점에서 작품집을 출간한다. 처음엔 이제야 나오는구나 싶었으나 15년 가까이 써온 단편들을 새삼 다시 열며 지금이 작품집을 내기 가장 적절한 때라는 걸 알았다. 순간순간, 어떤 단편이 다른 방향을 모색하는 분기점이 된 적이 있는데 지금은 그보다 더 큰 의미로 두 번째 분기점이 온 탓이다.

첫 번째 분기점은 거울이었다. 한동안 내 단편을 거울 이전과 2003년 거울 출범 이후로 나누었다. 거울 초반에는 예전에 썼던 글을 올리기도 했으니, 2003년 이전에 썼는가, 이후에 썼는가와는 다른 기준이다. 거울 이전에 쓴 글 중, '살아남은' 글은 몇 편 되지 않는다. 그중에서도 이 작품집에는 거울 이전에 쓴 글은 한 편도 들어 있지 않으니, 앞서 출간한 『원초적 본능 feat.미소년』과 견주어 신작으로 구성된 셈이다.

처음엔 각 작품집에 새 단편을 한 편씩 싣겠다는 야심찬 계획을 세웠다. 이 작품집의 담당 편집자이기 이전에, 긴 시간 함께 글에 대해 이야기를 나눠온 최지혜 편집자는 두 작품집에서 나누어 편집한 이야기가 이제 나와 멀어져 내가 흐름에 맞는 새 단편을 쓸 수 있을지 걱정했다. 편집자가 나보다 더 정확히 나를 봤다. 어떻게든 써보겠다고 이야기해놓고도, 막상 이 이야기들에 어울리는 새 글을 쓸 수 없었다. 고백하자면 이 작품집을 통해 처음 발표하는 「살아남은 아이들」도 본디 이 작품집에 싣고자 쓴 글이 아니다.

그리하여 뒤늦게 이 작품집이 내 두 번째 분기점이 되리라는 걸 깨달았다. 이제껏 써온 글을 토대로 새로운 길과 이야기를 모색할 때이며, 이미 그렇게 하고 있었다. 시간이, 생각의 흐름이 나선형으로 진행한다면, 언젠가 다시 이 이야기들에 돌아올 수 있을지 모른다. 하지만 지금 나는 창작의 다음 단계에 들어서야 한다.

다음 단계라는 게 정확히 무언지 아직은 확실하게 설명할 수 없다. 한 가지 분명한 건, 한동안 단편보다는 장편에 집중하게 되리라는 거다. 장편은 단편과 다른 흐름으로 쓸 수밖에 없다.

오랜 꿈을 이루어준 온우주 출판사, 늘 큰 힘이 되어준 최지혜 편집자, 바쁜 시간을 쪼개 계약서를 검토하고 조언해준 정소연 님, 이 책을 읽고 있는 독자 여러분께 감사드린다.

각인

박애진 작품집

초판 1쇄 펴낸날 2014년 2월 28일

지은이 박애진
펴낸이 이규승
엮은이 최지혜
디자인 303사무실, 이경진

펴낸곳 온우주
등록번호 제215-93-02179호
주소 138-847 서울시 송파구 석촌동 284-2 501호 (백제고분로40길 4-7 501)
전화 02-3432-5999
팩스 02-6442-3432
홈페이지 www.onuju.com | onuju@onuju.com

ISBN 978-89-98711-10-8 03810